KB058937

오모리 후지노
FUJINO OMORI

일러스트 하이무라 키요타카 KIYOTAKA HAIMURA

캐릭터 원안 야스다 스즈히토 SUZUHITO YASUDA

김완 옮김

에에에에에에에에에에에에에에에에에에에에에에에

아이즈 발렌슈타인
Lv.6을 자랑하는 오라리오 최강의 여검사.

던전에서 만남을 추구하면 안 되는 걸까 외전

소드 오라토리아 4
Sword Oratoria

벨 크라넬
아직 Lv.1인 신출내기 모험자.

© Kiyotaka Haimura

CONTENTS

"'강화종'인가……?!"

베이트 로가

호전적인 웨어울프 전사.

"모, 모르겠어……."

티오나 히류테
아마조네스 제1급 모험자.
티오네와는 쌍둥이 자매 중 동생.

괴물의 하반신에,
천녀로 착각할 만한 상반신을 가진 거대 생물이
제59계층 중심에서 산성을 터뜨렸다.

"......무, 무슨 일 있었어?"

티오네 히류테
아마조네스 자매 중 언니.
아이즈와 같은 【로키 파밀리아】 소속.

레피야 비리디스
아이즈를 흠모하는 엘프족 마도사.

© Kiyotaka Haimura

"일족의 재흥을."

핀 디무나
모두를 통솔하는 【로키 파밀리아】의 단장. 파룸.

"아직 보지 못한 세계를."

리베리아 리요스 알브
【로키 파밀리아】의 부단장. 명실
최강의 마도사.

"뜨거운 싸움을."

가레스 랜드록
드워프 노병. 【로키 파밀리아】 최고참.

"......"

가면의 인물
????

"너도 알 텐데?
이 몸은 지독하게 효율이 나빠."

레비스
아이즈의 **무언가**를 알고 있는 수수께끼의 괴인.

소드
오라토리아 4

던전에서 만남을 추구하면 안 되는 걸까

Sword Oratoria

오모리 후지노 지음 ｜ 하이무라 키요타카 일러스트
야스다 스즈히토 캐릭터 원안 ｜ 김완 옮김

S NOVEL

커버 그림·본문 일러스트 | **하이무라 키요타카**

결의의 아침에······?

Гэта казка іншага свету.

І ...... раніцай рашэннем?

하늘이 어둠에 휩싸였다.

동쪽 하늘에서 여명이 시작되기는커녕 서쪽도 북쪽도 남쪽도, 머리 위도 캄캄하다.

날짜가 바뀌고 시간이 지났다고는 하지만 아침이라 부르기에는 아직 먼 시각.

평소에 비해서도 훨씬 이른 시간대에 아이즈는 눈을 뜨고 이곳 시벽── 미궁도시를 에워싼 거대한 벽 위에 있었다.

"……졸린…… 것 같기도."

그렇게 중얼거리는 모습은, 미궁 탐색 때 장비하는 경장에 애검《데스퍼러트》.

은빛 방어구와 은빛 검을 착용한 금발금안 소녀의 두 눈에는 약간의 잠기운이 있었다.

그녀의 시선 너머에는 거대 시벽에서 내려다볼 수 있는 광대한 오라리오의 시가지가 펼쳐졌으며, 별의 바다처럼 흩뿌려진 마석등의 빛은 대부분 꺼져 정적을 띠었다. 아직 불빛이 끊이지 않는 곳은 남쪽 메인 스트리트── 대극장이며 카지노가 존재하는 북적거리는 번화가, 동쪽에 인접한 '밤의 거리' 환락가, 그리고 밤낮을 가리지 않고 마석제품을 생산하고자 가동을 멈추지 않는 북동쪽 구역의 공업지구 정도밖에 없다.

지금도 다시 몇 톨의 빛이 사라진 웅대한 미궁도시의 경치를 아이즈는 멍하니 바라보았다.

"……."

싸늘한 밤바람에 몸을 맡기듯 눈을 감고 졸음을 날려버리려 했다. 그와 동시에 그녀의 눈꺼풀 안쪽에 떠오른 것은, 지금 자신이 이렇게 시벽 위에 있는 경위였다.

바로 어제, 아이즈는 마침내 백발 소년 벨 크라넬에게 사과하는 데 성공했다. 미노타우로스 소동에서 시작된 소년에 대한 마음을 전한 소녀는 화해, 와는 다르지만 오해도 풀었으므로 다소 무의미했던 토끼와의 장절한 숨바꼭질에 막을 내렸다.

하지만 그래도 아이즈와 소년의 관계는 끝나지 않았다.

목표를 위해 강해지고 싶다는 벨이 아이즈에게 사사하게 된 것이다.

영세【파밀리아】의 하나뿐인 단원인 그에게는 싸우는 법을 가르쳐줄 모험자 선배가 없다. 아류(我流)인 채, 나쁘게 말하자면 여전히 초보자인 채 던전에 내려가고 있다고, 소년은 얼굴을 새빨갛게 물들이며 더듬더듬 말했다.

아이즈는 그런 그를 보다 못해 전투기술 전수를 자청하고 나섰던 것이다.

너의 한결같은 자세에 공감해 마음이 움직였다고.

아이즈는 다른 파벌의 단원에게 힘을 빌려주는 것과 다름없는 행위를 소년에게 그렇게 설명했다.

틀린 말은 아니었지만—— 진실도 아니었다.

아이즈가 벨 크라넬의 지도를 맡은 것은 괄목할 만한 그의 '성장' 비결을 알기 위해서였다.

모험자가 된 지 아직 한 달밖에 지나지 않았다는 벨의 성장 속도는 보통이 아니었다. 아이즈의 관심을 움켜쥐고 눈길을 놓아주지 않을 만한 실적과 전과가 분명히 존재했다. 이미 던전의 '상층' 밑바닥까지 도달한 그의 성장법을 아이즈는 어떻게든 알아내고 싶었다.

일주일 후로 다가온 '심층' 제59계층 진출을 위해.

스스로 정체를 폭로한 인간과 괴물의 '하이브리드', '괴인' 레비스의 위협에 굴하지 않기 위해.

그리고 자신의 비원을 위해.

강함을 탐욕스럽게 추구하는 아이즈는 벨 크라넬의 모든 것을 알고, 더 높은 경지로 도약하기를 고대했다.

'하지만, 그건……'

동시에 그것은 아이즈의 억척스러움, 어찌 보면 추한 타산이기도 했다.

아이즈가 순수한 선의로 자신에게 전투를 가르쳐준다고 믿어 의심치 않는 소년에게, 사실이 아닌 거짓말을 들려준 것이다.

죄책감이 솟아났다.

회상에서 돌아와 눈을 뜬 아이즈는 금색 눈을 가만히 내리깔았다.

은색 갑옷에 싸인 가슴이 시큰거리는 둔통을 내는 가운데—— 최소한의 보답이라도 해야 한다고 변명처럼, 그리고 절실히 생각했다.

비원을 이루기 위해, 자신은 소년의 '비밀'을 캐야 한다. 절대 멈출 수 없다.

그렇다면 그가 말하는 목표를 도와주기로 하자.

죄를 갚기에는 한참 부족한, 단순한 자기만족.

그러나 자신이 소년에게 치를 수 있는 대가를 전부 제시하자고, 아이즈는 그렇게 시큰거리는 가슴에 맹세를 새겼다.

토끼 같은 루벨라이트색 눈동자를 떠올리며 애검의 자루를 쥐고 가만히 고개를 들었다.

그렇다, 죄책감에 질질 매달려만 있어서는 안 된다. 자신은 오늘 벨에게 전투 지도를 하기 위해 일찌감치 잠에서 깨어나 ── 아무에게도 들키지 않도록 이곳 시벽에 왔던 것이니까!

"열심히 해야겠다……."

언젠가 그렇게 했듯 마음속의 어린 아이즈에게 성원을 보내면서 불끈 기합을 고쳐 넣었다.

아이즈가 훈련 장소로 선택한 이곳, 도시 북서쪽의 시벽 위는 예전에 그녀가 발견한 '비밀기지'였다. 봉쇄되었어야 할 시벽 내부의 출입구를 발견한 것은 【로키 파밀리아】에 입단했을 무렵. 어린 아이즈는 단원들과 충돌 ── 주로 리베리아와의 일방적인 싸움 ── 했을 때마다 홈을 뛰쳐나와 이곳 시벽에 숨었던 것이다.

시벽 내부에는 누군가가 살던 흔적이 있었으며, 심지어 샤워실 같은 생활공간, 석실이 존재했다. 소문으로 들은 것뿐이지만 오라리오에는 쓰이지 않게 된 교회에 억지로 눌러앉은 여신도 있다니, 이 시벽에서도 이름 모를 신이나 부랑자가 살았는지 모를 일이다.

【로키 파밀리아】 간부인 자신이 다른 파벌 사람과 접촉한다는 사실은, 설령 티오나 같은 동료들에게도 들켜서는 안 된다.

금세 저지당하고, 야단을 맞고, 설교를 들어, 소년을 도울 수가 없게 될 것이다.

바벨을 제외하고 거의 모든 도시 건물보다도 높은 이 거대 시벽이라면 밀회는 그리 쉽게 들키지 않을 것이다.

"……하지만."

벨에게 보답하기 위해, 명백히 지나치게 일찍 나온 아이즈는 의욕이 가득했다.

정확하게 말하자면 긴장과도 비슷한 감정에 가슴이 떨려 잠을 이룰 수가 없었다. 침대에 들어갔어도 두 눈이 말똥말똥해 좀처럼 감을 수가 없었던 것이다.

지금도 두근두근인지 조마조마인지 잘 알 수 없는 고동 소리를 들으며 다가올 순간에 대비하고 있다. 하지만.

시벽의 포석 위로 시선을 떨구며 문득 중얼거렸다.

"뭘 가르치지……."

의욕은 넘쳐난다. 하지만 정작 중요한 지도의 내용이 떠오르질 않았다.

오늘까지 자신을 단련해온 아이즈는 자신만 생각했을

뿐 싸우는 법을 남에게 가르쳐준 경험은 없었다. 반대로 몇 년 전까지는 【파밀리아】의 선배들── 핀이나 가레스, 리베리아에게 배우기만 했다.

그런 자신이, 지도를.

아이즈는 스스로 자청한 일에 터무니없는 위화감을 품고 있었다.

구체적으로 뭘 가르치면 좋을까?

아무에게도 물어볼 수 없는 의문을, 그리고 마음속의 어린 아이즈도 한사코 고개를 저으며 침대에 틀어박히는 질문을 품고 그녀의 시선은 이리저리 흔들렸다.

어제부터 계속 헤매기만 하던 마음의 미궁은 아직도 돌파될 조짐을 보이지 않았다.

훈련 개시 시간이 다가오도록 내내 당혹감에 잠겨 있던 금발금안의 소녀에게, 밤과 아침의 경계에 몰아치는 싸늘한 바람이 웃음 같은 소리를 내며 지나갔다.

그리고 곧, 헤칭, 하고.

끙끙 신음하던 아이즈는 조그맣게 재채기를 했다

그리고

전장 **소녀** 은

도시 전체가 완전히 잠든 시간대.

【로키 파밀리아】의 홈, 황혼관은 모든 방에서 빛이 꺼져 있었다.

길쭉이 저택이라고도 불리는 저택 주변은 어둠이 짙다. 주신은 늘 '그런 거 안 해도 된다카이'라고 하는데도 정문 앞에서는 단원들이 두 명씩 문지기를 선다. 지금도 남녀 휴먼이 엘프, 수인 소녀들과 교대하는 중이었다. 저택 내부에서는 복도에 밝혀진 마석등이 촛대의 불꽃처럼 불안정하게 빛을 일렁거렸다.

그리고 창날처럼 우뚝 솟은 첨탑이 서로를 보완하는 홈 실내.

여자를 밝히는 주신이 스카우트한 미목수려한 소녀들이 사는, 어떤 여성용 탑 중 하나에서.

부스스 일어나는 그림자가 있었다.

침대에서 몸을 일으킨 그림자는 프릴이 많은 귀여운 파자마를 입은 가느다란 발을 바닥에 짚었다. 커튼을 친 창 밖과 마찬가지로 어둠에 휩싸인 방 안에 부스럭부스럭 옷깃 스치는 소리가 울렸다.

곯아떨어진 같은 방의 여성 단원들을 깨우지 않도록 옷을 다 갈아입은 그림자는 몰래 문을 열고 방을 나왔다.

"이렇게 일찍 깨버렸네……."

단단히 묶은 선황색 장발을 찰랑이며 자신의 방을 나온 레피야가 중얼거렸다.

레비스를 비롯한 괴인들과의 전투—— 제24계층의 격투로부터 이미 나흘.

당시 전투 중에 마인드다운에 빠지는 바람에 거의 사흘 동안 방에서 잠만 잤던 레피야의 눈은 완전히 말똥말똥했다. 몸도 개운했다. 이제는 잠들 수 없노라고 그녀는 뾰족한 엘프 귀를 쫑긋쫑긋 움직이며, 소리를 내지 않도록 좁은 복도를 따라 나아갔다.

'기왕 일찍 일어났으니…… 이제부터 뭔가 훈련을!'

가슴 앞에 불끈 두 주먹을 쥔 레피야는 의욕으로 가득했다.

제24계층의 사건을 거치며 새삼 깨달은 자신의 부족함. 【파밀리아】 선배들의 발목을 붙들지 않기 위해서라도, 그리고 자신을 위해서라도 더 강해져야만 한다고 마음을 새로이 다졌다.

새파란 두 눈에는 투지의 불꽃이 타올랐다. 그러나.

'게다가…… 지금이라면 아이즈 씨랑 같이 훈련을 할 수 있을지도!'

늠름하게 자세를 잡았던 엘프의 고운 용모가 헤실헤실 풀어졌다.

레피야가 동경하는 금발금안의 검사는 매일 아침 일찍 일어나 검을 휘두르며 아침 연습을 빼놓지 않는다. 이대로 가면 아이즈 씨와 함께 시간을 보낼 수 있을지도! 하고 약간, 아니, 상당히 흑심을 품은 레피야는 살짝 가벼워진 발걸음으로 나아갔다.

레피야 이렇게 아침 일찍 일어나다니 대단하구나, 에이 무슨 말씀을요 아이즈 씨 저는 아직 미숙하니까 이런 건 당연하죠 에헤헤 더 칭찬해주세요. 머릿속의 망상에 잠긴 소녀는 실제로도 에헤헤 풀어진 표정을 지었다.

기분이 좋아진 그녀는 언제나 아이즈가 검 연습을 하는 안뜰로 향했다.

"음…… 역시 너무 일찍 일어났나?"

제일 먼저 첨탑 사이를 잇는 구름다리에서 안뜰을 내려다봤지만 금발금안의 소녀는 보이지 않았다. 곳곳에 설치된 마석등 기둥도 소등 상태라, 잔디가 깔린 어두운 정원을 내려다보며 레피야는 고개를 갸웃했다. 아직 시계의 짧은 바늘이 숫자 3에도 미치지 못한 시간대다. 아무리 아이즈라 해도 일어나지 않았을 가능성이 크다.

석조 구름다리에서 끙끙 생각에 잠겼던 레피야는 초심으로 돌아가 혼자 훈련을 시작하고자 움직이기로 했다. 그때.

"어…… 아이즈 씨?"

레피야의 눈이 아이즈의 모습을 포착했다.

안뜰이 아니라 탑과 탑 사이 너머의 홈 뒤쪽이다. 경장을 걸치고 검까지 찬 그녀는 두리번두리번 고개를 좌우로 돌리더니—— 소리도 없이 뛰어올라, 저택을 에워싼 높은 담장을 넘어버렸다.

"?!"

문을 통하지 않고 홈을 빠져나가는 아이즈의 모습에 푸

른 두 눈이 크게 뜨였다.

수상쩍은 행동을 비롯해 그 모습을 모조리 목격한 레피야는, 설마 미궁 탐색을 나가려는 걸까 생각해 황급히 금발금안 소녀의 뒤를 추적했다.

높은 위치에 있는 구름다리에서 뛰어내려 홈의 정원으로.

지팡이를 가지러 갈 시간도 아까워, 질주로 도움닫기를 해 자신도 담장을 뛰어넘었다.

어둠이 도사려 아직까지 쌀쌀한 냉기가 떠도는 길을 달렸다.

아이즈의 뒤를 쫓는 레피야는 그녀의 진로가 도시 중앙, 던전을 덮은 바벨이 아님을 금방 알아차렸다.

이미 이따금 놓치고 있는 긴 금발의 뒷모습은 아무래도 북서쪽 구역으로 가는 것 같았다.

'이런 새벽에 대체 어딜……?'

살짝 희뿌옇게 보이는 숨을 한밤의 어둠 속에 녹이면서 레피야는 열심히 달렸다.

길을 가는 얼마 안 되는 데미휴먼이나, 노상에 널브러진 만취한 모험자들에게 악전고투하며 정보를 모은 그녀는 아이즈의 발자취를 계속 따라갔다.

그러나 그 노력도 허무하게, 마침내 완벽하게 놓쳐버리

고 말았다.

"이쪽으로 온 것 같은데……."

인가에 에워싸인, 포석이 깔린 길. 세련된 폴 형태의 마석등이 같은 간격으로 서 있는 모습을 둘러보며 레피야는 다시 달려나갔다.

메인 스트리트를 벗어나 널찍하고 질서정연한 옆길, 그리고 복잡한 골목길로.

이제는 무턱대고 찾아 헤매기만 하는 레피야는 몇 십 분 이상이나 미로처럼 갈라진 길과 씨름했다. 자신은 대체 뭘 하고 있는 걸까 생각하면서도 아이즈를 찾는 것을 멈추지 않았다.

그리고 다시 시간이 더 지났을 무렵.

고개를 돌리며 소녀를 찾는 데 열중했던 레피야는 모퉁이에서 튀어나온 그림자와 충돌했다.

"꺅!!"

"으악!!"

꽈앙—! 멋지게 머리와 머리가 부딪친 두 사람은 나란히 엉덩방아를 찧었다. 머리를 움켜쥐고, 혹은 눈물을 머금고 서로 끙끙거리기를 몇 초.

'바, 방심했다아…….'

Lv.3이면서도 이런 추태를 보이다니. 아이즈밖에 머리에 없었던 레피야는 자신을 부끄럽게 여겼다.

"미, 미안해요——"

"죄, 죄송합니다!!"

사과하려는 자신의 말을 큰 소리로 가로막으며 눈앞에 있던 상대가 황급히 일어났다.

고개를 들어보니, 눈앞에는 백발 소년이 있었다.

루벨라이트색 눈을 가진 휴먼.

용모는 어렸으며, 순백색 머리카락은 고향의 한겨울 숲 속, 엘프 마을을 장식하던 백설을 연상케 했다. 【파밀리아】의 남성 단원들과 비교하면 외모는 중성적이며 얼굴이나 몸의 선도 가늘다.

자신과 나이가 비슷한 것 아닐까 생각하는 레피야에게 소년은 손을 내밀었다.

"괜찮으세…… 아."

그렇게 내밀던 손이 갑자기 우뚝 멈추었다.

자신의 얼굴을 보고 흠칫하는 그의 눈동자에는 쫑긋쫑긋 움직이는 뾰족한 엘프 귀가 비치고 있었다. 【디오니소스 파밀리아】의 피르비스가 그러했듯 자긍심 높은 엘프는 자신이 인정한 사람이 아니고선 피부 접촉을 허용하지 않는다. 종족 전체에 해당되는 사항은 아니지만 그 습성을 교정하지 못하는 자들이 많은 것도 사실이다.

소년도 그 풍습을 아는지, 내밀었던 손을 집어넣을지 말지 망설였다.

난처한 표정을 짓는 그 모습에 레피야는 가볍게 한숨을 쉬었다.

동포가 착각을 사는 것도 싫었으므로 스스로 그 손을 잡았다.

놀라는 소년의 손을 빌려 일어났다.

옷에서 팡팡 먼지를 턴 레피야는 루벨라이트색 눈과 눈을 마주했다.

"고맙습니다. 그리고 죄송해요. 한눈을 팔면서 걷는 바람에."

"아……아뇨!! 저야말로 갑자기 튀어나와서……!"

웃으며 사과하는 레피야에게 소년은 살짝 더듬거리며 대답했다. 여성에게 별로 면역이 없는지, 엘프인 레피야의 고운 용모에 뺨을 붉히며 약간 안절부절못한다.

태도가 겸손해 어딘가 순박해 보였다. 라이트아머를 입은 것을 보면 모험자일 것이다.

'아, 맞아.'

여기까지 추측한 레피야는 자신이 사람을 찾고 있다는 사실을 떠올렸다. 소년에게 몸을 내밀며 아이즈의 특징을 전하고, 이런 사람을 보지 못했느냐고 물었다.

"금발에, 금안……?"

"맞아요! 【검희】요! 【검희】 아이즈 발렌슈타인!! 당신도 모험자라면 알고 있겠죠?! 혹시 못 봤나요?!"

자신도 모르게 흥분한 레피야의 그 말에.

소년은 조용히, 한 줄기 땀을 흘렸다.

"저, 저기…… 당신은 【로키 파밀리아】인가요?"

"네……? 그런데요?"

뜬금없이 무슨 질문이냐는 표정을 짓자 소년이 입가를
실룩거렸다.

마치 들켜서는 안 될 비밀을 품은 것처럼…… 삐질삐질
땀을 흘리기 시작했다.

설마.

낯빛을 바꾼 레피야는 수상쩍다고 두 눈꼬리를 치켜세
웠다.

이 모험자는── 무언가를 숨기고 있어!

"당신, 아이즈 씨에 대해 뭔가 알고 있나요?!"

레피야가 부르짖은 다음 순간.

소년은 홱 등을 돌리더니, 도주했다.

"아앗?!"

흰 머리를 펄럭이며 그야말로 토끼처럼 도망치는 소년.
레피야의 입술에서 괴상한 목소리가 터져나왔다.

멋들어진 도주 속도를 보이는 휴먼 소년을 엘프 소녀도
쏜살같이 쫓아갔다.

"거기 서요오─────!!"

"으이이이이이이이이이이익?!"

아직까지 잠에서 깨지 않은 도시 한구석에서 맹렬한 술
래잡기가 시작되었다.

스타트 대시가 늦었는데도 눈 깜짝할 사이에 거리를 절
반까지 따라잡아, 어깨 너머로 돌아보았던 소년은 경악해 고함을 질렀다.

보아하니 소년은 Lv.1 하급 모험자인 것 같았다. 마도사라고 해도 Lv.3인 레피야의 각력 앞에는 무력하다. 거리가 쭉쭉 줄어들었다.

저 분위기는—— 아이즈 씨가 이런 도시 변두리에 찾아온 이유에 대해 분명히 뭔가 알고 있어.

레피야는 그렇게 직감했다. 검희를 숭배하는 소녀는 '마음 착해 보이고 정중하며 순박할 것 같다'는 소년의 평가를 뒤집어 '무례하고 수상한 사람'이라고 인식을 새로이 했다.

날카롭게 치켜 올라간 푸른 눈이 필사적으로 도망치는 흰토끼를 조준했다.

"ㅎ으으으으으으으아아아아악!!"

"이게……!!"

이리저리 도망치며 복잡한 골목길을 몇 번이나 꺾는 소년과의 거리가 좀처럼 줄어들질 않았다.

전력질주를 멈추지 않고 생각보다 오래 버티는 그의 뒷모습에 레피야는 마음속으로 외쳤다.

——도망치는 데 익숙해!

마치 미궁거리 다이달로스에서 단련하기라도 한 것처럼, 이리저리 꼬인 뒷골목을 능숙히 이용하고, 순발력도 엄청났다. Lv.1이면서 그동안 어떤 몬스터들에게 쫓겨다녔던 거냐고 캐묻고 싶을 만큼 뛰어난 도주력에 레피야는 속이 끓었다.

그러나 간격은 이미 5M(메들)도 남지 않았다.

아무리 발버둥 쳐도 여기서는 뿌리치지 못한다.

이젠 다 잡았어! 그렇게 확신한 레피야는 소년이 막 돌아 들어간 막다른 골목으로 뛰어들었다.

"어…… 어, 없잖아?!"

시야가 새로운 골목길로 바뀐 순간, 소년은 홀연히 자취를 감춰버렸다.

어디로 갔지?!

놀라 조바심을 낸 레피야는 곁에 있던 옆길을 발견하고 두 손을 열심히 휘저으며 다시 달려나갔다.

아이즈와 관련된 일로 냉정함을 잃었던 그녀는 상황파악을 태만히 하고 있었다.

건물의 그늘이 자아내는 골목길의 사각, 조그만 공간.

그곳에 있던 낡은 우물은 혼자서 두레박과 도르래를 덜컹덜컹 울리고 있었다.

"아…… 좋은 아침."

"허억, 허억, 허억……!! 아, 안녕하세요……!!"

"……무슨 일, 있었어?"

"아, 아뇨, 잠깐, 숲의 요정에게 쫓겨다녀서……!"

"요정……?"

"엄청 예쁘고, 엄청 무서워서……!!"

"어, 으음…… 괜찮아?"

"조금만, 쉬어도, 될까요……?!"

"으, 응."

격렬한 훈련이 시작되기 전, 시벽 위에서 일어났던 작은 촌극이었다.

🐾

"헉, 헉, 헉……?!"

그렇게 뛰고 또 뛰기를 약 세 시간.

일출도 시작되어 하늘이 희뿌옇게 물들 무렵, 소년의 행방을 쫓던 레피야는 요란하게 숨을 헐떡이고 있었다.

오랜 전력질주로 Lv.3의 체력도 마침내 바닥을 드러내, 뻘뻘 땀을 흘리며 비실비실 비틀거렸다.

"대체 어디로 갔지……?!"

온 힘을 다해 분함을 표현하는 미목수려한 엘프 소녀.

불굴의 의지를 한껏 헛수고에 허비해버렸던 레피야는 아직도 체념하지 않고 아이즈와 소년을 찾으려 했다.

그러나 그때, 문득 인기척이 느껴졌다.

그것도 2인분.

흠칫해——무언가 불길한 예감이 들어——잽싸게 골목으로 숨었다.

살며시 고개를 내밀어보니, 그곳에 있던 것은.

그 백발 소년, 그리고 그와 서로 어깨를 끌어안은, 동경하는 아이즈의 모습이었다.

'엑——에에에에에에에에에에에에에에에에에에에에에에에에에에에에에에에엑엑?!'

꽈과——앙!! 눈에 보이지 않는 거대한 벼락이 레피야의 정수리에 작렬했다.

터무니없는 충격을 받은 온몸은 뻣뻣하게 굳고 눈앞은 새하얗게 물들었다.

자세히 봤다면 너덜너덜 엉망이 된 재기불능 상태의 소년을 아이즈가 부축해주고 있을 뿐이었지만…… 레피야의 눈은 두 사람이 서로를 다정하게 끌어안고 있는 환영을 보고 말았다.

아하하. 우후후.

그런 환청까지 들으며, 골목에서 살아 있는 석상으로 변한 레피야.

한편, 자신이 너무 지나쳤다며 풀이 죽은 아이즈는 후배 엘프를 알아보지도 못한 채 어깨를 추욱 늘어뜨리며 그녀의 눈앞을 그대로 지나쳤던 것이었다.

그날 밤.

【로키 파밀리아】단원들이 저녁을 먹던 대식당 한쪽에는.

차마 눈 뜨고 못 볼 정도로 어깨를 늘어뜨린 엘프 소녀의 모습이 있었다.

"……무, 무슨 일 있었어?"

"모, 모르겠어……."

비참하게 고개를 꺾고 축 처진 레피야의 정면에서, 티오네와 티오나가 어깨를 맞댄 채 소곤소곤 귓속말을 나누었다. 아마조네스 자매의 옆에 있던 아이즈도 평소 감정이 희박하던 얼굴을 이때만큼은 누구나 알아볼 수 있을 정도로 당혹감에 물들였다.

그 외의 여성 단원, 나아가서는 베이트며 라울을 비롯한 주위의 남성 단원들마저도 건드리면 안 되겠다고 거리를 두는 상황이었다.

"……레피, 야? 무슨 일 있었어?"

소녀가 발산하는 독기를 견뎌낼 수 없는 분위기가 흐르는 가운데, 아이즈가 결심하고 행동에 나섰다.

——오오!

단원들의 찬사 섞인 시선을 받으며 레피야의 곁에 앉아 조심스레 말을 건다.

아이즈의 물음에 레피야는 고개를 들려 하질 않았다.

그리고 아이즈가 정말로 난감해졌을 때, 천천히.

"아이즈 씨…… 오늘 아침에, 밀회했던, 그 소년은, 누구예요……?"

그렇게 꽉 억누른 나직한 목소리로 되물었다.

"?!"

자신을 움츠러들게 만들 만한 위압감에 엄습당한 것과 동시에, 어떻게 그걸?! 하고 아이즈는 당황했다.

고개를 숙인 채 앞머리로 눈을 가린 후배 소녀는 형언할 수 없는 암흑의 공기를 두르고 그저 대답만을 기다렸다. 말 없는 압력이 아이즈의 동요에 박차를 가했다.

의아한 표정으로 바라보는 티오나 티오네의 시선에도 당황해, 어쩔 수 없이 후배 소녀의 손을 잡았다.

주위의 주목을 받으며 아이즈는 레피야를 이끌고 대식당을 나왔다.

"레, 레피야…… 어떻게, 알았어……?"

홈에 있는 빈 방 중 하나로 몰래 들어간 아이즈는 불안한 태도로 물었다.

보기 드물게 동요하는 그녀에게, 레피야는 여전히 고개를 들려 하지 않았다.

자신의 몸을 엄습한 중압감에 아이즈가 땀을 흘리고 있으려니 소녀는 천천히 입술을 움직였다.

"오늘 아침에, 시내 북서쪽으로 가는 아이즈 씨를 따라가다가…… 누군지도 모를 휴먼 남자애랑 끌어안고 있는, 예쁜 금발과 금안을 가진 아름다운 검사를 목격했어요."

"?!"

"아이즈 씨, 가르쳐주세요……. 아이즈 씨에게는 생이별한 여동생이나 언니가 계셨나요……? 아니면 그건 제 환각이었나요……? 하루 종일 생각해봐도 저를 수긍시킬 만한 해답을 찾을 수가 없었어요…….”

“레, 레피야……? 지, 진정해.”

“그게 아이즈 씨 본인이었다면…… 저는…… 저는……!!”

중압감을 배가시키며 레피야가 슬금슬금 아이즈의 눈앞으로 다가왔다.

식은땀이 정점에 달한 역전의 제1급 모험자. 그런 그녀를 자신의 그림자로 덮어가는 엘프 소녀.

코앞에서 소녀가 숙였던 고개를 들자, 그 푸른 눈에는 눈물이 가득 고여 있었다.

자칫하면 울음을 터뜨리며 매달리려는, 사랑하는 언니를 잃은 어린아이 같은 모습에 까닭도 모르게 겁을 먹어버렸다.

눈앞의 소녀에게 더 이상은 숨길 수 없다고 공포에 사로잡힌 채 아이즈는 신속하게 판단하고 신속하게 고백했다.

“……………시벽 위에서, 훈련.”

“으, 응.”

“…………그럼, 아침에 끌어안고 있었던 건요.”

“어…… 걸을 수도 없게 만든 걔를, 부축해주긴, 했지만…….”

소녀의 심문과도 같은 질문에 대답도 섞어가며 사정을 해명하기를 한동안.

레피야에게서 발산되던 시커먼 안개와 독기는 서서히 흐려져갔다.

오해가 풀려서인지 소녀의 공허했던 눈동자에도 겨우 빛이 돌아왔다.

"그러니까…… '원정'이 시작될 때까지, 그 휴먼에게 싸우는 법을 가르쳐주기로 하셨다는…… 그런 말씀인가요?"

또렷하게 확인을 구하는 목소리에 끄덕끄덕 고개를 움직였다.

겨우 냉정하게, 평소대로 돌아온 레피야의 분위기에 안도의 한숨을 내쉬었다.

아이즈는 가슴을 쓸어내렸다.

'다, 다른【파밀리아】인 주제에, 아이즈 씨에게 가르침을 청하다니……!!'

──반면 레피야는 조금도 안도할 수 없었다.

다른 파벌의 단원에게 싸우는 법을── 무상의 협력을 요청하다니 상식을 몰라도 분수가 있다. 주신과 주신, 파벌과 파벌이 서로 잘 알고 지내는 사이라면 또 모르지만 이번에는 그렇지도 않았다.【헤스티아 파밀리아】라니 대체 어디에서 갑자기 툭 튀어나온 신흥세력이란 말인가.

서로의 입장도 그렇지만 지위의 차이도 충분히 문제가 된다.

한쪽은 영세【파밀리아】의 하급 모험자, 한쪽은 도시 최강 파벌의 간부까지 지내는 제1급 모험자.

이 이야기를 들으면 분명 다른 사람들도 분수를 알라고 입을 모아 말할 것이다.

세상에! 믿을 수 없어! 후안무치해!!

오늘 아침에 본 백발 소년의 얼굴을 떠올리며 레피야는 마음속으로 수많은 매도를 퍼부어댔다.

'아이즈 씨와 단둘이서라니…… 너무 부러워, 가 아니고 뻔뻔해!!'

이것저것 이유를 갖다 붙이고는 있었지만 결국은.

이른 아침뿐이라고는 해도 아이즈를 독점하고, 훈련을 받는 그 모험자를.

이름도 모를 그 백발 소년을 질투했던 것이다.

"저기, 그게 아니야. 내가 가르쳐주겠다고, 그렇게, 말해서……."

소년은 잘못이 없다. 소년을 끌어들인 것은 자신이다. 분노와 질시로 얼굴을 붉으락푸르락 물들이는 레피야를 보며 아이즈는 황급히 그렇게 말했다. 필사적으로 소년을 감싸려는 그녀의 모습에 레피야의 불만은 한층 높아졌다.

"부탁이야, 레피야. 로키나 핀이나…… 다른 사람들에게는 비밀로 해줘."

그 아름다운 버들잎 같은 눈썹을 늘어뜨리며 금색 눈동자를 불안스레 떠는 아이즈.

그런 소년과의 훈련을 계속하고 싶은 것인지, 힘없이 애원한다.

입을 다문 레피야는 부들부들 떨고만 있었다.

이제까지는 밖으로 넘쳐날 것 같은 감정을 어떻게든 붙들어놓고 있었지만, 참을 수 없었다.

마침내 가슴속의 질투를 폭발시켜, 결의와 함께 목소리를 높였다.

"조, 조건이 있어요!! 안 들어주면, 다, 다 말해버릴 거예요!!"

얼굴을 붉히며 부르짖은 레피야는 동경하던 인물에게 생각지도 못한 교환조건을 내걸었다. 그리고 생각지도 못한 하극상, 아니, 반항에, 그런 말을 들을 줄은 몰랐던 아이즈는 디딩! 충격을 받았다.

'윽.'

그런 그녀의 표정에 가슴이 아팠지만 더 이상 물러날 수 없었던 레피야는 말을 이었다.

"저, 저도 그 휴먼하고 똑같이, 특훈을 시켜주세요!!"

──단둘이!!

한층 얼굴을 붉힌 레피야의 입을 가르고 나온 것은, 그런 말이었다.

그녀의 요구에 아이즈는 어리둥절 눈을 몇 차례 깜빡였다.

잠시 후, 살짝 고개를 끄덕였다.

"나라도…… 괜찮다면."

"스, 승낙하시는 거예요?!"

"응…… 괜찮은데?"

"마——만세에!"

아이즈의 허락에 가슴 앞에서 두 손을 맞잡으며 폴짝폴
짝 뛰어다녔다.

움직임에 맞춰 찰랑거리는 선황색 장발, 살짝 연분홍색
으로 물든 매끄러운 뺨.

조금 전까지 질투했던 소년에 대한 일도 잊고 레피야는
온몸으로 기쁨을 표현했다.

동경하는 소녀가 의아하다는 표정을 짓거나 말거나 빙
글빙글 제자리에서 돌았다.

이렇게 아이즈는 시벽 위에서의 훈련을 비밀로 해주는
대신.

소년과 소녀, 두 사람의 지도를 맡게 되었던 것이다.

'원정' 6일 전.

그리고 '훈련' 2일차.

어제 아침과 마찬가지로 해가 뜨기 훨씬 전부터, 아이즈
는 시벽 위에서 손에 든 검의 칼집으로 바람의 선율을 자
아내고 있었다.

날카롭게 바람을 가르는 소리와 고속의 섬광에 휩쓸리
는 것은 백발의 소년 벨이었다.

"무턱대고 움직여선 안 돼. 공간을 잘 활용하도록 위치를 늘 생각해."

"네, 넷!!"

휘두르는 칼집 너머에서 창졸간에 내민 《단도》와 함께 벨의 몸을 튕겨내며 아이즈는 조언을 덧붙였다. 격렬한 공방, 아니, 일방적인 공세를 펼치며 두 사람은 발을 재빠르게 놀리고 무기를 나누었다.

훈련 첫째 날이었던 어제 내내 아이즈가 고민했던 결과 결정한 지도 내용은 대련이었다.

말을 하는 것이 서툰 자신은 말로 가르칠 수 없다. 자신의 전술 지식을 충분히 전달할 수 없다.

첫날부터 숱한 실수를 거듭해 깨달은 아이즈는, 소년에게 한마디, '싸우자'고 제안했다.

무기와 무기를 맞부딪치고, 서로의 움직임을 읽으며, 이용할 수 있는 것을 모두 양식으로 삼는다.

자신과의 대련 속에서 많은 것들을 느끼고 훔치라고, 아이즈는 벨에게 그렇게 말했던 것이다.

아이즈 자신은 《데스퍼러트》의 칼집을 썼지만, 벨에게는 미궁탐색 때 쓰는 무기를 휘두르게 해 최대한 실전 형식에 가깝게 했다. 소년의 섣부른 우려를 불식시킬 만한 역량으로 한 번의 반격조차 허용하지 않은 아이즈는 베일 걱정이 없는 칼집으로 벨에게 몇 번씩 공격을 퍼부었다.

"무턱대고 막기만 해선 안 돼."

"어윽?!"

"공격이든 이동이든 좋아. 다음 움직임으로 이을 수 있도록 막아."

물론 벨의 자기학습에 맡기기만 한 것은 아니었다.

대련 도중 알아차린 것이 있다면 공격과 함께 조언을 덧붙였다. 말을 잘 못 하는 아이즈도 나름대로 최소한의 지도를 섞어넣었다.

소년이 드러내는 수많은 허점, 혹은 얄팍한 판단에 주의를 주듯, 휘두르는 칼집에 말을 섞어 그의 몸을 후려쳤다.

'어쩐지, 신기해…….'

아침놀이 멀리 어스름을 밀어내기 시작했을 때, 아이즈는 필사적으로 방어하는 벨을 바라보았다.

핀이나 가레스, 리베리아에게 9년 전부터 전투를 배웠던 자신이 —— 모험자의 방식이나 지식을 배워왔던 자신이, 이렇게 남을 가르치게 되다니.

조금 감개무량함을 느끼면서 아이즈는 눈앞의 소년에게 어린 시절의 자신을 겹쳐보았다.

숨을 헐떡이면서도 일어나 덤벼드는 그의 모습이, 호승심 강하고 융통성 없던 금발금안의 소녀로 바뀌었다. 결국 지금 자신은 사탕과 채찍을 교묘히 사용하는 핀이며, 언동이 호쾌한 가레스며, 그리고 오로지 지엄했던 리베리아인 걸까.

칼집을 휘두르던 손을 멈추고 아이즈는 세 사람이 자신

에게 했던 지도를, 특히 대련의 광경을 떠올렸다.

그저 싸우기만 해서는 안 된다.

상대의 움직임을 이끌어내도록, 이해하도록 파고들어 공격을 꽂는다.

적어도 핀 같은 사람들은 그렇게 해 어린 아이즈에게 싸움이란 것을 가르쳐주었다.

'나는 아직 그런 일은 할 수 없어……'

자신은 그들의 흉내도 내지 못한다. 그만한 영역에는 도저히 이르지 못했다.

어제처럼 상처만 늘어나는 벨을 보며 아이즈는 미안하게 생각했다.

역시 【파밀리아】의 선배들은 위대했다.

반감만 품었던 어린 아이즈에게 끈덕지게 무언가를 가르치고, 타이르고, 이끌어준 세 사람의 그릇을 실감한 것과 함께 자신의 미숙함을 다시 인식했다.

가르침을 청한 벨은 물론이고, 자신 또한 이 연습을 통해 그와 함께 훈련을 해나가야만 한다고 아이즈는 자신에게 사명을 부여했다.

어둠을 가르는 칼집의 공격이 소년의 단도와 부딪쳤다.

"응…… 지금 건, 좋았어."

"저, 정말요?!"

핀이 구사했던 사탕과 채찍을 참고해, 공격을 잘 튕겨낸 벨을 칭찬했다.

이미 너덜너덜해진 소년은 그런 아이즈의 칭찬이 어지간히 기뻤는지 아픔도 잊고 환하게 웃음을 지었다.

마치 눈앞의 당근에 기뻐하는 토끼 같은 모습이 흐뭇하게 여겨진 아이즈는 키득 조그맣게 웃었다.

그것을 본 벨은 금세 얼굴을 새빨갛게 물들여 아이즈가 고개를 갸웃하게 만들기는 했지만.

"잠깐만, 쉴까."

"아, 네."

어깨로 숨을 쉬는 벨에게 그렇게 제안하고 오른손에 든 칼집을 내렸다. 그도 고분고분 따라 나이프를 칼집에 꽂았다.

넓은 시벽 위에서 다섯 걸음 정도의 거리를 두고 마주 선채, 아이즈와 벨은 달아오른 몸을 서늘한 공기로 식혔다.

'어제보다, 나아졌어……'

얼굴에 떠오른 엄청난 땀을 팔로 닦아내는 벨을 아이즈는 가만히 살펴보았다.

당초 목적이었던 '성장력'이 이유인지 어떤지는 모르겠지만 첫날에 비해 소년의 움직임은 차원이 다를 정도로——라고 하면 말이 지나칠지도 모르지만, 상당히 변했다.

그 모습은 굳이 비교하자면, 아이즈가 했던 말을 홈에 돌아가 하염없이 반복했던 것처럼 우직하고 한결같은 자세가 느껴졌다.

나쁘게 말하자면 아이즈가 지시한 것 이상은 하지 못하는, 교사인 아이즈의 의도를 넘어서지는 못한다는 뜻이지만, 지금은 일단 그 점은 차치하기로 하자.

'이 아이의 과제는 방어…… 그 다음에는, 기술하고 허허실실.'

어제, 다시 말해 훈련 1일차에 아이즈는 소년의 현재 상태와 결점을 간파하고 지적했다.

벨 크라넬은 '겁쟁이'다.

그것은 반드시 나쁜 의미는 아니며, 오히려 솔로 플레이를 할 때는 중요한 장점이 된다. 그러나 전투 상황에서는 그 면모가 한 가지 문제점을 부각시키고 만다.

소년은 외견 그대로 토끼처럼 상대의 공격을 두려워하고 아픔을 무서워해 회피를 선택하기 일쑤였다. 다시 말해 회피행동에 비해 방어가 매우 서툴렀다.

이 방어 방법을 지도하고 개선시키는 것이 자신의 가장 큰 과제라고 아이즈는 생각했다.

욕심을 낸다면 적의 공격을 바깥에서 부수고 흘려내는 '기술'을 전수하고 싶었다.

【로키 파밀리아】의 '원정'이 시작되기까지 7일. 그 짧은 기간 동안 이루어지는 훈련. 그동안 방어, 그리고 기술과 허허실실을 일말이나마 몸에 새겨놓고 싶다고, 임시이기는 하지만 교사인 아이즈는 소년과의 훈련이 나아갈 방향을 생각하고 있었다.

소년에게 부족한 것, 서툰 분야, 그리고 성장.

그런 것들을 독자적으로 고찰하며 아이즈는 벨에 대해

알아낸 것을 정리해나갔다.

'다리는, 좋아⋯⋯.'

특화일변도로 가고 있는 위기회피능력은 아이즈의 눈으로 봐도 뛰어났다.

'겁쟁이'라는 성격도 관계가 있을지 모르지만, 소년의 뛰어난 무기인 것은 사실이다.

벨의 기본전술은 히트 앤 어웨이.

기질이나 체격, 종족, 무기의 상성으로 봐도 그것은 틀리지 않았다.

하지만── 소년이 앞으로 나아갈 용기를 얻는다면.

지금 상태에서 한 꺼풀 벗을 수 있다면 재미있어질 거라고, 아이즈는 그렇게도 직감했다.

제일 먼저 뇌리에 떠오른 것은 속도와 공격횟수로 밀어붙이는 격렬한 러시.

두 손으로 무기를 다룰 수 있게 된다면, 더블 나이프를 마스터한다면 두말할 나위도 없다.

정면에서 펼치는 빠른 공세. 그야말로 아이즈의 취향에 맞는 전법이다.

──그리고 여기까지 생각한 아이즈는 흠칫했다.

자신의 취향으로 유도⋯⋯ 소년을 자신의 색으로 물들이려 한다는 사실을 깨닫고, 안 되지 안 돼. 못써 못써. 고개를 설레설레 흔들었다.

구체적인 배틀 스타일의 결정은 벨 자신에게 맡겨야

한다.

다른 사람의 이상을 강요해봤자 좋은 일은 없다. 전법에 관해서는 거의 확실하게 그렇다.

어디까지나 자신은 기초를 가르쳐줄 뿐, 유도해선 안 된다고 냉정하게 자신을 다스렸다.

'……하지만, 약간.'

마음에 걸리는 게 있다고, 아이즈는 중얼거렸다.

겨우 호흡을 가라앉힌 벨을 관찰하며, 조금 전의 대련에서 마음에 걸렸던 점을 입에 담았다.

"'겁이 많다'고 해서……."

움찔. 벨이 두 어깨를 떨었다.

그 과도한 반응을 보고 아이즈는 역시나, 하고 자신의 생각이 틀리지 않았음을 깨달았다.

"신경, 쓰여? 내가 어제, '겁이 많다'고 해서……."

"어, 아뇨, 그건………… 네."

시선을 좌우로 지면으로 바쁘게 굴린 후.

고개를 숙인 벨은 마지막으로는 꺼져 들어갈 듯한 목소리로, 처량하게 긍정했다.

그 모습에 눈썹을 늘어뜨리며 아이즈는 자신이 실수했음을 통감했다.

『넌, **겁이 많구나.**』

『넌 **무언가를** 두려워하고 있어.』

『네가 무엇을 두려워하는지 모르겠지만…… 아마 너는

그 순간이 오면, 도망칠 수밖에 없을 거야.』

어제 본격적으로 대련을 시작하기 전에 아이즈가 했던 말이다.

벨이 품은 것을 간파하고, 그러한 말을 들려주었던 것이다. 분명 벨 자신도 생각하는 바가 있었으리라.

어제의 대련 이후로 벨은 필사적으로 후퇴를 거부하고, 때로는 무리를 해서 아이즈의 공격을 받아내려 했다. 공격에 겁을 먹는 것을 부끄러워하듯.

아이즈의 지나치리만치 정확한 지적에 그의 가슴이 도려져나가, 아픔을 수반한 분노와 수치를 품어 그것이 지금까지도 이어진 것이다.

'또, 상처를 주고 말았어…….'

아이즈는 벨이 '무언가'에 겁을 먹고 있음을 느꼈다.

그 '무언가'의 정체를 파악하는 데까지는 이르지 못했지만, 상처의 깊이는 아마도 트라우마라 불리기에 충분할 것이다. 쉽게 극복할 수 있는 것이 아니다.

소년이 무의식중에 고뇌하던 마음의 상처를 가차 없이 자극하고 말았음을 아이즈는 자책했다. 자신은 왜 이렇게 서툰 걸까 하고.

혹은, 벨은 아이즈에게만은 그런 말을 듣고 싶지 않았는지도 모른다.

'겁이 많다'는 말을.

지금도 그렇지 않다고 외치고 싶은지도 모른다.

어딘가, 자신의 앞에서는 강한 척하려 하는 벨을…… 비참함과 부끄러움에 시달리는 어린 소년을 보고, 아이즈는 그렇게 느끼고 말았다.

"……저기, 있지. 내가 말한 '겁이 많다'는 얘기는, 그러니까, 달라."

소년이 그런 표정을 짓지 않았으면 했던 아이즈는 직접 말을 건네고 있었다.

"너를 멋없다거나, 한심하다거나, 난 그렇게 생각하지도 않고…… '겁이 많다'는 건, 어제도 말했지만, 정말로 중요한 거고……."

띄엄띄엄, 더듬더듬, 여느 때와 달리 음성에 감정을 담은 아이즈에게 벨은 숙이고만 있던 고개를 들었다. 이리저리 흔들리는 루벨라이트색 눈동자에 대고 열심히 설명하려 해도 좀처럼 말로 바꾸기가 어려웠다.

설명이 잘 되지 않아 답답하게 생각하며, 아이즈는 한 차례 눈을 질끈 감고 심호흡을 했다.

"……겁이 많은 거하고, 신중함을, 착각하는 건 안 좋지만……."

핀, 가레스, 리베리아의 말을 떠올리며 아이즈는 우선 그렇게 전제를 깔았다.

"무언가를 두려워한다는 건, 던전에서, 파티를 구해줄 때도 있어."

"……."

"오히려, 두려움을 느끼지 않는 사람이 위험해."

자신처럼.

그렇게 마음속으로 말을 잇고, 귀를 기울이는 벨에게 설명해주었다.

"그러니까 겁이 많다고 부끄러워하지 말고…… 소중히 여겨줘."

"아이즈 씨……."

"난, 잊지 않았으면 좋겠다고, 그렇게 생각해."

눈을 크게 뜬 벨에게 자신의 마음을 다 전한 아이즈는 다시 말을 이었다.

이렇게 마주 보며 소년과 정반대되는 위치에 있는 자신을 다시 살펴보듯.

"내가, 그랬으니까."

"네?"

"리베리아랑 다른 사람들한테 엄청 걱정 끼치고…… 티오나랑 티오네, 동료들한테도 피해를 주고. 아무것도 느끼지 못하게 된다는 건, 분명, 아마…… 모험자가 아니고, 몬스터나 마찬가지."

강함만을 하염없이 추구해, 공포심이 마비되고 만 자기 자신에게 눈을 내리깐다.

이제까지의 과거를 돌이켜보며, 그래도 변할 수 없는 자신에게 어리석은 감정을 품으며 아이즈는 말했다.

"나처럼 되면, 안 돼."

시선을 발치에 떨구며 자신을 비하한다.

목에서 툭 떨어진 자신의 목소리가 어딘가 멀었다. 어스름이 아이즈의 가녀린 어깨를 감쌌다.

시야에서 벨의 모습을 지우고 시벽의 포석으로 눈을 내리깔았다.

"──그, 그렇지 않아요!!"

하지만 앞에서 터져나온 큰 목소리가 아이즈의 생각을 차단하고 시야를 흔들었다.

"아이즈 씨는 절 구해줬잖아요! 몬스터랑 마찬가지라니, 절대 안 그래요!!"

놀라 고개를 들자 몸을 이쪽으로 내민 벨의 모습이 보였다.

그는 필사적으로 말을 던졌다.

"저를 구해준 당신은, 정말 멋있었어요! 어렸을 때 봤던 이야기 속의 영웅하고 똑같이, 아름다워서, 저도 이런 모험자가 되고 싶다고, 그런 생각이 들어서! 그래서 저는 이렇게…… 어, 아니, 그게, 뭐라고 해야 하나……!!"

마구 주워섬겨대던 벨은 입을 가르고 튀어나온 말의 내용에 스스로 무언가 흠칫했는지 차츰 홍조를 띠며 말을 더듬거렸다.

한편 아이즈는 아이즈대로 소년의 진심 어린 찬미와 존경에 자신도 모르게 얼굴을 붉혔다.

너무나도 올곧은 말에 눈을 크게 뜨고, 뺨에 열기가 모여드는 것을 느끼는 가운데…… 역시 이 아이는 옛날의 자신 같다고.

빰을 엷게 물들인 채, 아이즈는 입술에 천천히 웃음을 지었다.

어머니가 들려주는 이야기에 눈을 빛내던 자신.

영웅의 존재를 꿈꾸던 자신.

어린 날의 다정한 기억을 눈앞의 소년이 환기시켜주었다.

싸늘해졌던 가슴에 소소한 온기가 돌아왔다.

"고마워……."

그 감사의 말에 한순간 넋이 나갔던 벨은 엄청난 속도로 부끄러워하기 시작하더니, 이쪽을 똑바로 쳐다보지 않으려고 시선을 이리저리 돌려댔지만.

아이즈가 웃음을 지어 기뻤는지, 멋쩍어 하며 자신도 웃었다.

"……훈련, 계속할까."

"아, 네!"

어딘가 간지러운 감정을 느끼고 있으려니 동쪽 하늘에 변화가 일어났다.

아득히 저 멀리 산의 능선이 뿌옇게 불그레한 빛을 띠기 시작하고, 어스름한 푸른 하늘을 아침놀 빛으로 물들이려 했다. 그 아름다운 광경을 바라보는 아이즈는 내리고 있던 칼집을 들었다.

벨 또한 기운차게 대답하고 훈련을 재개했다.

'……좋아졌어.'

의식을 전환하고 【검희】의 얼굴로 돌아온 아이즈는 눈앞에서 보이는 벨의 움직임에 눈을 가늘게 떴다.

여전히 칼집의 움직임을 다 막아내진 못하지만, 소년은 무턱대고 앞으로 나오려 하지는 않았다. 강박관념을 떨쳐낸 얼굴로, 자신의 간격을 염두에 두고, 아이즈의 공격을 열심히 따라잡으며 나이프를 꽂으려 했다.

정말로 자신의 말이 전해졌는지, 벨은 무턱대고 뛰어들지 않게 되었다.

말로 이끌어줄 수 있었다는 사실이 지도를 맡은 사람으로서 더할 나위 없는 기쁨을 주었다.

——해, 해냈어.

대화가 서툰 만큼 아이즈는 그 기쁨이 현저해 마음속의 어린 아이즈도 쌍수를 들며 기뻐했다.

그래서, 자신도 모르게, 힘이 들어가고 말았다.

수평으로 휘두른 칼집이 잔상을 남길 정도의 속도를 띠었다.

"뿌억?!"

"아."

신이 난 아이즈의 일격이 벨의 뺨에 직격해, 괴성과 함께 몸이 옆으로 굴러갔다.

소리를 내며 포석 위에 뒤집어진 소년의 몸에서 힘이 축 빠져나갔다.

멋지게 기절했다.

"또······."

저질렀다. 그렇게 중얼거린 아이즈는 황급히 소년에게 달려갔다.

방심하면 금방 이 모양이다. 역시 지도 경험이 전혀 없는 자신은 공격에서 힘을 빼는 법을 잘 모르는 것이다.

풀이 죽어, 포석 위에 무릎을 꿇고 벌렁 나자빠진 소년을 열심히 치료하기 시작한다.

그리고.

문득 깨달았다.

"이건······."

눈을 감고, 잠이 든 것처럼 의식을 잃은 소년.

아이즈는 눈앞의 광경에 강한 기시감을 품었다.

약 일주일 전. 소년은 던전 제5계층에서 마인드다운을 일으켜 똑같이 쓰러져 있었다.

그렇다── 리베리아가 시키는 대로 무릎베개를 실행했다가 그가 도망쳐버렸던 그 상황과 똑같았던 것이다!

벨이 전력으로 도망치는 바람에 새빨개진 얼굴로 리베리아에게 항의했던 그날.

미목수려하고 박식한 하이엘프는 '남자는 보통 기뻐하는 법'이라느니 '네 방식이 나빴던 것 아니냐'라느니 태연하게 시치미를 뚝 떼고 말했다. 아이즈의 뇌리에는 당시의 기억이 선명하게 새겨져 있었다.

실제로는 웃음을 필사적으로 참던 리베리아에게 놀림을 당한 것뿐이었지만── 아이즈는 그 지적을 진지하게 받아들이고 있었다.

꼴깍.

무의식중에 목을 울리고, 천천히 벨에게 접근하는 아이즈.

이대로는 끝낼 수 없다. 융통성 없는 호승심을 여기서도 발휘해 타도 리베리아, 타도 흰토끼를 내걸었다. 설욕전이었다.

이번에는 실패하지 않기를.

아이즈는 가만히 벨의 머리를 들어, 무릎을 꿇고 허벅지 위에 얹었다.

"음……."

허벅지에 얹힌 소년의 무게. 그때와 똑같다.

무릎베개를 해준 아이즈는 익숙하지 않은 멋쩍음을 다시 느끼며 뺨을 살짝 붉혔다.

동쪽 하늘이 조용히, 서서히 밝아졌다.

푸른 밤하늘의 잔재와 붉은 아침 하늘의 경계, 아름답고도 환상적인 하늘의 색에 에워싸이며 별 생각 없이 소년의 이마와 뺨을 손가락으로 만져보았다.

역시 마음이 깨끗해지는 것 같다고, 천진난만한 얼굴을 내려다보며 미소를 지었다.

어린 자신을 재워주던 어머니나 아버지도 이런 기분이었는지 모르겠다.

기분 좋은 고동 소리를 들으며 흰토끼의 머리를 연신 쓰다듬었다.

오늘의 목적도 잊고, 아이즈는 이 무릎베개 시간을 탐닉했다.

"으음……."

잠시 후 소년의 눈꺼풀이 떨렸다.

아이즈는 흠칫해 손의 움직임을 멈추고 허리 뒤로 두 손을 감추었다.

긴장된 빛──── 타인이 보기에는 감정이 희박한 표정을 가장하며 소년의 반응을 기다렸다.

마른침을 삼키고 지켜보니, 눈을 뜬 벨은 천천히 정신을 차리고.

"엑…… 뜨아아아?!"

비명을 지르며 무릎베개에서 이탈한다.

상황을 이해하자마자 벌떡 일어나 황급히 도망친 벨을 보며 아이즈는 추욱 어깨를 늘어뜨렸다.

리베리아의 말대로 역시 방법이 좋지 못했던 걸까…….

무릎베개 자세 그대로 풀이 죽은 아이즈를 내버려둔 채 피난해, 시벽 위 한구석에서 흉벽을 등지고 벨은 얼굴을 붉히며 외쳤다.

"왜, 왜, 왜 무릎베개인 거예요?!"

요란하게 말을 더듬으며 캐묻는 벨에게, 아이즈는 이건 안 되겠다고 재빨리 생각에 잠겼다. 아무리 그래도 리베리아에게 지는 것이 분해서 설욕전을 했다고는 말할 수 없다.

끙끙 마음속으로 신음하는 아이즈.

그리고 눈을 돌리며 궁색한 변명을 했다.

"……이걸 하면…… 체력이, 빨리 회복되니까……."

벨은 엄청나게 의심하는 표정을 지었다.

"……미안."

아이즈는 눈을 떨구며 고분고분 사과했다. 돌바닥에 무릎을 꿇은 채, 거짓말을 해버린 것을 사과했다.

"사실은, 내가 너한테 해주고 싶어서……."

그리고 있는 그대로 본심을 털어놓자 듣고 있던 벨은 순식간에 얼굴을 새빨갛게 물들였다.

"아이즈 씨는 얼빵하다, 아이즈 씨는 얼빵하다, 아이즈 씨는 얼빵하다……!!"

오해를 사지 않으려는 아이즈의 발언에 소년은 동요를 일으켰는지 망가져버렸다. 머리를 두 손으로 끌어안으며 자신을 타이르듯 웅얼웅얼 무언가를 중얼거렸다. 결코 착각해선 안 된다는 파동을 뿌려대는 벨에게 아이즈는 고개를 갸웃했다.

"역시…… 싫었, 어?"

"네에에?!"

그 이상한 반응에 아이즈가 조심스레 묻자 벨은 얼굴을

획 쳐들었다.

　다음으로는 한층 새빨갛게 물들어 두 손을 내저으며 맹렬히 부정했다.

　"싫지 않았어요!! 오히려 득 봤달까, 가아니고거거짓말거짓말거짓말거짓말이었어요지금그건그게아니고요?! 그 뭐냐, 기쁘긴 했지만, 아니 이상한 의미로 그렇다는 게 아니고……!!"

　얼굴 전체를 잘 익은 사과처럼 만들며, 벨은 당황해 의미를 알아들을 수 없는 말을 늘어놓았다.

　"그럼, 해도 돼?"

　"하셔도 된달까, 해주시면 기쁘기야 하지만 한심하달까 부끄럽달까, 기, 기절한 동안에는 어쩔 수 없이 받아들여야만 한달까……!!"

　"——그럼, 기절한 동안에는 괜찮겠네."

　"엑."

　슈팟 재빠르게 일어나며 칼집을 드는 아이즈. 금색 눈동자로 어딘가 탐욕스럽게 벨의 머리를 바라본다.

　리베리아의 지적에 굴하고 싶지 않다는 호승심. 무엇보다도 다시 한 번 흰토끼에게 무릎베개를 해주고 싶다는 욕구가 아이즈의 내면에 싹트고 있었다. 치유받고 싶다. 머리카락을 폭신폭신 만지고 싶다.

　슬금, 슬금.

　서서히 간격을 좁히는 아이즈에게, 어딘가 기이한 분위

기에 벨은 입술을 실룩거렸다.

"아, 아이즈 씨, 아이즈 씨이?! 어쩐지 눈빛이 이상해지지 않았나요?!"

"기분 탓."

벨은 겁을 먹으며 단도를 들고 후퇴하려 했지만 뒤는 이미 흙벽이었다. 도망칠 곳은 없다. 눈동자를 흥미진진하게 빛내며 소년의 의문을 단칼에 베어버린 아이즈는 다음 순간 달려들고 있었다.

2초도 버티지 못하고,

"끼야악——"

허공에 비명이 솟아났다.

몇 분 후.

시벽 위에는 멋들어지게 의식이 깎여나가 무릎베개를 당한 벨의 모습이 있었다.

토끼의 앞머리를 쓰다듬는 아이즈는 어딘가 만족스러운 표정이었다.

그로부터 다시 몇 분 후.

훈련의 취지를 착각했음을 깨달은 소녀는 흠칫 어깨를 떨었고.

소년이 눈을 뜬 것과 동시에 굽실굽실 몇 번이나 사과를 했다.

'마법'의 시험사격, 혹은 마도사의 포격훈련은 대개 던전 내에서 치러진다.

말할 필요도 없이, 도시 내에서 공격마법을 쏘았다간 시가지나 시민에게 피해가 미쳐 길드의 제재를 받기 때문이다.

몬스터가 출현하는 미궁 같은 전장이라면 같은 모험자들이 말려들지 않는 한 원망을 살 걱정은 없다. '마법'의 효과나 영창 내용을 다른 파벌에게 노출시키지 않도록, 훈련을 원하는 마도사들은 던전의 정규 루트를 벗어나 계층 안쪽 깊숙한 곳으로 간다.

"잘 부탁드립니다, 아이즈 씨!"

따라서 레피야도 던전 제5계층 서쪽 끝의 '룸'에 있었다.

'원정'을 6일 앞둔 오전.

모험자들이 속속 미궁에 내려오기 시작하는 가운데 엘프 마도사는 한발 먼저 계층 가장 깊숙한 곳의 널찍한 방에 자리를 잡았다. 그녀의 정면에는 소년과의 2일차 수련을 마친 아이즈가 서 있었다.

현재 위치인 정사각형의 광대한 공간은 출입구가 하나뿐이다. 인기척도 전혀 없어 '마법'의 정보를 은폐하기에도, 시험사격을 하기에도 적격이다. 이런 마도사의 포격훈련에 적합한 에어리어 쟁탈은 보통 선착순이므로 스타트 대시 속도가 중요하다.

효율적으로 수입을 얻기 위해 몬스터 사냥터를 다투는 하급 모험자들 사이의 분쟁은 적지 않지만, 지적인 자들이 많은 마도사들은 어지간해서는 훈련소를 둘러싼 골칫거리는 일으키지 않는다.

"그래도 죄송해요, 아이즈 씨. 제 훈련에까지 동참시켜서……."

"아냐, 괜찮아."

지팡이를 들며 사과하는 레피야에게 경장과 검을 장비한 아이즈는 고개를 가로저었다.

'원정'까지 남은 기간 동안 아이즈는 이른 아침에는 소년, 그리고 오전부터 저녁까지는 레피야의 훈련을 봐주게 되었다.

홈에서 함께 아침을 먹고 쉴 사이도 없이 던전에 따라오게 해 미안함을 느끼면서도 아이즈를 앞에 둔 레피야는 의욕과 흥분으로 가득했다.

소년 다음이라는 것이 아주 조금 불만이기는 했지만——지금부터 저녁까지 자신과 아이즈는 단둘이 있을 수 있다!

어떠냐, 봤느냐, 부럽지! 마음속으로 이름 모를 소년 모험자에게 레피야는 부르짖었다. 쓸데없는 대항의식을 불태우는 엘프 소녀는 동경하는 상대와 함께이기도 해 콧대가 높아졌다.

아이즈에게 훈련을 청하길 잘했다고 들뜨면서 레피야는 의기양양하게 훈련이 시작되기를 기다렸다.

"그러면, 시작할 텐데……."

"네!"

"뭘 할까……."

"……."

그리고 초장부터 막혔다.

"난 검사니까. 레피야에게 가르쳐줄 만한 게, 있을지, 뭐랄까……."

두 소녀는 새삼스레 근본적인 문제를 공유했다.

모험자로서 얻은 노하우라면 모를까, 순수한 검사가 마도사에게 가르쳐줄 수 있는 내용은 전무하다고 해도 과언이 아니다. 레피야처럼 영창기술과 포격의 극의를 익히려하는 후열 직업과 백병전을 추구해 공격수를 맡은 아이즈와 같은 전열 직업은 운용이나 전투방법이 달라도 너무 달랐다.

"레피야랑 할 일도, 어제부터 계속 생각해봤는데…… 역시 생각이 나질 않아서."

미안한지 고개를 숙이며 힘없이 중얼거리는 아이즈.

소년을 지도할 내용도 매일 생각하고 또 생각해야 하는 그녀의 머리는 파열 직전이었다.

사실 마도사로서 기술력을 높이고 싶다면 이제까지 그랬던 것처럼 같은 마도사인 리베리아에게 배우는 편이 훨씬 낫다. 훨씬 도움이 된다.

아이즈와의 훈련이라는 데만 눈이 가서 들떴던 레피야

는 자신의 얄팍한 생각을 부끄러워하며 식은땀을 흘렸다.

함께 지면에 시선을 떨군 채 무거운 침묵을 짊어진 엘프와 휴먼.

이럴 때는 꼭 몬스터의 포효도 들려오지 않는다.

"그, 그 휴먼하고는, 무슨 일을 했나요?!"

분위기에 견디지 못하고 레피야는 정신이 들고 보니 그렇게 묻고 있었다.

질문을 받은 아이즈는 소년과의 훈련 내용을 들려주었다.

"그 애하고는 대련을……."

그리고 여기까지 말한 아이즈는.

무언가 감이 오는 것이 있었는지, 생각하는 몸짓을 보였다.

"……레피야는, 리베리아에게 '병행영창' 배웠어?"

질문에 질문이 날아들어, 레피야는 놀란 표정을 지은 후 뻣뻣하게 고개를 끄덕였다.

"어, 네. 일단 기초는 배웠지만…… 어…… 영 신통치 않아서……."

부끄러움으로 뺨을 물들이며 아이즈에게 고백한다.

지식은 일단 모두 익혔지만 제대로 실천을 못하고 있었다. 기껏해야 걷거나 가볍게 뛰며 영창하는 정도였다.

사범인 리베리아는 정신과 마음이 미숙하다고 단언하고 명상과 같은 내면 수행을 부과했다. '병행영창'은 아직 멀었으며, 마법을 재빠르게 완성시킬 수 있도록 영창 기술 수련에 무게를 두는 것이 현재의 상황이었다. 영창을 1초단축할 수 있으면 그만큼 파티의 부담이 줄어들며, 그 1초가 던전에서는 종종 명암을 가른다. 영창 기술은 마도사의 기본이자 극의였다.

『레피야는 마 두부 멘탈이라 그런기라.』

로키도 그렇게 의미 모를 소리를 하며 그렇게 웃은 적이 있었다.

까놓고 말해 이그니스 파투스를 결코 일으키지 않도록, 어떤 상황에서도 당황하지 않도록 리베리아가 말하는 '거목의 마음'을 익히는 중이었다.

얼굴을 붉혀가며 자신의 미숙한 점과 지도받고 있는 내용을 들려주자 아이즈는 흠흠 고개를 끄덕였다.

"……어쩌면 리베리아가 말하는 것과 섞여서, 나쁜 결과가 될지도 모르지만."

우려를 입에 담으면서도 아이즈는 레피야의 눈을 바라보았다.

"'병행영창' 연습. 나하고, 해볼까."

——실전 형식으로.

숨을 흠칫 멈춘 레피야에게 아이즈가 말을 이었다.

"이걸 할 수 있으면, 레피야는 자기 혼자서도 싸울 수 있게 될……지도 몰라."

꼴깍, 레피야가 목을 울렸다.

그것은 그야말로 이동포대. 후열 마도사가 꿈꾸는 이상형이다.

기초를 철저히 다지려 하는 리베리아의 가르침을 살리면서 아이즈와도 연습한다면—— 리베리아의 지도와 아이즈의 훈련이 합쳐지면 길이 열리지 않을까.

적어도 무언가가 바뀔지도 모른다고, 레피야는 희망과도 비슷한 생각을 품었다.

"리베리아는 아마, 레피야가 자신감을 얻은 후에 '병행 영창'을 가르치려고 했을 거야⋯⋯."

"⋯⋯."

"그건 분명 잘못은 아니야⋯⋯. 내가, 쓸데없는 짓을 하려는 걸지도 몰라."

어떻게 할래?

아이즈는 마지막 판단을 레피야에게 맡겼다.

금색 눈동자가 바라보자, 레피야는 고개를 숙인 채 두 손으로 지팡이를 꽈악 쥐었다.

아이즈의 말대로, 정신이 미숙한 자신의 내면을 단련하고 자부심을 얻어 마도사로서 대성시키려 하는 리베리아의 판단은 분명 옳을 것이다.

하지만 그 자부심은 과연 언제쯤에나 손에 넣을까?

아이즈나 리베리아, 티오나나 티오네의 곁에서—— 너무나도 높은 동경의 존재들 곁에서, 더 이상 그들에게 짐이 되지 않는다는 절대적인 자신감을 얻을 날은 과연 언제일까?

1년 후?

5년 후?

수십 년 후?

기다릴 수 없다── 너무 멀다.

지금부터 무슨 수를 써서라도 높은 경지를 추구해 달려 나가지 않는다면, 그녀들의 곁에는 설 수 없다.

몬스터 필리아나 제24계층에서의 못난 모습이 되살아나는 한편, 그때 '병행영창'을 익혔더라면 하는 '만약'을 생각했다.

분명 자신은 짐이 되지 않았을 것이다. 적어도 그녀들에게 더 도움이 되었을 것이다.

위험성을 고려하더라도, 미래가 아닌 지금을 위해 최선을 다하고 싶었다.

고개를 든 레피야는 아이즈의 눈을 돌아보았다.

"'병행영창' 훈련을 해주세요! 저와 같이 수련해주세요!!"

그리고 결의를 목소리로 바꾸어 외쳤다.

목표는 '병행영창'의 습득.

도달지점은 이동포대.

높은 목표를 내걸고 의연한 눈빛을 보이는 레피야에게 아이즈도 알았다고 고개를 끄덕였다.

진지한 표정으로 마주선 두 사람은 훈련의 방향성을 결정했다.

"그러면 내 공격을 피하면서 영창해보겠어?"

"네!"

발검한 《데스퍼러트》 본체는 지면에 꽂아놓고 아이즈는 칼집을 들었다.

이에 따라 레피야도 지팡이를 들었다. 리베리아에게 배웠던 '병행영창'의 기본지식을 되새기며, 영창과 이동을 양립시키고자 마음을 다잡는다.

'마력'의 고삐를 쥐고 우선은 몸을 움직이는 것을 염두에 두었다.

입술의 움직임도 흐트러져서는 안 된다.

흔들리지 않는 담력을. 거목의 마음을.

스스로 긴장감을 주며 레피야는 땅을 박찬 것과 동시에 영창을 시작했다.

"【해방──】"

그리고 뒤로 뛰며 영창하는 그녀를 향해── 신속의 참격이 날아들었다.

"어?"

그렇게 중얼거린 순간 레피야의 옆구리에 칼집이 꽂혔다.

"허끅?!"

"아."

【검희】의 일격이 작열해 날아가버린 레피야. 허공에 떠오르는 지팡이.

공격을 날린 당사자는 칼집을 휘두른 자세로 굳어버렸다.

던전 바닥을 데굴데굴 굴러간 레피야는 몸을 두 손으로 지탱하며 고통에 끙끙거렸다.

"하으으윽……."

"레, 레피야."

아이즈가 황급히 달려와 필사적으로 사과했다.

영창이 두 글자 정도밖에 성립되지 않아 이그니스 파투스는 면했다고 식은땀을 흘렸다.

땅바닥에서 부들부들 떨며 레피야는 신음할 수밖에 없었다.

"정말 미안해……. 그 아이하고 훈련하던 생각만 앞서서, 진짜로 공격해버렸어."

하지만 그 말에 눈썹이 분노의 각도로 치솟았다.

'그 아이'란 결국 자신에게서 아이즈를 빼앗아갔던 그 백발의──

그 순간 얼굴에 열기를 띤 레피야는 고통 따위 모조리 뿌리치고 벌떡 일어났다.

"저, 저는 괜찮아요!! 지금처럼만 해주세요, 계속!!"

"으, 응."

손으로 옆구리를 쥐며 뻣뻣한 웃음을 흘리는 엘프 소녀에게 아이즈는 압도되었다.

소년에게 대항심을 활활 불태운 레피야는 이제까지 보인 적이 없는 호승심을 발휘했다.

떨어졌던 지팡이를 주우러 가며 고운 눈썹을 치켜세웠다.

아이즈를 앞에 두고 다음 '병행영창'에 착수했다.

"에윽?!"

그러나.

"흐엑?!"

전혀.

"꺄앙!!"

잘 되지 않았다.

"해, 【해방될 한 줄기——비익?!】"

중단된 영창과 함께 칼집에 얻어맞아 날아간 레피야는
마침내 축 늘어졌다.

풀려버린 두 다리, 털썩 땅바닥에 떨어지는 조그만 엉덩
이. 지팡이를 내던지며 헥헥 요란하게 숨을 몰아쉬었다.

영창이 전혀 성립되지 않았다.

힘을 뺀 아이즈의 공격을 간파하는 것이 고작이라 정작
주문은 이어나갈 수가 없었던 것이다. 이그니스 파투스를
미연에 막는 능력만 쓸데없이 터득한 기분이 들었다.

그나마 하급 모험자인 소년처럼 금세 기절하지는 않았
지만 이미 몸은 너덜너덜해졌다.

"미안해, 레피야……."

축 늘어진 레피야의 눈앞에서 아이즈는 눈을 내리깔며
사과했다.

자신의 생각이 얄팍했다고 의기소침한 목소리로 말한다.

"리베리아 말이 맞았어……. 나 같은 사람이 간섭해선

안 되는 거였나 봐."

대련으로 '병행영창'을 체득하다니, 마도사에 대해 아무
것도 모르는 문외한의 의견이었다고 아이즈는 말 한 마디
한 마디에 후회를 내비쳤다.

그녀의 사죄와, 비참할 정도로 흐트러진 자신의 숨소리
를 듣던 레피야는.

천천히 입을 열었다.

"아이즈 씨…… 참고로, 그 휴먼은, 어떻게 하고 있나요?"

지면만을 가만히 바라보며, 레피야는 소년의 훈련 성과
를 물었다.

의아하다는 투로 고개를 갸웃한 아이즈는 생각할 시간
을 두고 전하기 시작했다.

"아주 진지하고, 많이 노력하고, 정말 올곧고……."

보고 듣고 느꼈던 것을 그대로 들려주는 그 말에는 어딘
가 흐뭇함이 묻어났다.

"굉장히, 성장이 빨라……. 전망이, 있다고 생각해."

자신의 말을 필사적으로 곱씹고, 매달려서, 수행 2일차
에 성장의 편린을 엿보였다는 소년의 모습을 떠올리는지
아이즈는 감탄한 음성으로 그렇게 마무리를 지었다.

그리고 그 말을 들은 레피야는——

콰앙!

높이 들었던 두 손을 지면에 내리쳤다.

"?!"

깜짝 놀란 아이즈의 정면에서 던전의 지면이 Lv.3의 '힘'에 연기를 피우며 갈라졌다.

눈을 크게 뜬 소녀를 내버려둔 채, 고개를 숙인 레피야는 부들부들 떨고 있었다.

분함이 최고조에 달하려 했다.

'나, 나는 아무것도 못하고 있는데……?!'

——자신은 추태를 보이고 있는데, 그 소년은 성장하고 있다고……?!

온몸이 불을 뿜었다. 끓어오르는 감정의 격류가 몸의 떨림을 조장시켰다.

망상 속에서는 『어라? 그 정도로 약한 소리 내는 거예요? 그럼 난 먼저 갈게요~』라고 그 소년이 밉살스러울 정도로 상큼한 웃음을 지으며 달려가고 있었다.

끄그그극……!!

자신의 망상에 분노가 앞선 레피야.

자신의 못난 모습을, 한심한 꼴을 용납할 수 없었다.

무엇보다도 이대로 넘어갈 수는 없었다.

동경하는 아이즈 씨에게 인정을 받을 만큼 그 소년은 달리고 또 달리고 있다는데!

'——절대 질 수 없어!!'

이때 레피야의 마음속에서 소년은 라이벌이 되었다.

뱃속에서 우러나오는 소리를 지르며 힘차게 일어났다.

리베리아와의 수행에서는 존재하지 않았던 기개, 막힘

없는 의지의 힘을 담아 레피야는 눈꼬리를 치켜세웠다.

"아직 할 수 있어요! 계속해주세요!!"

눈앞에서 목소리를 높이는 레피야에게 눈을 크게 뜬 아이즈는 이윽고 웃음을 지었다.

고개를 끄덕이고는 칼집을 들어, '병행영창' 훈련을 속행했다.

푸른 눈동자를 불태운 레피야는 몇 번이고 날아드는 참격에도 굴하지 않고 계속해 노래를 이어나갔다.

"저기, 리베리아. 레피야는 요즘 뭐 하는 거야?"

얼굴과 온몸이 생채기투성이 피투성이가 되어 티오나가 그렇게 물었다.

"너희야말로 뭘 하고 있는 거냐……."

소파에 앉아 홍차를 마시던 리베리아는 눈을 껌뻑이며 한 손으로 이마를 짚고 탄식했다.

'원정' 5일 전.

【로키 파밀리아】의 홈, 황혼관의 응접실.

시각은 오전이었다. 많은 단원이 저택을 나간 가운데 통로에 인접한 담화실에서 혼자 쉬던 리베리아를 찾아온 것은 몸에 둘렀던 파레오며 의상과 함께 몸이 너덜너덜해진 아마조네스 자매였다.

반 단발과 장발의 까만색 머리카락을 찰랑거리는 티오나와 티오네는 노출된 갈색 피부로 식지 않은 열기를 뿜어내며 대답했다.

"티오네랑 둘이서 대련했어, 대련!"

"아이즈가 【랭크 업】하고 혼자 앞서나가니까 분하잖아. 도저히 가만있을 수 없더라고."

쾌활하게 말하는 티오나의 곁에서 티오네가 어깨를 으쓱한다.

"대련을 해도 한도가 있지…….."

아이즈의 Lv.6 도달에 촉발되어 수련을 했다는 아마조네스들에게, 리베리아는 상처 입은 두 사람의 몸을 보며 한숨을 쉬었다.

태어난 후로 항상 함께 있었던 이 쌍둥이가, 이번과 같은 대련은 물론 쓸데없는 자매 싸움에서까지 비유가 아니라 정말로 목숨을 걸고 싸워 서로를 드높여왔던 점은 잘 안다.

자신의 반신과 주먹을 나눠 서로를 단련시키는 거야 상관없지만 너무 거칠다.

"너희만이 아니라 【파밀리아】 전체가 수련에 정신이 팔려 있다만……. 나 원, '원정'이 얼마 남지 않았는데."

아이즈의 【랭크 업】은 티오나와 티오네만이 아니라 온 파벌 내에 영향을 미쳤다.

말하자면 특훈 유행이었다. 강하고 아름다워 【파밀리아】

의 간판이 되어가는 【검희】의 위업 달성에 하급 구성원들부터 파벌 간부까지 모두 불이 붙어버리고 말았다.

인기척이 별로 없는 지금 저택의 상황도, 아이즈의 뒤를 따르자는 양, 단원들이 던전이며 훈련에 나갔기 때문이었다.

【로키 파밀리아】의 부단장은 마음의 피로를 토로하듯 탄식했다.

"역시 레피야도 훈련하는 걸까."

"아이즈도 요즘 분위기가 이상하고 말이지."

저녁식사 때 독기를 뿜기도 하고 심상찮은 기개를 발휘하기도 하는 요즘 엘프 후배의 모습에, 티오나는 그녀도 아이즈에게 감화된 것인가 생각했다.

곁에서는 티오네가 아이즈의 소행에 대해 묻고 있었다.

"리베리아, 뭐 아는 거 있어?"

"아니, 나도 딱히 짚이는 바는 없다만……."

티오네의 물음에 대답하며 리베리아는 어제오늘의 기억을 되새겨보았다.

레피야는 이제까지처럼 자신에게 마도사로서 가르침을 청하고 있지만 그 자세에는 어딘가 귀기가 어려 있었다. 솔직히 말해 리베리아도 움츠러들 정도였다.

어제는 밤부터 아침 무렵까지 몇 권이나 되는 책으로 지식을 탐독하며 책상에 달라붙어 있었다. 전부터 노력파이기는 했지만 지금은 그 이상으로 시행착오를 되풀이하며 필사적인 자세를 보이는 것 같았다.

좋은 경쟁상대라도 발견한 것일까.

신들만큼은 아니지만 오랜 시간을 살아온 하이엘프는 소녀의 변화를 보고 그렇게 감을 잡았다.

"그보다…… 너희는 어떻게든 몸을 좀 단장하고 와라."

눈 둘 데가 없다고 리베리아는 두 사람의 차림에 대해 언급했다.

아마도 실전과 다를 바 없는 격렬한 대련을 했을 것이다. 옷도 몸도 상처와 피에 찌들었으며 머리카락은 마구 흐트러졌다.

결벽성 있는 엘프이기도 한 리베리아에게 지금 그녀들의 모습은 눈 뜨고 보기 힘들었다.

"음~ 잠깐 쉬고 또 붙어야 하니 그냥 이대로 있을래~."

"그러게. 귀찮아."

태평하게, 그리고 전혀 개의치 않는 아마조네스 자매에게 다시 탄식했다.

소파에서 일어난 리베리아는 티오네의 손을 잡아 억지로 의자에 앉혔다.

"왜 그래, 리베리아?"

"핀 앞에서 조신한 소녀 행세 하려거든 머리 정도는 어떻게든 해."

티오네의 뒤로 돌아간 리베리아는 그 긴 흑발을 빗기 시작했다.

응접실에 있던 빗으로 엉망이 된 머리를 순식간에 단정하게 만들어나갔다.

"의외다…… 잘하네, 리베리아? 하이엘프니까 몸단장 같은 건 남한테 다 시킬 것 같았는데."

"그 녀석을…… 아이즈를 돌보던 무렵에. 내가 도저히 가만 놔두기 힘들 정도로, 예전에 그 아이는 헤어스타일에도 뭣에도 전혀 신경을 쓰지 않았어. 애를 먹다 보니 자연스럽게 익히고 말았지."

살짝 쓴웃음을 지으며, 몇 년 전의 기억을 떠올린 리베리아는 눈을 가늘게 떴다.

머리를 쓰다듬는 그 부드러운 손길에 티오네는 간지러운 듯, 그리고 기분 좋은 듯 눈을 감았다.

"아, 치사하다~! 리베리아, 다음은 나 해줘~!!"

"알았으니 조금 기다려라."

결국 조르기 시작한 티오나에게 리베리아는 눈썹을 늘어뜨리며 웃음을 지었다.

고양이처럼 변덕스러운 아마조네스들에게 휘둘리는 가운데, 빗이 티오네의 장발을 쓸어 넘기는 사락사락 부드러운 소리만이 울려 퍼졌다.

의자에 앉아 빗질을 받는 언니의 모습을 지켜보던 티오나가 천천히 물었다.

"저기, 리베리아."

"왜 그러나?"

"리베리아는 어렸을 때의 아이즈를…… 【파밀리아】에 들어왔을 무렵의 아이즈를 알지?"

리베리아는 그녀 쪽을 보지 않고 그렇다고 대답했다.

【파밀리아】에 입단하던 당시라면 약 9년 전, 아이즈가 일곱 살 때였다.

"'아리아'라고 알아?"

움찔, 머리를 빗기던 리베리아의 손이 멈추었다.

"리베리아……?"

티오네가 의아해 돌아보는 가운데 리베리아는 비취색 눈을 티오나에게 돌렸다.

"그 이름을 어디서 들었지?"

"18계층하고 24계층하고, 거기서 아이즈가 '아리아'라고 불렸다고…… 레피야가 그러던데."

솔직하게 말한 티오나는 빤히 리베리아를 쳐다본 채 눈을 돌리지 않았다.

티오네와 함께, 여신 이상의 미모를 자랑하는 하이엘프를 바라본다.

"신종 몬스터인지 뭔지, 요즘 이상한 일들이 생기잖아. 24계층에서 있었던 일도 베이트네한테 들었고……. 잘은 모르겠지만 뭔가 큰일이 일어나고 있다는 건 알겠어."

몬스터 필리아로부터 이어진 식인꽃 몬스터의 습격.

제18계층 '리빌라 마을'에서는 대형 파벌 【가네샤 파밀리아】의 제2급 모험자 하샤나가 얻은 '보옥 태아'를 둘러싸고 전투가 벌어졌으며, 식인꽃을 통솔하는 테이머 여자——괴인 레비스와 만났다.

그리고 제24계층에서는 그녀에 더해 이블스의 잔당이 모습을 나타냈고, 오라리오의 붕괴를 꾀한다는 사실이 밝혀졌다.

의자에 책상다리를 하고 앉아 몸을 흔들거리며 티오나는 일련의 사건을 언급했다.

"위험한 놈들한테 '아리아'라고 불린 아이즈가…… 요즘 있었던 사건이랑 무언가 관계가 있는 건 아닌가 하고, 마음에 걸려서."

"……."

"'아리아'란 건 영웅담의 등장인물이긴 한데, 설마 관계는 없겠지만……."

마지막에는 입을 비죽거리며 말한 티오나에게 리베리아는 시선을 앞으로 되돌렸다.

입을 다문 채, 마치 어린 아이즈에게 그랬듯 티오네의 머리카락을 한 번 쓰다듬어 빗질을 마쳤다.

"리베리아, 뭔가 알고 있어?"

티오네의 물음에도 리베리아는 입을 다물고만 있었다.

그녀는 얼굴의 방향만 바꾸어 창으로 시선을 돌렸다.

"……59계층."

이윽고 리베리아가 입을 열었다.

"거기서 무언가를 알 수 있을 거다."

비취색 눈동자는 창밖에 펼쳐진 창공을 바라보고 있었다.

⊡

"핀의 추측이 맞았데이."

투명한 창공으로부터 햇살이 내리쪼이는 대로에 늘어진 목소리가 울려 퍼졌다.

리베리아와 아마조네스 자매가 저택에서 이야기를 나누던 그 시각. 많은 마차와 다부진 남성 데미휴먼이 주위를 오가는 가운데 파룸 핀은 옆에 있던 인물, 아니, 신물을 올려다보았다.

"무슨 소리야, 로키?"

그와 나란히 메인 스트리트를 걷던 것은 주황색 머리와 눈을 한 주신, 로키였다.

그녀는 뒤통수에 두 손을 깍지 낀 채 자신의 권속을 내려다보았다.

"가레스랑 리베리아랑 같이 요즘 사건 캐고 있지 않았나? 니 그때 머라캤노."

엿새 전, 아이즈가 제24계층에서 사건에 휘말렸던 날.

홈의 집무실에서 파벌의 수뇌진 세 사람과 로키가 대화를 나누었을 때의 이야기였다.

'극채색 마석'을 가진 신종 몬스터와 관련해, 당시에는 아직 정체가 판명되지 않았던 괴인 레비스에 대해 핀은 이렇게 말했다.

『수많은 몬스터를 부리고, 일반적인 지식은 부족하다…… 마치.』

그 다음 말, 공상에 불과하다고 핀은 그 다음에 나오려던 말을 얼버무렸다.

당시의 발언을 이제 와서 끄집어낸 로키는 그에게 지적했다.

"그 다음에 이리 말할라 캤던 거 아이가?"

──마치 땅속에만 틀어박혀 사는, 인간이 아닌 존재 같은걸.

자신의 말투까지 흉내 내어 그대로 맞혀버린 로키에게── 자신의 심중을 꿰뚫어본 신의 눈동자에 핀은 슬쩍 어깨를 으쓱했다.

"너도 신이니 예측 정도는 했을 거 아냐?"

"글쎄?"

지적에 지적으로 대답한 핀에게 로키는 웃음을 보였다. 재미있어하듯 시치미를 뚝 뗀다.

"이블스의 잔당에다, 인간도 몬스터도 아닌 괴물에다, 게다가 '보옥 태아'…… 이젠 마 일이 엄청 커졌다. 핀, 니 59계층에서 무슨 일이 생길 거 같노?"

괴인 레비스는 제24계층의 사건 때 아이즈에게 말했다.

59계층으로 가라, 네가 알고 싶은 것을 알 수 있을걸, 이라고.

【로키 파밀리아】가 원정을 갈 곳, 목표지점이기도 한 미답파영역, 제59계층.

그곳에서 무엇이 기다리고 있을지, 로키는 그렇게 물었다.

"내 수준으로는 상상도 안 가."

하지만 핀은 앙갚음이라도 하듯 주신의 물음을 훌쩍 빠져나갔다.

자신의 생각을 입에 담으려 하지 않는 그는 문득 오른손 엄지를 할짝 핥았다.

"다만, 대치한 상대의 윤곽이 겨우 떠오르기 시작했어."

그것도 하나는 아니며 수많은 선이 무질서하게 겹쳐져 생긴, 아주 거대한 그림자다.

많은 이들의 의도가 얽혀 있는 기척…… 아무래도 냄새가 난다며 핀은 속으로 중얼거렸다.

"그렇겠제."

중얼거리는 로키를 곁눈질하며, 그는 엄지가 시큰거리는 것을 느끼고 있었다.

"바라, 핀…… 내 불경한 소리 한마디 해도 되겠나?"

그때 로키가 갑자기 그런 말을 꺼냈다.

뭐냐고 핀이 고개를 들자, 그녀는 걸음을 멈추고 돌아보았다.

그리고 가면을 벗은 것처럼, 금세 분위기를 돌변시킨 신은 입가를 틀어올렸다.

"이래서 하계는 **몬 참겠다는기라.**"

"……."

"얼라들하고 몬스터의 '하이브리드'…… 전지전능한 우리가 생각도 예상도 몬 했던 일이 일어나는기라. 신도 내다보지 못했던 '미지' 아이가."

극상의 미주(美酒)에 도취된 것처럼 로키는 그 가느다란 눈을 슬쩍 뜨고 환희를 내비쳤다.

유구한 세월을 살아온 신들이 굶주린 '미지'의 향기.

따뜻한 햇빛이 쏟아지는 이 평화로운 시가지가, 어쩌면 지금 당장이라도 뒤집힐 것만 같은 조짐을 느끼며 자신의 흥분을 채우는 데 여념이 없다고.

붉은 머리 여신은 진심으로 유쾌하다는 듯 웃었다.

잠자코 그녀를 바라보던 핀은 훗, 희미한 웃음을 지었다.

"물론 내는 느이가 제일 걱정이데이! 가슴이 찢어질 것 같데이?! 꼭 살아서 돌아와야 한데이—!!"

다음에는 낼름 표정을 장난스럽게 바꾸고 로키는 핀의 등 뒤로 돌아가 두 어깨를 주물러댔다. 혼자 시끄러운 주신에게 시선이 모여드는 가운데 핀은 쓴웃음을 지었다.

"안심해도 돼, 로키. 나도 모험자야."

신의 장난을 받아들인 그는 있는 그대로를 말했다.

"'미지'에 도전하는 그 감각은 충분히 잘 알아."

자신의 얼굴을 어깨 너머로 올려다보며 웃는 핀에게, 잠시 후 로키도 씨익 입가를 틀어올렸다.

한 명의 신과 조그만 권속 사이에는 오랜 교류가 엿보이는 유대가 있었다.

곧 핀과 로키는 다시 걸어가기 시작했다.

그들이 걷고 있는 곳은 북동쪽 메인 스트리트. 오라리오가 자랑하는 마석 제품 제조의 심장부이자 길드에 고용된 무소속 노동자들에서 파견 기술자들까지 모인 도시 제2구역—— 공업구역이 인접하고 있다.

생산계 업무가 융성한 만큼 길을 지나는 사람들은 작업복을 입은 노동자가 대부분이다. 근골이 우락부락한 중년 휴먼이 스스로 기재를 들어 어디론가 옮기고, 상인과 나란히 걷는 수인이 건네받은 주문서를 보고 노성을 터뜨린다. 곳곳의 건물에서 울려 퍼지는 것은 금속이 튕겨나는 높은 소리, 혹은 드워프들이 부르는 서툰 노동요였다.

그야말로 남자들의 작업장 같은 분위기를 풍기는 대로에는 여성이나 아이들의 모습은 전혀라고 해도 좋을 정도로 찾아볼 수 없었다. 주위에서 보면 상당히 튀는 파룸 핀과 여신 로키는 그대로 걸어나가, 메인 스트리트에서 제2구역의 중심부로 향했다.

로키가 건네는 쓸데없는 화제에 대해 이야기를 나누는 사이에 도착한 곳은 어떤 넓적한 단층 건물—— 공방이었다.

"——왔구나."

청소도 제대로 되지 않아 그을음투성이인 공방 앞에는 선명한 홍발을 가진 여신이 서 있었다.

얼굴 오른쪽 절반을 덮을 정도로 커다란 안대를 쓴 그녀는 머리카락 색과 마찬가지로 타오르는 듯한 붉은 왼쪽 눈을 로키와 핀에게 돌렸다.

"파이양, 좋은 아침이데이. 아니, 점심인가?"

로키가 손을 들며 가볍게 별명으로 부른 상대는 대장장이 여신, 헤파이스토스.

세계적으로도 이름이 널리 알려진 스미스 파벌【헤파이스토스 파밀리아】를 이끄는 영구 현역 사장 겸 주신이었다.

존재감 넘치는 안대를 착용했으면서도 역시 여신이라 불러야 할 만한 미모는 한 점의 티도 없다. 흰 상의에 까만 바지와 글러브를 착용한 간소하면서도 남장에 가까운 차림과도 맞물려 가인(佳人)이라는 말이 딱 어울리는 그녀는 처음 보는 사람에게 '누님'이라는 인상을 줄 것이다.

로키에게 손을 들어 인사한 헤파이스토스는 붉은 머리를 출렁이며 쓴웃음에 가까운 미소를 건넸다.

"미안하다, 로키. 일부러 오게 해서."

"신경 쓸 거 없데이, 파이양. '원정'에 동행시키는 거에다 무기 수배에다, 우리가 넘 무리시킨기라."

【로키 파밀리아】는 【헤파이스토스 파밀리아】에 '원정' 협력을 청했다.

원정을 나가 무기가 마모되고 소비되는 것을 막기 위해, 단장인 핀이 로키를 통해 헤파이스토스에 속한 하이 스미스들을 동행시키도록 해달라고 청했던 것이다.

헤파이스토스는 '심층'의 드롭 아이템 양도라는 조건을 내세워 수락했다. 이렇게 핀의 요망이 이루어져 도시 최대 파벌과 스미스 대형 파벌 사이에 원정 동맹이 맺어졌다.

"저희의 요청을 받아들여주셔서 고맙습니다, 신 헤파이스토스."

깊숙이 고개를 숙여 인사하는 핀에게 헤파이스토스가 눈을 가늘게 떴다.

"어머나, 그 유명한 파룸 용자에게 인사를 받다니 나도 콧대가 높아지는걸. 너희의 미궁 답파를 거들 수 있다면 영광이지."

"황송한 말씀입니다."

핀은 여신의 관록을 보이는 그녀에게 고개를 조아렸다.

"핀, 니 파이양 만나는 거 처음이가?"

"음— 인사를 나눈 적은 몇 번 있었지만, 이렇게 직접 말을 나눈 건 그럴지도?"

"아무튼 이야기는 나중에 하고 안으로 들어가자."

로키와 핀에게 그렇게 말하고, 헤파이스토스는 뒤에 있던 공방으로 발을 돌렸다.

그녀의 안내를 받아, 금속 부딪치는 소리가 울려 퍼지는 건물로 들어갔다.

"'원정' 회의가 있으니 얼굴 좀 비치라고 몇 번이나 불렀는데…… 지금 한참 일이 잘될 때라고 고집을 부리면서 공방에서 나오질 않지 뭐야."

"하하, 꼭 파이양 같데이. 뿌리부터 기술자 기질 아이가. 역시 얼라들은 신을 닮는 법이구마."

한숨과 함께 탄식하는 헤파이스토스에게 로키가 웃음소리를 내고, 핀도 입가를 틀어올렸다.

문을 지나자 금방 넓은 대장간으로 이어진 공방 내부는 강한 쇠 냄새로 충만했다. 마석등을 제대로 켜놓지 않은 공간은 어둠으로 가득했으며 안에서 뿌옇게 빛나는 화로의 붉은 불꽃만이 광원의 역할을 다했다.

실외에서도 들렸던 금속 소리가 까앙, 까앙, 귀를 찢을 정도로 강해지며 드높이 울려 퍼졌다. 공방 안으로 나아간 세 사람은 이윽고 그녀를 발견했다.

눈을 의심할 만큼 커다란 대형 공구에 에워싸인 채 모루 위의 주괴를 망치로 하염없이 내리치는 뒷모습.

곁에 있는 화로와 튕겨나는 무수한 불똥에 그을린 갈색 옆얼굴은 무수한 땀에 찌들었으면서도 오히려 늠름했다. 고운 외모는 지금만큼은 여자다운 아름다움을 떠나 이글이글 타오르는 불꽃같은 사나움과 아름다움—— 기술자의 얼굴이었다.

헤파이스토스와 손님들이 온 것도 알아차리지 못한 그녀는 그저 진지하게 눈앞의 쇠와 마주하며 자신의 망치를 휘두르고만 있었다.

간격을 두고 발을 멈춘 핀과 로키는 조금만 더 기다려 달라는 헤파이스토스의 말없는 몸짓에 고개를 끄덕이고 스미스의 모습을 지켜보았다.

뒤에 한데 묶은 흑발을 출렁이는 그녀는 마지막 망치질을 마치고 손을 멈추었다. 그리고는 잠시도 쉬지 않은 채 모루 위에 생겨난 검신을 부젓가락으로 집었다.

치이익 피어나는 수증기. 단련과 연마를 거친 칼날. 문외한이 곁에서 보더라도 알아볼 수 없는 작업을 오랜 시간에 걸쳐 치른 후 즉석 칼자루와 코등이를 조립해 한 자루의 검을 완성시킨다.

한 손으로 들어올린 그 붉은 검을 빤히 바라보던 그녀는 그제야 겨우 숨을 돌렸다.

"츠바키."

까만 장발의 뒷모습에 헤파이스토스가 말을 걸었다.

"오오?"

이제야 겨우 알아차렸다는 듯 헤파이스토스의 얼굴을 보자마자 그녀는 오른쪽 눈을 동그랗게 떴다.

그리고 이내 활짝 웃는 표정을 보인다.

"이게 몇 주 만인가, 우리 주신님. 소인에게 무슨 볼일이라도 있으신가? 아니, 그보다도 잠시 이 '마검'을 봐주시게. 제법 자신작인데 말일세."

성숙한 여자의 얼굴이면서도 그녀는 어린아이 같은 웃음을 짓고 한 손에 든 붉은색 검을 보여주었다. 하고 싶은 말을 술술 늘어놓는 상대에게 헤파이스토스는 한숨을 쉬었다.

"겨우 이틀 전에 찾아왔잖아. 그보다 로키네하고 '원정' 이야기를 할 거라고 그랬지?"

"오오! 그러셨지, 맞아."

주신의 어이없어하는 목소리에 이해했다는 듯 목소리를 높인다. 껄껄 웃으며 그녀는 이쪽으로 다가왔다.

"오랜만이야, 츠바키."

"아니, 핀! 여전히 쬐끄맣구먼. 그런데 공방에 틀어박혀만 있다 보니 사람 온기가 그리운데, 어디 한번 안아보아도 되겠는가."

두 팔을 벌리며 다가오는 상대에게 핀은 사양하겠다며 쓴웃음으로 대답했다. 들켰다간 티오네에게 죽을 거라고 말하는 그에게 그녀—— 츠바키는 소리 높여 웃었다.

【헤파이스토스 파밀리아】의 단장, 츠바키 콜브랜드.

수많은 하이 스미스가 속한 【헤파이스토스 파밀리아】의 정점에 군림한, 명실 공히 오라리오 최고의 스미스였다.

동양 지역의 인간을 방불케 하는 수려한 얼굴을 가진 그녀는 극동 출신 휴먼과 대륙의 드워프 사이에 태어난 '하프드워프'였다.

휴먼의 피를 짙게 물려받았는지 팔다리는 늘씬하고 길며 키는 170C(셀티)에 이른다. 보통 팔다리가 짧은 일부 드워프들에게선 질시를 사고 있다고 한다.

몸에 두른 작업복도 어머니의 고향인 극동식이어서 하반신은 새빨간 하카마, 상반신은 풍만한 가슴만을 가린 사라시뿐이었다. 불꽃이 피부를 위협할 텐데도 배나 어깨를 그대로 드러낸 차림의 이유를 핀이 물어봤을 때 '대장간은 더우니까'라고 말한 적이 있다. 피부는 갈색이다.

단아한 얼굴은 흑발 적안.

무엇보다도 특이한 것은, 주신의 것과 비슷한 칠흑색 안대를 장착했다는 것이다.

오른쪽 눈을 가린 헤파이스토스와는 반대로 그녀는 왼쪽 눈을 가렸다.

"내 대충 봤는데, 니 또 말도 안 되는 거 만들었제, '키클롭스'?"

막 완성된 붉은 검을 보며 능글능글 웃는 로키에게 츠바키가 입술을 비죽거렸다.

"로키, 별명으로 부르지 마시게. 그 이름은 몬스터 같아서 싫단 말이지. 소인은 아주 불만스럽다네."

츠바키 콜브랜드가 신들에게 받은 별명은 '애꾸눈 거장'이라는 뜻의 【키클롭스】.

스미스이면서도 Lv.5 제1급 모험자의 전투력을 자랑하는 괴짜이며 귀재였다.

스미스 파벌로 지위를 확립한 것 외에도 츠바키를 비롯한 조금 특수하기 그지없는 기술자들의 뛰어난 전투능력은 다른 파벌이 【헤파이스토스 파밀리아】를 따라오지 못하는 여러 요인 중 하나이기도 했다.

"하지만…… 으헤헤, 그 찌찌는 언제 봐도 실하구마. 사

© Kiyotaka Haimu

라시 너머로도 알 수 있을 정도로 에로틱한 가슴!!"

"오오, 원하신다면 드릴까? 지방 덩어리라 대장간 일에는 방해만 되거든. 정말이지 쓸모없다네."

추잡하게 놀렸다가 통렬한 반격을 받고 쿠헉 피를 토하는 로키. 껄껄 웃는 츠바키의 움직임에 맞춰 사라시에 가둬놓은 두 언덕이 답답하다는 듯 출렁거렸다.

"슬슬 본론에 들어가죠."

"그러게 말이야, 시간도 아까우니."

쓸쓸한 가슴을 부여안고 꿇어 엎드린 로키를 무시한 채 핀과 헤파이스토스가 이야기를 진행하기 시작했다. 며칠 동안 먹지도 마시지도 않고 단련 작업에 몰두했던 츠바키는 언제부터 방치했는지 책상 위에 있던 그을음투성이 육포를 물어뜯어 배를 채우며 알았다고 고개를 끄덕였다.

비틀비틀 부활한 로키까지 포함해, 두 파벌의 주신과 단장은 어두운 공방 안에서 '원정' 회의를 시작했다.

"내 단도직입적으로 묻겠데이, 파이얌. 하이 스미스 얼라들은 몇 명까지 빌려줄 수 있노?"

로키의 물음에 헤파이스토스가 대답했다.

"글쎄. 기술자로서도 그렇지만 모험자로서도 실력이 있는 애들이라면…… 츠바키도 포함해 대충 스무 명쯤 되지 않을까. 다들 Lv.3 이상이니까 실력은 보증해."

무슨 일이 일어날지 알 수 없는 곳이 던전이다. 무기 정비가 주된 의뢰 내용이라고는 하지만 '원정'에 동행하는 이

상 '심층'에서도 최소한도로는 몸을 지킬 수 있는 사람이
바람직하다.

주신들 옆에서 핀과 츠바키도 말을 나누었다.

"그 말씀에는 마음이 놓이지만…… 츠바키 너도 오는 거야?"

"그렇다네. 아직 보지 못한 '심층'의 경치를 구경하고 싶
으니. 그리고 잘하면 직접 무구 소재를 조달할 수도 있지
않겠나."

자신의 파벌만으로는 갈 수 없는 심층영역, 그중에서도
심부에 흥미진진한 츠바키는 꾸밈없는 웃음을 지으며 좋
은 기회 아니냐고 말했다.

"'뒤랑달(불괴 속성)' 무기 쪽은 어때?"

"빈틈없네. 주문대로 다섯 자루, 머릿수에 맞춰서 내가
직접 마련해뒀지."

"오오. 고맙데이, 츠바키."

"그보다도 핀, 로키…… 베이트 로가를 좀 혼내주시게.
그놈의 난해한 요구를 받아들여 헥헥거리며 만든 내 《프로
스빌트》를 박살내놓다니! 고치느라 얼마나 고생했는지 아
나? 그놈의 웨어울프 애송이."

미궁 제50계층 이하에서 확인된 애벌레 몬스터——무
기파괴를 초래하는 부식액을 뿜어내는 매우 성가신 적을
경계해, 핀 일행은 뒤랑달 속성을 가진 수페리오르즈(특수
무장)도 【헤파이스토스 파밀리아】에 수배해두었다. 원래부
터 불괴검 《데스퍼러트》를 가진 아이즈와 마도사인 리베

리아를 제외하고 제1급 모험자의 숫자에 맞춘 것이었다.

이미 모든 뒤랑달 무기를 만들었다는 츠바키는 얼마 전 제24계층에서 있었던 사건, 괴인 레비스와의 전투에서 수페리오르즈 《프로스빌트》를 망가뜨린 베이트에게 잔뜩 화가 난 모양이었다. 듣자하니 사건 직후 베이트는 원정 전까지 고쳐내라며 직접 츠바키에게 쳐들어왔다고 한다.

파티 주력 멤버들의 모든 장비를 자지도 쉬지도 않으며 준비했던 츠바키에게 핀도 로키도 새삼 감사를 표했다.

"하지만 '마검'은 정말 우리 쪽에서 준비하지 않아도 되는 거야?"

애벌레 몬스터에게 유용한 수단으로는 즉시 원거리 공격을 펼칠 수 있는 '마검'도 후보에 올랐다.

"음~ 파이양네한테는 수페리오르즈를 몇 자루나 주문했으니께……. 게다가 마, 파이양네 물건은 비싸지 않나……."

"어머, 너희한테라면 대출도 얼마든지 들어줄 수 있는데?"

값비싼 '마검', 그것도 【헤파이스토스 파밀리아】의 일급품에 꽁무니를 뺀 로키는 왼쪽 눈을 가늘게 뜨며 웃는 여신에게 식은땀과 함께 헛웃음을 지으며 손사래를 쳤다.

마검이라는 말에 츠바키가 혼잣말을 했다.

"하지만 '마검'이라. 더할 나위 없는 적임자…… 제작자가 있는데 말이지."

"뭐지? 【파밀리아】에서 감춰둔 사람이라도 있는 거야?"

츠바키의 혼잣말에 핀이 반응하자 그녀는 자기 일처럼 좋아하며 고개를 끄덕였다.

"그렇다네. 소인 같은 것보다도 훨씬 뛰어난 마검 제작자가 있거든. '마검'에 관해서는 그놈이 훨씬 낫지."

그 발언에는 핀도, 로키도 눈을 크게 떴다.

츠바키 콜브랜드는 오라리오에서도 최고의 실력을 가진 스미스다. 말하자면 '마스터 스미스'이며, 그런 그녀조차 자신보다도 위라고 말하는 기술자가 있다니 놀랍지 않겠는가.

"네가 그렇게 말할 만한 스미스라니, 그게 대체 누구지?"

핀이 묻자 츠바키는 그 질문을 기다렸다는 양 신이 나서 입을 열었다.

"훗훗, 듣고 놀라시게나. 그놈은 저 유명한 대장장이 귀족——"

그러자 헤파이스토스가 츠바키의 말을 가로막았다.

"츠바키, 그만두지 못해. 그 아이가 혈통 이야기를 싫어한다는 걸 알 텐데."

피차 안대를 한 신과 아이는 한쪽은 어조를 높이고, 한쪽은 삐친 것처럼 불평을 늘어놓았다.

"에이, 왜 그러시나. 닳는 것도 아닌데 뭐 어때서."

"나 원……. 네가 함부로 자랑하고 돌아다니니 그걸 들은 사람들이 '마검'을 내놓으라고 쳐들어오는 바람에 그 아이가 버럭버럭 화를 냈단 말이야."

보아하니 단원끼리 내부의 갈등이 있는 것 같다고 핀과 로키는 각각 이해했다.

주신에게 꾸지람을 들은 츠바키는 혼이 난 기색도 보이지 않고 하아 탄식했다.

"훌륭한 재능을 가지고 있거늘 이를 기피하다니, 아깝지 않나. 나는 놈이 무슨 생각인지 이해할 수가 없다네."

그렇게 말하며 츠바키는 손에 들었던 붉은 검—— 이제 막 완성한 '마검'의 칼날을 내려다보았다.

그리고 그 순간.

그녀가 두른 공기가, 눈빛이 매섭게 바뀌었다.

"——혈통이 되었든 무엇이 되었든, 가진 것을 모두 쏟아붓지 않고서는 우리는 신의 영역에 닿을 수조차 없거늘. 지고의 무기 따위 그저 꿈에 불과하거늘."

나직한 목소리로 단언하는 츠바키의 오른쪽 눈에는 화로의 불꽃으로 착각할 만한 사나운 빛이 깃들어 있었다. 그 안광은 로키나 핀이 아는, 높은 경지를 추구하는 아이즈를 비롯한 모험자들과 같은 것이었다.

기술자의 자존심과 긍지, 갈망, 그리고 메마를 줄 모르는 집념.

스미스로서 최고위에 도달한 자만이 바라볼 수 있는 풍경—— 그녀가 아니고선 알 수 없는 세계를 앞에 두고, 츠바키는 모든 것을 걸지 않고선 '신의 작품'을 넘을 수도 없거니와 도달할 수조차 없다고 말하는 것이었다.

자신의 작품에서 시선을 뗀 츠바키는 곁에 선 대장장이신을 곁눈질하며 대담하게 웃었다.

　투쟁심을 감추려고도 하지 않는 자식의 눈빛에 헤파이스토스는 탄식과 함께 어깨를 으쓱했다.

　"기술자의 천성이라 카는 거 아이겠나? 파이양도 고생 많데이."

　"음──…… 뭐, 일단은 하던 얘기나 마저 하자."

　헤파이스토스는 옆길로 새려던 회의의 궤도를 수정했다. 넷은 앞으로의 예정에 대해 이야기하기 시작했다. 츠바키가 말했다.

　"그러면 원정 당일 바벨 앞에서 합류해 그대로 돌입하는 것으로 알면 되겠나?"

　"그래. 던전 안에서는 우리가 최대한 호위하겠어. 긴급 상황일 때는 꼭 그럴 수만도 없겠지만 전투는 일단 우리에게 맡겨줘."

　"물자 쪽은 우리도 절반 준비하도록 할게. 여기까지 왔으면 일심동체니까."

　"고맙다, 파이양. 내 잘 부탁한데이."

　츠바키, 핀, 헤파이스토스, 로키가 각각 최종확인을 마치고, 회의는 끝이 났다.

　헤파이스토스와 츠바키의 배웅을 받으며 핀과 로키는 공방을 나왔다.

　【로키 파밀리아】 원정에 앞서 준비는 착착 진행되고 있

었다.

"저, 저기요…… 아이즈 씨! 의논드릴 것이 있는데!"

벨이 그렇게 말을 꺼낸 것은 훈련 4일차, 시벽 위에서 격렬한 대련을 펼친 후였다.

훈련 종료 시각으로 정해놓은 일출보다도 조금 이른 시각, 벨은 더듬거리며, 그리고 얼굴을 붉히며 아이즈에게 청했다.

"사, 사실은요, 내일, 서포터 아이가 하숙집 사정 때문에 던전에 못 가게 됐거든요……. 그래서 저도 탐색은 쉴까 하는데요…… 어, 저기…… 뭐라고 할까, 혹시 괜찮으시면…… 내, 내일은 아침만이 아니라……!"

"하루 종일, 훈련하고 싶어?"

"네, 네엣!!"

긴장한 벨의 말을 앞지르자 그는 붕붕 고개를 끄덕였다.

손에 든 칼집에 칼을 거둔 아이즈는 이른 아침의 맑은 하늘을 살짝 올려다보며 잠시 생각에 잠겼다.

그날도 오전부터 레피야의 훈련이 있긴 한데…… 그녀는 같은 파벌 동료니, 함께하려면 언제든지 함께할 수 있다.

게다가 솔직히, 벨의 기술을 향상시키려면 한꺼번에 긴

시간을 들였으면 좋겠다고 아이즈 자신도 생각하고 있었다.

이른 아침의 짧은 시간만으로는 아무래도 부족했다.

그렇게 판단한 그녀는 속으로 레피야에게 사과하며,

"응. 좋아."

수락했다.

——그런 이야기를 아이즈 본인에게 사과와 함께 들은 레피야는 그녀와 훈련을 할 수 없게 되었다.

'원정' 3일 전.

소년보다도 하루 늦은 훈련 4일차가 되었어야 할 오전 시간.

북적거리는 대로를 혼자 걷는 레피야는 매우 저기압이었다.

푸른 눈은 약간 날카로워졌으며, 아름다운 엘프의 얼굴에서도 조용한 불만이 흘러나왔다. 곁에서 걷던 데미휴먼이나 스쳐 지나간 사람들은 하나같이 그녀에게서 잽싸게 눈을 돌렸다.

애용하는 지팡이를 가슴께에서 두 손으로 꼬옥 움켜쥐며 레피야는 불만을 늘어놓았다.

"다른 파벌 사람 주제에, 다른 파벌 사람 주제에, 다른 파벌 사람 주제에……!"

파렴치해, 뻔뻔해, 믿을 수 없어!

눈물을 머금으며 작은 목소리로 중얼거리는 비난은 모

두 그 소년을 향한 것이었다.

다른 사람도 아닌 【검희】를 하루 종일 독점하려는 뻔뻔한 교섭을 벌인 벨에 대해 분노가 가득 차올랐다. 아이즈 본인의 판단에 이의를 제기할 수는 없는 레피야는 '상식도 모르는 거야?!'라고 소년에 대한 규탄, 이라기보단 눈물 섞인 목소리를 계속 늘어놓고만 있었다.

그녀가 지금 걷고 있는 곳은 홈 근처, 북쪽 메인 스트리트. 어쩔 수 없이 혼자 훈련하려고 던전으로 가던 도중이었다.

밉살스러울 정도로 맑게 갠 하늘이 내려다보는 가운데 레피야는 북적거리는 인파를 나아갔다.

분노 때문에 시야가 극단적으로 좁아졌을 때였다.

"비리디스?"

레피야의 성을 부르는 목소리가 들려온 것은.

어?

고개를 돌리자, 그곳에는 스쳐 지나가던 자세로 발을 멈춘 동족 소녀가 있었다.

무녀를 연상케 하는 젖은 까마귀색 장발. 두 눈은 보석 같은 다홍색.

가녀린 몸에는 짧은 케이프와 목덜미까지 오는 순백색 배틀클로스를 입었다.

금발 남신의 수행원으로 나온 것으로 보이는 그녀의 모습에 레피야는 놀란 표정을 지었다.

"피르비스 씨……."

중얼거리는 레피야를 보며 새하얀 소녀, 피르비스도 비슷한 표정을 짓고 있었다.

Lv.3 마법검사이며, 얼마 전 제24계층 사건 때는 레피야나 베이트와 함께 공동전선을 펼쳤던【디오니소스 파밀리아】의 단원이다.

우연한 만남에 서로 우뚝 선 채 복잡하게 흔들리는 시선으로 바라보고 있으려니, 피르비스와 함께 있던 신물이 입을 열었다.

"【사우전드 엘프】…… 네가 말했던 동포로구나."

부드러운 금발의 왕자님 같은 주신 디오니소스의 말에 피르비스는 더듬거리며 대답했다.

"네, 네에."

처음 보는 신의 존재에 어떻게 대응해야 좋을지 난처해하고 있으려니 유리색 눈동자로 레피야를 바라보던 디오니소스가 훗 웃음을 지었다.

"피르비스에게 네 이야기는 들었단다. 이것저것 감사도 하고 싶은데, 괜찮다면 같이 차라도 한잔할까?"

북쪽 메인 스트리트에서 한 블록 들어간 길모퉁이의, 손님으로 북적이는 오픈 카페.

인접한 길에서 인파의 발소리와 유쾌한 목소리가 들려오는 가운데 레피야는 피르비스와 디오니소스와 함께 둥

근 테이블에 앉아 있었다.

"24계층에서는 우리 아이가 많은 신세를 졌더구나. 정식으로 감사 인사를 하지. ……이 아이의 목숨을 구해준 은혜는 잊지 않으마, 레피야 비리디스."

"아, 아뇨! 저야말로 피르비스 씨에게 몇 번이나 도움을 받았는걸요……!"

신이 정중하게 감사를 표하니 레피야는 황송할 따름이었다.

테이블 위에는 디오니소스가 산 홍차와 과일 타르트가 얹혀 있었다. 생생한 붉은색과 푸른색 베리에 달콤한 과자의 향은 입안에 침을 고이게 했다. 금발 남신은 우습다는 듯 "이 정도 가지고 답례라고 했다간 로키가 목을 잡고 졸라댈 텐데"라고 농담을 했지만.

레피야는 그에게 친근하고 기품 있는 신이라는 첫인상을 받았다.

동시에 자신의 신의(神意)를 드러내지 않으며, 반대로 이쪽의 마음은 그 유리 같은 눈동자로 꿰뚫어보려 하는, 총명하면서도 신중한 신물처럼 여겨졌다. 로키가 진저리를 치며 말했던 '감당 못 할 놈'이라는 평가가 조금 이해되는 것 같았다.

레피야와 디오니소스가 이야기를 나누는 동안, 명령을 받아 억지로 앉은 피르비스는 입을 다물고만 있었다. 홍차나 타르트에는 손을 대지 않은 채 동포와 주신 사이에서 시선을 왕복시킬 뿐이었다.

인사와 함께 환담을 마쳤을 때, 디오니소스는 표정을 진지하게 바꾸며 물었다.

"……지난번 사건에서 무슨 일이 있었는지는 대충 알지만 다른 사람의 이야기도 들어보고 싶구나. 네 눈으로 보았을 때 24계층의 사건은 어땠지?"

반사적으로 자세를 바로잡은 레피야는 잠시 생각을 굴렸다. 주신 로키는 그를 골칫거리 취급했지만 몬스터 필리아 사건 이후 가끔씩 정보를 교환했다는 것은 들어서 알고 있다. 제24계층에서 있었던 일도 나중에 로키와 이야기했을 것이다.

말해도 문제는 없으리라고 판단한 레피야는 당사자로서 의견을 들려주었다.

"──'마석'을 내포한, 신의 지식을 넘어서는 존재. 그리고 몬스터를 변이시키는 '보석'. 정말…… 몇 번을 들어도 골치가 아프구나."

레피야의 말을 잠자코 들은 디오니소스는 이마에 손을 짚으며 무거운 한숨을 쉬었다.

권속 피르비스가 지켜보는 가운데 그는 유리색 두 눈으로 가만히 보고 있었다.

"너희가 가져와준 정보 덕에 '적'의 정체가 판명되고 있단다. 그 이블스의 잔당과 이어졌다는 제3세력, 되살아난 【백발귀 벤데타】 올리버스 액트가 말했던 '그녀'라는 존재……. 레피야 비리디스, 나는 지금 엄청난 위기감을 느끼고 있어."

지금도 도시의 평화가 조용히 잠식되고 있는 것은 아닌가 하는 착각이 든다고.

디오니소스는 감정을 억누른 딱딱한 표정으로 말했다.

피르비스에게서 몬스터 필리아 전에 권속이 살해당했다는 말을 들었던 레피야는 조용한 표정으로 그의 말에 귀를 기울였다.

"너희【로키 파밀리아】에 맡기기만 하는 것 같다만……이번 건에 관해서는 우리도 최대한 힘을 쏟으마. 도움이 필요할 때는 언제든 말해주렴."

"아, 네. 고맙습니다."

협력을 청한 디오니소스는 눈을 내리깔며 감사의 뜻을 보였다.

나누던 말이 끊어지고, 한동안 주위의 소란 속에 휩싸였다. 그리고 주위의 여성 손님들에게 언뜻언뜻 시선을 모으는 가운데 홍차를 우아하게 입에 가져갔던 디오니소스가, 이제까지의 분위기를 바꾸고 활달하게 물었다.

"그러고 보니 '원정' 준비는 어때? 조만간 '심층'으로 간다고 들었는데?"

달콤한 얼굴로 미소를 지으며 물으니 어딘가 이상한 기분이 들면서도, 레피야는 자신의 파벌에 대한 자세한 정보를 흘리지 않겠노라 주의하며 대답했다.

"준비는 순조로워요. 예정대로 사흘 후에는 출발할 거예요."

"사흘 후라……."

중얼거린 디오니소스는 미소를 지었다.

"'원정'을 떠나는 너를 피르비스가 걱정했거든."

레피야, 그리고 피르비스 본인도 놀라는 가운데 남신은 말을 이었다.

"24계층 사건 후로 이 아이가 너에 대해 자주 이야기했단다. 마치 자기 일처럼 말이지."

"디, 디오니소스 님!!"

의자에서 몸을 반쯤 일으키며 당황하는 엘프 소녀에게 레피야가 눈을 동그랗게 뜨고 있으려니.

피르비스는 말문이 막혀 새하얀 뺨을 붉게 물들이고 시선을 맞추지 않으려 했다.

"이 아이가 남에게 마음을 터놓는 모습은 오랜만에 보았어. 너는 분명 고양이에게 사랑받는 일이 많지 않을까?"

"어…… 그게, 무슨 뜻인가요?"

의아한 표정을 짓는 레피야에게 디오니소스는 씨익, 신다운 웃음을 지었다.

"파벌 입단 직후에도 피르비스의 결벽성 때문에 애를 먹었거든. 그야말로 고양이처럼, 다가오는 자들을 경계했지."

"무, 무슨 말씀이십니까……! 지금은 상관없는 이야기 아닙니까?!"

남신은 재미있어하며 쿡쿡 어깨를 들썩였다. 권속의 호소에도 아랑곳 않고 장난꾸러기 아이처럼 소녀의 과거 이야기를 끄집어낸다.

당황하는 피르비스를 보며 레피야도 마침내 쿡쿡 웃음을 터뜨리고 말았다. 째릿 노려보는 바람에 황급히 웃음을 참으려 했지만, 그럴 수 없었다.

소녀의 얼굴은 이미 새빨갛게 달아올랐다.

그런 두 사람을 부드럽게 바라보던 디오니소스가 조용히 물었다.

"오늘 예정을 물어봐도 될까?"

"어, 아, 네. 던전에서 '마법' 훈련을 하려고 했는데요."

레피야가 솔직하게 대답하자, 그는 흠흠 생각에 잠긴 시늉으로 가녀린 턱에 손을 가져다댔다.

"폐가 안 된다면 피르비스도 데려가줄 수 있을까?"

그 제안에 레피야와 피스비스가 다시 놀랐다.

"어때?"

"괘, 괜찮긴, 하지만요……."

"기, 기다려주십시오, 디오니소스 님!!"

고개를 끄덕이는 레피야와는 대조적으로 이의를 제기하려 하는 피르비스. 그러나 디오니소스는 그녀의 목소리를 가로막았다.

"나는 됐으니 그녀에게 힘이 되어주렴."

"하, 하오나……."

"로키의 아이와 우호를 다진다면 말리지 않겠어. 게다가 나는 협조를 아끼지 않겠다고 선언했잖아? 주신의 말을 그르치려는 거냐?"

당황하는 피르비스의 반론을 웃음 하나로 막아버린 남신은 마지막으로 레피야를 보았다.

"레피야 비리디스, 괜찮다면 앞으로도 피르비스와 사이좋게 지내주렴. 이 아이는 다른 단원들하고도 고랑이 있어서."

그리고 자식을 지켜보는 부모 같은 눈빛을 짓는다.

"이 아이의 웃음을 이끌어내줄 수 있다면 나도 기쁘겠구나."

그렇게 말하고 디오니소스는 자리에서 일어났다. 실례한다는 말과 함께 등을 돌리고는 카페를 나가 인파 속으로 사라졌다.

그 자리에 남은 엘프 소녀들.

한동안 마주 보고 있으려니, 피르비스는 체념한 듯 입술을 움직였다.

"……폐가 되지 않는다면, 함께하겠어."

얼굴을 붉히고 시선을 돌리며 그렇게 말한다.

"……네! 잘 부탁드려요."

부끄러워하는 그녀에게 레피야도 뺨을 물들이며 활짝 웃었다.

"……."

레피야, 피르비스와 작별한 디오니소스는 북적거리는 인파를 벗어나 건물 틈새로 이어진 골목을 따라 나아갔다.

밝은 길과는 달리 어스름한 샛길로 들어가자 얼마 지나지 않아.

"——아름다운 엘프 소녀들의 조합, 거 좋구만."

전방에서 장난기 어린 신의 목소리가 날아들었다.

"나에게 무슨 볼일이라도 있어, 헤르메스?"

처음부터 다 알고 있었던 것처럼, 디오니소스는 냉담한 목소리로 물었다.

목소리의 주인은 어둠 속에서 모습을 나타내 눈앞까지 걸어왔다.

등황색 머리카락과 눈동자에 가벼운 여행객 차림.

눈을 활 모양으로 구부린 여리여리한 인상의 남신은 챙이 넓은 깃털 모자를 한 손으로 척 들며 웃음을 지었다.

"여어, 디오니소스."

가면처럼 엷은 웃음을 짓는 신, 헤르메스에게 디오니소스는 눈을 날카롭게 떴다.

디오니소스는 이 남신의 시선을 느꼈기 때문에 피르비스를 자신에게서 떼어놓았던 것이다. 신과 신이 **서로 뱃속을 헤아리는 싸움**을 할 때 거짓말을 하지 못하는 아이들의 존재는 짐만 되기 때문이다.

헤르메스는 방심하지 못할 분위기를 띠고 있었다.

신들 사이에서는 심부름센터, 방심할 수 없는 놈 등등

약삭빠른 인상으로 알려진 남신이, 지금은 선악이 공존하는 본성을 드러내고 있었다.

뒷골목의 어스름을 뒤집어쓴 헤르메스는 웃음을 더욱 짙게 머금었다.

"이야기를 좀 하고 싶거든. 지금 시간 있어?"

"무슨 바람이 불어서?"

"어허, 이봐. 경계하지 말라고."

슬쩍 두 팔을 펼치며 무해함을 강조하는 헤르메스.

"대신(大神) 제우스를 저버리고, 신발을 거꾸로 신고, 지금은 우라노스의 개 노릇이이야? 네가 그 늙은이와 결탁한 걸 내가 모를 줄 알아?"

"오해야. 난 어디까지나 중립인걸."

"작작 지껄여라. 너희는 믿을 수 없다."

어깨를 으쓱하는 헤르메스에게 디오니소스는 평소보다도 냉엄한 어조로 내뱉었다.

"몬스터 필리아 때도 그렇고…… 우라노스 놈들은 뭘 감추고 있지? 내 신용을 얻고 싶다면 우선 그것부터 말해."

"감추는 것 없어. 있다면 내가 묻고 싶을 정도인걸."

표표한 헤르메스는 여전히 엷은 웃음을 띠고 있었다.

말이 안 통한다며 디오니소스는 차가운 시선으로 발을 돌렸다.

"잠깐잠깐, 디오니소스. 부탁이니 얘기 좀 들어줘."

재빨리 다가온 헤르메스는 디오니소스의 어깨에 친근하

게 팔을 감으며 얼굴과 얼굴을 밀착시켰다.

"나도 24계층에서 애들을 잃었어. 같은 피해자라고. 지금 오라리오에서 무슨 일이 일어나려 하는지…… 최대한 파악하고 싶단 말이야."

"……."

"천계에서 우린 동향이었잖아. 잠깐 잡담 나누는 정도는 상관없겠지?"

유리색 눈을 들여다보는 등황색 눈이 살짝 가늘어졌다.

"게다가 사실은 아주 끝내주는 포도주도 마련해놨거든."

이윽고 헤르메스는 속삭이듯 말했다.

"맛있는 술을 나누면…… 취해서 내 입도 가벼워질지 모르잖아?"

"……나는 포도주에는 까다로워."

디오니소스와 헤르메스는 나란히 입을 초승달처럼 틀어올렸다.

"……하하하하하하하하하하."

"……후후후후후후후후후후후."

시커먼 웃음을 나누는 두 신.

헤르메스에게 어깨를 붙들린 채, 디오니소스는 뒷골목 안쪽으로 사라졌다.

"어이구, 시커매라……."

──그런 남신들을 머리 위에서 지켜보는 자들이 있

었다.

뒷골목의 건물 위에서 쪼그리고 앉은 시프 소녀 ——
【헤르메스 파밀리아】의 단원, 시앙스로프 루루네는 진저리
를 치며 중얼거렸다.

허리에서 돋아난 개 꼬리를 힘이 빠진 것처럼 늘어뜨린
그녀의 곁에는 물색 머리카락에 은색 안경을 낀 미녀가 서
있었다.

순백색 망토 자락을 바람에 나부끼는 그녀는 아스피 알
안드로메다였다.

루루네의 단장이자, 【헤르메스 파밀리아】에서 가장 마음
고생이 많은 사람.

보통이 아니어도 이만저만이 아닌 신들의 대화에 그녀
또한 한숨을 쉬었다.

"저 신들 분명 뱃속까지 시커먼 색일 거야…… 아스피,
그만 돌아가면 안 돼?"

"……안 됩니다. 어서 출발하지요."

지친 듯 눈을 감고 안경을 밀어 올리며 루루네의 호소를
쳐냈다.

몰래 주신을 호위하는 두 사람은 디오니소스와 헤르메
스의 뒤를 소리도 없이 따라갔다.

"그래서 말이죠, 그 휴먼이 있죠?!"

미궁의 인광을 받으며 레피야는 피르비스에게 가시 돋친 목소리를 쏟아내고 있었다.

장소는 던전 제5계층. 디오니소스와 헤어진 후 두 사람은 예정대로 '마법' 훈련을 위해 미궁의 '상층'으로 갔다.

하급 모험자 파티와 몇 차례 엇갈려 통로를 나아가며, 레피야는 꾹꾹 눌러두었던 소년에 대한 불만을 동족 소녀에게 들려주고 있었다. 사정을 파악한 피르비스는 통통 볼을 부풀린 레피야에게 쓴웃음을 보였다.

"우리 【파밀리아】에서도 있었지. 남 챙겨주길 좋아하는 언니 단원을 둘러싸고 동료들끼리 싸우는 일이 빈번히……."

앞을 보며 어딘가 그리워하듯 그렇게 말하는 피르비스.

추억이, 그리고 어렴풋한 슬픔이 느껴지는 그 옆얼굴에 레피야는 말을 끊었다.

언니 단원과 싸웠다는 동료…… 아마 그녀가 '제27계층의 악몽'에서 잃었던, 이제는 돌이킬 수 없을 옛 정경.

입을 다문 레피야는 잠시 후 더욱 큰 목소리로 아이즈의 칭찬을, 그리고 소년의 트집을 늘어놓았다. 동포 소녀가 비탄에 잠길 시간을 주지 않기 위해.

피르비스는 그런 레피야에게 다홍색 눈을 가늘게 뜨고

웃었다.

"그런데 '병행영창' 훈련이라고 했지⋯⋯?"

"네! 아이즈 씨하고는 대련을 통해 연습했는데 말이죠⋯⋯."

제5계층의 깊은 곳, 지난 며칠 동안 익숙해진 서쪽 끝의 룸에 도착한 레피야와 피르비스는 한복판쯤에서 마주 섰다.

도중에 훈련의 개요도 가볍게 들었던 피르비스는 생각하는 듯 가녀린 턱을 끌어당겼다.

"나도 역할 때문에 '병행영창'은 자주 사용하지. 도와주고 싶은 기분은 굴뚝같지만⋯⋯."

하이 밸런서인 '마법검사' 피르비스에게 '병행영창'은 손쉬운 일이었다.

아마도 '병행영창'의 사용 빈도만으로 따지면 리베리아보다도 많을 것이다. 우연이라고는 하지만 오늘 아이즈를 대신해 그녀와 훈련할 수 있게 된 것은 매우 다행이었다.

고민하는 기색을 보이는 피르비스에게 레피야는 어떻게든 지도를 청하고 싶었다.

"저기, 작은 거라도 좋으니 요령 같은 걸 가르쳐주실 수 있다면⋯⋯."

"요령, 이라. 하지만 너는 다른 분도 아닌 리베리아 님께 배우고 있지 않나? 내 감각으로 조언을 했다가 혼란을 초래해버리는 것은 아닐지⋯⋯."

오라리오 최강의 마도사이며, 무엇보다도 왕족 하이엘

프인 리베리아를 존경하는 피르비스는 지도 내용에 서로 맞지 않는 부분이 생길까 봐 우려하는 것 같았다.

한동안 시간을 들인 후, 그녀는 무언가를 결심한 듯 고개를 들었다.

"나도 남에게 무언가를 가르쳐보지는 못했다. 지도 요령에는 자신이 없다만……."

여기까지 말한 피르비스는 레피야를 똑바로 바라보았다.

"같은 마도사의 관점부터 말하도록 하지. 비리디스, 공격과 방어는 버려라."

"네에?"

"마도사는 원래 백병전에 익숙하지 않다. 벼락치기로 익힌 공방은 '병행영창'의 실패를 초래한다. 그러느니 처음부터 회피에 전념하며 '마법'의 발동에만 의식을 할애하는 편이 낫다."

전투 중에 '병행영창'에 요구되는 액션은 공격(방어), 이동, 회피, 영창 네 가지가 대부분이다. 피르비스는 그중 공방의 액션을 버리라고 말한 것이다.

원래 영창을 제외한 다른 항목은 순수한 후열 마도사와는 거의 인연이 없다. 익숙하지 않은 백병전은 영창을 불발로 끝내는 정도가 아니라 자멸을 초래한다고, '마법검사'로서 전장의 제1선을 넘나드는 피르비스는 경험을 통해 설명했다.

결국 적의 공격으로부터 도망치고 도망치고 또 도망치라는 조언이었다.

"'병행영창'은 전열 직업을 가진 자들이 습득하기 쉽다고 하지. 전투의 추세를 바꿀 만한 포격을 쏘아야 하는 후열 마도사들은 아무래도 마법기술 하나의 극의만을 터득해야 한다."

애초에 다루는 '마력'의 규모가, '마법'의 위력이 다르다고 그녀는 말했다.

날카로운 검격과 함께 항상 이리저리 움직이며 반응속도가 탁월한 전열 모험자들은 생각지 못한 사태에도 대응할 수 있다. 영창이라는 한 종류의 액션만 함양하면 되는 그들 쪽이, 단순히 생각해 '병행영창'을 익히는 데에는 기초가 더 뛰어난 것이다. 게다가 사용하는 '마법'의 출력——품어야만 하는 폭탄의 크기——는 훨씬 작다.

격렬한 공방을 되풀이하며 '마법'을 발동한다.

'병행영창'의 그러한 일반적인 이미지는 전열 직업이나 자신들 '마법검사'의 영역이지, 절대 기준으로 삼아서는 안 된다고 피르비스는 경계해주었다.

'그렇구나……'

그 설명에 레피야는 수긍했다.

실제로 아이즈와의 훈련 때는 방어에 치중한 순간 영창을 실패하는 경우가 많았다. 대전제를, 중점을 둘 액션의 선택을 그르쳤던 것이다.

피할 수 없는 공격이 존재하는 것도 사실이지만, 이동과 회피에 집중한다는 그 필수조건은 머리에 넣어두어야만 했다.

"이동포대란 마도사의 이상형이지만…… 사치스러운 고민이기도 하다."

피르비스처럼 전열과 함께 적을 물리치며 극대의 '마법'도 쏜다.

아마도 그것을 해내는 사람이 도시 최강 마도사 리베리아일 것이고, 그 외에는 지극히 한정된 존재일 것이다.

레피야 같은 이들이 무엇보다도 우선시해야 할 것은 마법의 발동이라고 동족 소녀는 설파했다.

"자, 이야기만 해도 소용이 없으니 실제로 해보지."

"자, 잘 부탁합니다!"

허리에서 목제 완드를 뽑아든 피르비스에게 레피야도 스태프를 겨누었다.

아이즈를 대신해 피르비스와 함께 '병행영창'을 위한 대련을 시작했다.

"방어를 버리라고는 했지만 최소한도로는 몸을 지키도록. 공격은 튕겨내기만 하면 된다."

"네, 넷!"

피르비스는 허리에 찬 검은 사용하지 않고 살상능력이 없는 완드를 휘둘러 영창을 방해하려 했다.

때로는 날카롭게 파고들어 간격을 좁히는 그녀에게, 레

피야는 리베리아에게 호되게 주입받은 지팡이 기술로 완드를 튕겨내 궤도를 바꾸었다.

"내가 쓰는 초단문형 마법은 '마력'을 끌어올려 단숨에 주문을 이어내야 하지만, 단문 장문 영창은 그렇지만도 않을 거다."

"……!"

"처음부터 전력을 다할 필요는 없어. 초반의 영창은 '마력'을 담지 않고 후반이 될수록 단숨에 끌어올려봐라."

"알겠습니다!"

마도사로서 들려준 피르비스의 지적은 적확했다.

'마력'을 장전하는 타이밍이나 방법, 영창을 이어나가는 방법 등 레피야에게는 천금의 가치가 있는 지시를 몇 가지나 알려주었다.

게다가 그녀는 아이즈보다도 공격을 가감하는 요령이 훨씬 좋았다.

목제 완드는 서툴게 나선 레피야를 가차 없이 공격했지만 가혹하지는 않았으며, 금방 다음 행동을 촉구해주었다. 마치 지휘봉으로 연주를 통솔하는 지휘자처럼 영창이 갈 길을 제시해주는 것이다.

엘프 소녀들이 자아내는 것은 노래이자 춤이었다.

초원에 나타나 손을 맞잡은 숲의 요정처럼, 한 사람은 이끌어주고 한 사람은 손을 끌며 우아하게 춤을 춘다. 인광이 빛나는 던전 한구석에서 원무의 선율은 몇 번이나 이어졌다.

'이번에야말로……!'

실패한 영창을 다시 시작한 레피야는 두 눈에 힘을 주었다.

발로 이동과 회피라는 스텝을 밟으며 입으로 주문을 이어나가는 그녀는 뚜렷한 반응을 느끼고 있었다. 그 증거로 처음에 비해 영창시간이 착실하게 늘어났다.

솔직히 말하자면 아이즈의 공세에 비하면 피르비스의 공격은 부족했다.

며칠이라고는 해도【검희】에게 호되게 훈련을 받았던 레피야에게, 지금 자신을 위협하는 완드의 연격은 분명히 '보이는' 공격이었다.

그러니 여유가 있었다.

"【저격하라, 요정의 사수. 뚫어라, 필중의 화살】──【아르크스 레이】!!"

도합 스무 차례의 대련에서 레피야는 마침내 '병행영창'을 성공시켰다.

빛의 화살을 쏘는 단발마법【아르크스 레이】가 완성되어 지팡이 끝에서 뿜어져 나갔다.

피르비스가 옆으로 뛰며 회피하자 한 줄기 섬광은 찢어지는 소리를 내며 질주해, 던전의 벽면에 부딪쳐 균열을 일으키고 부서졌다.

"해……해냈어요!!"

숨을 헐떡이며 레피야는 '마법'이 발동한 데 환호했다.

지팡이를 가슴에 끌어안고 온 얼굴에 기쁨을 띄웠다.

물론 발을 멈추고 구사하던 원래의 '마법'에 비하면 위력은 훨씬 떨어졌다. '병행영창'을 이루기 위해 '마력'을 억제했으므로, 섬광을 맞은 벽면은 기껏해야 검으로 벤 정도의 피해밖에 입지 않았다.

피르비스가 공격을 적당히 조정해주고 있었던 것도 성공의 큰 요인일 것이다. 몬스터와의 살육, 나아가 '심층'에서의 교전에서는 이렇게 영창을 잘 이어나갈 리가 없다.

하지만 레피야에게 이번의 성과는 큰 전진이었다. 제대로 된 전투에서 한 번이라도 '병행영창'을 성공시켰다는 사실이 가슴에 자신감을 싹트게 했다.

오늘까지 있었던 리베리아의 가르침, 그리고 아이즈와의 훈련은 결코 헛된 것이 아니었다고 레피야는 흥분과 감격으로 얼굴을 붉혔다.

"지금 영창은 부족함이 없었다. 그 감각을 잊지 마라."

"네! 고맙습니다!"

춤을 추며 노래하던 레피야를 피르비스도 순순히 칭찬했다.

지금만큼은 뛰어오를 정도로 기쁨에 충만했다.

그런 소녀를 흘끔 쳐다보며 피르비스는 지체하지 않고 다음 행동에 들어갔다.

"이제부터는 훈련 내용을 한 단계 끌어올리겠다."

"네?"

잠시 기다리라고 말하고 피르비스는 룸 출입구 쪽으로 향했다.

통로 너머로 사라진 그녀를 보며, 홀로 오도카니 남은 레피야는 고개를 갸웃하고 시키는 대로 기다렸다.

그리고 이따금 벽면에서 태어나는 몬스터를 쓰러뜨리기를 열 차례.

시간으로는 5분 정도 지났을 무렵, 그것이 들려왔다.

"이, 이건……?"

가벼운 땅울림과, 개굴개굴 하는 여러 마리의 개구리 울음소리.

서서히 다가오는 진동과 울음소리에 레피야가 당황하던 그때.

룸 입구에서 피르비스가— 몬스터의 대군을 이끌고 돌아왔다.

"?!"

"비리디스, 재개하자. 이번에는 몬스터들을 상대해라."

똑바로 이쪽을 향해 뛰어온 피르비스는 아연실색한 레피야에게 말하고는 그녀의 정면에서 등 뒤로 뛰어 지나갔다.

동족 소녀를 쫓아온 개구리 몬스터 '프로그 슈터'의 무리는 개굴개굴 울부짖으며 그대로 레피야에게 달려들었다.

"네, 네에에에에에에에에에에에에에에에엑?!"

――'괴물증정'?!

스무 마리에 이르는 몬스터가 일제히 달려들어, 레피야는 그 자리에서 뒤로 뛰어 물러났다.

그녀가 놀라거나 말거나 프로그 슈터의 대군은 짓쳐들었다.

"비리디스, 몬스터에게 손을 대는 건 금지다."

"네에?!"

"'병행영창'으로 만들어낸 '마법'만 가지고 무리를 퇴치해라."

당황하며 지팡이로 Lv.1에 해당하는 몬스터를 일단 밀쳐내려 했던 레피야는 피르비스의 지시에 몸을 멈추었다.

"이 계층의 몬스터라면 아무리 공격을 받아도 지금 너에게 치명상을 입히지는 못할 거다. '병행영창'을 익히기에는 적격이지."

자신도 병행영창을 익힐 때는 이런 훈련을 자주 했다며 조금 떨어진 곳에서 말하는 피르비스.

피르비스 씨도 완전히 스파르타잖아!!

마음속으로 비명을 지른 레피야는 현재 상황을 이해하고 필사적으로 주문을 읊기 시작했다.

회피만 할 뿐 반격의 의사를 보이지 않는 그녀에게 프로그 슈터 무리는 포위망을 치고 공격했다. '고블린'이나 '코볼트' 같은 저급 몬스터보다 약간 강한 몬스터일 뿐이지만 이렇게 사방팔방에서 끊임없이 달려들면 견딜 수가 없다.

"【저격하라, 요정의 사수. 뚫어라, 필중의── 헤푸 읍?!】"

거대한 외눈을 가진 몬스터의 입안에서 긴 혀가 사출되어 얼굴에 명중해 영창이 저지되었다.

끈적끈적한 타액이 레피야의 얼굴을 더럽혔다. 피르비스의 말대로 대미지는 없는 거나 마찬가지였지만, 레피야는 원거리 공격도 가하는 프로그 슈터에게 악전고투했다.

분명 훈련의 허들이 올라갔음을 실감했다. 한 마리가 아니라 여러 마리의 적, 게다가 사정거리 밖에서 날아드는 사격에도 신경을 써야만 한다.

'병행영창'을 익히는 데에 이 개구리 몬스터만큼 적격인 상대는 없지 않을까 싶을 정도였다.

"──【숭고한 전사여, 숲의 궁수대여.】"

몸통 공격과 원거리 혀 공격 양쪽을 피하며 레피야는 노래를 계속했다.

"【밀려드는 약탈자 앞에서 활을 들라. 동포의 목소리에 호응하여 살을 시위에】."

멍투성이 피부에 굵은 땀을 흘리면서, 읊어나가는 말에는 열기를 담았다.

시야는 항상 넓게 두고, 거목의 마음을, 최소한도의 방어로 이동과 회피를.

아이즈, 리베리아, 피르비스의 가르침을 모두 모으며 자신의 움직임에 반영시켰다.

"【머금어라 불꽃, 삼림의 등화. 쏘아라 요정의 불화살】."

몇 번이나 주문이 중단되고 몇 번이나 영창에 실패했지만, 그래도 레피야는 결코 포기하려 들지 않았다.

결코 무릎을 꿇으려 하지 않았다.

"【빗발처럼 쏟아져 야만의 무리들을 불태우라】."

그녀의 눈동자에는 따라잡아야 할 목표가, 높은 경지에 선 동경의 소녀가 비치고 있었다.

그리고 마음속에는—— 지금도 피를 토하면서 달리고 또 달리고 있을 소년의 모습이 있었다.

질 수 없어. 절대 질 수 없어.

무엇보다도 강하게, 타오르는 의지로 온몸을 분투시키며 레피야는 고함을 질렀다.

"——【퓨절레이드 팔라리카】!!"

주문이 완성되었다.

몸통 공격을 흘려내고, 요란한 혀 공격을 피하고, 후방으로 크게 뛰어 물러난 레피야의 발밑에 선황색 매직 서클이 전개되었다. 그렇게 자아낸 수십 발에 이르는 불화살이 프로그 슈터의 대군에 쏟아졌다.

거대한 외눈을, 피부를 붉은 화염색으로 물들인 몬스터의 무리는 마법탄의 폭풍에 휩싸였다.

단말마의 비명을 지를 틈도 없이 광역공격마법이 작렬해 수많은 폭발음이 쩌렁쩌렁 울려 퍼졌다.

"……."

방해가 되지 않도록 룸으로 들어오는 몬스터들을 격퇴하던 피르비스는 시선 너머의 광경에 눈을 가늘게 떴다.

숨을 헐떡이며 지팡이를 두 손으로 든 엘프 소녀는 불똥과 마력의 잔재 속에서 힘차게 서 있었다.

"이젠 완전히 네 것이 됐구나."

프로그 슈터들을 섬멸하고 휴식에 들어갔을 때.

레피야에게 다가와 건넨 피르비스의 첫 마디가 그것이었다.

"고, 고맙습니다! 피르비스 씨 덕에, 제가……!"

"아니, 내가 가르치기 전부터 토대는 있었어. 비리디스의 노력 덕이지."

미소와 함께 그런 평가를 받으니 레피야는 지팡이를 쥔 채 멋쩍어 했다. 자신에게 뿌리를 내리고 있었던 스승들의 가르침까지 칭찬을 받은 것 같아 자랑스러움과 기쁨에 이리저리 휩쓸리기만 했다.

우물쭈물 고개를 숙이고 있는 레피야를 피르비스의 붉은 눈이 부드럽게 바라보았다.

"하지만 정말로, 피르비스 씨는 알기 쉽게 가르쳐주시던걸요. 스스로 생각해도 점점 잘할 수 있게 된다는 게 느껴져서……. 피르비스 씨는 선생님 소질이 있는 거 아닐까요?"

"……우연이다. 나는 남을 가르칠 그릇이 못 돼."

몸에서 소비된 '마력'이 마치 이제야 생각이 났다는 것처럼 피로감을 가져와 레피야와 피르비스는 던전 바닥에 앉기로 했다.

룸 중앙에서 무릎을 꿇고 마주 앉은 가운데, 레피야가 화제를 꺼내면 피르비스는 무뚝뚝하게 대답했다. 하지만 그것은 차가운 거절이 아니라 멋쩍기 때문에 이를 감추기 위한 태도였다.

눈을 감고 부루퉁하게 얼굴을 살짝 붉힌 소녀에게 레피야는 웃음을 지었다.

훈련 전부터 느꼈지만 서로의 거리는 확실히 좁아졌다. 처음 만났을 때처럼 멀리 밀어내려 하고 닿지 않으려 하는 관계가 아니었다. 많은 말과 마음을 나누고, 제24계층에서의 전투를 넘어서, 두 사람의 마음은 가까운 곳에 있었다.

그녀의 주신인 디오니소스가 말했듯 피르비스는 자신에게 마음을 열어주고 있는 것인지도 모른다.

그것은 정말 기쁜 일이라고, 따뜻해진 마음속으로 생각했지만.

레피야는 한 가지 더 욕심이 들었다.

그녀가 들어주었으면 하는 바람이 있었다.

"저기, 피르비스 씨……."

"뭐지, 비리디스?"

이쪽을 바라보는 동족 소녀에게 레피야는 뺨을 붉히며 말했다.

"앞으로는 이름으로…… 레피야라고, 불러주시면 안 될

까요?"

그 제안에 피르비스는 딱딱하게 굳어졌다가── 화악
새빨갛게 물들었다.

말의 의미를 이해했는지 순식간에 부끄러워하며 반대
했다.

"무, 무리다!"

"부탁이에요!"

"불가능하다고 했잖나!"

"그걸 어떻게든!"

"집요하다?!"

"집요할래요!!"

피차 얼굴을 붉히며 말다툼을 벌인다.

바짝 달라붙어, 끝까지 노려보며, 목소리를 높여 역설하
는 레피야에게 피르비스는 서서히 밀려났다. 몸을 젖히며
말문이 막혔다가, 마침내 고개를 돌려버리고 말았다.

그 반응에 레피야는 역시 화나게 한 걸까 풀이 죽었지만.

눈을 절대 마주치지 않은 채, 입을 몇 번이나 뻐끔거리
던 피르비스는── 꺼져 들어가는 목소리로 가느다랗게
중얼거렸다.

".........레, 레피야."

뾰족한 엘프 귀까지 발갛게 물든 소녀의 옆얼굴.

작지만 또렷이 들려온 자신의 이름에 레피야는 금세 얼
굴을 환하게 밝히며 만면의 미소와 함께 대답했다.

"네!"

한쪽은 고개를 숙인 채 홍조가 가시지 않았으며, 또 한쪽은 에헤헤 온몸으로 기쁨을 표현했다.

대조적인 엘프 소녀들은 이곳이 던전이라는 사실도 잊고 온화한 시간을 한동안 보냈다.

"……한 가지 물어도 될까?"

"……? 뭔데요?"

"역시…… 너도 '원정'에 참가하나?"

겨우 평상심을 되찾고 누그러진 공기가 걷히기 시작했을 때, 두 사람의 화제는 【로키 파밀리아】의 '원정'에 미쳤다.

"……네. 저도 아이즈 씨나 다른 분들과 같이 미답파계층에 도전할 거예요."

사흘 후로 다가온 심층 심부 진출.

파벌의 총력을 모아 도전하는 미궁공략에서, 레피야는 제59계층을 목표로 하는 본대에 편성되었음을 리베리아와 핀에게서 직접 들었다.

포대 겸 서포터로서 아이즈를 비롯한 제1급 모험자들을 따라가게 됐다는 그녀의 말에 피르비스는 다홍색 눈을 가만히 떨구었다.

"그래……."

얇은 입술에서 그 한마디만이 톡 떨어졌다.

온갖 감정이 뒤섞인 듯한 그 표정에 한순간 애절함을 짓더니, 피르비스는 침묵을 지켰다.

레피야가 바라보는 가운데 그녀는 이윽고 감았던 눈을 떴다.

그 자리에서 일어난 피르비스를 레피야는 가만히 올려다보았다.

"너는 동포의 마법을 복제…… 소환할 수 있지?"

【사우전드 엘프】라는 별명으로 칭송받게 된 '소환마법' 이야기가 나와 반사적으로 고개를 끄덕였다.

"어…… 아, 네."

"괜찮다면 마법의 소환 조건을 가르쳐줄 수 있겠나?"

마법을 소환하는 데 필요한 행사 조건에 대한 질문이었다.

뒤따라 일어난 레피야는 한순간 망설이기는 했지만, 피르비스를 믿고, 원래는 숨겨야 하는 '마법'의 정보를 털어놓았다.

소환마법【엘프 링】.

같은 엘프의 마법에 한해, 2회분의 영창 시간과 마인드를 지불해 구사할 수 있다.

소환 조건은 마법 효과와 영창 문언의 완전 파악.

그 내용을 들은 피르비스는 가볍게 고개를 끄덕이고 걸어나갔다.

충분히 간격을 벌린 후── 발밑에 하얀 매직 서클을 피우더니 주문을 외웠다.

"【방패가 되어라, 파사의 성배】──"

레피야가 눈을 휘둥그렇게 뜨는 가운데 초단문영창으로 단숨에 '마법'을 발동시켰다.

"——【디오 그레일】!"

강하고 높은 마법명 호출과 동시에 눈부신 광휘가 허공에 출현했다.

피르비스의 마음과 고결함을 상징하는 듯한 순백색 원형 장벽.

얼마 안 되는 '마력'에도 불구하고 반경 5M 이상이나 되는 크기를 자랑하며 섬광을 뿜어냈다.

제24계층에서 레피야 일행을 몬스터로부터 지켜주었던 성스러운 빛이다.

"……피르비스 씨, 이건."

아름다운 흰 빛을 넋 놓고 바라보기를 몇 초.

그 파사의 방패를 단단히 눈에 새겨넣은 레피야는 마법을 해제한 엘프 소녀에게 아연해져 말했다.

전방으로 내밀었던 왼손을 내린 피르비스는 천천히 돌아섰다.

"【디오 그레일】…… 초단문영창으로 발동하는 '장벽마법'이지. 물리, 마법, 모든 공격으로부터 술자와 동료를 지켜준다."

사악을 물리치고 마를 밀어내는, 소중한 존재를 지켜내기 위한 방패 마법.

자신의 마법 효과와 영창문언을 들려준 피르비스는 레

피야를 향해 웃음을 지었다.

"레피야, 이 마법을 네게 맡기마. ……살아서 돌아와다오."

새하얀 소녀의 미소에 레피야는 눈에 눈물을 머금었다.

"네!"

그녀의 다정함과 수호의 힘을 받아, 물방울을 떨구면서도 웃음으로 대답했다.

군청색 눈동자와 다홍색 눈동자를 가진 엘프 소녀들은 서로 마음을 나누듯 시선을 마주했다.

이날, '병행영창' 습득에 큰 진전을 이룬 레피야는.

피르비스의 장벽마법【디오 그레일】을 손에 넣었다.

"끼약?!"

비명과 함께 기절하는 소년.

무릎베개.

"끼약?!"

다시 정신을 잃는 소년.

또 무릎베개.

"끼약?!"

또 다시 의식이 깎여나간 소년.

또 또 무릎베개.

"크흐윽?!"

소년의 고함이 터져나와 창공으로 빨려 들어간다.

하늘은 맑게 개었다. 중천으로 접어드는 태양의 빛이 한창 북적거리는 도시 전체에 내리쬐어 이곳 시벽까지도 따뜻한 햇살로 감쌌다.

아득히 아래쪽에서는 도시의 소음이 잔물결처럼 밀려드는 가운데, 무릎베개를 한 벨의 앞머리를 쓰다듬던 아이즈는 멀거니 머리 위를 올려다보고 있었다.

기분 좋고 화창한 날씨에 금색 두 눈을 가늘게 뜬다.

'역시 힘 조절이 잘 안 돼…….'

뱅글뱅글 돌아가는 눈으로 기절한 소년의 얼굴로 시선을 되돌리고 아이즈는 어깨를 추욱 늘어뜨렸다.

'원정'을 사흘 앞둔 훈련 5일차.

하루 종일 훈련을 하고 싶다는 벨의 바람을 받아들여 아이즈는 이른 아침부터 소년과 대련에 매진했다. 미궁에서 레피야가 피르비스와 특훈을 하던 것과 같은 무렵, 소년의 지도에 힘쓰고 있었다.

상황은 보다시피, 그를 몇 번이나 기절시키는 개탄스러운 것이었지만.

"핀처럼, 못하겠어……."

풀이 죽어 아이즈는 중얼거렸다.

자신의 못난 모습에 벨은 물론이고 훈련을 뒷전으로 미뤄버린 레피야에게도 미안하달까, 고개를 들 수 없는 심정이었다.

옆의 포석 위에 놓인 애검의 칼집이 햇살을 반사해 반짝 광택을 띠었다.

'그래도…….'

과거에 자신을 이끌어주고 단련시켰던 핀이나 리베리아, 가레스 같은 이들의 웃음이── 그들이 즐거워하며 짓던 표정의 의미를 조금은 이해할 것 같았다.

두드려서, 늘린다.

두드려서, 빛나게 한다.

마치 대장장이처럼 두드려서 사람을 단련시켜…… 모양이 바뀌고 빛을 띠기 시작하는 그 과정.

가르치는 사람은 그런 즐거움을 얻는지도 모른다.

소년의 '성장'이 눈에 뜨일 정도로 빠른 만큼, 이렇게 남을 가르치는 것이 서툰 아이즈라 해도 조금은 그 기쁨을 이해할 수 있었던…… 그런 기분이 들었다.

가파른 고비를 넘어서든 말든 졸지도 않고 쉬지도 않고 한결같이 정상을 향해 달려가는 흰토끼를 바라보며, 아이즈는 스스로도 알아차리지 못한 사이에 웃고 있었다.

자연스레 손을 뻗어 흰 앞머리를 손가락으로 쓰다듬는다.

"…….."

벨이 정신을 차리기를 기다리고 있노라니, 이윽고 눈꺼풀이 천천히 뜨였다.

루벨라이트색 눈동자가 바로 위에 펼쳐진 푸른 하늘을

멀거니 올려다본다.

각성 직후여서이기도 하겠지만 소년이 자신의 허벅지 위에서 멀거니 있을 때…… 갑자기, 불쑥.

아이즈는 고개를 내밀어 그의 얼굴을 들여다보았다.

"괜찮아?"

"……흐아악?!"

자신의 시야 한복판에 나타난 아이즈의 얼굴에 벨은 괴성을 지르며 몸을 일으켰다.

구르듯이 아이즈의 나긋나긋한 허벅지에서 벗어나 포석 한복판에서 벌떡 일어나 돌아본다. 그의 얼굴은 이미 새빨갛게 물들어 있었다.

2일차 훈련 이후로 아이즈는 벨이 정신을 잃을 때마다 무릎베개를 해주고 있었다.

계기는 마인드다운 때 시작했던 무릎베개였지만, 지금은 그냥 별 생각 없이 하게 되었다.

벨이 기절해버리면 할 일이 없기도 하고, 차가운 포석 위에 그냥 방치해두는 것도 안쓰러웠으며, 또한 기분이 좋기도 했다.

어깨에서 힘이 빠져나가는 것처럼 온화한 마음이 드는 것이다. 싸움으로만 하루하루를 보내던 아이즈에게서 잃어버렸던 무언가가 돌아오는 듯한, 그런 부드러운 시간이다.

어지간히 당황했는지 쩔쩔 매는 벨을 이상하다는 듯 바라본 아이즈는, 갑자기 일어나면 좋지 않다는 의미도 담아 자신의 무릎을 팡팡 두드렸다.

그런 아이즈의 제안에 벨은 새빨개진 얼굴을 설레설레 옆으로 저었다.

"몸은, 괜찮아?"

"……네."

가만히 서 있기만 하던 벨을 손짓으로 불러 자신의 곁에 앉힌 아이즈는 그의 옆얼굴을 살폈다.

그는 정면으로 시선을 고정한 채 아이즈 쪽은 보려 하지 않았다. 여전히 얼굴을 붉히고, 바로 뒤에 있는 흙벽에 등을 붙였다가 떼었다가를 반복했다.

잠시 쉬기로 하고, 아이즈는 어깨와 어깨가 닿을 만한 거리에서 두 무릎을 안은 채 벨을 신경 썼다.

아직도 앞을 본 채, 큰맘 먹고 말하듯 벨이 입을 열었다.

"저, 저기, 저요, 조금이나마 나아지긴 했나요?"

"……왜?"

"아뇨, 그게, 요즘 계속 기절만 해서……."

조금 갈라진 목소리이기는 했지만 훈련의 내용 이외에 그가 먼저 말을 거는 경우는 손으로 꼽을 정도밖에 없었으므로 아이즈는 조금 놀라기도 하고 기쁘기도 했다.

입가를 아주 살짝 누그러뜨린 채 가만히 바라보며, 솔직한 의견을 들려주었다.

"넌, 착실하게 변화하고 있어. ……놀랄 만큼."

"어, 음, 하지만……."

"네가 기절하는 건…… 아마, 내가 힘 조절을 잘못했기 때문일 거야."

"아, 아뇨 그렇지는?!"

그렇게 말하는 사이에 서글퍼진 아이즈는 풀이 죽었다.

슬머시 눈꺼풀을 반쯤 늘어뜨리자, 정면만을 보던 벨은 이쪽을 돌아보더니 황급히 부정하려 했다. 살짝 어깨를 늘어뜨리면서도, 요즘은 조금 알게 된 것이 있다고 아이즈는 생각했다.

벨 크라넬은, 정말로 평범한 소년이었다.

난처한 일이 있으면 당황하고, 슬픈 일이 있으면 풀이 죽고, 부끄러운 일이 있으면 자신을 한심하게 여기고, 기쁜 일이 있으면 뺨을 붉히며 웃는다.

순진하고, 솔직하고, 때로는 허세를 부리며 발돋움을 하려고도 한다.

때로는 부나 명성, 꿈이나 야망을 품는 모험자에는 어울리지 않는다는 생각이 들 정도로, 놀라울 만큼 평범한 아이.

신체능력과는 크게 다른 마음과 정신, 내면의 소질은 아무리 봐도 모험자의 '그릇'이 아니었으며, 그가 동경한다고 입에 담았던 영웅의 '그릇'에도 당연히 미치지 못했다.

지금도 풀이 죽은 아이즈를 다독이고자 하는, 마음 착하고도 지극히 새하얀, 그냥 소년인 것이다.

"……."

그런 소년이기에 흐뭇하게 여겨지는 것과 동시에, 알 수 없다는 마음이 생겨났다.

모험자로서의 '그릇'이 아닌 그가 어떻게 이렇게까지 극적인 '성장'을 거둘 수 있었을까.

아이즈 자신이 이해하고 있었다.

그의 '성장'에 떠밀리듯 자신의 지도가 나날이 가혹해지고 있음을.

몇 차례나 기절시켜버리는 것도, 현저히 성장해나가는 벨에게 맞추다보니 힘 조절이 잘 이루어지지 않기 때문이다.

그런 나쁜 효율을 보완할 만큼 빠르게 소년은 앞으로 앞으로 나아간다.

그것을 코앞에서 보며 아이즈는 당초의 목적을 떠올리지 않을 수 없었다.

소년의 '성장'에 관한 비결. 아직까지 조금도 판명되지 않은, 높은 경지에 이를 가능성.

벨을 알면 알수록 알 수 없게 되는, 그의 소질과는 모순된 '성장'의 정체.

아이즈는 망설임을 거듭하고 몇 번이나 주저한 끝에, 입술을 떨었다.

"……물어봐도 돼?"

"네?"

벨의 얼굴을 똑바로 바라보았다.

더할 나위 없이 진지한 표정을 지었다는 것을 자각하면서 아이즈는 소년에게 물었다.

"어떻게 넌, 그렇게 빨리 강해질 수 있었어?"

"강해, 요……?"

말이 서툰 아이즈 나름대로의 최선을 다한 질문이었다.

반면 벨은 눈을 깜빡거렸다. 마치 자신과는 전혀 어울리지 않는 말을 들었다는 것처럼.

소년의 비밀을 파헤치려 하는 무모한 짓임은 잘 알지만, 듣고 싶다고 아이즈는 절실히 생각했다.

그런 마음이 통했는지, 당황하던 벨은 진지하게 무언가를 생각하는 기미를 보였다.

잠시 후, 말을 하기 시작한다.

"……그게, 어떻게든 따라잡고 싶은 사람이 있어서요. 그 사람을 필사적으로 쫓아갔더니, 어느샌가 여기까지 와서, 그게……."

아이즈를 한순간 슬쩍 살피고 얼굴을 붉히면서, 더듬거리며, 본심을 토로한다.

"……어떻게든 도달하고 싶은 경지가 있어서, 그런 것 같아요."

아이즈는 금색 두 눈을 크게 떴다.

자신의 가슴에 새겼던 맹세의 말이 열기를 띠는가 싶더니, 금방 식어갔다.

눈앞에 있는 루벨라이트색 눈동자를 바라본 후, 조용히 고개를 위로 들었다.

"그렇구나……."

무릎을 살짝 끌어안은 자세로, 하늘만을 올려다본다.

긴 금발이 바람에 살짝 흩날린다.

"⋯⋯이해해."

바람을 두른 창공을 눈동자에 비추며 문득 그렇게 중얼거렸다.

수긍할 수 있는 대답은 아니었지만 이해할 수 있었다.

처음에도 그는 말했다. 목표가 있다고.

아이즈와 같다.

무슨 일이 있어도 도달해야만 하는 곳이, 아득히 높은 경지에 있다.

"나도⋯⋯."

——비원이 있어.

하늘만을 바라보며 흘린 그 말은 갑자기 불어온 바람에 지워졌다.

서쪽에서 강하고도 시원한 옆바람이 불어왔다.

바람과 함께 싸워왔던 아이즈의 귀에는 익숙한, 기류가 흐르는 소리.

긴 금발을 출렁이며, 꼼짝도 하지 않고 있던 그녀는 하늘에 빨려 들어가듯 머리 위를 올려다보고만 있었다.

"저, 저기⋯⋯."

"?"

옆에서 들려온 목소리에 시선을 되돌려보자 벨이 멍하니 바라보고 있었다.

무슨 일이냐고 고개를 갸웃하자, 그는 하려던 말을 가슴에 담아버렸다.

"어, 아뇨…… 아무것도, 아니에요."

의아하게 생각했지만 추궁하려 들지는 않고 아이즈는 한 번 눈을 감았다.

직감일 뿐이었지만, 이 아이는 '성장' 그 자체에 대한 자각이 없다고.

벨 본인은 정말로 앞을 향해 그저 달려나가고 있을 뿐이라고, 아이즈는 지금의 대화를 통해 깨달았다. 깨닫지 않을 수 없었다.

루벨라이트색 눈동자는 거짓말도, 무언가를 감추는 것도 서툴다는 사실을 아이즈는 이미 알고 있었기 때문이다.

있는 그대로 마음에 떠오른 생각을 말한 소년을 곁에 두고, 낙담을 느꼈어야 할 아이즈의 입술은 미소를 띠고만 있었다.

'……날씨, 좋다.'

벨과의 대화가 끊어진 가운데 아이즈는 자신들에게 내리쪼이는 햇살에 눈을 가늘게 떴다.

오늘 하늘은 정말 푸르다. 희고 조그만 조각구름이 맑은 하늘을 내키는 대로 흘러간다.

도시의 동쪽 지구에서 정오를 알리는 종소리가 울리는 가운데, 맑은 종소리와 따끈따끈한 햇살에 벨과 함께 에워싸였다.

"아움⋯⋯."

그때였다.

아이즈의 조그만 입술에서 조그만 숨소리가 새어 나왔다.

창졸간에 입가에 한 손을 가져갔지만 이미 늦었다.

따뜻한 햇살에 이끌려 아이즈는 하품을 하고 말았다.

"⋯⋯?"

바로 옆에 있던 벨도 당연히 알아차리고, 신기해하면서도 조금 놀란 표정을 지었다.

아이즈는 들었던 손을 내리고, 아무 일도 없었다는 듯 원래 자세로 돌아갔다.

그리고 야단났다고.

마음속으로 중얼거렸다.

'⋯⋯조, 졸려.'

따뜻한 햇살을 받은 아이즈의 눈은 힘을 잃어가고 있었다.

지난 닷새 동안은 벨과 너무 이른 아침부터 대련을 한 데다가 레피야와는 저녁까지 '병행영창' 훈련을 해 쉴 시간이 전혀 없었다. 식사, 취침, 훈련밖에 없었던 것 같다. 물론 수면시간은 한계까지 깎아냈다.

무엇보다도, 따뜻한 햇살에 정신이 느슨해진 것이 화근이 되고 말았다.

아무리 제1급 모험자라 해도 이 흉악한 햇살에는 당해낼 수 없다.

빠릿하게 유지하려 하는 이 표정——곁에서 보면 여느 때와 다를 바 없이 감정이 희박한 표정——도 언제까지 지속될지.

며칠 동안 중노동을 해왔던 아이즈는 강렬한 졸음에 사로잡혔다.

"낮잠 훈련할까."

"네?"

정신이 들고 보니.

아이즈의 입술은 그런 말을 하고 있었다.

"던전에서는 언제든 어디서든 잘 수 있어야 해."

"……"

"빠르게 체력을 회복시키는 건 중요해."

멈추지 않는 아이즈의 입술.

얼굴을 마주 보려 하지 않고 앞만을 노려보는 동안, 무언가 하고 싶은 말이 있는 것 같은 벨의 시선을 뺨 언저리에 시큰시큰 느꼈다.

수마에 굴복해 늘어놓은 핑계는 지극히 공허했다. 내심 땀을 흘리면서도 이젠 시간은 되돌릴 수 없다고, 아이즈는 수면 훈련임을 강조했다.

순수한 소년이라면 믿어주지 않을까, 일말의 희망에 매달렸다.

"저기…… 혹시, 졸리세요?"

틀렸다.

너무나도 쉽게 마음속을 간파당해 아이즈는 뺨 언저리에 열기가 모여드는 것을 느꼈다.

"──훈련이야."

"네, 넷."

다음으로는 가차 없는 박력을 띠며 불쑥, 얼굴을 벨에게 들이대는 아이즈. 제1급 모험자의 억지에, 소년은 땀을 흘리며 어쩔 수 없이 고개를 끄덕였다.

눈썹을 치켜세우고 코앞에서 눈을 바라보며, 소녀는 소년과 함께 뺨을 붉혔다.

"어, 저기…… 여기서 자는 건가요?"

"응."

부끄러움도 한몫해 냉큼 행동에 들어갔다.

고개를 끄덕이며 벌렁, 포석 위에 몸을 눕혔다.

눈 깜짝할 사이에 솟아나는 수면욕에 그대로 몸을 맡기려 했지만, 움직임을 멈추고만 있는 벨이 시야에 들어와 무슨 일인가 싶어 말했다.

"안 자?"

"어, 아, 아뇨……."

옆으로 드러누운 자신의 곁에 벨이 누웠다.

그의 옆얼굴을 멀거니 바라보고 있으려니, 잠시 시선이 이쪽으로 향했다가, 눈이 마주친 순간 소년은 황급히 하늘을 올려다보았다.

잠에 빠져들기 직전, 질끈 강하게 눈을 감으며 자려 하는 소년을 마지막으로 보고, 아이즈는 조용히 눈을 감았다.

　의식은 순식간에 졸음 밑바닥으로 빠져들었다.

🔥

　이야기를 읽는 목소리가 들렸다.

　그것은 몇 번이나 들었던 온갖 이야기.

　그들이 몇 번이나 들려준 아주아주 행복한 이야기.

　바람처럼 무구한 어머니가 자애로 가득한 목소리로 읽어주었으며.

　언제나 서툴게 웃는 아버지가 부드러운 눈길로 지켜보던.

　어린 아이즈도 정말 좋아했던, 세 사람이 사랑한 이야기다.

　이야기 속의 노래에서 고개를 드니 그곳에는 행복한 광경이 펼쳐져 있었다.

　웃음을 지은 많은 이들이 아버지와 어머니, 어린 아이즈를 에워싸고 있다.

　아름답고 다정한 하이엘프, 자신과 비슷한 체구인데도 어른스러운 파룸, 커다란 입을 벌리며 호쾌하게 웃는 드워프.

　그 외에도 수인, 아마조네스, 휴먼, 수많은 사람들에게 에워싸여 있었다.

　아버지와 어머니 곁에서 뺨을 붉히며, 발돋움을 해 손을 흔들고, 아이즈는 만면의 미소로 대답했다.

부드러운 한순간. 무엇과도 바꿀 수 없는 유대. 소중한 자리.

하지만 그런 행복한 광경은 갑자기 종언을 고했다.

세 사람의 밑에서 일렁이는 시커먼 안개.

갈라진 지면에서 칠흑의 안개가 치솟아 빛으로 가득 찬 세계를 뒤덮는다.

땅 밑바닥에서 올라온 새까만, 새까만, 새까만 어둠의 덩어리가 모든 빛을 차단한다.

주위가 암흑에 휩싸인 가운데 아연실색한 어린 아이즈의 곁에서 아버지가 앞으로 나선다.

까만 목깃에 얇은 방어구, 은색 장검.

한 손에 은빛 칼날을 든 아버지는 시선 너머에서 꿈틀거리는 어둠으로 다가간다.

아빠.

아이즈는 다가가며 필사적으로 불렀지만 그 뒷모습은 돌아보지 않는다.

점점 멀어져가는 아버지의 모습에 얼굴을 찡그리며, 도움을 청하고자 뒤를 돌아보니── 사람들은 하나도 남김없이 사라진 후였다.

그 대신 남은 것은 엄청난 숫자의 망가진 무기들뿐.

검이, 창이, 도끼가, 지팡이가, 방패가.

마치 묘비처럼 지면에 박혀, 멍청히 선 아이즈를 에워싸고 있다.

말을 잃은 아이즈는 정신없이 주위를 둘러본다. 어디까지고 이어지는 어둠, 아무도 없으며, 아버지의 모습도 이제는 보이지 않는다.

말을 하지 않는 무수한 무기에 둘러싸여 아버지의 이름을, 사람들의 이름을, 어머니의 이름을 외쳐댄다.

그리고 강한 바람이 일었다.

금발을 나부끼며 돌아보니, 시야 저 멀리 그것이 보였다.

자신과 같은 긴 금발을 출렁이는 어머니의 뒷모습.

이쪽에 등을 돌리고 어둠 속에서 준동하는 무언가와 대치한다.

아이즈가 부르는 목소리가 닿기 전에 어둠은 주둥이를 크게 벌렸다.

무수히 뻗어나온 그림자가 두 팔을 펼친 어머니의 몸을 옭아매고 삼키기 시작한다.

금색 눈동자에서 눈물이 흘러내린다.

그리고 고함을 지르는 아이즈의 눈앞에는 어느샌가 한 자루의 검이 꽂혀 있다.

아버지가 들고 있던 것과 같은, 금이 간 은빛 검.

다 스러져가는 검을 뽑아, 아이즈는 달려갔다.

『——기다려줘.』

어린 아이즈에서 【검희】의 모습으로 돌아가, 어둠 속을 헤집고 달린다.

사라져가는 어머니의 등을 향해 소녀는 외쳤다.

『——기다려줘!!』

반드시 그쪽으로 갈 테니까.

반드시 찾으러 갈 테니까.

반드시—— 되찾을 테니까.

새까만 소용돌이에 휩싸인 뒷모습에—— 모든 것이 사라진 후에도 남은 검을 끌어안은 어린 자기 자신에게.

아이즈는 맹세를 새겼다.

다음 순간.

밀려드는 흰 빛의 파도가 시야를 가득 메웠다.

"……."

금색 두 눈을 천천히 뜬다.

꿈에서 깨어난 아이즈는 흔들리는 감정을 억누르고 연신 눈을 깜빡였다.

눈에 눈물은 고이지 않았다.

그저 시야가 살짝 흐려졌을 뿐이었다.

옆으로 누웠던 자세에서 아이즈는 눈을 가만히 문질러 닦았다.

"……?"

시야와 함께 의식이 또렷해져가는 가운데.

자신의 것이 아닌, 잠에 빠진 숨소리가 들렸다.

시선을 돌려보니 드러누운 자세로 눈을 감은 소년의 모습이 있었다.

따뜻한 햇살을 받아 크어크어 태평하게 잠들었다.

깜빡깜빡, 다시 눈을 떴다 감은 아이즈는 그 모습에 웃음을 지었다.

어째서인지 묘하게 멀리 떨어진 서로의 위치를 이상하게 여기면서, 슬금슬금, 엎드린 채 그에게 다가갔다.

나란히 포석 위에 드러눕는다.

바로 곁에 있는, 일어나 있을 때보다도 훨씬 천진난만한 얼굴.

아이즈는 보물을 만지듯 가만히 손을 뻗었다.

뺨에 닿는다. 따뜻하다.

소년의 체온이 손가락을 통해 전해진다.

"할아버지, 이젠, 그만……."

그도 꿈을 꾸는지 뺨을 눌린 그는 끙끙 신음했다.

아이즈는 웃었다.

어린 시절의 자신처럼, 티없이.

꿈속의 무서운 검은색 어둠과는 정반대로 부드럽고 새하얀 머리카락에 눈을 가늘게 뜨고 연신 쓰다듬었다.

무서운 꿈을 꾸었다. 하지만 마음은 이미 평온했다.

꿈속에서 어린 아이즈를 데리고 나와준 흰토끼가 있었다.

푸른 하늘이 내려다보는 가운데, 아이즈는 잃어버린 줄

로만 알았던 부드러운 한순간에 휩싸여 있었다.

날이 저물고 있었다.

지평선 저 멀리 가라앉으려는 태양의 빛이 도시를 꼭두서니색으로 물들이고 있었다.

선명한 서쪽 햇살에 비친 시벽 위에서는 격렬히 검 부딪치는 소리가 오갔다.

몇 번이나 몸을 교차시키고 있는 것은 두 소년소녀.

밤이 코앞으로 다가온 일몰 시각.

싸우는 두 사람을── 도시에서 가장 하늘에 가까운 곳으로부터, 그 두 눈이 내려다보고 있었다.

"그 아이의 광채를 이끌어내주는 건 기쁘지만……."

은색 눈동자에 비친, 소년을 칼집으로 날려버리는 금발금안의 소녀.

"너무 가까운 것도 곤란해."

소년의 손을 잡아 일으켜주는 그녀에게 어딘가 질투 같은 목소리를 냈다.

"게다가 그 아이의 시련을 방해한다면…… 더더욱."

은색 눈이 가늘어졌다.

"아렌."

"예."

높은 소프라노 음성이 등 뒤에 대기하고 있던 조그만 청년을 불렀다.

"다소 거칠어져도 좋으니 '경고'를 해주고 오렴."

"분부 받들겠습니다."

고양이 꼬리와 귀를 가진 청년은 정중히 고개를 숙였다.

조금 일이 이상하게 됐네.

칼집을 휘두르는 아이즈는 저녁 햇살을 받으며 생각했다.

"벨! 아까부터 흠씬 두들겨 맞고만 있다만, 괜찮은 게냐?!"

"괘, 괜찮아요!!"

시벽 위에는 이제까지처럼 훈련에 힘쓰는 아이즈와 벨, 그리고 어린 여신이 있었다.

사건의 전말은 몇 시간 전으로 거슬러 올라간다. 자칭 낮잠 훈련을 마친 아이즈와 벨은 하루 종일 싸운 몸을 쉬고 무언가를 먹고자 시벽에서 도시로 내려갔다.

그리고 배를 채우기 위해 찾아갔던 아이즈의 애용품, 감자돌이 노점에서 어린 여신, 즉 벨의 주신 '헤스티아'와 맞닥뜨리고 말았던 것이다.

알바를 하던 어린 여신은 어슬렁어슬렁 감자돌이를 사러 나타난 두 사람에게 불호령을 내렸다. 자신의 권속이 친분도 없는 다른 파벌의 단원과 함께 행동하고 있으니 당연하다면 당연한 반응이었지만, 약간 삿된 원한을 드러내는 것 같다는 생각이 안 드는 것도 아니었다.

아무튼 아이즈가 관계를 설명하고 벨이 필사적으로 설득해, 두 사람의 애원을 받아들인 헤스티아는 마지못한 듯 훈련 속행을 허가했다.

그 대신 제시한 조건이 '오늘은 나도 너희의 훈련을 견학하겠다'는 것이었다.

소년의 보호자로 둔갑한 어린 여신은 자신의 귀여운 권속이 무슨 짓을 당하는 것인지 확인하기 위해 이곳 시벽 위까지 따라온 것이다.

'여신 헤스티아에 대해…… 로키가 뭐라고 했던 것도 같은데…….'

벨과 격렬하게 검을 나누며 아이즈는 흘끔 시벽 구석에 있던 헤스티아를 쳐다보았다.

아직 '소녀'라고 부르기에도 저어되는 미모를 가진 여신의 얼굴. 눈동자 색과 같은 푸른 머리 장식에 묶인 검은색 트윈테일에, 조그만 몸에도 불구하고 상당히 풍만한 가슴.

"앗, 이놈! 너무하는 것 아니냐!"

아이즈를 향해 두 팔을 치켜들며 항의하는 몸짓에 맞춰 출렁, 두 둔덕이 흔들렸다.

그 광경에 '그 시건방진 감자돌이 땅꼬마 가슴이……!'라고 분개하던 로키가 떠오른 아이즈는 대충 두 여신의 사이가 나쁘다는 사실을 눈치챘다.

그렇다면 벨과의 훈련에 대해 로키를 비롯한 【파밀리아】에는 더더욱 알려선 안 되겠다고 생각했다.

"끄으윽?!"

"괜찮아?"

"아, 아직 멀었어요!!"

아이즈의 번개 같은 공격을 받아내지 못해 쓰러질 뻔한 벨은 이내 몸을 일으키며 자세를 잡았다.

이제까지보다도 더 끈덕지다. 여느 때보다도 더욱 마음을 다잡고 있다.

그 증거로 소년은 어린 여신이 이곳 시벽에 온 후로 한 번도 기절하지 않았다.

마치 그녀 앞에서는 한심한 꼴을 보일 수 없다고 오기를 부리듯, 벨은 아이즈와의 대련에 임했다.

"힘내라—!"

응원하는 헤스티아의 목소리를 들으며 자신의 공격에 파고든다.

흐뭇한 마음을 품은 아이즈는, 이를 입술 끝에 떠올리지 않은 채 진지한 표정으로 더욱 가혹하게 칼집 연격을 퍼부었다. 소년이 필사적으로 휘두르는 나이프와 과감한 공방을 나누며 더욱 움직임을 가속시켰다.

하늘 높이 울려 퍼지는 무기의 충돌음.

저녁놀 진 하늘은 흐르는 구름과 함께 흘러, 시간의 경과를 잊은 듯 이윽고 푸르스름한 어둠으로 모습을 바꾸었다.

"……오늘은 이만 끝낼까."

"오, 오늘도 고맙습니다……."

머리 위에 뜬 달빛을 올려다보며 아이즈가 칼집을 내리자 벨이 어깨에서 힘을 쭉 뺐다.

만신창이가 되기는 했지만 소년은 결국 한 번도 기절하지 않았다. 당장 쓰러질 것 같아도 어찌어찌 버티고 선 그에게 눈을 가늘게 뜨며 아이즈는 귀가할 준비를 했다.

아이즈가 세워두었던 애검을 칼집에 거두고 있으려니 쪼르르 달려온 헤스티아가 활짝 웃으며 벨의 등을 철썩철썩 두드려댔다.

"수고했다, 벨! 거 참, 숫제 시원할 정도로 두들겨 맞더구나!"

"저, 저기요, 주신님…… 그래 봬도 저, 꽤 열심히 했던 건데요……."

"참으로 피도 눈물도 없는 공격이었다! 아무래도 발렌아무개 군은 너를 조금도, 아무렇게도 생각하지 않는 모양이구나, 응! 확실하다, 확실해!"

그녀도 처음에는 자신의 권속을 때려눕히던 아이즈에게 "네 이놈—!!"이라느니 "나의 벨에게—!"라느니 비난의 외침을 터뜨려대더니, 훈련이 진행되자 차츰 얌전해졌다.

이제는 가차 없이 두들겨 맞아 넝마꼴이 된 벨에게——아니, 넝마꼴로 만든 아이즈에게 아주 만족하는 눈치였다.

어째서인지 기분이 좋아진 여신에게 고개를 갸웃하면서도 아이즈는 흉벽 너머로 도시 안쪽을 바라보았다.

이미 밤이 깊었다. 반짝거리는 마석등이 수없이 켜진 거리의 야경은 미궁에서 귀환한 모험자들을 맞이해 붐비고 있었다.

아침부터 하루 종일 훈련을 할 수 있었던 덕에 자신도 모르게 열중하고 말았다. 저녁은 먹고 들어올지도 모른다고 동료들에게는 사전에 보고해놓았지만…… 리베리아 같은 사람들은 뭘 하고 다니는 거냐고 잔소리를 할지도 모른다.

재빨리 준비를 마친 아이즈는 주신의 말에 정신 대미지를 입은 벨을 데리고 시벽 위를 출발했다.

석조 계단을 따라, 시벽 안으로.

몇 단이나 되는 계단을 내려 시벽 제일 아래의 문을 나가자 도시 끄트머리, 북서쪽의 뒷골목으로 나왔다.

"저, 저기요, 주신님? 밖에 나왔으니 이제 손은 놓으셔도……."

"무슨 소리를 하는 거냐, 벨. 메인 스트리트하고는 달리 여기는 꽤 어둡단 말이다. 내가 넘어지지 않도록 손을 꼭 잡아다오."

창연한 밤하늘 아래에서 길을 따라 걸어갔다. 조용한 자신과는 대조적으로 벨과 헤스티아는 떠들썩하게 대화를 나누고 있었다.

아이즈는—— 모험자의 감각이 가져다주는 속삭임을 들

고 있었다.

"……."

서로 장난을 치는 벨과 헤스티아를 곁에 두고 눈의 움직임만으로 주위를 살폈다.

약간 넓은 뒷골목. 자신들 이외의 사람은 존재하지 않아 한산하다.

반대로 말하자면, 지나치게 조용했다.

부자연스러울 정도로 일반인의 모습이나 기척이 뚝 끊어져 있었다. 야간의 어둠에 갇힌 주변은 어스름했으며 밤하늘의 별이나 달이 내는 빛만이 유일한 조명이었다. 마석등은 고사하고 건물에서 새어 나오는 광원조차 존재하지 않았다.

길 양옆에 시선을 돌려보니 세련된 기둥식 마석 가로등이 둔기로 얻어맞은 것처럼 부서져 있었다.

'——누군가가 보고 있어.'

인기척이 사라진 뒷골목, 고의로 만들어진 어두운 모퉁이.

그리고 누군가의 시선을 감지한 아이즈는 버들잎처럼 모양 좋은 눈썹을 날카롭게 세웠다.

바로 곁에서 부끄러워하며 주신님과 손을 잡고 있던 벨이, 그런 아이즈의 옆얼굴을 보고 한순간 호흡을 멈추더니 휙 고개를 들고 주위를 살폈다.

이변을 소년도 알아차린 가운데, 아이즈는 길 한곳을 노려보고 발을 멈추었다.

"──"

"윽!"

"우왁?!"

아이즈의 움직임에 벨도 재빨리 반응해 걸음을 멈추고, 혼자 아무것도 느끼지 못했던 헤스티아는 두 사람의 급정지에 놀라 소리를 질렀다.

아이즈의 금색 눈은 전방에 못 박혀 있었다.

폭이 넓은 길에 나란히 늘어선 무수한 인가, 그중 어떤 건물과 건물 사이의 틈새, 어둠 안쪽.

나오라고 말하듯 아이즈의 날카로운 눈빛이 어둠을 쏘아보았다.

이윽고, 이쪽을 감시하던 시선의 주인은 그림자를 끌며 걸어나왔다.

'캣 피플…….'

어스름에 녹아드는 듯한 암색 방어구, 암색 이너웨어, 그리고 암색 바이저.

남성이다. 벨보다도 키가 작은 고양이 수인은 금속제 바이저로 얼굴을 포함한 머리 윗부분을 가려 정체를 숨기고 있었다.

달빛에 젖은 고양이 귀와 꼬리, 검은색과 회색의 털결.

오른손에 쥔 것은 길이 2M이 넘는 장창.

주인에게 야단을 맞고 있어도 아랑곳 않고 쥐를 잡아먹는 흉포한 고양이와도 같은 살기를 담은 인물에게, 아이즈는【검희】의 얼굴을 지었다.

"──"

다음 순간,

토옹.

몸에 담은 살기를 벨에게 쏘아보낸 캣 피플은 가볍게 포석을 박차고는 순식간에 육박했다.

반응이 미처 따라가지 못해, 자신의 눈앞에 나타난 그림자에 소년의 시간이 멈춰버렸다.

자세를 잡은 캣 피플의 창이 지체하지 않고 날아들려던 찰나── 신속으로《데스퍼러트》를 뽑아든 아이즈가 이를 허용하지 않았다.

"──?!"

"?!"

튕겨냈다.

【검희】를 무시하다니, 그렇게는 안 된다. 은색 섬광이 창졸간에 방어로 들어간 창을 베어 요란하게 불꽃을 흩뿌리고 소년의 눈앞에서 습격자를 밀어냈다.

후방으로 날아간 캣 피플 청년과 벨의 경악을 초래한 아이즈는 말없이 앞으로 나섰다.

인위적으로 이 인적 없는 공간을 만들어낸 장본인──자신들을 노리고 매복했던 '적'을, 치켜세운 금색 두 눈으로 노려보았다.

별 대미지를 입은 기색을 보이지 않는 습격자와 시선을

맞부딪치고, 다음에는 동시에 질주했다. 무시무시한 검격이 막을 열었다.

"이, 이게 뭐냐?!"

조금 전부터 입을 벌린 채 굳어버렸던 헤스티아가 눈을 크게 뜨고 소리를 지르는 한편, 아이즈와 캣 피플 청년은 가공할 속도로 검을 나누었다.

질주와 회피, 선제와 반격, 그리고 연타의 응수. 끊어지지 않는 충돌을 되풀이하는 상급 모험자들은 멍청히 선 하급 모험자 소년과 무력한 여신을 내버려두고 있었다.

서로 몸을 교차시키며 한층 가속한다.

'——이 사람, 설마.'

Lv.6인 자신과 맞설 수 있는 신체능력, 그리고 자신의 검기를 능가하면 능가하지 절대 뒤떨어지지 않는 창술을 구사하는 캣 피플에게 아이즈가 눈을 가늘게 뜬 그 순간.

아득히 머리 위쪽에서 어렴풋한 기척이 일렁였다.

아이즈와 캣 피플 청년의 머리 위, 3층 건물 인가 옥상에 네 개의 조그만 그림자가 나타났다.

'역시 한패가 있었구나.'

전투 도중에도 그러한 존재를 지각한 아이즈는 의식의 폭과 시야를 넓혔다. 지체하지 않고 검, 철퇴, 창, 도끼 네 개의 무기와 함께 그림자들이 머리 위에서 급강하했다.

"——아이즈 씨!!"

머리 위의 급습에 소년이 소리를 지르는 가운데 아이즈

는 모험자들에게 '전희(戰姬)'라 불리며 외경의 대상이 되는 가공할 실력을 발휘했다.

음속의 참격을 퍼부어 캣 피플을 억지로 밀어낸 후, 탁월한 반사신경을 구사해 애검을 머리 위를 향한 제2격으로 이었다.

팽팽하게 잡아당긴 대궁(大弓)처럼 자세를 잡은 아이즈는 밀려드는 네 개의 무기를 향해 화살이라는 이름의 날카로운 검격을 쏘았다.

"!!"

머리 위에 그려진 초승달 형태의 거대한 검광.

허공에 은색 검의 그림자가 새겨질 만한 속도로 뿜어져 나간 《데스퍼러트》는 머리 위의 흉기를 한꺼번에 튕겨내 버렸다.

한 자루의 검이 네 배나 되는 무기를 튕겨내는 타격음. 급습한 네 명의 습격자들은 경악과 감탄의 기척을 내비치며 튕겨져나간 무기와 함께 지면에 착지했다.

긴 금발을 사뿐히 나부끼는 아이즈에게 후방으로 밀려났던 캣 피플 청년이 중얼거렸다.

"쳇…… 괴물이군."

스테이터스 이상으로 무시무시한 '기술'과 한순간의 '허허실실'을 보여준 금발금안의 소녀에게 짜증을 담아 내뱉는다. 그 일련의 검기는 멀리서 전율하고 있는 소년에게도, 소녀가 그동안 걸어온 전장의 숫자를 톡톡히 일깨워줄

만한 것이었다.

이윽고 캣 피플과는 반대 방향으로 착지한 습격자들의 모습이 달빛 아래 드러났다.

암색 갑옷에 바이저. 청년과 같은 종류의 장비를 걸친 네 명의 파룸이었다.

작은 키에는 어울리지 않을 만한 대형 무기를 든 그들과 캣 피플에게, 아이즈는 손이 저릿저릿해지는 충격에 눈을 찡그리면서도 검을 휘둘러 퓨욱 소리를 냈다.

그것이 재결전의 신호가 된 것처럼 여섯 모험자들이 일제히 움직였다.

"크윽!!"

앞뒤에서 가차 없이 협공을 펼치는 습격자들에게 아이즈는 움츠러들지도 않고 응전했다.

캣 피플 청년과 마찬가지로 네 명의 파룸은 제1급이라 불리기에 충분한 능력과 기량을 겸비했다. 도합 다섯 명의 습격자들이 만든 포위망과 파상공세에 움직임을 제한당한 아이즈는 회피행동을 버리고 《데스퍼러트》로 모든 공격을 받아쳐냈다.

달밤 아래 펼쳐진 암색 괴한들의 습격.

격리된 도시의 뒷골목에 끊임없이 금속성을 울리며, 검의 결계를 펼친 아이즈는 습격자들과 사투를 되풀이했다.

이 습격의 의도는 무엇일까. 도시 최대 파벌 【로키 파밀리아】의 간부인 자신을 노린 암습일까. 가차 없이 짓쳐들

던 적에게 아이즈가 생각을 굴리고 있을 때,

"——경고한다, 【검희】."

대검을 장비한 파룸 한 사람이 바이저 안에서 입을 움직였다.

"앞으로 일절 쓸데없는 짓을 하지 마라."

말을 이어받듯 워해머를 든 파룸이 던진 맥락 없는 말에 아이즈는 눈살을 의문의 형태로 찡그렸다.

칼날을 마주쳐가며 자신도 모르게 되물었다.

"그게 무슨……!"

"'원정'이 됐든 뭐가 됐든 상관 안 할 테니 미궁에나 틀어박혀 있으란 거다, 인형년. 겸사겸사 뒈져서 돌아오고."

캣 피플 청년이 난폭한 어조로 대답했다.

그들의 발언에 담긴 진의를 이해하지 못하고 있으려니—— 아이즈의 후방에서 비명이 울려 퍼졌다.

"베, 벨!!"

'?!'

적의 공격을 흘려내며 반사적으로 돌아보니 소리를 지른 헤스티아와 함께 벨이, 또 다른 암색 장비의 병사들에게 포위당한 상태였다.

'동료가 더 있었어?!'

당황한 아이즈는 도와주러 가려 했으나 즉시 날아든 창이 앞길을 가로막았다.

"……?!"

"우리 말을 무시한다면 가만 안 두겠어."

장창을 연신 내지르며 캣 피플 청년은 냉혹한 목소리로 말했다.

그리고 발이 묶인 순간, 마침내 벨 쪽에서도 전투가 시작되고 말았다.

마치 본보기를 보이기라도 하겠다는 양, 남녀 4명의 흑의괴한에게 공격당한 소년과 여신. 그 광경에 조바심을 내며 자신을 포위한 습격자들의 원을 돌파하려 했지만 그들은 이를 허용하지 않았다.

공격의 속도가 더욱 빨라졌다.

아이즈가 금색 눈을 크게 뜰 정도로 가속한 다섯 명의 그림자는 더욱 가혹하게 공세를 펼쳤다.

──역시, 이 사람들은.

무시무시한 적의 실력에 아이즈는 가슴속의 조바심과 동시에 상대의 정체를 거의 확신했다.

어떤 【파밀리아】── 【로키 파밀리아】와 어깨를 견주는, 또 다른 도시 최대 파벌.

어떤 미의 여신이 이끄는, 아이즈와도 대적할 수 있는 역전의 제1급 모험자들이다.

'【바나 프레이아(여신의 전차)】와, 【브링가르】 4전사⋯⋯!'

한쪽은 전차라는 별명을 가질 정도로 오라리오에서 손꼽히는 준족을 자랑하는 Lv.6이며, 또 한쪽은 Lv.5지만 이심전심으로── 최고봉의 연계 플레이로 Lv.6 이상의 전투능력을 발휘한다는 네쌍둥이 파룸.

자신의 공격은 파룸들의 다단 반격에 모두 차단당하고 말았다. 서서히 속도를 높여가는 캣 피플은 【랭크 업】한 아이즈의 '민첩'마저도 웃도는 편린을 내비치며 끊임없는 연격으로 검의 결계를 유지하도록 강요했다. 자신의 진수인 '마법'도 대인전에서는 사용이 꺼려졌으며, 무엇보다도 적은 단 한 마디의 영창조차 허용하려 들지 않았다.

중과부적. 아무리 아이즈라 해도 제1급 모험자 다섯 사람을 당해낼 수는 없었다.

그들이 마음만 먹으면 이 전투는 쉽게 결판이 날 것이다.

"반복한다. 이건 경고다."

"깊이 파고든다면 목숨을 보장할 수 없다."

솜으로 목을 조이는 듯한 교전을 이어나가며 창과 도끼를 든 파룸이 참격을 퍼부었다. 열세로 기울어져가는 전황에 아이즈의 표정이 흔들리려던 가운데, 캣 피플 습격자는 암색 바이저 안에서 싸늘한 눈빛을 뿜어냈다.

"우리를—— 그분을 방해했다간, 죽여버리겠어."

무시무시한 기세로 대기를 올려 벤 장창이 은색 가슴받이를 스치고 표면을 깎아냈다.

방어구에서 은색 입자가 물방울처럼 튀어 날아가 아이즈의 시야 속에서 반짝였다.

"——아이즈 씨!"

그때였다. 소년의 고함이 터져나온 것은.

궁지에 몰렸던 아이즈가 홱 돌아본 곳에서 벨이 오른팔을 내밀고 있었다.

네 명의 흑의괴한을 혼자서 멋지게 격퇴하고 헤스티아를 왼팔로 끌어안은 채, 루벨라이트색 눈동자로 습격자들을 조준하고 있다.

벨의 움직임에 똑같이 반응한 제1급 모험자들. 그 틈을 타고 아이즈는 그들의 포위망에서 이탈했다.

지체하지 않고 소년의 포성이 쩌렁쩌렁 울려 퍼졌다.

"【파이어볼트】!!"

주문 영창 없이 뿜어져 나간 여섯 줄기의 염뢰.

순간적으로 연사된 벼락 형태의 불꽃은 이리저리 겹쳐지며 질주해 습격자들을 에워쌌다.

폭발이 일어났다.

착탄 지점에서 밀려드는 맹렬한 열파. 작렬한 염뢰가 무수한 불똥이 되어 허공을 춤추면서 벨, 헤스티아, 그리고 이탈한 아이즈의 얼굴을 붉은 빛으로 물들였다.

파직파직, '마법'이 타는 소리가 요란하게 울려 퍼지고.

골목 한곳에 펼쳐진 불바다를 칠흑의 습격자들은 쉽게 떨쳐냈다.

"영창 없이 마법을 쏘다니……."

"그분께 보고해야겠군. 분명 기뻐하실 거야."

하급 모험자의 '마법'에는 전혀 개의치 않으며 다섯 습격자들은 유유히 걸어갔다. 심지어 파룸들은 유쾌하다는 듯 웃음까지 짓고 있었다.

불똥을 끌며 이동하는 제1급 모험자들에게 아이즈가 방심하지 않고 자세를 잡고 있으려니, 그들은 물러날 때가 됐다는 양 저마다 무기를 내렸다.

"이젠 충분하니 철수하자."

캣 피플의 한마디와 함께 습격자들은 주위로 흩어졌다. 솟아난 불꽃이 사람들을 부를까 우려하며, 벨이 격파한 흑의괴한들을 재빨리 회수해 철수했다.

함부로 쫓아갈 마음은 들지 않았다. 그들이 모습을 감춘 후로도 《데스퍼러트》를 들고 있던 아이즈는 적의 기척이 완전히 멀어졌을 때야 비로소 한숨을 내쉬었다.

검을 칼집에 거두고, 망연자실한 소년과 여신에게 다가갔다. 헤스티아가 소년을 걱정하고 있었다.

"다친 데는 없어?"

"아, 저는 괜찮아요. 아이즈 씨는……?"

"나도, 괜찮아."

효과가 없었다고는 하지만 그의 지원사격 덕에 위기를 모면했다.

제10계층에서도 보았던, 가공할 정도로 발동속도가 뛰어난 특이한 '마법'에 대한 경탄도 담아 아이즈는 고맙다고 말하려 했지만…… 백발 소년은 눈을 내리깔고 무언가를 꾹 참듯 입술을 깨물고만 있었다.

그 표정에 의문을 품고 있으려니 감정을 감추려는 듯,

언뜻 평정을 가장하며 질문한다.

"그 사람들은 뭐였을까요? 우리를 느닷없이 습격해선……."

그 모습이 마음에 걸렸지만, 아이즈는 벨의 불안스러운 목소리에 대답해주었다.

"암습은, 자주 있어."

"자주 있나요?!"

"응. 던전 밖에서 덤벼드는 경우는 별로 없지만……."

파벌의 세력다툼과는 아직 무관한 위치에 있는 그가 경악해 소리를 지르는 한편, 아이즈 또한 머릿속으로 생각을 굴리고 있었다.

【파밀리아】에서 혼자 떨어진 자신이 습격을 당한 걸까.

'경고'를 하러 온 습격자들의 언동을 돌아보건대, 아이즈의 행동이 어느새 그 파벌의 부아를 건드린 모양이라고 짐작이 갔다. 벨과 헤스티아는 거기에 말려들고 말았던 걸까.

기습을 받을 만큼 미움을 살 만한 기억은 없었지만 두 사람을 위기에 빠뜨렸다는 점만은 매우 미안했다.

"덤벼든 상대에게 무언가 짐작 가는 바가 없나, 발렌아무개 양?"

"……너무 많아서, 오히려."

헤스티아의 질문에도, 직접 대답하는 것은 망설이며 【파밀리아】의 실태에 대해 말해주었다.

"나 원, 정말 뒤숭숭하군. 로키네는."

어이없어하는 헤스티아의 말을 들으며 아이즈는 조금 전 습격자들의 경고를 되새겨보고 있었다.

『우리를── 그분을 방해했다간, 죽여버리겠어.』

캣 피플 청년의 발언을 의아하게 여기면서 아이즈는 그 말을 가슴에 담아두었다.

상대도 바라지는 않겠지만 사태가 파벌의 '항쟁'으로 발전하는 것만은 피해야 한다.

그래도 석연찮은 심정만은 지워지질 않았다.

기세가 약해졌다고는 하지만 골목 한가운데에서 여전히 캠프파이어처럼 타오르는 불꽃에 사람들이 모여들 테니 얼른 자리를 뜨자고 헤스티아가 제안했다.

쓸데없는 골칫거리를 피하고자 고분고분 고개를 끄덕인 아이즈는 그녀와 대화를 나누며 골목 하나로 향했으나.

"……?"

한 발도 움직이지 않고 아연실색 멍하니 서 있는 벨을 보았다.

"왜 그래……?"

"어…… 아, 아뇨."

등을 보인 뒷모습에 말을 거니 벨은 흠칫 놀란 듯 돌아섰다. 아무 일도 아니라며 황급히 달려온다.

아이즈는 그 모습을 보며, 소년이 조금 전까지 올려보던 곳으로 시선을 돌렸다.

도시 중앙.

© Kiyotaka Haimura

달빛 속에 우뚝 솟은 백대리석 거탑이 자신들을 내려다 보고 있었다.

"【맹자(猛者)】오탈이 중층에?"

【로키 파밀리아】의 남성 단원 라울 놀드는 뒤를 돌아보았다.

'원정' 2일 전 저녁.

장소는 미궁에서 돌아오는 모험자들로 넘쳐나는 길드 본부였다. 전리품을 환전하거나 담당 어드바이저에게 보고하거나 달성한 퀘스트의 보수를 수령하는 등, 무장한 데미휴먼들이 다양한 목적으로 넓은 대리석 로비를 오갔다.

수많은 의뢰서나 길드의 공식 정보가 공개되고 있는 거대 게시판 앞에 선 라울은 소식을 가져온 인물에게 눈을 돌렸다.

"그게 정말임까, 아키?"

"응. 아까 모험자들이 이야기하는 걸 들었을 뿐이라 신빙성은 별로 없지만…… 목격한 게 한두 파티가 아닌 것 같아."

라울에게 아키라 불린 인물은 어깨까지 늘어지는 흑발을 가진 캣 피플 여성이었다. 허리에는 머리카락과 같은 색의 꼬리가 살랑살랑 움직였다.

'원정'을 눈앞에 둔 【로키 파밀리아】의 일부 모험자들은 길드 본부에서 정보를 수집하고 있었다.

부대의 예정 경로에 이상사태가 발생하지는 않았는지, 다른 파벌의 계층 공략과 스케줄이 겹치지는 않는지, 그 외에는 계층 터주가 있는지 등등…… '원정'을 효율적으로 진행하려면 사전 정보수집은 태만히 할 수 없는 중요한 작업이다.

【로키 파밀리아】에서는 간부 이하의 단원들이 맡는 일이다.

"라울 씨~ 역시 18계층에선 계층 터주 골라이아스가 출현한 것 같아요. '원정'을 가는 우리가 토벌해줄 거라고 다른 모험자들도 방치해놓은 모양이던데요."

"전에 발주한 살라만더 울하고 운디네 로브, 인원수만큼은 준비할 수 없겠다고 길드를 경유해 바벨에서 보고가 들어왔는데요…… 어떻게 할까요?"

"자, 잠까아안?! 잠깐 좀 기다려보시지 말임다!"

저마다 정보를 가져와 자신에게 몰려드는 남녀 단원들에게 라울은 황급히 두 손을 내밀었다. 정리 좀 하자고 얼굴을 찡그리며 생각하기 시작했다.

라울 놀드. 종족은 휴먼. 나이는 스물하나.

까만 단발은 뾰족뾰족했으며 이마를 널찍하게 드러냈다. 중간 키, 중간 체구의 외견은 그야말로 휴먼, 그야말로 평범한 풍모였으며 지금도 동료들 앞에서 당황하는 모습을 보이는 시원찮은 남성 단원이다.

하지만 능력은 Lv.4, 어엿한 제2급 모험자다.

시골 출신 삼남이었던 그는 8년 전, 본인의 말에 따르면 '인생 최대의 결단'을 내려 고향을 뛰쳐나왔다. 많은 이들이 그러했듯 큰 기대와 작은 야망을 가슴에 안고 이곳 오라리오로 찾아와—— 정신이 들고 보니 【로키 파밀리아】에 입단했다.

오랜 고참인 라울은 핀 같은 간부들의 뒤에서 강제로 아수라장을 체험하며 오늘날까지 살아남았다. 스스로도 수긍이 안 갈 만큼, 어째서인지 핀을 비롯한 수뇌진들의 신뢰도 두터워 이따금 그는 이렇게 잡무와 미궁 탐색 방면에서 하급 단원들의 지휘를 맡곤 했다.

위대한 【파밀리아】의 선배들과 자신을 비교해 항상 자신 없이 구는 휴먼 청년은 이마를 손가락으로 두드려가며 단원들의 보고에 우선순위를 매기고 순서대로 대응했다.

"어~ 그러면 아키, 오탈이 어쩌고저쩌고 했던 건…….."

"요 며칠 17계층 언저리에서 몬스터를 사냥하고 있었대. 그치, 리네?"

"네, 네에."

마지막으로 안건을 가져온 캣 피플이 곁에 있던 동료를 돌아보았다. 머리를 땋아내리고 안경을 쓴 휴먼 소녀는 다른 파벌 모험자들에게 들은 목격정보에 고개를 끄덕였다.

【맹자】오탈…… 【프레이야 파밀리아】의 두령이자 오라리오 최고의 무인.

160 던전에 만남을 추구하면 안 되는 걸까 외전 소드 오라토리아 4

동시에 【로키 파밀리아】에 대항하는 숙적의 대표격이기도 하다.

　라울은 【로키 파밀리아】의 블랙리스트 중에서도 꼭대기에 군림하는 인물에 대해 생각했다.

　단장이 직접, 혼자, 그것도 능력에 전혀 어울리지 않는 '중층'에서 체류하다니…….

　"……대체 뭘 하고 있는 검까?"

　입에서 툭 새어 나온 독백에 대답할 수 있는 이는 이 자리에는 없었다. 어깨를 으쓱하는 캣 피플 아키를 비롯해 주위의 단원들은 얼굴을 마주 보았다.

　"무슨 일 있었나?"

　"아, 가레스 씨."

　거대 게시판 앞에서 소란에 휩싸여 있을 때, 한 드워프가 나타났다.

　파벌 수뇌진 중 하나인 가레스였다. 노병의 풍모를 보이는 드워프 대전사에게 자연스레 모험자들의 외경심 어린 시선이 모여들었다.

　별도 행동 중이었던 가레스에게 라울은 오탈에 대해 이야기했다.

　"흐음, 그자가 '중층'에 말인가……. 뭐, 굳이 신경 쓸 필요는 없겠지."

　"괜찮겠습까?"

　"자극하지 말고 무시하게나. 그 친구는 설령 주신의 명령이 있다 해도 모략은 좋아하지 않거든. 원정 중인 우리에게 무슨 해코지를 하진 않을 걸세."

게다가 길드도 추진하는 심층영역을 개척하고자 '원정' 중인 파벌에게 싸움을 걸려면 상대도 그만한 위험성을 안아야 한다고, 가레스는 자신의 수염을 만지작거리며 덧붙였다.

파벌의 중진인 그의 설명에 라울을 비롯한 모험자들도 수긍했다.

어젯밤의 일을 아이즈가 비밀로 하는 바람에, 어떤 파벌이 습격했음을 전혀 모르는 【로키 파밀리아】의 구성원들은 【프레이야 파밀리아】의 경계도를 높이지는 않고 넘어갔던 것이다.

"가레스 씨, 그쪽은……."

"음, 물자는 모두 홈에 운반해두었네. 예정대로 '원정'은 이틀 후. 길드에 최종보고를 하러 가세."

'마검'을 비롯한 무장을 포함해 '원정' 준비는 모두 갖추었다고 대답한 가레스는 라울 일행을 데리고 로비의 창구로 향했다.

상위 파벌이 '원정'을 갈 때는 반드시 길드에 원정 시기와 예정 체류 기간 같은 상세한 내용을 보고해야 한다. 그들은 오라리오가 자랑하는 귀중한 전력이기 때문이다.

위급한 일이 발생했을 때―― 미궁에서 귀환하지 못할 때는 종종 조사대나 구출대가 편성되기도 한다.

곁에서 걷던 라울, 그리고 그 뒤를 따르던 단원들에게 가레스가 물었다.

"헌데 자네들, 충분히 쉬기는 한 겐가?"

"……아하, 아하하하하하하."

파벌 간부 아이즈의【랭크 업】에 자극을 받아 라울을 비롯한 단원들은 '원정' 전인데도 짬만 나면 여전히 훈련에 힘썼다. 캣 피플 아키도 먼 산을 보며 딴청을 피우고, 휴먼 소녀 리네도 눈동자가 이리저리 흔들렸다.

모두를 대표해 헛웃음을 짓는 라울에게 가레스는 모 하이엘프와 마찬가지로 탄식을 했다.

"사실은 베이트 씨도 놀렸지 말임다……."

훌쩍 눈물을 흘리며 라울은 웨어울프 청년에게 비웃음을 샀다는 사실을 털어놓았다.

그의 말에 따르면 『이제 와서 아락바락 몸 굴려봤자 이미 늦었다, 멍청이들』이라나.

"저번에 24계층에서, 베이트 씨도 아이즈 씨 일행과 위험한 적하고 싸웠다지 않슴까?"

"……그랬다지."

목소리를 죽이고 귓가에 속삭이는 라울에게 가레스는 잠시 뜸을 들인 후 고개를 끄덕였다. 간부의 일원으로서 그도 얼마 전의 사건에 대해서는 이야기를 들었다.

"근데 그 후로도 베이트 씨는 평소랑 다를 바 없었지 말임다."

홈에서 이제까지처럼 불손한 태도로 행동하던 베이트를 떠올리고 라울이 중얼거렸다.

한편 가레스는…… 그 웨어울프 청년이 가장 열심히 훈련을 했다는 사실에는 입을 다물고 있었다.

제24계층의 교전 이후, 누구보다도 자신을 용서할 수 없었던 그는 누구에게도 지지 않을 정도로 호승심 강하고 고집스러운 성격을 발휘해 라울 같은 하급 단원들 앞에서는 숨어서 자발적으로 훈련을 한다는 티를 전혀 내지 않았던 것이다.

그리고 가레스는 밤마다 변두리의 창고에서 그의 훈련에 동참해주고 있었다.

"하아…… 이놈이고 저놈이고."

"네?"

라울이 의아한 표정으로 쳐다보았지만 가레스는 그저 깊은 한숨만을 쉬었다.

그러는 사이에 일동은 접수원이 있는 창구에 도착했다.

"【로키 파밀리아】일세. 임시 보고대로 '원정' 출발은 이틀 후. 신청하겠네."

"네에~ 잘 알겠습니다~."

가레스가 제출한 양피지를 접수원 중 하나인 미샤 플로트가 받아들었다.

150C밖에 안 되는 조그만 몸에 핑크색 머리카락. 동안인 얼굴과 똑같이 앳된 목소리로 신청을 승낙한 그녀는 의

자에서 일어나 몸가짐을 단정히 했다.

두 손을 아랫배 앞에서 맞잡으며, 미소와 함께, 깊이 고개를 숙인다.

"귀환을 고대하겠습니다. 무운을 빕니다."

길드의 직원으로서, 그리고 한 인간으로서 소녀는 용감한 모험자들이 개선하기를 바랐다.

원정 신청용지에 붉은 길드의 인장이 찍혔다.

🔥

"예정대로 【로키 파밀리아】의 '원정'이 결정되었습니다."

타닥, 횃불의 불꽃이 튀었다.

거대한 석판이 바닥을 뒤덮은 어스름한 지하공간. 네 개의 횃불이 주위를 비추는 고대 신전 풍의 제단에 길드장, 엘프 로이만 말디르의 목소리가 울려 퍼졌다.

미목수려한 엘프에 어울리지 않는 뚱뚱한 몸을 한껏 구부려 바닥에 한쪽 무릎을 꿇고 앉은 그에게, 제단 중앙의 신좌에 앉은 2M이 넘는 거구의 노신(老神) —— 우라노스는 천천히 고개를 끄덕였다.

"물러나도 좋다."

"예."

오라리오의 창설신인 그의 엄숙한 목소리에 로이만은 뚱뚱한 몸을 부르르 떨었다. 조용히 그 자리에서 물러나 지상으로 통하는 계단으로 올라갔다.

거대한 석조 신좌에 깊이 몸을 묻은 우라노스는 로이만이 사라진 후로도 꼼짝하지 않은 채 푸른 눈으로 전방을 노려보고만 있었다.

"──역시 나서려는 걸까, 그들은."

로이만이 사라진 제단에서 우라노스 이외의 목소리가 울려 퍼졌다.

석조 신전 한구석, 웅어리진 어둠을 가르고 나타난 것은 흑의인물, 펠즈였다.

온몸을 뒤덮은 칠흑의 로브에 복잡한 문양이 새겨진 장갑. 피부를 전혀 드러내지 않아 용모도 성별도 종족도 알수 없는 망령과도 같은 그 모습을 횃불 아래 드러낸다.

"그럴 것이다. 로키도 일련의 소동에 대한 정보를 탐내고 있으니."

어둠에서 걸어나온 펠즈에게는 눈길도 주지 않고 우라노스는 목소리만을 냈다.

노신과 그의 오른팔인 인물은 길드 본부 지하에 존재하는 기도실에서 대화를 시작했다.

"던전 심층…… 59계층에 사건의 열쇠가 정말로 존재한다고 생각해, 우라노스?"

"확증은 없다. 그러나 확신은 있다."

"그건 신의 감이야?"

"그렇다."

햇불 불빛이 일렁이는 가운데 짧은 질문과 응답이 오갔다.

노신의 간결한 대답에 펠즈는 알았다며 고개를 끄덕였다.

"어떻게든 【로키 파밀리아】에 '눈'을 마련해두겠어. 미궁 밑바닥에서 무슨 일이 일어나는지 우리도 알 수 있도록."

마술사인 흑의인물의 말에 우라노스는 부탁한다며 고개를 끄덕였다.

"한번 정보를 정리하고 싶은걸. 우라노스, 당신도 뭔가 알아차렸다 싶으면 말해줘."

신이 슬쩍 턱을 당긴 것을 확인하고 펠즈는 어둠에 잠긴 후드 안에서 목소리를 냈다.

"우선 24계층에서 판명된 사실. 레비스라 불리던 붉은 머리 여자, 괴인의 존재."

"식인꽃 몬스터를 사역해 '보옥 태아'를 지키는 파수꾼……."

"그래. 그리고 '27계층의 악몽'의 주모자, 되살아난 올리버스 액트의 이야기를 믿는다면…… '극채색 마석'을 내포한 몬스터도 태아도, '그녀'라는 존재가 기원이라는 말이 되지."

'그녀'는 죽음의 늪에 빠졌던 올리버스에게 '극채색 마석'을 이식해 인간과 몬스터의 하이브리드로 재탄생시켰다. 붉은 머리 여자 레비스도 이에 속하며, 그녀들은 '마석'을 섭취해 능력을 높이는 '강화종' ── 몬스터의 섭리로 살아가는, 인간과 신의 지식 범주를 넘어선, 그야말로 괴물로 변했다.

괴물 아닌 '괴인'인 그녀들을, 그리고 식인꽃들을 촉수로 삼아 사역하는 '그녀'야말로 몬스터 필리아로부터 시작된 일련의 사건에 얽힌 중추, 모든 일의 원흉이라 생각할 수 있었다.

"'땅속 깊은 곳에서 잠들었던 그녀가 하늘을 보기 위해'…… 이것도【헤르메스 파밀리아】가 들은 올리버스 액트의 발언이지만, 이 말로 추측컨대 '그녀'가 서식하는 곳은 던전의 심층 심부——"

"목적은 '고대'의 몬스터들과 마찬가지로, 지상진출인가."

우라노스의 말에 펠즈도 아마 그럴 것이라며 맞장구를 쳤다.

괴인 레비스가 아이즈에게 지시한 제59계층, 아마 그곳에서 기다리는 것도 '그녀'에 얽힌 무언가일 가능성이 높다.

"아이즈 발렌슈타인과 '보옥 태아'의 관계도 판단재료 중 하나로 생각할 수 있지."

"……."

제18계층 '리빌라 마을'에서 태아와 처음 접촉했을 때, 아이즈는 쓰러져버릴 정도의 거부반응을 보였다. 태아 자신도 그녀의 '마법'에 반응했음이 확인되었다.

펠즈의 말에 우라노스는 슬쩍 눈을 내리깔았다.

횃불 불빛에 옆얼굴을 비춘 노신은 음영을 두른 채, 무언가 짐작 가는 바를 찾으려는 듯 한동안 입을 다물고만 있었다.

깊이 생각에 잠긴 우라노스의 반응을 살피면서도 펠즈는 말을 이었다.

"다음으로는 이블스의 잔당. 이쪽은 우리가 아는 과거의 망령인지 어떤지도, 조직의 주도자도 알 수 없어. 24계층에서 포획한 식인꽃을 어딘가로 운반하려는 모습이 확인되기는 했지."

길드가, 그리고 길드와 뜻을 함께 하는 수많은 파벌이 결탁해 궤멸시켰던 과격파 집단.

과거의 이블스는 '사신'을 자칭하는 신들의 지시 아래 질서를 무너뜨리고 오라리오의 파괴공작을 되풀이했다. 명확한 목적을 가진 경우, 그저 장난인 경우 등등, 도시의 평화를 어지럽히고 혼돈을 가져오는 그들의 행동 이유는 가지각색이었다.

이블스의 【파밀리아】는 모두 멸했으며, 사신을 자칭하던 주신들도 남김없이 천계로 송환되었다. 잔당은 그들의 생존자인지, 혹은 그들의 의지를 계승하는 자가 나타난 것인지는 아직 확실치 않다.

잔당을 형성하는 파벌의 수도, 규모도, 통솔하는 주신조차도 알지 못한다.

"'그녀'를 비롯한 지하 세력이 지상 세력과 손을 잡고 미궁도시의 궤멸을 획책한다…… 이것이 사건의 인과관계일까?"

펠즈의 말에 우라노스가 대답했다.

"이블스의 잔당은 지하세력의 힘을 이용하거나, 혹은 상대에게 이용당하고 있다고 보아야 타당할 것일세."

레비스를 비롯한 괴인들과 이블스는 서로를 이용하고 있다는 추측을 마지막으로 일단 이야기가 끊어졌다.

"……우라노스, 한 가지 물어봐도 될까?"

흑의를 출렁이며 돌아선 펠즈가 신좌에 앉은 우라노스를 마주 보았다.

노신이 시선으로 다음 말을 촉구하자 펠즈가 입을 열었다.

"24계층의 사건에서 붉은 머리 여자는 어떤 사람의…… 아니, 신의 것으로 보이는 이름을 입에 담았다고 해. '에뉘오'라고."

그것은 펠즈에게 의뢰를 받았던 시앙스로프 루루네가 들었던 말 속에 있었다.

──『완전하지는 않지만 충분히 자랐다. 에뉘오에게 가져가!』

가면과 외투의 인물──아마도 이블스의 잔당──이 보옥 태아를 회수했을 때 레비스는 분명 그렇게 말했다.

루루네에게 보고받은 정보를 펠즈는 노신에게 물었다.

"그 '에뉘오'라 불린 자가 중요 신물일 가능성이 높아. 그이름에 뭐 짐작 가는 건 없나?"

"……내가 아는 한 그런 이름의 신은 천계에 존재하지

않았다.”

펠즈의 물음에 우라노스는 '에뉘오'라 불리는 신은 없다고 단언했다.

하지만 '그러나'라고 덧붙이며, 그는 그대로 말을 이었다.

“우리의 언어로, '에뉘오'라는 단어가 의미하는 바는――”

우라노스는 그 푸른 눈을 가늘게 떴다.

“――'도시의 파괴자'다.”

'원정' 전날.

다시 말해 훈련 마지막 날.

도시의 가장자리, 거대 시벽이 동쪽 하늘에서 밀려드는 서광에 비치는 가운데 포석 위에 길게 뻗은 두 그림자가 겹쳐졌다. 금색 장발을 나부끼는 소녀의 그림자는 끊임없이 공격을 가했으며 백발을 출렁이는 소년의 그림자는 그 움직임에 필사적으로 따라갔다.

날아드는 칼집과 단도는 이제까지 그러했듯 격렬한 공방을 연출했다.

오라리오에서 멀리 떨어진 산맥으로부터 밀려드는 아름다운 서광을 옆얼굴에 받은 아이즈는 눈앞에서 펼쳐지는 소년의 움직임에 두 눈을 크게 떴다.

그녀가 휘두르는 칼집이 가로막혔다.

속도가 실린 자신의 공격에 소년은 착실하게 방어 횟수를 늘려나갔다.

아이즈가 보여주었던, '기술'로 방어하는 방법.

상대의 공격을 정면으로 받아내는 것이 아니라 옆이나 대각선에서 쳐내 방향을 엇나가게 하고 흘려낸다.

자신이 심어주었던 방어라는 과제, 이 훈련의 도달지점.

대련을 통해 보고 느끼며 자신의 것으로 삼으라고 했던 아이즈의 '기술'을, 소년은 모든 것이 끝나는 이날 전력으로 제시하고 있었다.

"——흐읍!!"

우직한 기백이 단도에 깃들었다.

미처 피하지 못한 연격이 스쳐 몸이 깎여나가는데도 일격 일격을 하나하나 쳐낸다.

그리고.

소년은 방어를 넘어서, 처음으로 아이즈에게 반격했다.

"……!"

아침 하늘에 울려 퍼진 칼날의 포효.

순식간에 방어한 소년의 일격. 그러나 분명히 닿았다.

칼집에 튕겨나간 《단도》와 함께 팔을 축 늘어뜨린 채 숨을 가쁘게 몰아쉬는 소년을, 아이즈는 묵묵히 바라보았다.

상처 입어 너덜너덜해진 몸. 첫날부터 전혀 변하지 않은 올곧은 시선. 빛이 바랠 줄 모르는 루벨라이트의 광채.

갑자기 광선처럼 번뜩인 아침 햇살의 광채. 한층 강해진 빛에 시야가 한순간 희게 물들었다.

순백색 광경 속에 떠오른 소년의 모습에, 아이즈의 입술에서 기쁨이 배어나와 진심으로 미소를 지었다.

"이게 마지막이구나……."

문득 아이즈가 벨에게 중얼거렸다.

시선을 동쪽 하늘로 돌리니 이미 태양은 웅대한 산맥에서 얼굴을 내밀고 있었다. 그것은 지난 일주일동안 이어진 훈련의 끝을 알리는 신호였다.

얼굴을 옆으로 돌리고 여명을 넘어선 아름다운 아침놀에 아이즈가 눈을 가늘게 뜨고 있으려니, 마찬가지로 그 광경을 바라보던 소년이 이쪽으로 돌아서서, 고개를 숙였다.

"오늘까지, 고맙습니다."

허리를 숙이고 포석에 얼굴을 향한 채 소년은 인사를 했다.

짧은 듯 긴 듯, 역시 짧았던 일주일. 어린아이처럼 지난 일주일의 만남을 돌이켜보고 아이즈의 가슴속에 온갖 상념이 솟아났다.

아이즈는 벨의 '성장'에 대해 아무것도 알아내지 못했다. 하지만 언제부터인가 그녀는 소년이 나날이 성장해나가는 모습에서 즐거움을 찾아냈으며, 가슴이 두근거렸고, 남을 이끌 수 있다는 기쁨을 알았다.

어느 때부터인가 싸우는 것밖에 생각하지 않게 되었던 아이즈는, 기뻤던 것이다.

필사적으로 고민하고, 좌절하고, 생각하고, 그리고 유쾌한 고락과 함께 소년과 걸어왔던, 오늘까지의 여정이.

소년과의 시간을, 무엇과도 바꿀 수 없는 이 한순간을 마음속으로 끌어안았다.

사르륵, 토끼 같은 백발을 바람에 나부끼던 벨은 이윽고 숙였던 몸을 일으켰다.

그와 시선을 나눈 아이즈는 눈꼬리를 늘어뜨리며, 스스로도 놀랄 정도로 따뜻함이 묻어나는 목소리로 속삭였다.

"나도, 고마워. ……즐거웠어."

둘이 함께 아침 햇살에 휩싸이며, 다시 한 번 소년에게 미소를 지었다.

새빨개진 벨은 입을 몇 차례 뻐끔거리다가, 고개를 숙이고 말았다. 훈련 첫날부터 이 마지막 시간까지 부끄러워하기만 한 그의 모습이 우스워져 계속 웃음을 지었다.

흰토끼는 부끄럼쟁이였던 거라고 아이즈는 깨달았다.

"……그럼, 열심히 해."

"……네."

얽혔던 시선을 천천히 떼고, 아이즈는 벨에게 등을 돌렸다.

이제부터 자신들은 다시 달려나가야만 한다. 자꾸만 아쉬워지는 이 거리와 관계에 발을 멈춰버리는 일이 없도록, 몇 마디만을 남긴 채 소년에게서 떠나간다.

이별은 아니다.

피차의 목표를 향해, 오늘부터 또 다른 정상을 함께 추구하는 것이다.

"……."

햇살에 젖은 시벽을 한동안 걸어가다, 아이즈는 천천히 돌아섰다.

멀리 있던 소년은 이쪽에 등을 돌린 채 자신의 길을 달려나가고 있었다.

맑게 갠 푸른 아침 공기를 들이마시고, 입술에서 웃음을 지웠다.

"……또 보자."

소년에게 등을 돌리고, 아이즈도 달려나갔다.

📧

선황색 머리카락을 나부끼며 눈앞으로 날아든 일격을 피했다.

하늘이 꽉 막힌 광대한 지하미궁 속에서 아름다운 옥음에 실린 노랫소리가 울려 퍼졌다. 몇 번이고 내달리는 검광을 앞에 두고도 그 노랫소리는 끊어지지도, 두려움에 떨리지도 않았다.

지팡이를 쥔 레피야는 입술을 흐트러짐 없이 움직여 주문을 자아냈다.

금발금안 소녀의 날카로운 참격에 이동과 회피를 거듭

하고 간격을 확보하며, 도저히 피할 수 없는 공격에도 영창에 영향이 미치지 않는 최소한도의 피해로 받아냈다.

훈련 첫날처럼 공격을 두려워해 눈을 감아버리는 일은 절대 없었다.

눈앞의 공격을 응시하고, 시야를 넓게 유지하며, 영창을 속행할 수 있도록 몇 초 후의 자기 위치와 행동을 머릿속에 그려나갔다.

레피야는 자신에게 축적된 수많은 이들의 가르침을 반추했다.

리베리아에게 배운 영창술을, 거목의 마음을.

피르비스가 지시한 '병행영창'의 기술을.

지금 눈앞에 있는 동경하는 검사, 아이즈에게 부딪쳤다.

"【저격하라, 요정의 사수. 뚫어라, 필중의 화살】."

마치 춤을 추는 것처럼 상대의 검무에 맞춰 자신의 노래를 이어나갔다.

그리고 레피야는 전개했던 매직 서클과 함께 '마법'을 완성시켰다.

"【아르크스 레이】!"

그렇게 발동한 빛의 화살이 광채를 뿜어냈다.

아이즈가 회피하자 질주한 마법탄은 던전 벽에 부딪쳐 표면을 폭발시켰다.

사방으로 흩어지는 무수한 파편과 연기. 크게 부서져나간 미궁의 벽은 이틀 전 피르비스와 훈련했을 때보다도

'마법'의 위력이 높아졌음을 보여주었다.

"와……."

아이즈가 벽과 레피야를 교대로 바라보며 감탄하는 가운데.

완성도가 높아진 '병행영창'에 엘프 소녀는 숨을 헐떡이면서도 살짝 웃음을 지었다.

"대단해, 레피야. 정말로 '병행영창'을 쓸 수 있게 됐구나."

"에, 에헤헤…… 여러분 덕이에요. 전 별로……."

분명 누구 하나만 없었더라도 '병행영창'은 익힐 수 없었을 것이다.

아이즈나 피르비스와의 대련, 리베리아의 가르침이 있었기에 얻은 결과인 것이다. 자신은 그녀들의 인도를 필사적으로 따라갔을 뿐.

얼굴을 붉히며 겸손해하는 레피야에게 아이즈는 그렇지 않다고 미소를 지어주었다.

그녀의 진심 어린 칭찬에 레피야는 더욱 부끄러워했다.

"아이즈 씨…… 저, 열심히 할게요. '원정'에서도, 아이즈 씨랑 다른 분들을 뒷받침할 수 있도록."

지팡이를 끌어안으며 레피야는 마주 선 아이즈의 눈을 바라보았다.

지난 며칠 동안의 훈련을 헛되이 하지 않을 것이다. 모두에게 힘이 될 것이다.

오기와 맹세를 보이는 레피야에게 아이즈는 고개를 끄

덕였다.

결의를 다진 자신의 얼굴이 눈앞의 금색 눈동자 안에 비치고 있다.

"……아이즈 씨, 그 휴먼은 어떻게 됐나요?"

마지막으로 레피야의 입술은 그렇게 질문하고 있었다.

그녀의 질문에, 아이즈는 눈가를 늘어뜨리며 대답했다.

"그 아이도, 열심히 했어."

'원정' 전날. 다시 말해 레피야와 벨의 훈련이 끝나는 날.

이른 아침에 소년과의 훈련을 마친 아이즈의 얼굴은 어딘가 홀가분했다. 눈에 익은, 감정이 희박한 그 표정에서 기쁨의 빛이 살짝 배어나왔다.

"그렇군요……."

레피야는 떨떠름한 얼굴로 아이즈의 표정과 말을 받아들였다.

시선을 떨구고, 두 손에 든 지팡이에 박힌 청백색 마보석을 바라본다.

결국 레피야의 마음에서 소년의 모습이 사라지는 일은 없었다.

마지막까지, 그리고 지금도 관심이 끊어지는 일은 없었다.

"내일은 '원정'이니까…… 오늘은 일찍 돌아갈까."

훈련장으로 이용했던 던전의 룸에서 아이즈가 돌아가자고 제안했다. 레피야는 고개를 들고 그녀의 말에 양해를 구했다.

"저기, 저는 좀 더 남아서 컨디션 조절하고 갈게요. 저 혼자서도 괜찮아요."

"……응, 알았어. 무리는 하지 마."

레피야의 청을 아이즈는 아무 말 없이 받아들였다.

소녀의 눈에서 무언가를 느꼈는지, 그녀는 먼저 룸을 나갔다.

벽이나 천장에 많은 인광이 깃든 공간 속에서 혼자 남은 레피야는 눈을 감고 심호흡을 했다.

이윽고 지팡이를 쥐며 요정의 노래를 자아내기 시작했다.

때로는 움직임을 확인하며, 때로는 달려드는 몬스터를 상대로 빛을 쏘며.

시간이 허락할 때까지 복습과 반복에 매진했다.

그 후로 몇 시간이나 '병행영창'을 계속하던 레피야는 옷 안에서 회중시계를 꺼내 시간이 됐다고 중얼거렸다.

"……그만 돌아가야겠다."

잎과 나무줄기를 본뜬 디자인이 가미된, 동포들이 만든 회중시계는 저녁 시각을 알리고 있었다.

딸깍 시계 뚜껑을 닫은 레피야는 걸어나가기 시작해, 출입구 바로 앞에서 오늘까지 훈련을 했던 룸을 돌아보았다.

많은 것들을 배우고 익혔던 곳에 담담한 미소를 지은 후, 이번에야말로 등을 돌렸다.

"너무 오래 있었나 봐……."

제5계층 서쪽 끝의 룸에서 종종걸음으로 지상을 향해 이동했다.

아이즈도 무리하지 말라고 당부했는데 자신도 모르게 열중해버린 것을 반성하며, 모험자가 넘쳐나는 정규 루트로 돌아갔다. 조우하는 몬스터를 별 어려움 없이 격퇴하며. 많은 모험자들과 스쳐 지나가고 뒤에서 추월하며 '상층'을 나아갔다.

그리고 제1계층의 '첫길'이라 불리는 대형 통로를 빠져나가 지상으로 나가는 거대 구멍, 나선계단을 올라 바벨 1층에 도착했을 때.

문을 지나 광대한 센트럴 파크로 나가려던 순간, 어떤 모험자와 딱 맞닥뜨렸다.

"아."

"아."

나란히 목소리를 내고 서로를 바라보았다.

한순간도 잊은 적이 없었던 루벨라이트색 눈동자에 처녀설처럼 새하얀 머리카락.

바로 곁에는 거대한 백팩을 짊어지고 회갈색 롱 헤어를 늘어뜨린 웨어울프 꼬마, 아니, 소녀——아마 동료인 것으로 보이는 모험자가 있었다.

미궁에서 귀환하던 중이라 너덜너덜해져 있었다. 백발 소년과 레피야는 함께 몸을 굳혀버렸다.

주위에서는 다른 모험자들이 두 사람 옆을 지나쳤으며, 웨어울프 소녀는 의아하다는 표정으로 두 사람을 바라보는 가운데.

먼저 움직였던 것은 레피야였다.

눈꼬리를 틀어올리며, 굳어버린 소년을 향해 척!

가녀린 손가락을 들이댔다.

"절대 안 질 거예요!!"

눈을 크게 뜨고 당황하는 소년을 내버려둔 채 달려나갔다.

어리둥절한 웨어울프 소녀와 모험자들의 시선을 받으며 문을 나가 센트럴 파크로.

내일 있을 '원정'에 대한 결의, 그리고 소년에 대한 기분.

두 가지 마음을 품은 채, 꼭두서니색으로 물든 광장 속에서 인파를 헤치며.

새빨갛게 타오르는 저녁 태양을 향해 레피야는 달리고 또 달렸다.

＊

"로키~ 저도 좀 부탁해요~."

"우오오오오—! 앞으로 몇 놈 남았노—?!"

밤.

【로키 파밀리아】의 홈, 황혼관에서 신의 포효가 달밤에 울려 퍼졌다.

고함소리의 출처는 여러 개의 첨탑에 에워싸인 중앙탑 최상층 로키의 개인실이었다. 긴 나선계단 끝에 달린 문 앞에는 그녀의 귀여운 권속들이 장사진을 이루었다.

"【스테이터스】갱신하는 넘이 와 이리 많은데?! '원정' 전 날 밤인데 니들 뭐고?!"

줄을 지어 순서를 기다리는 그들의 정체는【스테이터스】 강화를 요청하는 단원들이었다. 내일 있을 '원정'을 앞두고 【엑세리아】의 반영을 바라는 자들이 남녀를 불문하고 밀어 닥쳤던 것이다.

로키는 이렇게 되리라 예상하고 단원들에게 '원정 전 최 종갱신은 일찌감치 찾아올 것'이라고 단단히 언질을 해두 었지만…… 훈련에 열을 올렸던 그들은 거의 막바지까지 자신을 혹사하고 훈련하며 시간이 허락하는 한【엑세리아】 를 쌓았던 것이다. 마음이야 이해하지 못할 것도 없지만 로키의 입장에서는 절규하고 싶을 지경이었다.

"이 문디 같은 특훈! 이 문디 같은 아이쭈?!"

다른 사람도 아닌 금발 얼빵이를 원망하며 로키는 냉큼 냉큼 권속들의【스테이터스】를 갱신해나갔다. 가혹한 '원 정'을 앞두고 살아남을 가능성을 조금이라도 높이기 위해 서라면 노력을 아낄 수는 없었다.

"망할~. 성희롱할 여유도 없다 아이가—?!"

"고맙습니다~."

윗옷을 벗고 모양 좋은 가슴과 매끄러운 등을 드러낸 수 인 단원이 떠나가는 모습을 로키는 피눈물과 함께 지켜보 았다.

숨 쉴 틈도 없는 갱신 러시. 해치워도 해치워도 순서를 기다리는 단원들의 수는 줄어들질 않는다. 많은 구성원들을 거느린 【파밀리아】의 고민——주로 주신의 고통——이 여기에서 드러났다.

처음 시작된 갱신으로부터 시계바늘은 이미 두 바퀴 정도를 돌아 날짜가 바뀌려 하고 있었다.

"고맙습니다~."

"끄, 끝났나?!"

마지막 남자 단원이 떠나간 후 인기척이 사라진 방 앞을 노려보았다.

더 이상 열리지 않는 문. 어깨로 숨을 쉬는 로키는 환희와 안도가 섞인 표정을 지었다.

그러나 그 직후, 마치 타이밍을 노렸다는 듯 힘차게 문이 벌컥 열렸다.

"야, 로키. 【스테이터스】 갱신해."

"커흑…… 베이트으."

입실한 웨어울프 청년을 보고 로키는 침대 위에 쓰러졌다.

"니는 분위기 파악 쫌 해도……."

"알 게 뭐야."

완전히 지쳐 시트를 눈물로 적시는 주신에게 권속은 쌀쌀맞게 내뱉었다.

멋대로 의자를 끌어당겨 로키 앞에 앉는다.

"하아…… 이게 아이쭈로 끝났음 내도 코피 쏟을 맨치로 보답을 받았을 텐데……. 하아아…… 하필 베이트가."

"확 날려버린다."

투덜투덜 불만을 늘어놓는 아저씨 같은 주신에게 등을 돌린 베이트는 배틀 재킷을 벗었다.

"고작해야 1인분인데 시간도 별로 안 걸릴 거 아냐. 빨랑 빨랑 해."

"알았다 마."

반라가 되어 등을 돌린 베이트는 신의 손가락 움직임에 몸을 맡겼다.

록을 해제하고 눈 깜짝할 사이에 주황색【히에로글리프】를 띄운 로키는【스테이터스】갱신에 들어갔다.

"전부 간 다음에나 슬그머니 들어오고, 먼데? 니 혼자 훈련했던 거 비밀이가?"

"그건 또 어떻게 알고 있는데."

"으흐흐, 안 갈키준다."

등 뒤에 있어서 얼굴도 보이지 않는 주신에게 이제는 진저리가 난다는 표정을 감추지 않는 베이트.

능글능글 웃은 로키는 신혈(神血) 이코르가 배어나온 손가락을 그의 등에 미끄러뜨렸다.

"숨어서 특훈했던 거 알믄 베이트한테 쫄았던 다른 애들도 분명 다가와줄 거다. 갭모에 쩔어~ 하고. 지금보다도 지내기 편해지지 않겠노?"

흐트러짐 없이 갱신작업이 이어지는 동안, 로키는 간부 이외의 많은 이들이 두려워하는 론 울프에게 그렇게 조언

했지만 당사자는 쓸데없다고 비웃었다.

"헹. 피라미들하고 오순도순 지내서 무슨 의미가 있다고."

그는 호박색 눈으로 노려보듯 앞에 펼쳐진 방의 벽에 시선을 고정했다.

"강한 놈의 역할은 높은 곳에서 피라미들을 깔아보는 거야. 마음껏."

"……"

"우리가 비웃고 침 뱉어주지 않으면 누가 한다는 거야. 분수도 모르는 바보들이 늘어나기만 하겠지."

베이트는 한 마디 한 마디에 짜증을 내비치며 말을 이었다.

"목이 부러질 정도로 우릴 올려다보지 않고선, 그 자식들은 구역질이 날 정도로 피라미 그대로야."

그것은 마치 이번에 아이즈의 【랭크 업】에 자극을 받아 필사적으로 발버둥을 치기 시작한 단원들을 행간으로 언급하는 것 같기도 했다.

잠자코 베이트의 이야기를 듣던 로키는 한 점의 군살도 없이 단련된 상반신을, 희미하게 흉터가 남은 눈앞의 등을 바라보며, 눈을 깜빡이고, 홋 웃었다.

【스테이터스】갱신을 마치고 코이네 공통어로 번역해주었다.

"베이트, 니 어빌리티 마이 올라갔네."

"얼마나."

"3 정도."

"퍽이나 많이 올랐다!!"

고함을 지르며 베이트는 번역된 갱신 용지를 낚아챘다.

"아이다, Lv.5에, 그것도 자발 훈련 가지고 그만치로 올라갔으면 대단한 거래이."

"그걸 위로라고 하냐."

로키의 웃음 섞인 말에 용지를 내려다보는 웨어울프는 코웃음을 칠 뿐이었다. 술병을 비롯한 온갖 물건들로 넘쳐나는 로키의 방 안에서 책상 위에 놓인 촛대에 불을 붙여 갱신 용지를 그대로 태워버린다.

"……니 말이 맞다. 베이트는 강하니까."

잠시 후, 배틀 재킷을 입고 방을 나가려 하는 늘씬한 등을 향해 침대에 앉은 로키가 말했다.

"그런 베이트한테 부탁이데이. 다들 잘 지켜도."

헤아릴 수 없는 위기가 기다리고 있을 '원정'에 앞서 로키는 베이트에게 애원했다.

문 앞에 멈춰 선 웨어울프 청년은 그런 주신의 말을 듣고 고개를 돌렸다.

"……헹. 네가 고른 놈들은 쓰레기가 아닐 텐데?"

웬일로 어리둥절한 표정을 짓는 로키에게 베이트는 입가를 틀어올렸다.

"피라미는 피라미지만, 얼간이들은 아니야. 필요 없어."

언제까지고 솔직해지지 못하는 아이의 말에.

로키는 씨익 웃음으로 대답했다.

자연스레 눈이 뜨였다.

'원정' 당일, 아침.

커튼 틈새로 밀려드는 햇살에 아이즈는 천천히 눈을 떴다.

홈의 자기 방 침대에서 몸을 일으켜 벽에 세워놓았던 애검 《데스퍼러트》를, 그리고 창밖을 보고 눈을 가늘게 떴다.

하늘은 맑고 푸르다.

"자아, 시작하자~!"

"시끄럽게. 잠자코 준비나 해……."

티오나와 티오네에게 배정된 2인실에서.

기상한 아마조네스 자매는 요란스레 움직이기 시작했다.

고대하던 '원정' 당일의 출발 준비. 풍만한 가슴과 나긋나긋한 다리를 드러내는 배틀클로스를 걸치는 언니 옆에서, 이미 옷을 다 갈아입은 동생은 수납상자 선반을 열고는 획획 내용물을 끄집어내 필요한 아이템을 가방에 채워넣었다.

티오네가 잔소리를 늘어놓는 사이에 바닥은 눈 깜짝할 사이에 티오나의 물건으로 가득 찼다.

몸에 걸친 파레오를 팔랑거린 티오나는 마지막으로 벽

선반에 올려놓았던 자신의 대형 무기로 다가갔다.

"이번 '원정'에서 아이즈를 따라잡아야지!"

그녀의 손에 붙들린 대쌍인이 칼날 표면에서 광택을 뿜어냈다.

"레피야, 먼저 갈게~."

"아, 네! 이따 봐요!"

룸메이트 여성 단원이 방을 나가는 가운데 레피야는 서둘러 준비를 했다.

거울 앞에서 선황색 장발을 가지런히 모으고 입에 물었던 머리장식—— 모험자 액세서리이기도 한 실버 바레타를 채워 머리 뒤에 묶었다.

은제 머리장식을 장착한 레피야는 거울을 보고 됐다고 고개를 끄덕였다.

"……."

의자에서 일어나, 지팡이 《숲의 티어드롭》도 든 레피야는 마지막으로 자신의 손바닥을 내려다보았다.

동포에게서—— 친구에게서 받은 '마법'의 힘을 확인하듯 꼬옥 쥔다.

고개를 든 레피야는 서포터 장비인 원통 형태의 백팩을 어깨에 메고 방을 나갔다.

황혼관 앞의 정원에서는 대형 카고를 비롯한 물자가 실

려나왔다.

하위 구성원들이 총동원되어 천막이며 예비 방어구, 서른 자루 이상이나 되는 '마검' 등 많은 짐을 출발에 앞서 점검하고 정리했다.

"아, 베이트 씨."

모두가 오늘 있을 '원정'에 어쩔 수 없이 긴장하고 흥분해 곳곳에서 말소리가 오가는 가운데, 단원들에게 지시를 하던 라울은 탑의 현관에서 나온 베이트를 보았다. 그가 장비한 두 팔의 건틀릿과 은백색 메탈 부츠가 햇살 밑에서 번뜩였다.

"아, 안녕히 주무셨습까."

제1급 모험자들 중에서도 제일 먼저 온 웨어울프 청년에게 솔선해서 인사를 하자 그는 라울도 포함해 근처에 있던 자들에게 내뱉었다.

"방해했다간 가만 안 둔다, 늬들."

하급 구성원들 사이에서 두려움의 대상이 된 그의 말에 많은 이들이 몸을 움츠리는 가운데, 라울은 식은땀과 함께 아하하하 헛웃음을 지었다.

동시에 '원정' 전인데도 변함이 없는 그에게 묘한 안도감 또한 느끼고 있었다.

"아이즈랑 다른 녀석들은 아직 안 왔냐?"

"아, 넵. 티오나 씨와 티오네 씨는 아까 식당에서 아침 드시던데…… 아이즈 씨는 아직 방에 계신 것 같았지 말임다."

"아앙? 그 자식은 밥도 안 먹나?"

주위가 위축되거나 말거나 라울이 굴하지 않고 말을 이어나가자, 아이즈 이야기에 베이트는 발을 우뚝 멈추었다.

"쯧, 뭐 어쩌겠어."

투덜거리면서 발을 돌리더니 원래 왔던 길로 돌아가기 시작한다.

저택으로 돌아가, 아마도 아이즈의 방에 가려는 것으로 보이는 웨어울프 청년을 지켜본 라울은 생각했다.

'이상한 데서 배려심이 좋다니깐…….'

"……."

중앙탑을 포함해 8기의 탑으로 이루어진 홈의 정북향에 위치한 첨탑.

핀은 자신의 방에서 바닥에 한쪽 무릎을 꿇은 채 가슴에 한쪽 손을 대고 있었다.

조용히 눈을 감은 그의 앞에는 벽에 장식된 태피스트리, 그리고 바로 근처의 선반 위에 놓인 여신상 하나가 보였다.

금사와 은사로 짠 태피스트리도, 창을 손에 든 석고상도 공통된 우상을 나타내는 것이었다. 파룸들에게 깊은 신앙의 대상이 된 가공의 여신 '피아나'였다.

"핀, 우리 들어가겠네. ……어이쿠, 방해를 했구먼."

방에 들어온 가레스와 리베리아는 여신 앞에 무릎을 꿇은 그의 모습을 보고 나가려 했지만 핀은 눈을 뜨고 일어났다.

"아니, 괜찮아. 지금 끝났으니까."

자신이 신앙하는 신에게 기도를 바치던 그는 두 벗을 돌아보았다.

"준비 다 끝났네. 물자를 포함해서 빠진 건 하나도 없어."

"응. 고마워, 가레스."

"만전을 기하기 위해 마지막으로 회의를 하지. 18계층까지 가는 두 부대의 편성에 대해."

핀은 가레스, 리베리아와 둥글게 서서 이야기를 나누었다. 【로키 파밀리아】의 수뇌진은 '원정'을 앞두고 최종확인에 들어갔다.

"리베리아, 다들 분위기는 어때?"

"하도 특훈에 열중하는 바람에 몸을 걱정했지만…… 문제는 없어. 다들 컨디션은 제대로 조정하고 왔더군."

"혈기왕성한 놈들뿐이니 말일세. 사기도 아주 높아."

확인을 마친 핀이 묻자 단원들의 상태는 아주 좋다는 대답이 돌아왔다. 지금도 앞뜰 쪽에서 소란스러운 소리가 들려오는 가운데 팔짱을 낀 가레스가 눈을 가늘게 떴다.

"아이즈를 비롯한 젊은 친구들이 쑥쑥 커나가니…… 우리 셋만 있었던 그 무렵이 그립구먼."

"은퇴하긴 아직 일러, 가레스."

【파밀리아】 구성 초기 이야기를 하는 드워프에게 리베리아가 두 눈을 감으며 웃음을 지었다.

그런 두 사람을 올려다보던 핀은 천천히 표정을 바꾸었다.

"마침내 여기까지 왔어. 제우스와 헤라가 남긴 미답파영역에 도전할 날이……. 이걸 넘어서면 우리의 이름은 다시한 번 세계를 뒤흔들 거야."

파룸의, 일족의 부흥을 위해 명성을 추구하는 그의 푸른눈에는 흔들림 없는 의지의 빛이 있었다.

그 모습을 바라본 리베리아가 입을 열었다.

"이젠 충분하지 않나? 너를 모르는 파룸은 이미 존재하지 않을 텐데."

리베리아의 말에 핀은 눈을 감고 고개를 가로저었다.

"오라리오에서 이름을 떨치는 파룸은 나를 제외하면 신프레이야의 【브링가르】 4전사뿐……. 전 세계의 동포들 이름을 나는 거의 몰라."

오라리오만이 아니라 전 세계에 흩어진 파룸의 소식은아직 손으로 꼽을 정도밖에는 들리지 않았다.

그렇게 말하며 핀은 자신의 주먹을 내려다보았다.

"파룸에게는 빛이 필요해. '용기'라는 이름의 기치가."

아득한 고대, 일족의 용사들이 의신화되어 오래도록 파룸이 마음 기댈 곳이었던 '피아나'와 같은 희망이—— 핀은그렇게 덧붙였다.

동시에, 그러기 위해서는 어떤 수단도 희생도 불사하겠다고 속내를 토로했다.

"여기서 끝낼 수는 없어. 뭐가 기다리고 있든, 나는 앞으로 나아가겠어."

고개를 들고 각오를 밝히는 조그만 모험자에게.

가레스는 수염을 문지르며 웃었다.

"나 원…… 처음 만났을 때와 달라진 게 하나도 없구먼. 자네는 언제나 그 조그만 몸에 어울리지 않는 야망을 가지고, 그걸 아무렇지도 않게 입에 담지."

"이래봬도 나름 원만해졌다고 생각하는데."

"말로는 안 진다니까."

어깨를 으쓱하는 핀에게 가레스는 수염과 함께 입술을 틀어올렸다.

두 사람의 대화를 바라보던 리베리아는 이윽고 그리워하듯 중얼거렸다.

"……그렇게나 서로 못 잡아먹어 안달이던 우리가, 이제는 던전 공략의 최전선이라니. 신기할 따름이군."

과거의 기억을 돌이키는 리베리아.

자긍심 높고 융통성 없는 왕족 하이엘프, 그것이 까닭 없이 싫어 퉁명스레 매도하던 드워프 거한, 그리고 반발하는 두 사람에게 한숨만 토하던 파룸 소년.

피차 만남부터 오늘까지 이어진 하루하루를 각자 떠올린 핀, 리베리아, 가레스는 홋 웃음을 나누었다.

"오랜만에 한번 할까. 사기도 올리게."

가레스가 한쪽 팔을 스윽 내밀었다.

원의 중앙으로 뻗어나온 커다란 주먹에 핀과 리베리아

도 쓴웃음을 지으며, 그러나 미리 의논했던 것처럼 그의 움직임을 따라했다.

과거, 맹세의 날에 나누었던 세 사람의 의식.

매우 사이가 나빴던 그들은 주신이 시키는 대로 억지로 이렇게 손을 마주대고, 서로의 소망을 털어놓았던 것이다.

"뜨거운 싸움을."

"아직 보지 못한 세계를."

"일족의 재흥을."

드워프, 엘프, 파룸은 순서대로 말하고 마지막으로 주먹을 한데 부딪쳤다.

자신들의 원점으로 돌아간 그들은 서로의 의지를 나눠받고, 잠시 후 파벌을 견인하는 수뇌진의 표정으로 돌아갔다.

"다들 기다리겠어. 가자."

핀의 말에 고개를 끄덕이고 세 사람은 방을 나갔다.

"핀, 그러고 보니 또 다른 목적 쪽은 잘 진행되고 있나?"

"아, 후계자…… 대를 잇기 위한 신붓감 찾기 말이구먼."

"애석하게도 인연이 닿질 않아서 말이야. 어디 괜찮은 파룸 아이 있으면 소개 좀 시켜줘. 가레스, 리베리아."

"그랬다가 티오네에게 죽을걸. 사양하겠어."

"동감일세."

농담을 나누며 세 사람은 나아갔다.

창, 도끼, 지팡이를 끌어안은 세 데미휴먼은 단원들이 기다리는 장소로 향했다.

푸른 하늘에서 햇살이 센트럴 파크에 내리쪼였다.

여덟 줄기의 메인 스트리트가 집결한 도시 중앙의 광대한 공간에는 이른 아침부터 수많은 모험자들이 인파를 이루고 있었다.

무장한 소년, 소녀, 장한이 서포터를 이끌고 던전에 도전한다. 다양한 종족의 모험자가 백색 거탑으로 향하는 가운데 아이즈 또한 웅대한 마천루를 우러러보았다.

홈 앞에 모였던 【로키 파밀리아】 일행은 단장 핀의 지시에 따라 북쪽 메인 스트리트를 경유해 이곳 센트럴 파크로 이동했다. 장비와 물자를 실은 대형 카고를 몇 대나 끌고, '바벨'의 북문 정면에서 거리를 둔 위치에 대기했다.

우는 아이도 울음을 그친다는 트릭스터 엠블럼이 새겨진 단기(團旗), 그리고 도시 최강 파벌의 멤버들에게 모여드는 주목과 소란. 그 속에서 아이즈 일행은 출발 신호가 떨어지기만을 기다렸다.

푸른 하늘을 찌를 듯이 솟은 바벨을 올려다보고 있으려니 옆에서 목소리가 들렸다.

"여어, 【검희】! 참으로 오랜만이로군. 그간 별고 없으셨나?"

고개를 돌려보니 왼눈을 안대로 가린 스미스 츠바키 콜

브랜드가 친숙한 웃음을 지으며 다가오고 있었다.

"츠바키 씨……."

검과 갑옷으로 완전무장한 아이즈와 마찬가지로 그녀의 모습은 미궁용 무장을 갖추고 있었다. 정강이까지 가리는 섬나라 특유의 새빨간 하카마. 풍만한 가슴과 함께 온몸을 뒤덮은 것은 대륙식 배틀클로스였으며 그 위에는 건틀릿이나 어깨받이 같은 방어구를 장착했다. 하반신과 상반신이 각각 극동식 의복과 대륙산 의복을 조합한 차림이었다.

무기는 허리에 찬 칠흑색 칼집에 담긴 태도(太刀)였다.

그녀 외에도 많은 하이 스미스―― 【헤파이스토스 파밀리아】의 멤버들이 【로키 파밀리아】와 합류했다.

"오늘부터 잘 부탁드려요."

"음, 잘 부탁하시게. 하지만 너무 어려워하진 마시게나. 소인도 가고 싶어서 따라가는 것이니."

스미스들이 동행한다는 사실을 오래 전부터 리베리아에게 들어 알고 있었던 아이즈가 말하자 츠바키는 싹싹한 태도로 단순명쾌한 이유를 말했다.

껄껄 웃는 그녀에게 쓴웃음을 짓고 있으려니, 그녀가 문득 아이즈에게서 시선을 떼었다.

"아. 거기 있었군, 베이트 로가. 억지를 부려서 말도 안 되는 일정으로 《프로스빌트》를 만들어달라고 해놓고는 또 부숴먹었다간 가만 안 두겠네."

"누가 또 부순다고 그래. 나도 알아. 그보다, 어라, 야,

어딜 가까이 오고 그래!"

베이트를 발견하고 저벅저벅 걸어가는 츠바키. 필요 이상으로 간격을 좁히고 능글능글 웃는 그녀에게 웨어울프 청년은 후덥지근하다고 고함을 질러댔다. 사람 무서운 줄 모르는 누님이라고 주위의 외경심이 모여들고 아이즈도 신기해하며 쳐다보는 가운데, 문득 아이즈에게 슬쩍 다가서는 그림자가 있었다.

"여어, 【검희】. 잘 지냈어?"

그 목소리에 돌아본 곳에는 시앙스로프 소녀가 있었다.

"……루루네 씨?"

생각지도 못한 【헤르메스 파밀리아】의 단원을 보고 아이즈는 어리둥절했다.

"여긴 왜……."

"'원정' 배웅하려고. 너한테는 몇 번이나 도움을 받았잖아."

보아하니 그녀는 이번 출발 직전의 빈 시간을 가늠해 말 그대로 배웅을 하러 와준 모양이었다.

'원정' 참가자도 아닌 자신이 이곳에 오래 있다간 눈총을 받는다며 그녀는 냉큼 용건을 마치려 했다.

"이거 선물. 내가 유적 같은 데 내려갈 때 애용하는 휴대 식량이야. 하나 먹기만 해도 하루는 버텨. 아, 이상한 건 안 들었으니 안심하고."

"……고마워요."

작은 자루에 든 블록 형태의 휴대식량을 보고 아이즈는 살짝 웃었다.

베이트와 츠바키의 대화에 단원들의 시선이 집중된 동안 자루를 건네받자—— 잘그락.

루루네는 자루 뒤에 감춰 수정 하나를 아이즈의 손에 몰래 쥐어주었다.

"이건 까만 로브 녀석이."

"!"

자신에게만 들릴 만한 속삭임에 아이즈는 눈을 크게 떴다.

까만 로브—— 아이즈와 루루네에게 이따금 접촉했던 흑의인물이다.

정체를 모르는 그 마술사가 의뢰한 물건이라는 청수정을 보고 아이즈는 놀라움을 감추지 못했다.

"아스피한테도 봐달라고 했는데, 이상한 건 아니래. ……59계층에 갈 때 몸에 지녀 달라던데."

흑의인물에게 받은 전언과 함께 시프 소녀는 아무에게도 들키지 않고 수정을 맡겼다.

"딱히 버려도 상관없어. 판단은 너한테 맡길게."

그렇게 작은 목소리로 덧붙이고 한 걸음 뒤로 물러났다.

자루와 수정을 받아 아연실색한 아이즈에게 루루네는 눈썹을 늘어뜨리며 웃었다.

"……의뢰를 떠넘기기 위해서기도 하지만, 배웅하러 왔

다는 건 정말이야. 돌아오면 그때야말로 같이 한잔하는
거다?"

갈색 피부를 살짝 발갛게 물들이며 시앙스로프 소녀는
뺨을 긁적거렸다.

"그럼 이만."

그녀는 등을 돌리고, 허리춤의 꼬리를 한 번 흔들며 인
파 속으로 사라졌다. 그 뒷모습을 지켜보던 아이즈는 자루
와 수정에 시선을 떨구었다.

사슬에 묶인 조그만 청수정을 한동안 내려다보다, 잠시
후 갑옷의 일부인 허리받이에 비끄러매었다. 흑의인물을
완전히 신용한 것은 아니지만, 배웅하러 와준 루루네의 부
적으로 삼기로 하고.

은색 허리받이 위에 푸른 빛이 반짝였다.

——그런 아이즈와 루루네의 대화를, 레피야 한 사람만
이 보고 있었다.

"지금 그건 루루네 씨? 아이즈 씨에게 뭘……."

주위의 단원들과 마찬가지로 수다를 멈추지 않는 티오
나와 티오네 옆에서 그녀는 고개를 갸웃했다.

"레피야 씨."

누군가가 말을 걸어 레피야가 돌아보니, 그곳에 있던 것
은 조용한 인형을 방불케 하는 아름다운 은발의 휴먼 소녀
였다.

"어…… 아미드 씨?"

북서쪽 메인 스트리트 방향에서 온 그녀, 【디안 케흐트 파밀리아】의 힐러 아미드는 고개를 숙였다.

"미아흐…… 아니, 어떤 파벌의 신상품을 계약하느라 시간을 빼앗겨 찾아뵐 수 없었습니다만 다행히 늦지 않았군요. 부디 이것을 받아주십시오."

"이건…… 포션인가요?"

"예. 저희 파벌에서 제조한 하이 매직 포션입니다."

레피야에게 건네준 것은 파우치에 가득 든 시험관이었다.

놀라는 그녀에게 아미드는 말했다.

"'원정'에 앞서 드리는 선물이라고 생각해주세요."

"우와, 아미드가 배웅하러 와줬네? 근데 레피야한테만?! 우리는?!"

"티오나 씨에게는 필요가 없지 않나요?"

레피야와 아미드의 대화를 듣고 항의하는 티오나에게 아미드가 키득 웃었다.

"에~!"

부루퉁 입술을 내미는 그녀에게 아미드는 농담이라고 하더니, 레피야의 것보다도 큼지막한 파우치를 내밀었다.

"하이포션과 엘릭서를 조금 넣었어요. 다 함께 나눠 쓰세요."

"고마워, 아미드. 이렇게나 많이…… 많은 도움이 될 거야."

티오네가 받아들고 인사하자 아미드는 고개를 가로저

었다.

마음 착한 힐러 소녀는 레피야 일행의 얼굴을 순서대로 바라보고, 깊이 고개를 숙였다.

"부디 무운을 빕니다."

그 말만을 하고, 아미드는 세 사람 앞에서 떠나갔다.

그녀에게 받은 치료용 아이템에 시선을 떨구고 레피야도, 티오나와 티오네도 목소리를 높여 감사 인사를 했다.

그녀들의 주위에서도 비슷한 광경이 펼쳐지고 있었다.

【로키 파밀리아】의 멤버들과 개인적으로 친분이 있는 모험자들이 말을 걸고, 어떤 이는 웃음과 함께 격려를 보낸다.

수많은 휴먼, 데미휴먼이 미답파영역에 도전하는 모험자들을 응원하고 있었다.

곧 부대의 정면에서 핀이 목소리를 높였다.

"──모두들, 이제부터 '원정'을 개시한다!"

리베리아와 가레스를 좌우에 거느리고 바벨을 등진 【파밀리아】의 두령에게 주위 사람들이 일제히 몸을 돌렸다.

"진행에 앞서 이번에도 부대를 둘로 나누겠다! 처음 출발할 제1부대는 나와 리베리아가, 제2부대는 가레스가 지휘를 맡는다! 18계층에서 합류한 후 그곳에서 단숨에 50계층으로 이동한다! 우리의 목표는 단 하나, 미답파영역── 59계층이다!!"

단장의 선언이 베이트의, 티오나와 티오네의, 레피야의,

츠바키의, 그리고 이 자리에 있는 모든 단원들의 귓전을 때렸다.

많은 이들이 그러하듯 아이즈도 핀을 바라보며, 그 너머에 있는 백색 거탑—— 그 아래에 있을 몬스터의 소굴로 마음을 기울였다.

어두운 땅속 깊은 곳, 미궁의 심층영역에.

"여러분은 '고대'의 영웅에도 비견될 용감한 전사이자 모험자다! 위대한 '미지'에 도전해 부와 명성과 함께 귀환하자!!"

대로에서, 광장 구석에서, 건물의 창문에서.

주민이, 모험자가, 도시의 모든 이들이 【로키 파밀리아】의 출발을, 그들의 앞길을 지켜보고 있다.

"희생 위에 얹은 거짓된 영예는 필요 없다!! 모두들 이 지상의 빛에 맹세하자—— 반드시 살아 돌아오겠다고!!"

단원들이 불끈 주먹을 쥐는 가운데, 머리 위에 펼쳐진 창공에 한동안 작별을 고하듯 핀은 숨을 들이마시고—— 호령했다.

"원정대, 출발!!"

상공에 함성이 쩌렁쩌렁 울려 퍼졌다.

단원들의 고함에 휩싸여 아이즈는 맑게 갠 하늘을 우러러보았다.

【로키 파밀리아】, 원정 개시.

"자, 과연 어떻게 되려나—"

저택 중앙탑의 꼭대기.

홈을 출발한 핀 일행을 잔류팀 단원들과 함께 배웅한 후, 로키는 지붕 위에 올라 함성이 쩌렁쩌렁 울려 퍼지는 도시 중앙을 바라보았다.

"그들의 앞길에 기다리는 것은 재앙일까, 아니면……."

길드 본부 지하신전.

횃불에 휩싸여 우라노스 또한 그 푸른 눈을 어둠에 가로막힌 머리 위로 들고 있었다.

"——어디, 한번 보여주련?"

그리고 백색 거탑 최상층.

아름다운 여신이 남몰래 웃음을 떨어뜨리고 있었다.

신들이 지켜보는 가운데, 또 하나의 모험담이 던전에서 태어나려 하고 있었다.

'원정'에서 선행 제1부대── 말하자면 선발대에는 파견의 주요 전력이 집중되는 경우가 많다.

무슨 일이 일어날지 알 수 없는 던전에서, 도중에 발생할 수 있는 만약의 이상사태에 대처하기 위해서다. 물자나 예비 무장을 맡겨놓은 후속부대──'원정'의 심장부──가 안전하게 진행할 수 있도록 선발대의 역할을 다하는 것이다.

먼저 던전에 침입한 제1부대에는 핀과 리베리아를 필두로 아이즈, 베이트, 티오나와 티오네 등 쟁쟁한 제1급 모험자 일곱이 모여 있었다. 그들 외에도 서포터와 같은 멤버는 대부분 라울을 비롯한 제2급 모험자들이었다.

제2부대는 남은 제1급 모험자인 가레스, 거기다 레피야 같은 마도사들이다.

선발대보다도 많은 인원이 배정되어 있다.

"저기저기, 티오네. 왜 다른 【파밀리아】 사람들이 파티에 끼어 있어? 저 사람들은 고용한 서포터도 아니잖아?"

길 폭이 좁은 '상층'에서의 혼잡을 막기 위해 둘로 나뉜 부대가 나아가는 가운데 티오나가 뒤를 돌아보며 물었다. 자신들의 뒤를 따라오는 【헤파이스토스 파밀리아】의 스미스들을 그녀는 이제야 알아차린 것이다.

"티오나, 이 바보야. 지난 원정 때 왜 철수했는지 벌써 까먹었어?"

"응?"

"저 사람들은 스미스다, 티오나."

"아아!"

어이없어하는 티오네와 성실하게 설명해주는 리베리아의 말을 들으며 티오나는 이해했다는 표정을 지었다. 소소하고 복잡한 지원 업무는 전혀 모른다는 양 '원정' 준비에 신경을 쓰지 않았던 티오나는 거대 대장장이 파벌인 【헤파이스토스 파밀리아】가 동행한다는 사실을 이제 와서 알았던 것이다.

【로키 파밀리아】구성원 열다섯 명에 【헤파이스토스 파밀리아】의 스미스가 열 명. 부대를 둘로 편성하면서 스미스들도 둘로 나눠, 단장인 츠바키는 본대인 후속부대로 갔다.

"그래도 【헤파이스토스 파밀리아】가 따라와준다니 정말 대단하다!"

"신 헤파이스토스께 억지로 부탁했어. 부디 실례가 되지 않도록 해줘, 티오나."

도시에 명성이 자자한 하이 스미스들의 자세한 이야기를 듣고 신이 난 티오나에게 헤파이스토스와 직접 담판을 했던 핀이 농담처럼 웃으며 말했다.

"에이, 다 알아, 다 알아!"

티오나는 웃음과 함께 대답하고는 힘차게 달려가, 앞에서 걷던 아이즈의 등을 끌어안았다.

"아이즈 아이즈, 들었어?! 【헤파이스토스 파밀리아】의 하이 스미스들이 따라와주고 있대!"

"응…… 들었어. 대단하지."

다른 사람들과 마찬가지로 원래부터 스미스들의 존재를 알고는 있었지만, 흥분한 티오나의 목소리에 아이즈는 미소를 지었다. 천진난만한 아마조네스 소녀를 등으로 받으며 대화를 나누었다.

현재 위치는 던전 제7계층.

연녹색 천장과 벽면에 에워싸여, 일행은 '원정'임에도 전초전 정도의 분위기도 느끼지 못하는 활달한 모습으로 아무 지장도 없이 나아갔다. 아이즈 일행 옆에서 짐승 귀를 까닥거리는 베이트는 동행자들이 모두 하이 스미스라는 말에 낄낄 웃었다.

"흠, 【헤파이스토스 파밀리아】 놈들이라면 무슨 일이 생겨도 방해가 되진 않겠지. 마음이 놓이는구만."

"네, 또 시작했습니다. 베이트의 잘난 척이."

그의 거만한 웃음에 티오나는 눈을 흘겼다.

"베이트는 말야, 왜 말을 그런 식으로밖에 못해? 다른 모험자들 깔보면 기분이 좋아? 난 그런 거 싫어."

"착각하지 말라고. 피라미 따위나 깔보면서 우월감에 젖다니, 난 그런 창피한 짓은 안 해. 사실을 말했을 뿐이야. 이래봬도 칭찬하는 건데?"

어젯밤 로키에게도 말했듯, 깔보는 것 자체에 의미를 두는 베이트는 티오나의 말을 콧방귀로 날려버렸다. 그런 베이트의 태도를 보고 아이즈의 등에 안겨 있던 티오나는 원숭이처럼 "우끽—!" 화를 냈다.

베이트가 반감을 사고, 주위 사람들이 대든다. 이제까지 몇 번이나 되풀이되었던 광경이다.

"난 약한 놈들이 진짜 싫을 뿐이야. 아무것도 못하는 주제에 헤실거리고 앉아선. 구역질이 난다니깐."

"강자의 지위에 선 자의 오만으로밖에 안 들리는군."

"그래, 맞아. 베이트도 약했을 때가 있었으면서."

"분수를 알라는 거야, 내 말은."

베이트의 지론에 리베리아와 티오나가 끼어들고, 그 대화를 들으며 아이즈는 문득 떠오르는 것이 있었다. '분수'라는 말을 살짝 중얼거려보았다.

연민도 모욕도 어이없음도 아닌, 투명한 의문.

그때 진저리가 날 정도로 자신의 분수를 깨달아야만 했던 한 소년은, 대체 무엇을 생각하고 무엇을 느꼈으며, 어떻게 그렇게까지 분투할 수 있었을까 하고.

술집에서 보았던, 당장이라도 울음을 터뜨릴 것 같던 그 루벨라이트색 눈동자를 아이즈는 멍하니 떠올렸다.

베이트의 모욕을, 멸시를, 혐오를 한 몸에 받았던 그는 어떻게 이를 넘어섰던 걸까——

아니, 조롱을 받았기에 소년은 달려나갈 수 있었던 것일까.

자신을 용서할 수 없다는 분노와 분함을 발판 삼아, 단숨에, 한결같이, 하염없이 높은 경지만을 향해 나아갔던 것일까.

'어쩌면──'

소년이 말했던 목표란── 베이트가 아닐까.

디잉—! 어째서인지 터무니없는 충격을 받은 아이즈는 등에 얹힌 티오나의 무게를 이기지 못하고 비틀거렸다.

"?"

의아하다는 표정을 짓는 티오나를 옆에 내려놓고 질끈 무릎에 힘을 주며 버텼다.

'다음에 한번 물어볼까…….'

묻기가 매우 두려운 상상에 고민하면서 눈을 슬쩍 숙였다. 뇌리에 떠오른, 소년과 보냈던 일주일이 되살아났다.

'지금쯤 뭘 하고 있을까…….'

지금도 계속 달려나가고 있을까.

자신의 가르침을 가슴에 새기고 싸우는 중일까.

조금 정한해진 소년의 옆얼굴을 떠올린 아이즈는── 그 순간 날카롭게 고개를 들었다.

"……넷인가?"

"뭐야, 뭐도 제 말하면 온다더니?"

아이즈와 밀착한 티오나, 곁에 있던 베이트도 반응했다.

파티 전원이 시선을 돌리는 가운데, 마침 접어들려던 교차로의 오른쪽에서 모험자 네 명이 다급한 표정으로 접근했다.

연신 뒤를 돌아보는 것이, 마치 무언가를 피해 도망치는 듯한 모습이었다.

"어~째 엄청 당황하는 것 같은데. 말을 걸어볼까?"

"관둬. 던전 안에서는 다른 파티에게 간섭하지 않는 것이 기본이니."

"이봐요~ 무슨 일이에요~?"

"……저 멍청이가."

티오네의 저지를 무시한 티오나의 목소리가 모험자들에게 닿았다.

놀란 그들은 새삼스레 아이즈 일행의 존재를 알아차렸는지 황급히 눈앞에서 발을 멈추었다.

"뭐, 뭐야, 너희들? 근데…… 흐아악!! 【대절단 아마존】?!"

"티오나 히류테!!"

"그보다 【로키 파밀리아】잖아?! 아, 워, 원정인가?!"

이쪽의 정체를 알아차린 모험자들은 그 순간 슬그머니 꽁지를 빼기 시작했다.

"그러니까 왜 나만……."

별명을 불리며 두려움의 대상이 된 티오나가 노려보며 투덜거리는 가운데, 베이트가 그들에게 뭘 하고 있느냐고 물었다.

그의 비웃음과 모멸 섞인 질문에 한번은 분개했던 모험자들도…… 이내 생각이 났다는 듯 몸을 떨었다.

"……미노타우로스가, 있었어."

"……아앙?"

"그러니까 미노타우로스 말야! 그 소 괴물이, 여기 상층에서 얼쩡거리고 있었다고!"

꽉 억누른 목소리에서 찢어질 듯한 고함으로 바뀐 모험자의 태도에 베이트도 한순간 움찔했다. 가만히 듣고만 있던 다른 사람들도 '중층' 출신 몬스터가 '상층'에 나타났다는 이상사태에 낯빛을 바꾸었다.

그리고 아이즈도, '미노타우로스'라는 단어에 반사적으로 오른손을 떨었다.

어째서인지 소년의 얼굴이 가슴속에 떠올랐던 것이다.

"……미안하지만 여러분이 본 것을 우리에게 자세히 들려줄 수 있을까?"

"으, 응……."

부대를 대표해 앞으로 나선 핀에게 모험자의 리더격인 사내가 이야기를 시작했다.

"아까까지 여느 때처럼 던전을 탐색하고 있었는데, 룸으로 이어지는 외길 안쪽에서…… 미노타우로스를 봤어."

그리고 그는 낯빛을 창백하게 물들이며 말했다.

"그리고 **백발 꼬맹이가 습격당하는 게 보였는데**, 그래도 우린, 그 괴물의 포효를 듣고 서둘러 도망치느라……!"

──두쿵.

아이즈의 심장이 뛰었다.

온몸에서 땀이 솟아나는 착각에 사로잡혔다.

숨을 쉬는 것도 잊은 채, 지금 막 들은 말을 필사적으로 이해하려 했다.

백발, 소년…… 휴먼?

잇따라 들려오는 모험자들의 말 속에 담긴 정보에 심장의 율동이 아플 정도로 빨라졌다.

핀 일행이 나누는 대화도 이제는 귀를 그대로 빠져나가, 아이즈는 모험자들에게 바짝 다가섰다.

"그 미노타우로스를 본 건 어디?"

그녀의 목소리에 모든 이들이 움직임을 멈추었다.

티오나와 티오네도, 눈앞의 모험자들도, 진행을 멈춘 원정부대도.

아이즈의 귀기 어린 눈빛에 모든 이의 시간이 멈춰버렸다.

"모험자가 습격을 당했던 계층은, 어디였죠?"

"구, 9계층……. 움직이지 않았다면……."

달려나갔다.

그 말을 듣자마자 아이즈는 모험자들이 왔던 길을 바람처럼 뛰어나갔다.

"아이즈?!"

"뭐 하는 거야, 너!"

멀리 뒤에 남은 티오나와 베이트의 목소리.

부대를 내팽개치고, '원정' 중인 것도 잊고 아이즈는 가속하는 심장 고동의 목소리에 따랐다.

동요와 혼란, 위기감에 떠밀렸다.

'그 아이가── 습격을 당했어?!'

진위 따위 확인할 틈도 없이 아이즈는 그저 지면을 박찼다.

조우하는 몬스터를 스쳐 지나가며 양단하고 주행은 한순간도 늦추지 않았다. 정규 루트를 달려나가, 눈 깜짝할 사이에 제9계층까지 답파했다.

던전의 벽면 구조가 바뀐 순간 부자연스러울 정도의 정적이 귀를 때렸다.

완전히 고요에 잠긴 계층 내부.

마치 이단의 괴물에 겁을 먹은 것처럼 몬스터들이 자취를 감춘 채 숨을 죽인 것이다.

그리고 경악하는 아이즈에게──그 의구심이 적중했음을 알리듯──아득히 먼 곳에서 거친 소의 울음소리가 들려왔다.

'안 돼!!'

괴물의 포효에 얽혀 어렴풋한 사람 비명 소리를 듣고 아이즈의 온몸이 열을 띠었다.

틀림없다. 소년이, 벨이 습격을 당하고 있다.

Lv.1인 하급 모험자가 '미노타우로스'에게 습격을 당하면 버틸 수가 없다. 아무리 아이즈와의 훈련을 거쳤다고는 하지만 능력의 차이는 절망적이다.

한시를 다툰다. 1초가 아까웠다.

소년의 정확한 위치를 알 수 없는 채로 소리만을 따라

아이즈가 미궁 내를 질주하고 있으려니── 정면의 통로에서 피투성이 파룸이 나타났다.

"?!"

"모험자, 님……. 제발, 제발 도와주세요!!"

찢어진 이마에서 엄청난 피를 흘리는 소녀는 애원과 동시에 아이즈의 눈앞에 털썩 쓰러졌다.

밤색 눈이 뿌옇게 흐려져 초점이 맞지 않는 것으로 보이는 그녀는 지면에 두 손을 짚은 채 거친 숨소리와 함께 외쳤다.

"그분을, 벨 님을 구해주세요……!!"

"!!"

몸을 찢는 듯한 통곡에 아이즈는 그녀의 몸을 안아들었다.

"장소는?!"

"정규 루트, E-16, 룸……!"

길드에서 공개한 맵 데이터에는 에어리어마다 번호가 배정되어 있다. 소녀는 그 번호를 말하며 자신의 등 뒤를 떨리는 손으로 가리켰다.

부상도 돌아보지 않고 도움을 청하러 온 그녀의 족적을 가리키듯 통로에는 무수한 핏방울이 이어져 있었다.

"큭!!"

아이즈는 소녀를 끌어안고 달려나갔다.

인광이 주위를 밝히는 통로 안을 주파하고, 수많은 룸을 스쳐 지나갔다.

품 안에서 눈물을 흘리며 도와주세요, 부탁이에요, 라고 몽롱하게 몇 번이나 중얼거리는 소녀에게 조바심을 느끼며 통로의 핏자국을 따라갔다.

그리고 목표 에어리어 바로 앞의 마지막 룸에 돌입하려 했을 때——

"멈춰라."

그런 목소리가 날아들었다.

"——"

별것도 아닌, 그 단 한 마디에 룸에 들어선 아이즈의 발이 멈추고 있었다.

광대한 직사각형 공간. 몬스터도 같은 모험자도 존재하지 않는 장소에 그는 혼자 서 있었다.

방어구를 장착한 바위 같은 거구. 2M이 넘는 신장.

강철로 착각할 것 같은 근육으로 뒤덮인 강인한 팔다리.

녹슨 강철색 단발에서 돋아난 짐승의 귀는 수인, 거칠기로 유명한 보어즈의 증거였다.

머리카락과 같은 색깔의 두 눈이 아이즈의 얼굴을 똑바로 보고 있었다.

"……【맹자】."

눈빛을 바꾸며 아이즈는 시선 너머의 인물을 바라보았다.

그녀의 갈라진 중얼거림에 호응하듯, 사내는 녹슨 강철

색 두 눈을 가늘게 떴다.

　——【프레이야 파밀리아】의 두령, 오탈.

【로키 파밀리아】에 대적하는 제1급 모험자였다.

'어째서 여기에——'

혼란을 떨쳐내지 못한 아이즈의 얼굴에 여유라곤 보이지 않았다.

상황을 파악할 수 없었다. 어째서 그가 여기 있는지, 왜 자신의 앞길을 가로막으려 하는지 알 수 없었다.

안아든 소녀의 거친 숨소리가 귀를 때리는 가운데, 평소에는 보인 적이 없는 동요의 표정을 드러냈다.

보어즈 무인은 룸 안에 의연히 서 있을 뿐이었다.

목적지인 에어리어로 이어지는 유일한 길 앞에 서서, 그 거대한 등으로 후방의 통로를 가로막고 있다. 있을 수 없을 정도의 두께를 자랑하는 라이트아머를 걸치고, 왼쪽 어깨에는 거대한 배낭을 짊어졌다.

가만히 선 아이즈와 시선을 나누며, 오탈은 배낭을 쥐더니 그 바위 같은 다섯 손가락으로 단숨에 잡아뜯었다.

뜯겨나가는 천 속에서 나타난—— 대검을 비롯한 무수한 무기가 철그렁철그렁 소리를 내며 지면에 꽂혔다.

"【검희】…… 한 수 겨뤄다오."

"?!"

그 발언에 아이즈는 이번에야말로 경악을 드러냈다.

반면 오탈은 바닥에 꽂힌 무기 중에서 대검을 들고 조용히 발검했다.

"어째서?!"

"오랜 적대관계에 있는 파벌 사람과 혼자 던전 내에서 마주쳤으니…… 서로 목숨을 걸고 싸울 이유로는 충분하지 않겠나?"

아이즈의 호소에도 엄숙한 음성은 흔들리지 않았다.

어째서 이럴 때.

조바심에 생각이 깜빡거리던 아이즈는—— 문득 사흘 전의 습격자들이 던진 '경고'를 떠올렸다.

『앞으로 일절 쓸데없는 짓을 하지 마라.』

『우리 말을 무시한다면 가만 안 두겠어.』

『깊이 파고든다면 목숨을 보장할 수 없다.』

『우리를—— 그분을 방해했다간, 죽여버리겠어.』

【바나 프레이아】, 【브링가르】 4전사, 그리고 【맹자】.

공통된 그들의 소속파벌. 일관된 '경고'의 의미.

설마. 설마. 설마.

그들의 목적은, 그들이 하려는 짓이란——

"그 아이를 내려놓아라."

그렇지 않으면 죽을 거라고, 녹슨 강철색 눈동자가 파룸 소녀를 꿰뚫었으며, 동시에 손에 든 대검이 정위치로 올라왔다.

부풀어오르는 위압감. 이제 전투는 피할 수 없다.

이 너머로는 보내지 않겠노라고 행간으로 말하는 그 자

세에 아이즈는 입술을 씁쓸하게 일그러뜨리며 충고에 따랐다.

소녀를 바닥에 놓고, 《데스퍼러트》를 뽑아든다.

이제는 다른 데에 생각을 할애할 틈이 없었다. 짐을 안고 대치할 만한 적도 아니다.

자신의 앞을 가로막은 저 무인은 핀이나 가레스, 리베리아마저도 초월하는 진정한 **도시 최강**의 모험자.

오라리오에 군림하는 '정천(頂天)'. 유일한 Lv.7.

【맹자】── 오탈.

"덤벼라, 【검희】."

목소리와 동시에 그의 뒤쪽 길에서 쩌렁쩌렁 울려 퍼지는 맹우(猛牛)의 노성.

아이즈는 금색 두 눈을 크게 뜨고 검을 휘둘러 공기를 갈랐다.

"거기서 비켜!!"

밀려드는 맹우와 소년의 고함을 들으며 아이즈는 정면으로 돌진했다.

【검희】와 【맹자】.

최강이라 칭송을 받는 두 명의 제1급 모험자가 강제전투에 돌입했다.

잔재주 없는 혼신의 파고들기.

아이즈는 적의 코앞까지 육박해, 오감으로 느낄 수도 없는 신속의 대각선 베기를 오탈에게 날렸다.

"──미지근하군."

"!!"

전력을 담은 그 참격을 보어즈 무인은 한 손에 든 대검으로 너무나 쉽게 튕겨냈다.

굵은 팔에서 뿜어져 나온 후리기에 몸이 떠오르고, 아이즈는 크게 떴던 눈을 순식간에 치켜세우며, 튕겨져나간 기세를 이용해 회전베기를 퍼부었다.

다시 가로막힌다.

요란한 불꽃이 뿜어져 나오는 가운데 아이즈는 뒷일을 생각하지 않고 전신을 가속시켰다.

"아아아아아아아아아아아아아아아아아!!"

가차 없는 연속공격.

소년의 위기에 【검희】의 가면이 벗겨지고, 분노의 검격은 목에서 포효를 이끌어냈다.

가공할 참격 하나하나가 일격필살이 되어 오탈에게 이를 드러냈다.

승화된 계위, Lv.6에 이른 【스테이터스】.

도시 톱클래스의 힘과 속도가 검에 깃들어, 눈앞을 가로막은 사내를 베어내고자 은색 빛을 뿜어냈다.

"그 움직임── 그렇군, 새로운 경지에 들어섰군."

"———"

그러나 가로막혔다.

모든 참격이 튕겨났다.

완전방어.

도망칠 곳이 없는 참격의 소용돌이를 오탈은 모조리 격퇴했다.

그 자리에서 한 발도 움직이지 않은 채, 오른손에 든 대검만으로, 바늘을 찌르는 듯한 정확함과 기술로, 그리고 태산 같은 담력으로 아이즈의 공격을 모조리 무효화했다.

튕겨져나간 애검이 흩뿌리는 찢어지는 절규. 아이즈의 눈이 흔들리는 가운데, 소녀의 공식 【랭크 업】 소식을 듣지 못했던 무인은 감탄과 칭송을 담아—— 깔아뭉갰다.

대기를 헤집은 강한 일격이 아이즈를 품에서 멀리 날려버렸다.

"~~~~~~~~~~~~~~~~~~~~?!"

대검과 몸 사이에 밀어넣었던 《데스퍼러트》와 함께 튕겨나가 아이즈는 봇물을 터뜨린 듯한 기세로 밀려날 수밖에 없었다.

두 발로 지면을 깊이 깎아 간신히 정지하고 보니, 그녀의 바로 뒤에는 자신이 눕혀놓았던 파룸 소녀가 있었다. 후퇴시킨 거리, 눈앞에 펼쳐진 피아간의 간격에 경악했다.

방어를 했음에도 10M 이상이나 되는 거리를 밀려났다.

대검을 한 번 휘두른 것만으로.

"——크윽!!"

망연자실한 것도 한순간. 아이즈는 다시 검을 들고 오탈에게 달려들었다.

시간이 없다.

적이 가로막은 저 어두운 통로 안으로 나아가기 위해 과감한 맹공에 나섰다.

무인이 자랑하는 완전방어를 무너뜨리고자 아이즈는 측면이나 아래와 같은 여러 각도의 검광을 섞어넣었다.

"어디까지 강해질 테냐, 【검희】."

"……?!"

대검임에도 세검 이상의 속도로 맞부딪치는 요격. 이동과 페인트를 섞어 사방에서 베어들고 있는데도 철벽의 방어는 건재했다.

말과는 달리 자신의 공세를 아무렇지도 않게 여기는 오탈에게 전율을 금할 수 없었다.

놀랍게도 검기는 호각이며, '힘'을 포함한 신체능력은 상대가 뛰어나다. 벨을 가르치던 자신의 처지가 그대로 뒤집힌 것 같은 그런 환각에 사로잡혔다.

그야말로 바위와도 같았다.

한층 빨라진 아이즈의 폭풍 같은 연속공격에 흔들리지도 않는다.

폭풍에 휩쓸리기는커녕 유연하게 우뚝 솟은 거석처럼.

부동의 벽에 튕겨났다. 오탈은 등 뒤의 길을 지키기 위해 그 자리에서 한 걸음도 물러나지 않고, 공격하지 않는 대신 아이즈를 몇 번이나 눈앞에서 밀쳐냈다.

'이것이……!'

이것이 Lv.7.

아니, 그렇지 않다── 이것이 【맹자】.

계위 문제가 아니라, 자신을 우직할 정도로 갈고 닦아온 무인의 역량인 것이다. 아이즈는 입술을 깨물었다.

"윽?!"

큰 소리를 내며 튕겨나가 후방에 착지. 다시 거리가 벌어졌다.

이것이 네 번째. 시간으로는 아직 1분도 지나지 않았다.

방어한 검과 함께 손이 저리는 마비감을 맛본 아이즈는 무표정한 보어즈 무인을 노려보며 눈꼬리를 세웠다.

──가야만 해.

──구해야만 해!

──죽게 만들기 싫어!!

소년과의 나날을 가슴에 담은 아이즈는 그 한마음으로 땅을 박차며 바람이 되었다.

대인전에서는 봉인해두었던 '마법' 발동을 단행했다.

"【눈을 뜨라, 폭풍】!!"

몰아쳤다.

소년에게 달려가기 위해.

질주하며 기류의 은총을 두르고 폭풍과 함께 모습을 감

추었다.

아이즈는 망설임을 버리고 눈앞의 무인을 쓰러뜨리려 했다.

"하아아!!"

찢어지는 기합성을 이끌며 뿜어져나간 바람의 참격.

오탈의 녹슨 강철색 눈이 날카롭게 뜨이고, 손이 잔상을 일으켰다.

가로막힌 첫 공격.

대검이 《데스퍼러트》와 얽히는 광경에 한 번은 눈을 크게 뜨고, 그래도 아이즈는 멈추지 않았다.

더욱 더 기류를 부여해 비유가 아닌 진짜 폭풍이 되어 공세를 펼쳤다.

정면으로 격돌했다.

'_____'

아이즈의 눈앞에서, 믿을 수 없는 광경이 몇 초 동안 이어졌다.

자신의 노도 같은 참격에, '바람'의 속도에, 적은 따라왔다. 공격을 받아 흘려냈다.

가공할 풍검의 참격에 밀려나는 상대의 무기. 거구도 질풍의 맹위에 이따금 흔들렸으며, 그럼에도 결코 후퇴하지는 않았다. 충격에 밀리든 맹위에 위협을 당하든 온몸의 완력에서 나오는 가공할 몸놀림으로, 왼팔의 건틀릿까지 구사해 끊임없는 공방을 이어냈다.

어마어마한 '기술'과 '허허실실'이 아이즈의 폭풍을 받아내고 있었다.

차원이 다른 【엑세리아】. 순수한 경험의 양.

마법을 이용해 동등 이상으로 끌어올린 능력으로도, 막대한 '바람'의 은총으로도 이제까지 넘어선 전장의 수는 굴복시킬 수 없었다.

적과 자신을 가로막고 있는 것은 그동안 함양했던 육체와 정신이다.

끝없는 훈련에 뒷받침된 신체능력과 전투기술이다.

——저력을 헤아릴 수 없어.

바람의 포효와 함께 검을 휘둘러대는 아이즈는 무인의 얼굴에서 두려움을 느꼈다.

인간의 상식을 넘어선 존재, 몬스터의 하이브리드 레비스와 싸울 때조차 이 바람으로 전황을 우세하게 이끌 수 있었는데.

지금의 아이즈에게, 눈앞의 보어즈가 보이는 존재감은 그 괴인을 완전히 능가하고 있었다.

저력을 헤아릴 수 없었다. 차원이 달랐다.

걸물(傑物).

재능도, 부단한 노력도, 그리고 흔들림 없는 의지도 아끼지 않았던 현대의 영걸(英傑).

【맹자】 오탈은 그 누구도 의심할 수 없는 '영웅'의 '그릇'이다.

"흡!"

"으윽?!"

전율에 지배당했던 칼놀림을 놓치지 않고 오탈의 거대한 검광이 바람의 갑옷을 후려쳤다.

뿜어져나온 거대한 수평 일격이 직격해 기류와 애검을 넘어 아이즈의 몸까지 충격을 관통시켰다.

무시무시한 기세로 미궁 지면을 깎아나가는 가녀린 몸. 다시 뒤를 향해 날아가면서 주먹을 지면에 내리쳐 쓰러진 파룸 소녀의 머리 위를 뛰어넘은 아이즈는—— **벽에** 착지해.

벽면을 단단히 디디며 오른손의 검에 힘을 주었다.

대기류를 두르고. 언뜻 놀라는 무인을 꿰뚫어보는 금색 눈동자.

아이즈는 마침내 '필살'의 기술을 행사하기에 이르고 말았다.

'목소리가——'

저 멀리 안쪽. 어두운 길 너머에서.

목소리가 끊어졌다.

그렇게나 요란하게 울려 퍼지던 맹우의 울음소리도, 필사적으로 저항하던 소년의 목소리도, 모두.

아이즈는 마치 우는 어린아이처럼 얼굴을 일그러뜨리고, 검의 자루를 단단히 쥐었다.

——비켜어!!

마음의 외침과 한데 겹치며 아이즈는 비장의 카드를 뽑았다.

"——릴 라파가!!"

바람의 섬광.

초대형, 혹은 계층 터주 전용의 태풍이 일직선으로 짓쳐들었다.

룸을 종단하는 그 거대한 바람의 나선 화살에 오탈은——두 눈을 번쩍 떴다.

어깨의 근육을 부풀리며 대검 자루를 두 손으로 고쳐쥐었다.

밀려드는 일격에 보어즈 무인은 어깨 위로 들었던 거대한 금속의 덩어리를 내리쳤다.

"오오오오오오오오오오오오오오오오오오오오오오오오오오오오오오오오오오오오오!!"

포효한다.

몬스터와 분간이 가지 않을 정도로 거친 목소리가 작렬해, 태풍과 강철이 부딪쳤다.

두 손을 동원한 무인의 첫 전력요격.

바람에 휩싸인 아이즈의 시야가 흔들리고, 오탈이 두른 방어구가 튕겨져 날아갔다.

가공할 힘과 힘의 충돌이 발생하고 기류가 날뛰어, 발을 디딘 지면이 함몰되는 가운데—— 폭음이 솟구쳤다.

온몸을 후려치는 충격파가 발생해 그 반동으로 두 사람

은 함께 튕겨져 날아갔다.

공격의 상쇄가 발생했다.

"…………."

룸 중앙까지 되돌아가 엉덩방아를 찧은 아이즈는 아연 실색했다.

물론 손속에 사정을 보기는 했다. 죽여버리지는 않도록 무의식적인 제지가 가해졌다.

그러나, 깨졌다.

아이즈의 '필살'이.

순수한 힘에 의해.

"…………."

통로 입구 옆의 벽에 부딪힌 오탈은 조용히 등을 벽에서 떼어내더니, 원래 위치로 돌아갔다.

잃어버린 방어구, 일부가 터져나간 배틀클로스, 뺨이며 어깨와 노출된 피부에 열상을 입기는 했지만, 그뿐이었다.

너덜너덜 부서져 대파된 무기를 내버리고는 땅에 박힌 새로운 대검을 장비했다.

벽은 여전히, 유유하게 서 있었다.

그의 등 뒤로 이어지는 외길이 너무나도 멀다.

"……크윽!!"

충격에 휩싸인 것도 한순간이었다.

애검을 바닥에 짚으며 일어나, 다시 돌진한다.

오탈도 보내주지 않겠노라 검격에 응했다.

© Kiyotaka Haimura

"거기서 비켜!!"

땀을 뿌리며, 쇠하지 않는 강검과 코등이싸움에 들어갔다.

오탈은 대답하지 않는다. 그저 공격의 응수로 아이즈에게 자신의 의지를 전했다.

한쪽은 방어구를 잃고 상처 입은 무인, 한쪽은 멀쩡한 몸으로 일사불란 검을 휘두르는 소녀.

어느 쪽에 여유가 없는지는 명백한 가운데, 두 사람은 격렬한 검무를 되풀이했지만—— 갑자기.

"——?!"

터엉! 도약하는 소리와 함께 아이즈의 머리 위에서 오탈에게 짓쳐드는 그림자가 출현했다.

사나운 바람 가르는 소리와 함께 날아든 대쌍인을 보어즈는 경악과 함께 무기를 쳐올려 받아냈다.

"뭐가 어떻게 된 거야 이거—?!"

대쌍인 우르가가 튕겨나가 착지한 티오나는 놀라 소리를 지르면서도 동료와 싸우던 적에게 이내 달라붙었다.

아이즈가 눈을 크게 뜨는 가운데, 앞장섰던 그녀를 따라잡은 아마조네스는 초대형 무기를 휘둘러댔다.

"【아마존】……!"

즉시 연계에 나선 아이즈와 함께 맹공을 펼치는 광전사에게, 오탈은 처음으로 미간에 주름을 지었다. 현저한 파괴력을 담은 우르가에 방어가 흔들리고, 그럴 때면 추가 공격을 가하듯 날아드는 여러 차례의 참격에 반응이 늦어졌다.

견디지 못하고 지면에 박힌 장검을 왼손에 장비하더니, 짓쳐드는 티오나를 후방으로 밀어냈다.

그러나.

그녀와 위치를 바꿔 이번에는 땅을 기는 듯한 그림자가 오탈에게 이빨을 드러냈다.

"멧돼지 새끼가!!"

오탈을 원수처럼 노려보는 베이트가 혼신의 발차기를 뿜어냈다.

창졸간에 막아낸 무인에게, 아직 끝나지 않았다는 양 고속회전하는 쿠쿠리 나이프가 날아들었다.

"큭……!"

"뭐가 어떻게 된 거야 이거……?"

동생과 똑같은 말을 하며 티오네도 참전했다.

4대 1. 제1급 모험자의 원군.

공교롭게도 상황은 지난 달밤과 같았다. 검은 습격자들을 상대했던 아이즈처럼 도시 최강의 모험자는 【로키 파밀리아】의 파상공격에 시달리게 되었다.

달려나가는 우르가, 바람을 가르는 《프로스빌트》, 교차하는 쿠쿠리 나이프.

결코 흔들리지 않던 Lv.7의 절대방어에 균열이 발생했다.

"크윽!!"

그리고 그 한순간의 틈바구니로 아이즈가 질주했다.

거구 뒤에서 엿보인 한 줄기의 길을 향해 그 몸을 날린다.

"——우으어어어어!!"

그렇게는 안 된다는 양 초속의 반사신경을 보여 아이즈의 옆머리로 장검을 휘두르는 오탈.

그러나 그의 강철과도 같은 팔뚝에 이빨 같은 은빛 부츠가 꽂혔다.

"한눈 팔 때가 아닐 텐데, 멧돼지 자식아?!"

"【바나르간드】……!"

베이트의 올려차기에 오탈의 공격이 저지되었다.

동료의 지원을 받아 아이즈는 무인이 지켜내던 통로 입구로 돌입했다.

——빠져나왔다!

아이즈는 온몸에서 힘을 긁어모아 길 너머로 질주했다.

"……!"

자신의 등 뒤를 빠져나가 바람이 된 금발금안의 소녀에게 오탈은 낯을 찡그렸다.

지금 쫓아가봤자 목적지에 도달하기 전에 저 신속의【검희】를 따라잡을 수는 없다. 여전히 이어지는 티오나 이하 제1급 모험자 세 사람의 공격을 막아내며 타고난 무인은 그 사실을 깨달아버렸다.

"공연히 엄지가 근질거린다 싶었더니…… 이것도 포함해서였나?"

그리고 얼마 지나지 않아, 격전이 벌어지던 통로와는 반대쪽, 제8계층으로 이어지는 정규 루트 방향에서 소년의 목소리가 들렸다.

장창을 든 황금색 머리카락의 파룸을 본 보어즈의 두 눈이 가늘어졌다.

"여, 오탈."

"……핀이로군."

마치 오랜 벗처럼 말을 거는 핀에게 오탈은 조용히 무기를 내렸다.

아직까지 주위에서 방심하지 않고 자세를 잡고 있는 젊은 제1급 모험자들, 나아가서는 핀의 뒤를 따라 나타난 절세의 미모를 가진 하이엘프.

피아간의 전력 차이를 보고 이미 결판이 났다는 사실을 받아들여, 보어즈 무인은 임전태세를 풀었다.

적의가 사라진 상대를 떠나 티오나가, 이어서 베이트가 아이즈를 쫓아갔다.

"리베리아!! 거기 있는 파룸 여자애 좀 구해줘—!"

"무슨 일이 벌어졌는지 도대체 모르겠다고!!"

"저, 저것들……."

멋대로 떠들어대며 룸을 뛰쳐나가는 동생과 베이트를 보고 티오네가 낯을 찡그리는 가운데, 핀과 오탈은 조용히 대치했다.

사랑하는 이 때문에 이 자리에 머무른 티오네, 피투성이 파룸 소녀를 치료하기 시작한 리베리아를 옆에 두고 양대 파벌의 단장은 대화를 시작했다.

"베이트 말대로 무슨 상황인지는 모르겠지만…… 왜 이곳에서 지금 우리와 싸우는지 이유를 들려줘도 될까, 오탈?"

"적을 치는 데 때와 장소를 가릴 이유가 있나."

"지당한 말씀. 그러면 그건 파벌의 전체 뜻, 나아가서는 너희 주인의 신의라 받아들여도 될까? 여신 프레이야는 우리와 전면전쟁을 벌이려 한다고?"

웃음을 지으며 묻는 핀에게 오탈은 입을 꾹 다물었다.

파룸의 장창 날이 날카로운 빛을 뿜어내는 가운데, 그가 조용히 입을 열었다.

"……나의 독단이다."

나직한 음성으로 그렇게 고했다.

무기를 모두 버리고 걸어나가는 오탈. 티오네의 날카로운 눈빛이 날아와 박혔지만 그는 아랑곳 않고 핀에게 다가갔다.

'마법'으로 소녀의 치료를 마친 리베리아가 한쪽 눈을 감고 핀의 곁에 섰지만, 오탈은 그들의 옆을 그저 지나갔다.

"너희가 도당을 짠 이상 나에게는 승산이 없지."

"그렇게 말해주니 다행이야. 우리도 너와는 다투고 싶지 않거든."

바로 옆을 지나가며 냉정하게 말하는 보어즈에게 핀도

대꾸했다.

그 이상은 아무 말도 하지 않고, 오탈은 핀 일행이 왔던 통로로 나가 룸을 떠났다.

숙적들의 기척을 후방에 놓아두고, 가늘고 어두운 통로를 나아갔다.

"막아내지 못했던 못난 자신이 저주스럽구나."

아이즈에게 입은 여러 곳의 열상에서 피를 흘리고 바위 같은 주먹을 쥐며, 의미심장한 말——자신에게 건네는 저주의 말——을 떨구었다.

엄격한 무인은 등 뒤를 돌아보지 않고 앞만을 노려보았다.

"나 자신의 무력함은 제쳐놓고 말하마."

후방, 아득한 미궁 안쪽에서 메아리치는 맹우의 포효, 그리고 **모험자**의 외침을 들으며 말을 이었다.

"껍질을 깨뜨려라. 다른 자의 손 따위 밀쳐내라. '모험'에 임해라. 네가 보아야 할 것은 너뿐이다."

눈꼬리를 치켜세우며 마지막으로 말했다.

"그분의 총애에 보답해라."

어스름한 외길 안에서 빛이 새어 나왔다.

"……!"

밀려드는 룸의 빛에 아이즈는 가속해 그 너머로 뛰어들었다.

눈 깜빡할 사이에 탁 트인 시야 속에 들어온 것은 광대한 공간 한복판에 존재하는 외뿔 '미노타우로스', 그리고 몬스터에게서 멀리 떨어진 곳에 드러누운 채 쓰러진 소년이었다.

소년을 본 아이즈의 숨이 멎을 뻔했다.

그를 향해 걸어나가던 미노타우로스가 이쪽을 알아차렸을 때—— 얕게 오르내리는 소년의 가슴을 보고 안도의 심정이 온몸 구석구석에 퍼졌다.

아이즈는 가슴에 온갖 감정이 치밀었다가, 그것도 한순간, 다음에는 【검희】의 얼굴로 맹우를 노려보았다.

『……?!』

모험자의 대검을 장비한 이질적인 몬스터는 그녀의 기백에 눌려 온몸을 부르르 떨더니 그 자리에 뻣뻣하게 멈춰섰다.

아이즈는 이를 쳐다보지도 않고 질주해 미노타우로스의 진로를 가로막으며, 쓰러진 소년을 감싸듯 대치했다.

【에어리얼】의 여파가 산들바람을 낳으며 룸의 지면에 돋아난 풀꽃을 흔들었다.

"——"

등 뒤에서 전해지는, 숨을 삼키는 기척.

소년이 깨어난 것이리라. 모든 근심을 떨친 아이즈는 칼자루를 고쳐 쥐고 시선 끝에 있는 맹우를 노려보았다.

『부, 우오오……?!』

누가 봐도 겁을 먹은 것이 분명한 몬스터에게 아이즈는 아무 말도 하지 않았다.

그저 조용한 감정이, 아마도 분노가, 갑옷에 싸인 이 가슴에 깃들어 있었다.

아이즈의 감정에 따른 것처럼 기류가 춤을 추고 룸의 초원을 조용히 진동시켰다.

날카로운 검기가 바람과 함께 소용돌이쳤다.

"찾았다! 아이즈—!"

"쳇, 시시한 짓거리에 휘둘리지 말라고 그랬더니!"

티오나와 베이트, 그리고 티오네 일행이 발소리를 울리며 룸으로 도착하는 가운데 미노타우로스의 온몸에 시선을 보냈다.

저것이 조련된 몬스터인지 아닌지, 그 외에도 오탈 일당의 목적이 있었는지는 알 수 없다. 그러나 조속히 타도해야 한다고 아이즈는 결론을 내렸다. 소년이 더 이상 상처 입지 않도록.

갑자기.

바스락.

바로 뒤의 초원에서 조그만 소리가 들렸다.

아이즈가 시선을 돌려 살짝 돌아보니, 아연실색한 소년이, 너덜너덜해진 벨이 손을 짚고 몸을 일으키고 있었다.

"……괜찮아?"

──괜찮으세요?

그 첫 만남 때처럼.

미노타우로스에게서 구해주었던 그때처럼, 소년에게 같은 말을 건넸다.

입술에 안도가 피어났다.

"……고생했어."

──정말로 고생했어.

그때와는 달리.

미노타우로스와 싸우고 살아남은 그에게, 에누리 없는 칭송과 노고를 치하하는 말을 덧붙였다.

가슴에 부드러운 감정이 차올랐다.

"지금 구해줄게."

──저 미노타우로스를 쓰러뜨리고.

【에어리얼】을 해제하고 손 안의 《데스퍼러트》에 힘을 주었다.

그리고 아이즈가 앞으로 발을 내디디려 했던.

바로 그 순간.

'──어?'

지면을 밟는 소리가 들렸다.

아이즈의 것이 아니었다.

미노타우로스의 것도, 티오나나 동료들의 것도 아니다.

그 인물은 아이즈의 바로 뒤에서.

터엉.

초원을 박차는 발소리를 울렸다.

"?!"

아이즈가 돌아본 것과 손을 붙들린 것은 동시였다.

금색 두 눈이 크게 뜨였다.

서 있었다.

소년은 다시 일어났다.

상처투성이가 되었으면서도, 루벨라이트색 눈을 치켜뜨고, 아이즈 너머의 미노타우로스를 노려보고 있었다.

뜨겁게 타오르는 오른손으로, 아이즈의 왼손을 움켜쥐고.

"……없어."

붙잡은 손을 잡아당기며, 경악한 아이즈를 뒤쪽으로 밀어냈다.

소년은 자신의 의지로 앞을 향해 나섰다.

"아이즈 발렌슈타인에게, 더 이상 도움만 받을 수는 없어!"

그리고 뱃속에서 나오는 목소리로 외쳤다.

허세를 부리려는 듯, 오기를 관철하려는 듯, 양보할 수 없는 마음을 내세우려는 듯.

칠흑의 나이프를 든 소년을 앞에 두고, 미노타우로스도 눈을 크게 뜨더니──── 사납게 웃었다.

그의 오기에 호응하듯 대검 칼날을 들이댄다.

'왜, 어째서────'

믿을 수 없다.

아이즈는 알고 있다.

그가 단순한 소년임을.

마음 착하고 지극히 새하얀, 그저 평범한 아이라는 사실을.

도저히 모험자의 '그릇'이 아님을.

'──어떻게'.

그런데도.

일어났다.

단순한 소년이.

결코 '그릇'이 아니었어야 할 아이가, 결의를 담아 일어났다.

"크윽!!"

갑옷을 잃은 팔다리를, 피투성이가 된 등을 떨며, 소년이 일어났다.

자신의 적만을 노려보며, 그는 가혹한 전투에 나서려 했다.

'안 돼──'

기다려.

아이즈가 입을 열고 몸을 내밀려 했던── 그때.

소년의 등에, 과거의 광경이 겹쳐졌다.

『──아이즈, 거기 있으렴.』

마지막으로 보았던 아버지의 등이 겹쳐졌다.

"_____"

한 줄기 바람의 검을 들고, 말을 남기고, 결전에 임하던 아버지와 소년의 등이 겹쳐졌다.

한 '영웅'의 모습과 소년이 한데 겹쳐졌다.

크게 뜨인 눈. 움직일 수 없었다.

마음과 몸이 따로 떨어져, 어린 아이즈가 뻣뻣이 서 버렸다.

'——아.'

아이즈는 이해했다.

그 광경을 앞에 두고, 기억을 다시 일깨우며 이해하고 말았다.

'그릇'이 아니었던 자신의 껍질을 깨고, 그는 지금 '모험자'가 되었음을.

'영웅'으로 가는 길을, 한 걸음 내디뎠음을.

"승부다……!"

그리고 소년은.

'모험'에 나섰다.

🔥

아버지가 칠흑의 소용돌이에 뛰어들었던 것처럼.

소년이 붉은 맹우에 맞서나간다.

눈동자에 새겨졌던 과거의 광경이, 벨과 미노타우로스의 전투를 통해 되살아났다.

그를 막지 못했던 아이즈는 그 자리에 가만히 서 있었다.

소리를 내지도, 움직이지도 못했다.

모든 소리가 멀어지고, 시야가 그 싸움만을 비추었다.

거칠게 날뛰는 맹우의 대검과 그 밑을 빠져나가는 소년의 나이프. 포효와 외침이 녹아들고 공격이 교차한다.

불꽃이 튀고 핏방울이 날고, 찢어지는 무기의 충돌성이 이어진다.

호각이었다.

서로의 목숨을 건 일대일 대결.

싸우는 법을 가르쳐주었던 아이즈조차 눈을 의심할, 인간과 괴물의 사투.

소년은 모든 것을 걸고 눈앞의 적을 타도하려 했다.

"——비켜, 아이즈! 내가 할 테니!"

다가오는 베이트의 목소리가 아이즈의 등을 두드렸다.

약자를 용서하지 못하는 웨어울프 청년은 소년을 구하려 했다.

"야, 뭘 멍하니 뻗대고 서서⋯⋯."

그리고 아이즈의 앞으로 나가려고 그녀의 옆에 나란히 선 그는, 걸음을 멈추었다.

경악에 크게 뜨인 금색 눈동자를 보고.

"⋯⋯아앙?"

베이트도 알아차렸다.

"엑…… 어, 어라?"

"……누가 Lv.1이라고?"

티오나도, 티오네도 깨달았다.

"내 기억이 옳다면……."

핀도 알아차렸다.

"한 달 전 베이트의 눈에는 저 소년이 **완전한 신출내기**로만 보였던 거 아닌가?"

현저한 '성장'을—— 가공할 변모를 거둔 소년이, 오기와 마음을 부르짖으며 '모험자'가 되었음을.

『부워어어어어어어어어어어어어어어어어어어어어어어어어어!!』

"아아아아아아아아아아아아아아아아아아아아아!!"

포효가 내달렸다.

몬스터와 휴먼이 정면으로 충돌해, 힘과 속도의 싸움을 이어나갔다.

정신이 들고 보니 모두가 아이즈의 곁에 모여 있었다.

베이트가, 티오나가, 티오네가, 핀이, 파룸 소녀를 안아든 리베리아가.

모두가 입을 다문 채, 그 싸움을 가장 가까운 곳에서 지켜보았다.

두 눈을 떨며, 그 광경에 빨려 들어간 아이즈와 마찬가지로.

흥미와 흥분을 품을 수밖에 없었다.

"'아르고노트'……."

문득.

티오나가 조용히 중얼거렸다.

그것은 어떤 동화.

영웅을 꿈꾸던 청년이, 사람들의 악의와 기구한 운명에 휘둘리는 이야기.

정령에게 사랑받고, 우인(牛人)을 타도하며, 한 왕녀를 구해내는 영웅담.

어머니가 가르쳐주고 들려주었던, 그녀가 사랑한 이야기 중 하나.

"나 그 동화 좋아했는데……."

티오나의 목소리가 아이즈의 귓전을 흔들었다.

눈앞의 광경을 영웅담의 한 장면에 겹쳐보듯 중얼거리며, 그녀는 두 손을 가슴에 끌어안았다.

그렇다.

그것은, 분명, 아마도, 영웅담의 한 페이지였을 것이다.

아득히 차원이 낮은 투쟁임에도, 아이즈를 비롯한 제1급 모험자의 시선을 움켜쥔 채 놓아주지 않는 광경.

아이즈 일행이 분명 잊어버렸던 것.

신들이 언제까지고 지켜보며 사랑했던 【파밀리아 미스】.

"『─────────────────아아아아!!』"

결전이었다.

타협을 저 멀리 내팽개치고 맞부딪친다. 처절한 일진일퇴. 멈추지 않는 가속.

인간과 괴물이 서로 목숨을 깎아대는 결전의 풍경.

아이즈의 가르침을 결실로 승화시키며, 전심전력을 다해 소년은 맹우와 격돌했다.

사력을 쥐어짜내고 혼신의 힘을 다해, 방심과 자만심을 잊고, 그저 하나같이 승리를 갈망했다.

모든 기술을.

모든 허허실실을.

모든 임기응변을.

모든 무기를.

모든 마법을.

이 일전에 쏟아붓는다.

"파이어볼트!"

그리고.

"파이어볼트―!"

몸이 떨리고, 무기가 치솟고, 마법이 빛을 뿜는다.

신의 칼날로, 불꽃과 번개를 불러내―― 소년은 포효했다.

"파이어볼트――――――――――――――――――――――
――――――――――――――――――――――――――――――!!"

폭쇄.

『―――――――――――――――――――――――――――

―――――――――――――――――――――――――!!』

거구에 박힌 칠흑의 나이프. 몬스터의 체내에 직접 쏟아
부은 밀착 거리 포격.

몸속에서 불꽃의 꽃을 흐드러지게 피운 미노타우로스는
처절한 단말마의 비명과 함께 산산이 부서졌다.

그토록 격렬하게 날뛰던 맹우의 파편, 초원 위를 구르는
외뿔, 그리고 허공을 춤추다 지면에 박히는 '마석'.

맹우전사는 형체도 없이 사라지고, 그곳에는 소년만이
남았다.

"이겨, 버렸어……."

승리를 쟁취해낸 그의 뒷모습에 베이트가 아연실색 중
얼거렸다.

"……마인드 제로."

"서, 선 채로 기절했어……."

나이프를 휘두른 자세 그대로 움직이지 않는 소년에게
티오네와 티오나도 전율했다.

"……."

그리고 아이즈는.

한계를 넘어선 그 뒷모습에.

모든 것을 쥐어짜낸 그 모습에.

'모험'을 넘어선 그 옆얼굴에.

© Kiyotaka Haimura

온 만감과 과거의 정경이 가슴에서 넘쳐나는 것을 느꼈다.

——벨 크라넬.

아이즈는 두 번 다시 그 이름을 잊지 않을 것이다.

아버지와 겹쳐졌던 뒷모습.

영웅담의 한 페이지.

이루어내고 만 위업.

오늘, 산성을 터뜨린 '모험자'는—— '영웅'으로 갈 자격을 얻었다.

후장

모험으로

야영을 준비하는 소란이 들려왔다.

지시를 내리는 단원들의 목소리가 오가고, 주위를 달리며 돌아다니는 부츠 소리가 그 사이를 누빈다. 지면에 박힌 쇠말뚝에 밧줄을 감고 천막이 잇따라 완성되었다.

던전 제50계층.

【로키 파밀리아】는 몬스터가 태어나지 않는 세이프티 포인트에서 야영지를 세우고 있었다. '원정' 사이에 편성된 대규모 휴식기간이다.

당초 예정대로, 둘로 갈라졌던 부대는 제18계층에서 합류해 그대로 '심층' 심부에 해당하는 이곳 제50계층까지 진행했다.

계층 내에 펼쳐진 삼림은 마치 분화한 화산재에 뒤덮인 것처럼 회색이었다. 키가 큰 수목 사이에는 잎맥처럼 뻗어 나가는 맑은 냇물이 흐른다. 지면에서 수십 M이나 떨어진 아득한 머리 위의 천장에는 거대한 종유석과도 비슷한 수많은 바위들이 희미한 인광을 발했다.

거대한 회색 수목림을 내려다보는 거대한 암반 위에 【로키 파밀리아】는 베이스캠프를 마련했다. 광원이 부족하므로 야간에 가까운 이 계층에서는 천막이나 카고에 마석등을 매놓는다. 그 일렁이는 불빛 속에서, 단원들 사이에서는 작업하는 소리와 함께 또 다른 술렁임이 일어나고 있었다.

"베이트 씨네는 왜 저러지 말임까……?"

"내가 묻고 싶어……."

"다들 평소보다도 거치네요……."

라울을 필두로 캣 피플 아키와 휴먼 소녀 리네 등, 제2급 이하 파벌 구성원들은 이따금 엉거주춤하며 소곤소곤 말을 나누었다. 그들의 시선 너머에 있던 것은 아마조네스 쌍둥이나 웨어울프 청년을 비롯한 제1급 모험자들이었다.

우르가를 집어넣으려고도 하지 않고 끙끙거리며 같은 장소를 왔다 갔다 하는 티오나, 마찬가지로 쿠쿠리 나이프를 두 손에 든 채 말없이 빙글빙글 도는 티오네. 심지어 베이트는 날카롭고 험악한 태도로 【헤파이스토스 파밀리아】의 하이 스미스들까지 겁먹게 만들었다.

침착성 없이, 한 마디도 하지 않고 얼쩡거리는 그들의 분위기에 라울 이하 하급 모험자들은 당황했으며, 본영 쪽에서 지시를 내리는 간부진도 탄식했다.

천막에 씌울 천을 나르던 레피야 또한 그들과 아이즈에게 걱정스러운 시선을 보냈다.

"……."

야영지 밖에 있던 아이즈는 레피야의 시선도 알아차리지 못한 채 암반에서 계층의 경치를 바라보고만 있었다.

웅대한 수목림을 앞에 두고, 그녀의 의식은 오는 길에서 있었던 일—— 제9계층에서 목격했던 어떤 광경에 잠겨들고 있었다.

——미노타우로스 격파.

소년 벨이, 제9계층에서 맹우와의 결전을 제압한 그 후.

하급 모험자가 이뤄낸 '위업'에 모두가 할 말을 잃어, 어떤 자는 멍청히 서 있었고, 어떤 자는 흥미진진하게 지켜보는 가운데 아이즈의 눈은 소년의 등에 못 박혔다.

문자 그대로 전심전력을 쥐어짜낸 끝에, 선 채로 의식을 잃어버린 뒷모습.

석공이 만들어낸 조각상처럼 굳어버린 모험자가 드러낸 것은 등에 새겨진 【스테이터스】.

너덜너덜해진 이너웨어, 그리고 피와 흙먼지에 찌든 '팔나'가 나타내는 그 놀라운 내용에 아이즈의 두 눈은 검처럼 날카롭게 치켜 올라갔다.

올 S에 가까운 모든 어빌리티.

한계를 초월한 【스테이터스】.

【히에로글리프】를 해독한 아이즈의 가슴에서 충격의 여운이 사라질 줄을 몰랐다. 【스테이터스】의 한계돌파라는 사실을 눈앞에서 보고, 피가 술렁이는 것을, 귀를 흔드는 심장의 고동 소리를 들었다.

정신이 들고 보니, 아이즈는 혼자 소년에게 다가가고 있었다.

초원을 밟으며 한 걸음, 또 한 걸음 다가갔다. 호흡을 멈춘 옆얼굴이 던전의 인광을 받는 가운데 시야 속의 소년이 점점 커져갔다.

이윽고 아이즈는 발을 멈추었다.

소년의 곁에는 출혈의 영향 때문에 힘이 빠져나간 파룸 소녀가 쓰러져 있었다. 그녀를 내버려둔 채 금색 두 눈은 눈앞의 광경을 바라보고만 있었다.

찢겨나간 이너웨어, 피와 진흙에 가려진 【스테이터스】의 일부 어빌리티, 그리고 '스킬' 슬롯.

알고 싶다.

비원을 품은 소녀의 마음이 소년의 '성장'과 그에 얽힌 모든 것을 알고자 갈망해, 아이즈의 팔을 움직였다.

말 없는 조각상으로 변한 소년의 등에 아이즈의 손이 천천히 뻗어가고——

"——그만둬. 그 이상은 도리에 어긋난다."

"!"

곁에서 나타난 리베리아가 손목을 붙들었다.

그 【히에로글리프】의 나열에만 마음을 빼앗겨 그녀가 접근한 것도 알아차리지 못했던 아이즈는 흠칫 어깨를 떨었다.

옆을 보니 리베리아의 비취 같은 눈동자는 이쪽의 눈을 바라보고 있었다.

미아처럼 시선을 이리저리 떨었다가, 아이즈는 고개를 숙였다.

"……미안."

"……."

힘을 잃은 것처럼 손을 내린 아이즈. 리베리아도 팔을 놓아주었다.

티오나, 티오네, 베이트, 핀은 소년의 비밀 앞에 멍하니 선 그녀들을 말없이 지켜보았다.

아이즈는 이내 소년의 진단을 시작한 리베리아를 거들었다. 등에 겉옷을 입혀주고, 소년의 얼굴—— 상처투성이 앞머리로 눈이 가려진 벨의 얼굴에, 참회하듯 눈을 떨구었다.

잠시 후 파룸 소녀를 안은 리베리아와 함께 아이즈는 소년을 등에 업었다.

그들을 바벨의 치료실로 데려갔으면 한다고 핀에게 청했다.

허가를 받아 두 사람은 일단 지상으로, 핀 일행은 조금 떨어진 룸에서 합류하기 위해 정규 루트로 각각 향했다.

올라가는 동안 리베리아와는 한 마디도 말을 나누지 않은 채, 그저 등에 엎인 소년의 무게만을 느끼며 아이즈는 그를 바벨의 치료실로 옮겼다.

침대 위에 눕힌 벨과 소녀의 용태를 지켜보며, 담당자에게 부탁해 홈에서 불러온 【로키 파밀리아】의 구성원에게 미노타우로스의 '상층' 출현, 그리고 그에 얽힌 전말을 길드에 보고하도록 명령했다.

그리고 리베리아의 지시로 치료실에서 뛰쳐나간 단원과 엇갈려 어린 여신이 뛰어들었다.

"벨?!"

숨을 헐떡이는 여신 헤스티아는 침대 위의 소년과 소녀

를 번갈아 바라보더니 온몸에서 힘을 쭉 뺐다.

권속이 실려 왔다는 말을 듣고 달려왔는지, 점포의 제복으로 보이는 차림을 한 주신은 조용히 잠든 소년의 얼굴을 보고 가슴을 꾸욱 붙들며 눈물을 흘렸다.

치료시설을 나가려던 아이즈와 리베리아는 발을 멈추고 그녀에게 사정을 설명해주었다.

"……고맙구나."

잠자코 듣고 있던 헤스티아는 감사 인사를 하고, 고개를 끄덕인 아이즈와 리베리아는 그 자리를 떠났던 것이었다.

그 후, 서둘러 던전에 돌아간 아이즈와 리베리아는 핀일행과 가레스가 이끄는 후속부대와 무사히 합류했다.

제18계층에서 재편성된 원정대는 그대로 '심층'으로 출발했으며.

도중에 벨의 '모험'에 자극을 받은 젊은 제1급 모험자들이 피가 끓어 몬스터를 적극적으로 격파해버리는 바람에, 내려가는 길임에도 겨우 엿새라는 짧은 기간 사이에 이곳 제50계층에 도달했다. 자신들을 내버려두고 미쳐 날뛰는 선배들을 보면서 사정을 모르는 라울 이하 하급 구성원들은 아직까지도 당황하는 것이다.

'나는…….'

회상에 잠긴 아이즈는 그날로부터 한시도 잊지 않았던 자문자답을 되풀이했다.

소년의 용감한 모습── 달아올라 열기를 주체할 수 없는 마음.

아버지와 겹쳐지기까지 했던 뒷모습── 되살아나는 추억.

그리고 【스테이터스】의 한계돌파── 눈앞에 나타난 높은 경지에 대한 가능성.

온갖 광경과 함께 솟아오르는 감정이 아이즈의 가슴속을 휘저어댔다.

야영지에서 준비를 마친 【로키 파밀리아】는 식사에 들어갔다.

캠프파이어를 에워싸듯 캠프의 중심에 커다란 원을 그리며 앉은 단원들에게, 이제까지의 '원정'에서도 그러했듯 진수성찬이 배급되었다. 제50계층까지 답파한 단원들에 대한 치하와 사기 유지를 겸한 호화로운 메뉴였다. 미르츠를 비롯한 미궁산 과일과 말린 고기, 큰 솥에 끓인 수프가 나왔다.

【헤파이스토스 파밀리아】의 하이 스미스들도 함께 모여 떠들썩한 회식이 시작되었다.

"오는 동안 분위기가 좀 이상하던데, 무슨 일이라도 있었는가?"

보초 몇 명이 야영지 주변을 경계하는 가운데 말린 고기를 입에 머금고 수프 접시를 든 츠바키가 아이즈 일행 사이에 털썩 앉았다.

그녀가 이끄는 하이 스미스들은 역시 호위가 필요 없을 정도의 실력을 자랑했다. 이따금 발생하는 몬스터의 기습을 각자의 무력으로 해결했으며, 이상사태에도 동요하는 일 없이 대응하고 【로키 파밀리아】의 지시에 따랐다. 츠바키는 레어 몬스터를 발견하면 드롭 아이템을 노리고 혼자 대열에서 벗어나 태도를 휘둘러 숭덩숭덩 참살해버렸을 정도였다. 그녀는 몇 번이나 주의를 받은 끝에 리베리아에게 지팡이로 얻어맞고 나서야 겨우 얌전해졌다. 이런저런 일이 있기는 했지만, 이 계층에 오기까지 희생자는 스미스를 포함해 한 명도 나오지 않았다.

한데 묶은 흑발을 출렁이며 대놓고 물어보는 하프드워프에게, 아구아구 식사를 입에 넣고 있던 티오나가 입을 열었다.

"18계층에 도착하기 전에 엄청난 모험자를 봤거든~. 도저히 가만있을 수가 없어서 말야."

"호오, 이름은?"

"어…… 크라 벨넬?"

"흠흠, 메모메모."

유망한 모험자── 무기를 사용해줄 사람의 명부에 적어넣는 츠바키와 티오나 사이의 얼빠진 대화를 내버려둔 채 아이즈는 묵묵히 영양보급에 힘썼다.

여전히 생각에 잠겨, 루루네에게 받은 휴대식량 하나를 먹는 데서 그쳤다.

"마지막 회의를 시작하겠다."

식사를 마친 아이즈 일행은 핀을 중심으로 향후 원정의 최종확인을 시작했다.

조리기구를 정리하고 둥글게 둘러앉은 단원들은 귀를 기울였다.

"사전에 전달했듯 51계층부터는 선발한 1개 파티로 공략을 개시한다. 남은 사람들은 【헤파이스토스 파밀리아】와 함께 캠프를 방어한다."

제51계층부터는 서포터라 해도 최소한도의 능력을 가진 자가 아니고서는 데려갈 수 없다. 대부대가 되면 그만큼 지휘에 애를 먹고, 시간도 늘어나게 된다. 파티의 기민성을 중시하기 위해서라도 미답파영역은 【파밀리아】의 최정예들이 공략하게 된다.

남은 자들은 보급 거점인 베이스캠프를 방어하는 역할이다.

미답파영역 공략개시는 충분한 휴식을 취한 후 내일.

"파티에는 나, 리베리아, 가레스……."

제1급 모험자인 수뇌진과 간부까지 일곱 명의 이름이 핀의 입에서 나온 후, 지원을 맡을 단원들이 호명되었다.

"서포터로는 라울, 나르비, 아리시아, 크루스, 레피야……."

원래부터 알고는 있었지만, 선발된 레피야는 누구에게
도 들리지 않을 정도로 살짝 목을 울렸다. 모두 Lv.4인 서
포터들 사이에서 유일하게 Lv.3인 엘프 마도사는 조용히
긴장하고 있었다.

그런 한편 핀은 방어할 때의 주의사항, 부식액을 방출하
는 애벌레 몬스터에 대한 대항책, 그리고 야영지의 지휘자
에 대해 속속 전달했다.

"캠프에 남는 자들은 예의 신종 몬스터가 출현할 경우
'마검' 및 '마법'으로 원거리에서 대응하도록. 접근을 허용
하지 않도록 감시를 태만히 하지 마라. 지휘는 아키 네게
맡길게."

"네."

서포터로 동행하는 라울 대신 캣 피플 여성 단원이 통솔
자로 임명되어, 그녀는 자리에서 일어나 고개를 끄덕였다.

"츠바키도 무기 정비사로 우리와 동행해줘."

"음, 그리 하겠네."

파티에 참가하게 된 츠바키는 씨익 웃으며 고개를 끄덕
였다. Lv.5 스미스는 두려워하는 기색도 없이 아직 보지
못한 미궁의 영역에 가슴이 설레는 모양이었다.

잠시 후 전달사항이 모두 끝나자, 땅바닥에 책상다리를
하고 앉아 있던 츠바키가 힘차게 일어났다. 한층 목소리를
높여 핀 일행에게 말했다.

"그럼 전할 것을 전해두겠네!"

그녀가 눈짓하자 하이 스미스들이 짐 속에서 흰 천에 싸인 무구를 가져왔다.

아이즈와 리베리아를 제외한 제1급 모험자들 앞에 놓인 무구는 도합 다섯 개.

"주문받은 물건…… '뒤랑달'일세."

핀, 가레스, 베이트, 티오나, 티오네. 제1급 모험자들은 각자의 무기를 들고 이를 감싼 천을 풀었다.

그곳에서 나타난 거울 같은 은색 광채.

"연작 시리즈《롤랑》. 각자의 요청대로 만들었네."

제1급 모험자들은 손에 든 각자의 무기를 빤히 바라보았다.

핀은 장창, 가레스는 그레이트 배틀액스, 베이트는 쌍검, 티오나는 대검, 티오네는 할버드.

예리한 광택을 뿜어내는 불괴의 무기들. 마스터 스미스인 츠바키가 제작한 것인 만큼 다섯 자루의 무기는 예술품과도 같은 아름다움을 가졌으며, 동시에 뛰어간 경도와 위력을 내포했음을 칼날에 드러냈다.

사용자들이 손에 든 《롤랑》 시리즈의 감촉을 확인하는 동안 주위에 있던 단원들은 조형미와 기능미를 겸비한 수페리오르즈에 감탄의 한숨을 흘리고 있었다.

"고마워, 츠바키. 지정한 대로야."

"생각보다 가볍구먼, 《뒤랑달》 무기는."

장창을 어깨에 걸머진 핀은 마음에 들었다는 듯 미소를

짓고, 가레스는 한 손으로 배틀액스를 가볍게 머리 위로 들어 보였다.

"넌 그 멍청한 무기로 주문하지 않은 거냐?"

"그럼 어떡하라고. 우르가 같은 무기를 주문했다간 너희 몫은 '원정' 전까지 다 만들지도 못한다고 그랬는걸."

양날 쌍검을 칼집에 거둔 베이트가 초대형 무기——오버스펙을 자랑하는 우르가——의 형상과 닮게 만들지 않았느냐고 묻자 《뒤랑달》 대검을 휘두르던 티오나는 거절당했다고 입술을 비죽거렸다.

"티, 티오네 씨, 할버드로 하셨습……?"

"응. 51계층부터 나오는 놈들한테는 대형 무기가 낫지 않을까 해서."

2M이 넘는 할버드의 박력에 라울이 식은땀을 흘리고, 사용자 본인인 티오네는 시험해보듯 수평으로 휘둘러보았다. 날카롭게 바람을 가르는 소리를 내는 대형 폴 암에 그녀는 정말로 가볍다며 눈을 가늘게 떴다.

"재질에 신경을 써서 위력을 추구했다네. 무기의 형상에 따라서도 다르겠지만 제2등급 무장 수준의 공격력은 보장하네."

팔짱을 낀 츠바키는 자신의 작품을 든 사용자들을 보며 만족스럽게 고개를 끄덕였다.

뒤랑달이라고 해도 격렬한 전투가 이어지면 점점 무뎌지고 공격력이 떨어지므로, 원정 당초부터 지급하지는 않고 본 공략인 제51계층 진출을 앞둔 이 타이밍에 넘겨준 것이다.

제1급 모험자들의 새로운 무기에 다른 단원들의 흥분이 가라앉지 않는 가운데, 이윽고 핀이 입을 열었다.

"그러면 내일을 대비해 해산하겠다. 보초는 4시간 교대로 하도록."

지시에 따라 단원들은 주위로 흩어졌다.

할당받은 천막으로 돌아가는 사람, 보초를 교대하러 가는 사람, 하이 스미스들에게 상담을 하러 가는 사람 등등 제각각이었다.

아이즈도 자리에서 일어나 그 자리를 뜨려 했지만.

"【검희】."

그 자리에 다가온 츠바키가 불러 세웠다.

안대를 하지 않은 붉은 오른쪽 눈으로 바라보던 그녀는 손가락으로 아이즈의 허리를 가리켰다.

"자네 무기를 봐 주지. 정비가 필요할 테니."

그녀가 가리킨 것은 현재 계층에 오기까지 계속 사용했던 《데스퍼러트》였다. 몬스터들과의 교전은 물론이고 오탈과의 격렬한 전투 때문에 분명 날이 소모되긴 했다.

"……부탁드릴게요."

무기의 상황을 적확하게 간파한 장인의 제안에 아이즈도 순순히 고개를 끄덕였다.

단원들이 해산해 인적이 사라진 야영지 중앙.

수많은 천막에 에워싸인 장소에서, 휴대용 화로와 연마석을 꺼낸 츠바키는 아이즈에게서 《데스퍼러트》를 받아들었다. 옷을 벗고 하카마와 사라시만을 걸친 차림이 되어선 그 풍만한 가슴과 갈색 피부를 드러낸 채 그녀는 무기 정비를 시작했다.

그녀의 정면에서, 아이즈는 조그만 좌대에 앉았다.

"그건 그렇고, 그 조그맣던 계집애가 지금은 도시를 대표하는 모험자라니."

야영지 곳곳에서는 츠바키와 아이즈처럼 무기 정비를 부탁받은 하이 스미스와 이를 지켜보는 모험자들의 모습이 드문드문 보였다.

많은 이들이 컨디션 조정에 여념이 없는 가운데, 츠바키는 눈앞의 아이즈에게 말을 걸었다.

"침 발라놓을 걸 그랬나? 아깝게 됐지 뭔가."

작업을 하며 껄껄 웃는다.

직접계약까지는 아니더라도 실력 있는 모험자를 고객으로 만들어놓지 못해 유감이라고 말하는 츠바키의 말투에서는 내용과는 달리 아쉽다는 감정이 엿보이지 않았다.

아이즈가 【로키 파밀리아】에 입단하기 이미 오래 전부터 오라리오에 있었던 그녀는 추억담을 꺼내듯 과거를 돌이켜보고 있었다.

"10년 전, 아니, 9년 전인가? 그때 자네는 칼집 없는 칼

같았다네."

"……."

"칼날이 아무리 너덜너덜해져도 싸우고 또 싸우고. 저러다 죽겠구만, 생각했지. 일찌감치."

그렇게 조그마했으니 말이야, 라고 말하는 츠바키의 목소리에 아이즈는 잠자코 귀를 기울였다.

그녀의 손에 들린, 마모된 검의 표면을 바라보며.

"【검희】. 솔직히 말하겠네. 나는 그때 자네에게 무기를 만들어주고 싶다는 생각이 전혀 없었다네."

평소 같으면 소질 있는 모험자── 빛을 발하려 하는 원석을 보면 스미스의 실력은 근질거리는 법. 그러나 아이즈에게서는 그것이 느껴지지 않았다고.

《데스퍼러트》를 연마하며 츠바키는 그렇게 말했다.

"당연한 노릇 아닌가. 자신을 한 자루의 검으로밖에 생각하지 않는 놈에게 왜 무기를 만들어주겠나."

"저는……."

"그래. 자네는 무기의 사용자가 아니라 우리가 만들어내는 무기 그 자체야."

어미를 흐린 아이즈의 말을 이어받아 츠바키는 그대로 단언해버렸다.

"【검희】라니 참으로 얄궂은 별명이라고, 당시 신들이 내려준 그 이름을 보고 한참 웃었다네."

"……."

"언제 부러질지, 그것만이 걱정이었네."

츠바키는 검에서 시선을 떼고, 치켜올린 입술로 악취미스러운 웃음을 지었다.

몇 년 전까지만 해도 소녀는 그저 위태롭게, 칼날이 다 빠진 검을 든 채 싸우고 또 싸웠다고.

'비틀거리며 달리면 언젠가 반드시 넘어진다'는, 로키가 줄곧 들려주었던 말이 갑자기 머릿속에 되살아났다. 주신의 충고를 떠올린 아이즈는 지금 눈앞에 있는 츠바키의 오른쪽 눈을 가만히 쳐다보았다.

그러자 츠바키는 부드럽게 웃었다.

"하지만 변하셨네, 자네는."

"네……?"

"둥글어지셨단 말일세. 항간에서는 인형이니 뭐니 지껄이지만, 표정이 부드러워지셨어."

외눈으로 모든 것을 꿰뚫어본 것처럼 츠바키는 오른쪽 눈을 가늘게 뜨고 지적했다.

한편 그녀의 말에 아이즈의 얼굴은 흐려졌다.

아이즈에게도 자각은 있었다. 자신은 더 이상 '검'이 아니라고.

변했다는 타인의 지적이, 비원을 위해 모든 것을 내팽개치고 싸우기만 하던 당시의 자신과 달라졌다는 무엇보다도 큰 증거였다.

이루어야만 하는 비원에 대한 집착이 흐려져간다는 사

실에 우려를 품었다.

오탈을 비롯한 【프레이야 파밀리아】와의 전투, 그리고 소년의 한계돌파가 뇌리를 스친 아이즈는 견디지 못하고.

"제가…… 약해진 것 같나요?"

그렇게 츠바키에게 묻고 있었다.

더 이상은 칼집 없는 칼이 아닌 자신은, 송곳니가 꺾인 짐승과 마찬가지가 아니냐고.

"강해지지 않으셨나. 레벨도 팍팍 오르고."

"그런 게 아니라……!"

껄껄 웃는 하프드워프에게 아이즈는 보기 드물게 목소리를 높였다.

인형이라 불릴 정도로 감정이 희박하던 표정이 흔들리고 있었다.

'난…….'

자신은, 과거에 보답을 하고 있는 것일까.

소년의 등을 통해 보았던 아버지의 모습을 떠올리고, 행복에 잠길 뻔했던 자신을 발견해버렸다. 이래도 되는 걸까, 초조함을 느끼고 말았다.

아이즈가 그렇게 눈을 내리깔고 있는 동안 잠시 검을 정비하던 츠바키는 눈을 감고 웃음을 지었다.

"날카로워지진 않았을지도 모르네. 그러나 그건 검으로 치자면 칼집을 발견했다는 뜻이지."

고개를 든 아이즈에게, 입가에 웃음을 남긴 채 말을 잇는다.

"칼집에 보호를 받으면서 검은 항상 날카로워야 할 필요성이 사라지네. 그리고 한번 베어야 할 적과 마주하면, 보호를 받던 검은 칼집에서 튀어나와 빛을 뿜어내지."

칼날을 담아야 할 칼집, 한 자루의 검이고자 하는 아이즈가 쉴 곳.

소녀를 바라보며 츠바키는 또박또박 단언했다.

"다시 말해, 동료라는 걸세."

공기를 가르는 소리가 울리고 있었다.

부웅, 부웅. 소리와 함께 공기를 가르는 것은 은빛을 뿜어내는 거대한 검신이었다. 돔 형태의 계층 천장에서 내리쪼이는 별빛 같은 인광을 받으며, 긴 파레오를 나부끼는 갈색 피부의 소녀가 검무를 추고 있었다.

"우웅~ 우르가가 아니면 역시 영 어색해~."

한 손으로 든 뒤랑달 대검《블레이드 롤랑》을 든 티오나는 손맛이 다르다며 연신 고개를 갸웃거렸다.

애벌레 몬스터에 대적할 새 무기에 적응하기 위해, 아마조네스 소녀는 야영지 내에서도 동쪽 끄트머리, 거목이 우거진 수목림을 내다볼 수 있는 암반 가장자리에서 혼자 검을 휘둘러대고 있었다.

잔상이 남을 정도로 빠르게 공격 자세를 한바탕 시험해 본다.

갈색의 나긋나긋한 팔다리가 달아올라 살짝 불그레해졌다. 잘록한 허리나 배꼽에 땀이 흐른다.

한동안을 그렇게 하고서야 티오나는 겨우 휴우 한숨을 쉬며 팔로 얼굴을 훔쳤다.

그런 그녀에게 한 드워프가 못 말리겠다는 투로 말을 건넸다.

"쉬라고 해도 말을 안 듣는구먼."

"아, 가레스다."

야영지 방향에서 걸어온 가레스에게 티오나는 대검을 어깨에 걸머지며 대꾸했다.

"그래도 말야~ 가만히 있을 수가 없는걸. 뭐랄까, 몸이 달아서."

"……오다가 봤다는 모험자 꼬마 때문에 말인가?"

"응!"

가레스의 말에 티오나는 신이 난 표정으로 고개를 끄덕였다.

티오나 일행과는 달리 후속부대에 있었던 가레스는 이곳 제50계층에 오면서 핀을 통해 그녀들이 무엇을 보았는지를 들었다. 평소에도 넘쳐나는 활력에 한층 생생함이 더해진 눈앞의 소녀에게 가레스는 한숨을 내쉬었다.

어디 사는 누구인지는 몰라도 쓸데없는 짓을 했다고, 핀이 말해주었던 모험자 소년에게 푸념을 늘어놓고 싶은 기분이었다.

"진짜 대단했다니깐?! 동화에 나오는 영웅들처럼 모험을 하고 말야~!"

그의 내심을 전혀 모르고 티오나는 흥분한 어조로 말을 시작했다.

"상대가 자기보다 강하다는 걸 알면서도 싸우더라니깐! 게다가 이겼어!!"

자신의 일처럼 뺨을 붉히며 희희낙락 웃던 티오나는 머리 위를 올려다보았다.

인광을 밝힌 무수한 바위기둥이 늘어진 돔 천장, 그리고 그 너머.

소년이 싸웠던 아득한 위쪽의 계층을 올려다보듯.

"내일은 무슨 일이 있어도, 무슨 적이 나와도 난 그 아이처럼 싸울 거야! ……그리고 아이즈도, 레피야도 다 지킬 거야."

머리 위를 올려다본 채, 별가루처럼 빛나는 계층 천장에 눈을 가늘게 뜨는 티오나.

주눅 들지도 않은 채 다 함께 귀환하리라 믿어 의심치 않는 소녀의 모습에 가레스는 슬쩍 웃었다.

"역시 이 녀석은 걱정해봤자 소용이 없었구먼……."

쓴웃음과 함께 중얼거리며, 등 뒤에 놓아두었던 그레이트 배틀액스를 손에 들었다.

의아한 표정으로 바라보는 티오나에게 그녀의 것과 같은 뒤랑달 도끼를 겨누었다.

"잠깐 놀아줌세. 덤비게."

"정말?!"

"그 다음에는 몸을 식히고 곧바로 자는 게야."

"응!"

가볍게 웃는 가레스에게 티오나는 만면의 미소로 대답했다.

대검을 붕붕 울리며 눈 깜짝할 사이에 드워프와 무기를 시험하기 시작한다.

맞부딪치는 무기의 격렬한 선율이 자장가 대신 소녀의 귓전을 두드려주었다.

"아이즈 씨의 짐이 되어선 안 돼, 짐이 되어선 안 돼……."

웅얼웅얼.

천막 안에서 혼자 정좌한 레피야는 연신 중얼거리고 있었다.

미답파계층을 공략하는 멤버로 선발되었다. 아직 본 적이 없는 가혹한 미궁 깊은 곳에서 아이즈 일행을 지원해야만 한다.

두 눈을 감고 명상에 잠긴 레피야는 내일이야말로 충분한 힘을 발휘할 수 있도록, 주문처럼 그 말을 자신에게 되풀이했다.

"……실수해선 안 돼…… 내일은 실수해선 안 돼."

그러나 이제는 정신통일에서 탈선해 저주의 문언 같은

분위기까지 띠기 시작한 말은 중압감에 박차를 가했다. 온몸이 뻣뻣하게 굳고 심장 고동 소리가 몸 밖까지 새어 나올 정도로 긴장감을 드러냈다.

"어깨에 너무 힘이 들어갔는데?"

"흐이약?!"

누군가가 어깨를 콱 잡는 바람에 레피야는 비명을 지르며 펄쩍 뛸 만큼 놀라 황급히 뒤를 돌아보았다.

"티오네 씨?! 언제 오셨어요?!"

"너도 눈치 좀 채라……."

텐트에 혼자 들어온 티오네는 레피야의 반응에 어이없어했다.

여전히 심장이 벌렁거렸지만, 그러거나 말거나 티오네는 바로 곁에 털썩 앉았다.

"티, 티오네 씨는 무슨 일로……?"

"음― 몸의 열기가 식질 않아서 바보 동생처럼 무기나 휘두를까 했는데…… 단장님 부탁을 받았거든."

"?"

까만 장발을 손가락으로 만지작거리는 그녀에게 레피야가 고개를 갸웃거리고 있자, 티오네는 휘릭 얼굴을 돌려 빤히 들여다보았다.

"그래서, 뭘 하고 있었어?"

"어, 그게…… 내일은 실수하지 않도록, 명상을……."

말을 흐리며 고개를 숙이는 레피야. 자신의 역량이 이

심층영역에 따라가지 못한다고 자각하는 그녀의 목소리는 제1급 모험자를 앞에 두자 자연히 오그라들고 있었다.

그렇게 부담을 느끼는 후배의 모습에 탄식한 티오나는 다가가더니, 레피야의 뺨을 두 손으로 붙잡았다.

"어⋯⋯?"

"레피야."

"네, 네엣?!"

갑작스런 일에 레피야가 얼굴을 붉히자 티오네는 붉어진 뺨을 부드럽게 감쌌다.

"전에 51계층에서 아이즈가 그랬지? 레피야는 우리가 지키겠다고, 여유 가지고 거들먹거려."

뺨에서 전해지는 손의 온기를 느끼며 레피야는 눈을 깜빡거렸다.

언니처럼 타이른 티오네는 눈앞에서 속삭이듯 말을 이었다.

"그리고 그런 우리를 구해주는 게⋯⋯."

"⋯⋯저의, '마법'."

대답한 레피야에게 티오네는 웃음을 지어주었다.

이윽고 그녀는 친동생보다는 조심스럽게 상대를 끌어안으며 머리를 이리저리 문질러주었다. 레피야는 얼굴이 새빨개졌지만 티오네의 말과 피부를 통해 전해지는 체온에 어깨에서 힘이 빠져나가는 것을 알 수 있었다.

부끄러워하며, 마치 사이좋은 자매처럼 몸을 맞댄다.

"가, 간지러워요오…… 꺄악!"

웃으며 몸을 뒤트는 바람에 균형을 잃고 바닥에 함께 쓰러져버렸다.

선황색 머리카락과 흑발을 바닥천 위에 펼치며 벌렁 드러누운 레피야와 티오네는 바로 곁에 있는 서로의 눈에 키득키득 웃음을 나누었다.

"불안하면 같이 잘까?"

"그, 그건…… 어, 그래도 괜찮으시겠어요?"

"물론. 티오나는 잠꼬대가 시끄러운 데다 잠버릇도 안 좋아서 같은 텐트에선 제대로 잘 수가 없는걸."

이마를 맞대는 티오네에게 레피야는 뺨을 붉히며 다시 웃음을 지었다.

내일 처음으로 들어서는 미답파영역에 각오를 다지며, 지금은 그것을 조금만 잊기로 했다.

이렇게 또 온기를 나눌 수 있도록, 내일은 자신의 역할을 다하리라고 레피야는 가슴속으로 중얼거렸다.

"뭣하면 단장님 천막에 쳐들어갈까? 단장님을 쿠션 삼아 안고 자면 내일은 나도 최고의 컨디션으로 싸울 수 있을 것 같은데."

"그, 그건 좀……."

"으아…… 이거 어떡하면 좋지 말임다……."

야영지에 마련된 대형 천막.

여러 명의 남성 단원에게 배정된 텐트 안에서 라울은 어떤 엘프 마도사 이상으로 긴장하고 있었다. 천막 구석의 의자에 앉아 두 다리를 바들바들 떤다.

휴식 삼아 카드 게임을 하던 다른 사람들이 그를 걱정스레 쳐다보았다. 지금 이 천막에 있는 남녀 혼성 단원들은 라울을 제외하면 야영지의 방어를 명령받은 잔류팀이었다.

그렇다. 이 중에서는 라울만이 핀 일행과 함께 미답파영역으로 가는 것이다.

무기인 라이트소드와 버클러를 점검하던 캣 피플 여성단원이 한심한 모습을 보다 못해 눈앞까지 다가왔다.

"뭐 하는 거야, 라울. 정신 똑바로 차려."

가녀린 손에 왼쪽 어깨를 붙들려 라울은 고개를 들었다.

"아, 아키……."

창백해진 그의 표정을 보고 캣 피플 여성 단원, 아키는 낯을 찡그렸다.

"51계층 내려가는 게 처음도 아니면서 왜 그래. 넌 몇 번이나 살아 돌아왔으니까 자신 좀 가지라고."

어조는 퉁명스러워도 격려해주는 검은 고양이 여성에게 말문이 막힌 라울은 면목 없다며 고개를 숙였다.

아나키티 오탐. 라울과 마찬가지로【로키 파밀리아】소속의 Lv.4인 제2급 모험자. 이름이 부르기 어렵다며 친한 사람들은 '아키'라 줄여 부른다.

아름다운 검은색 털결을 자랑하는 귀와 꼬리에 어깨까지 똑바로 늘어진 같은 색깔 머리카락. 여자를 좋아하는 주신의 눈에 들어 스카우트를 받은 만큼 가녀리면서도 매우 고운 얼굴을 가졌다. 또한 핀에게서 야영지 방어 지휘를 명령받은 점을 봐도 알 수 있듯 【스테이터스】를 비롯해 여러 방면의 능력이 뛰어나다.

라울이 보기에도 아나키티 오탑은 자신보다 훨씬 우수했다. 냉정하고 침착하며 배짱도 두둑하고, 이렇게 자신의 등을 밀어준다. 제1급 모험자가 모두 자리를 비운 베이스캠프의 총지휘를 임명받은 것도 수긍이 갈 정도였다.

"으으, 그치만, 전에는 그놈의 신종에게 죽을 뻔했고 이번에야말로 틀린 것 같지 말입다…… 아키. 만약에 내가 못 돌아오면 방에 꿍쳐둔 저금은 고향 집으로 보내주는 거지 말입다……."

"아이 참, 또 그런다."

나이도 입단 시기도 거의 비슷한 라울과 아키는 아이즈를 비롯한 주력 파티를 지탱하는, 말하자면 【파밀리아】 제2군의 중추 멤버였다. 주력 멤버들과 이따금 함께 행동하기도 하는 그들의 대화에, 듣고 있던 단원들 중 한 소녀가 조심스레 손을 들었다.

"저기, 51계층 아래쪽은 그렇게 위험한가요?"

땋은 머리를 찰랑찰랑 흔드는 휴먼 소녀 리네의 말에 라울은 부르르 몸을 떨었다.

"목숨이 몇 개씩 있어도 모자라지 말임다."

청년은 떨리는 목소리로 말을 이었다.

"던전 52계층부터는 **지옥**이지 말임다. 50계층까지 익힌 상식은 거기서부터는 더 이상 통하지 않슴다."

너무나도 절박한 그의 목소리에 천막 안의 분위기가 싸늘해졌다.

하급 구성원들은 일제히 말문이 막히고, 아키조차 입술을 꾹 다문 채 아무 말도 하지 않았다. 누군가가 꼴깍 침을 삼킨 후 텐트 안에는 침묵만이 자리를 잡았다.

그때 출입구 천막이 열리며 들어온 사람이 말했다.

"――라울, 필요 이상으로 주위를 겁주지 마라. 윗사람으로서 실격이다."

"리, 리베리아 씨…… 죄송함다."

그 자리에 있던 모든 엘프들이 황급히 예를 표하고 라울은 황송해 고개를 숙이는 가운데, 파벌 부단장은 단원들을 둘러보았다.

"너희도 너무 긴장하지 마라. 신종 몬스터가 나온다 해도 접근하기 전에 저격해버리면 그만이다. 그 정도도 못하겠다는 말을 할 사람은 이 중에는 없겠지?"

지팡이를 한 손에 든 그녀는 비취색 장발을 출렁이며 어딘가 도발적으로 말했다.

"우리가 돌아올 때까지 느긋하게 기다리고 있어라. 그래, 59계층에서 기념품이라도 가져다줄까? 기대해도 좋다."

그리고 평소의 리베리아라면 결코 하지 않을 것 같은 농담.

주위의 단원들은 픕 웃음을 터뜨렸다.

"리베리아 씨, 진짜 기대해버릴 거예요~?"

"뭣하면 대형급 몬스터의 뼈라도 가지고 오세요!"

"멍청하기는. 어떻게 들고 오란 게냐."

눈 깜짝할 사이에 화기애애해진 단원들에게 리베리아가 미소를 지었다.

단원들의 긴장을 풀기 위해 부단장인 그녀가 일부러 나서 분위기를 누그러뜨리러 와준 것이었다. 지난 '원정' 때 출현했던 애벌레 몬스터—— 이상사태의 존재 때문에 하급 구성원들 사이에서 평소보다 불안감이 커졌음을 간파했기 때문이리라. 아마도 핀이나 가레스도 다른 단원들이나 젊은 제1급 모험자들에게 말을 걸고 있을 거라고, 그들과 오래 알고 지낸 라울은 눈치를 챘다.

웃음을 지은 아키도 그와 같은 생각을 했는지 슬쩍 고개를 끄덕여주었다.

'난 아직 멀었구나…….'

저렇게까지는 못 하겠다고, 라울은 마음속으로 중얼거렸다.

겁 많고 패기도 부족한 자신. 씻을 수 없는 열등감에 사로잡혔지만, 이내 리베리아의 옆얼굴을 보며 자기도 이렇게 위대한 선배들처럼 되어야겠다고 마음을 고쳐먹었다.

이윽고 가슴속의 혈기에 몸을 맡기고 주먹을 불끈 쥐었다.

"좋았어! 지금부터 공략 전야제로 카드 대회를 거행하겠지 말임다! 다들 뭐든 걸어보지 말임다. 나한테 이기는 사람은 내가 꿍쳐놓은 전 재산을 주겠슴다!"

리베리아에게 편승하듯 단원들의 사기가 올라가도록 도박이라는 이름의 이벤트를 감행했다. 기세등등한 그의 선언에 주위가 오오 들끓었다.

"너무 까불지 마라."

"아얏?! 죄송함다!"

잘못된 방향으로 분위기를 잡으려 하는 청년의 머리에 하이엘프의 지팡이가 꽂히고, 그 뒤를 이어 처량맞은 비명과 웃음소리가 들렸다.

"……."

베이트는 말없이 전방의 경치를 노려보았다.

야영지를 구축한 거대한 암반의 서쪽 끝. 깎아지른 낭떠러지에 혼자 서서 눈 아래의 광경을 내려다보고 있다.

그 호박색 눈동자가 바라보는 것은 계층 서쪽의 벽면에 뻥 뚫린 커다란 구멍이었다.

"나한테 쓸데없는 참견은 필요 없어."

자신의 등 뒤에서 접근하는 기척에 베이트는 돌아보지도 않고 말했다.

천장의 희미한 조명을 받으며 다가가던 핀은 조그만 어깨를 으쓱했다.

그의 목적을 눈치챘던 웨어울프 청년은 결전 전야의 배려 따위 쓸데없는 참견이라고 일언지하에 잘라버렸다.

"뭘 보고 있어?"

"보면 몰라? 내일 내려갈, 지저분한 몬스터들의 소굴이지."

제51계층으로 이어지는 큰 구멍을 노려본 채 돌아서려고도 하지 않는 베이트에게 핀은 질문을 바꾸었다.

"베이트의 눈에는 엿새 전부터 뭐가 보이고 있어?"

──질끈.

베이트의 주먹에 힘이 들어갔다.

엿새 전, 제9계층에서 있었던 사건.

호박색 눈동자에 아직까지도 새겨져 있는 것은 '모험'을 넘어선 소년의 등이었다.

두 주먹을 부르쥔 베이트는 커다란 구멍에 고정한 눈에 사나운 빛을 머금었다.

"핀, 내일은 내가 전열에 선다."

발이 빠른 베이트는 보통 중견 위치의 유격수를 맡는다.

그런데도 원래는 아이즈와 티오나가 맡아야 할 전열로 교체해달라고 요구한 것이다.

억누를 수 없는 온몸의 고양감을 터뜨리듯, 선봉을 맡게 해 달라고 그는 말했다.

"신종 놈들이 나오든 괴물년이 나오든 상관없어. 전부 죽여버릴 테니까."

흉포한 짐승의 웃음을 띤 청년을 올려다보며 핀은 고개

를 끄덕였다.

"알았어."

둘이 나란히 서서 층역의 심부로 이어지는 시커먼 구멍을 바라본다.

미답파영역으로 가는 입구는 폭풍 전의 고요함처럼 침묵을 유지하고 있었다.

"……."

동료들이, 【파밀리아】라는 이름의 가족이 흩어져 있는 주위를 둘러보던 아이즈는 눈앞의 츠바키에게 시선을 되돌렸다.

"자넨 약해지지 않았네. 지켜야 할 것이 늘어났고, 그래서 지키는 데에 당황하고 있을 뿐이지."

입가에 웃음을 지은 채, 잠시 후 그녀는 휴대 화로와 연마석을 놓고 정비작업을 마쳤다.

스미스가 내밀어준《데스퍼러트》를 아이즈는 받아들었다.

"……."

자신의 손, 그리고 광택을 되찾은 칼날을 내려다본 후.

아이즈는 조용히, 은색 광채를 발하는 검을 칼집에 거두었다.

괴물의 포효가 울려 퍼진다.

어둠 속에 메아리치는 것은 귀를 찢을 듯한 단말마의 비명이었다. 살을 가르고 헤집어대는 끔찍한 소리와 격렬한 고통의 음성이 겹쳐졌다가는 갑자기 뚝 끊어졌다.

울부짖다가는 끊어지고, 울부짖다가는 끊어지고.

어마어마한 숫자의 몬스터들이 터뜨리는 절규가 메아리치는 가운데, 어둠에 남은 것은 진남색 빛을 뿜어내는 무수한 결정이었다.

회색 덩어리 속에 묻힌 그것들을 가녀린 손가락이 집어들고, 쩍 벌린 턱이 짓씹어 부순다.

『뭘. 하나.』

갑자기 어둠 속에서 사람의 말이 들려왔다.

온갖 육성이 한데 겹쳐진 듯 으스스한 음성. 남자 같기도 하고 여자 같기도 한 그 목소리에 피처럼 붉은 머리카락이 출렁거린다. 마치 모험자를 습격해 죽이고 빼앗은 것처럼 상한 흔적이 있는 배틀클로스에 감싸인 풍만한 가슴과 나긋나긋한 팔다리가 드러난다.

녹색 눈동자를 돌린 여자는 자신의 곁으로 다가온 방문자에게 싸늘한 목소리로 대꾸했다.

"보면 몰라? 식사지."

붉은 머리 여자, 레비스는 그렇게 대답했다.

장소는 어디인지도 모를 던전의 룸이었다. 출입구는 하나뿐이었으며 벽에서 빛나는 인광은 매우 희미하다. 막막

한 어둠이 펼쳐졌다.

그리고 발밑을 메운 것은 엄청난 양의 재였다.

헤아릴 수도 없는 몬스터의 사체. '마석'이 뽑혀나간 괴물의 말로가 잿더미로 높다랗게 쌓여 있었다. 몬스터를 잡아다가는 살육하는 레비스의 손에는 뽑혀나온 진남색 결정이 있었으며, 그녀는 그것을 아무렇게나 입에 털어넣었다.

빠득, 우득. 소리를 내며, 참으로 맛없다는 듯이, 그저 씹는다.

'식사'라는 말 그대로 몬스터의 핵을 포식해나간다.

눈앞의 광경에 방문자—— 진남색 후디드 로브에 기분 나쁜 무늬의 가면을 쓴 수수께끼의 인물은 짜증 섞인 목소리를 냈다.

『【검희】. 일행은. 이미. '심층'으로. 향했다. 어째서. 움직이지. 않나.』

상대의 비난에 레비스는 께느른하게 대답했다.

"너도 알 텐데? 이 몸은 지독하게 효율이 나빠."

『…….』

레비스는 다시 등을 돌렸다.

입을 다문 가면인물의 시선 너머에는 용 몇 마리가 등뼈부터 배까지 대검에 꿰뚫린 채 마치 표본처럼 땅에 박혀 있었다. 지면 깊은 곳까지 관통한 거검의 족쇄는 고통에 몸부림치는 용들의 탈옥을 허락하지 않았다.

레비스는 아직 먹지 않았던 몬스터 하나에 손을 꽂아넣

고, 솟구치는 혈액과 무시무시한 비명에도 아랑곳 않고 '마석'을 뽑아냈다.

"'아리아' 일당에게 입은 상처도 깊고. 난 쉬겠어."

심지어 '놈'은 지금의 자신보다도 강하다고, 레비스는 지금 아이즈와 싸워봤자 되레 당할 가능성이 높다고 행간으로 지적했다.

인간과 몬스터의 하이브리드, '마석'을 먹어 능력을 높이는 '강화종'이기도 한 그녀는 몬스터를 포식해 지난번 제24계층에서의 전투 때 대폭 소모된 힘을 회복하고 부상을 치유하는 데 전념하겠다고 말했다.

냉혹한 괴인 여성은 다시 진남색 결정을 씹어 부쉈다.

『제멋대로. 굴지. 마라. 만일. 일이. 잘못. 되는. 날에는…….』

"놈들은 강해. 틀림없이 그게 기다리는 59계층에 도착할걸. ……최악의 경우 '아리아'는 시체여도 상관없어."

가면인물은 뚜렷하게 혀 차는 소리를 냈다.

『에뉘오에게. 거역할. 생각이냐?』

그 말에 돌아본 레비스는 눈을 가늘게 떴다.

"네놈들이 우리를 이용하는 건 상관없어. 마음대로 해. 그 대신 우리도 마음대로 움직일 거야."

『큭……!』

"에뉘오한테 전해. 가끔은 직접 움직이라고."

후디드 로브를 부르르 떠는 상대에게 등을 돌리고 레비

스는 룸 안쪽으로 가기 시작했다.

"얘기 끝났어. 나가."

그 말과 동시에 가면인물의 발치에 뚝뚝, 붉은 피가 떨어졌다.

올려다보니 위쪽 천장에는 몇 마리나 되는 식인꽃이 꽃머리를 피운 채 꿈틀거리고 있었으며, 그 수많은 촉수에는 대량의 몬스터가 붙들려 있었다.

촉수에 붙들려 피를 흘리던 가엾은 제물 또 한 마리가 레비스에게 털썩 떨어졌다. 무기에 못 박힌 용과 함께, 식인꽃을 사역하는 괴인은 몬스터들을 먹어치워나갔다.

가면인물은 그녀의 처참한 만찬에 등을 돌리고 걸어나갔다.

다시 시작된 괴물의 절규를 등에 맞으며, 진남색 후디드 로브가 진저리를 치듯 출렁거렸다.

✦

해가 뜨지도 지지도 않는 미궁 깊은 곳에서 아침이 찾아왔음을 알려주는 것은 시계바늘뿐이었다.

진지에 세워진 수많은 천막이 계층의 어스름과 인광에 휩싸인 가운데, 소녀는 잎사귀와 나무의 도안이 새겨진 엘프 은시계의 뚜껑을 딸깍 닫았다.

검, 단장, 대쌍인, 만도, 은제 부츠, 지팡이, 대형 전투도끼, 창.

광채를 뿜어내는 온갖 무기가 수많은 모험자들의 눈빛을 받았다.

본영에 세운 트릭스터의 【파밀리아】 깃발 또한 우스꽝스러운 웃음을 지으며 지켜보는 가운데, 파룸 두령이 입을 열었다.

"——출발한다."

조용한 호령과 함께, 핀이 이끄는 【로키 파밀리아】의 정예 파티는 야영지를 떠났다.

베이스캠프에 남은 단원들과 하이 스미스들의 고함소리로 배웅을 받으며, 그들은 암반을 내려가 회색 수목림을 나아가기 시작했다.

전투원 7, 서포터 5, 스미스 1, 총원 13명의 파티.

전열은 베이트와 티오나, 중견은 아이즈와 티오네, 그리고 핀.

후열은 리베리아와 가레스. 일부 포지션에 변경이 있기는 했지만 【로키 파밀리아】 제1급 모험자 파티의 황금 포진이다. 여기에 각 포지션마다 무기와 아이템을 소지한 서포터가 2명씩 더해진 것이 이번의 대열이었다. 손님이자 정비 담당인 츠바키의 위치는 핀이 있는 중견이었다.

거대한 무기나 대형 방패가 장착된 대형 백팩을 서포터들이 출렁이는 가운데, 일행은 제50계층 서쪽 끝에 존재하는 큰 구멍으로 향했다.

"뭐야, 왜 베이트랑 전열이람~."

"시끄러, 바보 아마조네스."

벌써부터 긴장한 서포터들은 말수가 줄었지만 뒤랑달 대검을 짊어진 티오나는 그러거나 말거나 투덜거렸다. 베이트 또한 시선도 마주치지 않고 입가를 일그러뜨렸다. 그는 이번 공략을 위해 다리에는 《프로스빌트》, 허리에는 뒤랑달 쌍검 《듀얼 롤랑》, 그리고 나이프형 '마검'을 10회 이상 충전한 레그 홀스터를 두 다리에 장착해 완전무장했다.

"핫핫. 언제나 시끌벅적하군, 【로키 파밀리아】는."

긴장하는 기색도 없이 꽥꽥 말다툼을 벌이는 전열 공격수들을 보며, 태도 자루에 손을 댄 츠바키가 껄껄 웃었다. 곁에 있던 핀이 부끄러운 모습을 보였다며 쓴웃음으로 대답했다.

"레피야, 호흡이 가쁘구나. 몸에서 힘을 빼거라."

"네, 넷! 리베리아 님!"

곁에서 걷던 리베리아의 말에 후열 위치에 있던 서포터 레피야는 충고를 따랐다. 한쪽 눈을 감은 하이엘프는 평소대로 의연한 태도를 보이며, 비취색 눈으로 '거목의 마음'을 잊지 말라고 말했다.

파티의 최후방을 맡은 가레스가 수염을 만지작거리며 말했다.

"티오나나 베이트처럼 행동하라곤 안 하겠네만…… 아무튼 침착하게나. 마도사에게 필요한 것은 여차할 때의 배짱이거든. 어허, 라울. 자네도야!"

"아, 알겠심다!!"

중견 위치에 있던 라울은 한껏 움츠러들어 있다가 갑자기 날아온 큰 목소리에 등을 얻어맞고 휘청거렸다.

그야말로 여느 때처럼 제1급 모험자들에게 에워싸인 가운데, 레피야의 전방인 중견에 있던 긴 흑발의 아마조네스와 금발금안의 검사가 뒤를 돌아본다. 티오네가 윙크를 하고 아이즈도 살짝 미소를 지어주었다.

그녀들의 웃음을 본 레피야는 자연스레 웃음을 지으며 고개를 끄덕이고, 통 모양 백팩을 고쳐 메며 파티의 전진에 몸을 맡겼다. 소녀의 손에 들린 지팡이 끄트머리의 마석이 희미한 청백색 빛을 뿜어냈다.

이윽고 회색 삼림을 벗어나자 눈앞에 거대한 구멍이 나타났다. 핀이 말했다.

"자, 이제부턴 잡담은 금지야. 모두 전투준비."

계층 서쪽 끝의 벽면에 뚫린 거대 구멍── 제50계층과 제51계층을 잇는 연결로는 가파른 비탈길을 이루었다. 낭떠러지나 다를 바 없는 급경사를 내려다보니 아래층에는 이미 수많은 몬스터들의 안광이 어둠 속에 떠오르고 있었다.

파티 일동이 조용히 무기를 드는 가운데, 장창을 든 핀이 명령했다.

"──먼저 가, 베이트, 티오나."

발진.

흉포한 웨어울프와 사나운 아마조네스는 바람이 되어 급경사를 뛰어내렸다.

파티가 그 뒤를 따라, 미답파영역을 향한 공략이 개시되었다.

세이프티 포인트를 벗어나자마자 발생한 몬스터들과의 교전은 베이트의 은색 부츠와 티오나의 대검이 눈 깜짝할 사이에 끝내버렸다.

"예정대로 정규 루트를 나아간다! 신종의 접근을 경계하도록!"

제51계층부터 시작해 제57계층까지는 '심층'에서는 보기 드문 미로 구조다. 흑연색 던전의 조성은 평면 천장과 벽면을 그렸으며, 이리저리 교차하는 획일적인 통로가 룸과 룸 사이를 잇는다.

초심으로 돌아가는 것처럼 '상층'과 같은 구조, 그러나 규모와 넓이는 차원이 다른 던전 속에서 주행의 기세를 늦추지 않는 파티는 핀의 지시를 따랐다.

쓸데없는 전투, 쓸데없는 물자 소비는 선택지에 존재하지 않았다.

미답파영역 제59계층을 향해, 일행은 고속으로 던전을 누볐다.

"앞쪽 통로에서, 태어나."

"전열은 신경 쓰지 마! 아이즈와 티오네가 대응해!"

"예!"

아이즈가 날카로운 검사의 직감으로 진로에서 몬스터가 태어나려는 것을 예감하고, 이에 핀이 명령을 내렸다. 베이트와 티오나가 지나간 통로 좌우에서 균열이 발생하고 아이즈의 말대로 벽을 뚫으며 '블랙 라이노스'의 무리가 와르르 출현했다. 지체하지 않고 두 자루의 쿠쿠리 나이프와 한 자루의 세검이 막 태어난 코뿔소 몬스터들을 해체했다.

"집단에서 떨어지지 말게, 자네들!"

매달리려는 몬스터들을 도끼로 분쇄한 가레스의 고함이 파티의 제일 후열에서 날아들었다.

던전은 포효를 지르고 있었다. 미궁에 침입한 모험자들에게 온 계층 내의 몬스터들이 앞길을 가로막고자 곳곳에서 밀려들었다.

옆길에서, 십자로 건너편에서, 천장에서, 벽에서.

연속 조우. '심층'의 위협. 기존의 계층과는 비교도 안 될 정도로 빈번히 블랙 라이노스며 데포르미스 스파이더가 사방에서 습격했다.

끊일 줄 모르는 몬스터와의 교전. 그러나 파티는 움츠러들지 않았다.

"크르어어어어어어어어어어어어어어어어어어어어어어어어엉!!"

앞을 가로막는 몬스터들에 정면으로 뛰어든 베이트가 발차기 일격과 이어지는 돌려차기로 적의 상반신을 송두리째 날려버렸다. 쓰러지는 사체에는 눈길도 주지 않고

【바나르간드】는 다른 적을 찾아 날려버렸다.

원래는 유격을 맡는 각력을 마음껏 발휘해 히트 앤 어웨이, 파티의 선발대 같은 형태로 한 방에 한 마리씩 몬스터를 격파해나간다. 고속이동과 발차기의 난무가 파티의 앞길을 열어주었다.

"베, 베이트 씨가 평소보다 무섭네요……."

넘쳐나는 혈기에 몸을 맡기고 괴물의 사체를 양산하는 웨어울프를 보며, 한 손에 호신용 장검을 장비한 전열 서포터 중 한 사람이 겁먹은 듯 중얼거렸다. 쭈뼛거리는 그의 눈앞에서는 "베이트 주제에~!"라고 대항의식을 불태우는 아마조네스 또한 대검을 휘둘러대며 무시무시한 활약을 보여주었다.

"음, 듣던 것보다도 훨씬 흉포하군. ──오, GET!"

전열의 광경을 흐뭇하게 지켜보던 츠바키가 짓쳐드는 블랙 라이노스를 태도로 순식간에 베어 쓰러뜨리고는 허물어져가는 재 속에서 발생한 드롭 아이템《블랙 라이노스의 뿔》을 집어들었다. 신들이 쓰는 말을 입에 담으며 스미스는 희희낙락 등에 짊어진 배낭에 뿔을 던져넣었다.

칼집에서 뿜어져나가는 태도의 검광. 음속에 육박하는 발도의 '기술'.

눈에도 보이지 않았던 일련의 발도베기에 그녀와 나란히 달리던 라울이 혀를 내둘렀다.

"츠바키 씨는 스미스인데 어떻게 그렇게 강하십까……."

"흠, 무기를 시험 삼아 휘둘러보는 일이 있지 않나? 나의 작품이 미궁의 몬스터들에게 얼마나 통할지…… 깊은 곳까지 내려가 베고 베고 또 베었더니 강해지고 말았다네."

──뭐야 그거 무서워.

천부적인 스미스의 말에 겁을 먹는 라울.

드롭 아이템 수집에 여념이 없는 하프드워프는 곁의 서포터들을 이끌며 파티의 진행에 지장이 없는 범위 내에서 마음대로 움직였다.

"레피야, 함부로 '마력'을 짜내지 마라. 신종을 끌어들일 수도 있다. 영창은 놈들과 조우한 다음에 해도 된다. 지금은 저들에게 맡겨라."

"아, 알겠습니다!"

후열 위치에서 대원들에게 에워싸인 리베리아와 레피야도 나란히 달렸다.

성장 도상 단계인 소녀를 가르치면서 주위를 빈틈없이 관찰하는 비취색 두 눈. 파티의 화력을 짊어진 마도사들은 동료를 믿고 자신의 차례에 대비했다.

"나르비, 우르가 좀 줘!"

"네!"

돌아보지도 않고 등 뒤로 뒤랑달 대검을 던져주고 무장 교환. Lv.4 전열 서포터 여성 단원이 우르가를 던져주었다.

아다만타이트로 만들었으며 엄청난 중량을 자랑하는 무

기를 장비한 티오나는 눈앞에 모여든 몬스터들의 두꺼운 벽을 노려보고 질주했다.

베이트의 바로 옆을 스쳐 지나간 그녀는 스무 마리에 이르는 괴물의 대군에 돌진했다.

"간다아아아앗————!!"

온몸을 이용해, 문자 그대로 혼신의 회전베기.

거대한 두 개의 칼날에서 팽이처럼 뿜겨져 나온 대참격이 진로 위에 있던 몬스터들을 모조리 양단했다. 단말마의 비명을 길동무 삼아 선혈의 회오리를 일으킨 티오나는, 문득 활짝 열린 길 너머에서 이쪽으로 요란하게 돌진하는 소리를 감지했다.

"——왔다, 신종!"

폭이 넓은 통로를 가득 메운 황록색 덩어리.

극채색에 침범당한 표피에 가오리를 연상케 하는 넓고 평평한 부채꼴 팔. 복각 형태의 수많은 다리가 밀려드는 그 모습은 그야말로 전차와도 같았다. 그들의 몸속에 담긴 것은 모든 물체를 녹이는 부식액이다.

【로키 파밀리아】가 가장 경계하던 애벌레 몬스터와 마침내 조우한 것이다.

"대열 변경!! 티오나, 물러나!"

사령탑인 핀에게서 즉시 지시가 날아들었다.

그리고 그의 말이 떨어지기가 무섭게 아이즈는 후퇴하는 티오나와 호흡을 맞춰 자리를 바꾸고 중견 위치에서 튀어나갔다.

"【눈을 뜨라, 폭풍】."

【에어리얼】을 발동해, 달려나가고 있는 베이트와 어깨를 나란히 하고 돌격한다.

"아이즈, 이리 내!"

"——바람이여."

베이트의 요청을 받아 은백색 메탈 부츠에 바람의 힘을 부여했다.

두 다리에 장비한 《프로스빌트》에 기류를 두르고 허리의 쌍검을 뽑아드는 웨어울프.

바람의 은총을 얻고 뒤랑달 무기를 든 두 사람은 애벌레의 대군에게 짓쳐들었다.

『오오오오오오오오오오오오오오오오오오오오오오오오오오오!!』

깨진 종을 두드리는 것 같은 절규가 쩌렁쩌렁 울려 퍼졌다.

적의 입에서 방출되는 부식액을 바람의 갑옷이 한꺼번에 튕겨내고, 이어지는 뒤랑달의 검광이 몬스터를 갈기갈기 찢어놓는다.

돌풍과 함께 날뛰는 아이즈와 베이트는 등 뒤의 동료들에게도 부식액이 전혀 튀지 않게 했다. 액체의 일제분사가 되풀이되든, 파열한 체액을 흩뿌리든 결과는 모두 마찬가지였다. 바람을 두른 베이트의 발차기가 여러 마리의 적을 후려치고, 아이즈가 펼치는 신속의 참격이 거구를 한꺼번에

단절한다. 뒤랑달 앞에서 무기파괴는 애초에 불가능했다.

연계를 포함해 충분한 대책을 세우고 온 【로키 파밀리아】는 이미 신종 몬스터를 상대로도 밀리지 않았다. 애벌레에게 상성이 최악인 바람의 갑옷으로 유린하며 아이즈와 베이트는 노도처럼 몰살해나갔다.

적의 진격을 밀어낸다.

"【닫혀버린 빛, 얼어붙은 대지. 휘몰아쳐라, 세 차례의 엄동── 나의 이름은 알브】!"

"전원 대피!"

그리고 아이즈와 베이트의 분투 뒤에서 이루어진 리베리아의 '병행영창'이 눈 깜짝할 사이에 종료되었다.

핀의 목소리와 함께 전열과 중견이 휙 좌우로 갈라져 마치 포구처럼 부대가 전개되었다.

포신의 중앙에서 빛을 발하는 것은 비취색 매직 서클.

일직선으로 적을 겨눈 은백색 스태프── 제1급 마도무장 《마그나 알브스》에서 빙설의 섬광이 뿜어져 나왔다.

"【윈 핌블베트르】!"

세 줄기의 눈보라가 통로 한복판을 질주했다.

푸른색과 흰색으로 이루어진 포격이 미궁과 함께 전방의 몬스터들을 얼려버렸다. 아이즈와 베이트가 옆길로 피난한 가운데, 일직선으로 이어진 통로는 가장 깊은 곳의 막다른 위치까지 푸른 얼음의 세계로 바뀌었다.

얼어붙은 애벌레 몬스터, 나아가서는 애꿎게 말려든 일

반 몬스터가 무수한 얼음조각상으로 변해 난립했다.

"거 무시무시한 '마법'일세. 이걸 '마검'으로 펼칠 수 있게 되다면."

"그런 짓을 했다가는 우리가 설 자리가 없어지지."

동토로 변한 던전에서 춥다며 두 팔을 문질러대는 츠바키에게 리베리아가 쓴웃음을 지었다. 아이즈와 베이트가 합류한 파티는 만약을 대비해 몬스터의 얼음조각상을 하나하나 부숴나가며 통로를 달려나갔다.

얼음과 서리에 뒤덮인 벽면에서는 당분간 심층 출신 몬스터도 태어나지 않는다. 얼어버린 정규 루트를 나아가는 아이즈 일행은 순식간에 하부 계층으로 이어지는 계단에 도착했다.

"이제부터는 보급이 불가능하다고 생각해줘."

넓고 긴 계단—— 제52계층으로 이어지는 연결통로를 앞에 두고 핀은 파티 일동을 돌아보았다.

도구 사용은 이 자리에서 끝내놓으라고 행간으로 지시하는 단장의 말에, 이제까지 무사히 도착했던 모험자들은 아무 움직임도 보이지 않았다.

그저 다 함께 굳은 표정을 공유할 뿐이었다.

혼자 【로키 파밀리아】가 아닌 외부인 츠바키가 그들의 긴장에 의아한 표정을 지었다.

"가자."

이윽고 핀의 짧은 명령과 함께 파티는 제52계층으로 진출했다.

공략부대는 제51계층과 다를 바 없는 흑연색 미로 내부를 조금 전보다도 빨라진 속도로 질주했다.

"전투는 될 수 있는 대로 피해! 몬스터는 밀쳐내기만 하면 돼!"

끊임없는 핀의 지시.

몬스터의 출현 빈도, 조우하는 횟수는 변함이 없는 가운데 미궁을 달려나간다.

"오, '드롭 아이템'."

달리면서 태도를 휘둘러 해치운 몬스터에게서 발생한 귀중한 무기 소재에 츠바키가 눈을 빛냈지만, 이를 주우러 가려 하는 그녀의 행동을 라울이 용납하지 않았다.

"멈추면 큰일 나지 말임다!"

"잉?"

대열에서 벗어나려 하는 츠바키의 손을 잡아챘다.

지면에 떨어진 드롭 아이템을 주우려던 스미스는 손목을 붙들린 채 물었다.

"왜 그러시나? 나는 이렇게까지 깊은 계층에는 와본 적이 없어서 그러는데, 무슨 일이 있는 거지?"

"**저격**당함다……!!"

안면에서 비지땀을 흘리며 라울이 말했다.

"저격……?"

질주를 이어나가는 파티 속에서 츠바키는 경치가 바뀌

어가는 미궁에 시선을 돌렸다.

빛나는 인광, 여러 개의 갈림길, 이쪽으로 접근을 시도하려는 몬스터. 주위를 연신 둘러보았지만 자신들을 노리는 수상쩍은 그림자는 볼 수 없었다.

무슨 소리냐고 다시 물어보려던 츠바키는—— 문득 깨달았다.

라올만이 아니라, 서포터들은 모두 죽을힘을 다해 제1급 모험자들의 뒤를 따른다. 하나같이 위기감으로 넘쳐나며, 안색은 창백하다. 제일 뒷줄에 있는 가레스에게서도 꾸물대지 말라는 질타가 날아들었다.

아무도 말을 하지 않았다. 숨을 죽이고, 그저 전진을 위한 격렬한 발소리만을 울리며 몬스터의 포효를 뿌리친다. 파티는 기이한 긴장감에 휩싸여 있었다.

그리고 마침내 츠바키가 위화감을 느꼈을 때—— 울려 퍼졌다.

땅 밑바닥에서 솟아난 것 같은, 사위스러운 포효가.

"……용의, 울음소리?"

귓전에 달라붙는 소리는 괴물들의 왕.

츠바키는 포효의 주인을 알아차리기는 했지만, 역시 느껴지는 범위 내에는 아무것도 보이지 않았다.

"핀."

"그래——"

등 뒤에서 날아든 리베리아의 목소리에 핀은 고개를 끄

덕였다.

"──**포착**당했어."

파룸의 푸른 눈이 한껏 가늘어졌다.

"뛰어! 뛰어어!!"

소리 높여 질주를 외쳐대는 모험자들. 주행 속도가 더욱 빨라졌다. 진로 앞에 나타난 몬스터를 전열이 모조리 튕겨내는 동안 츠바키는 주위를 둘러보았다.

"어디서……?!"

바로 뒤에서는 레피야의 거친 숨소리가 들려오고, 끊이지 않는 괴물의 먼 포효는 혼란을 부추겼다.

아니, 포효가 들려오는 곳은 주위 사방이 아니라──

"**밑에서?**"

그 직후 중견 앞쪽에 있던 아이즈가 중얼거렸다.

"──온다."

【검희】의 두 눈이 칼날처럼 날카로워졌다.

"베이트, 꺾어!!"

핀이 즉시 지시를 날리고, 선두에 있던 베이트가, 뒤이어 티오나와 파티 전체가 정규 루트를 벗어나 옆길로 뛰어들었다.

다음 순간.

"_____"

© Kiyotaka Haimura

지면이 터져나갔다.

『~~~~~~~~~~~~~~~~~~~~~~~~~~~~~~~~~

~~~~~~~~!!』

치솟는 맹렬한 화염, 그리고 홍련의 충격파.

베이트의 등이, 핀의 옆얼굴이, 가레스의 무장이 새하얗
게 물들었다.

얼굴과 안대를 작열하는 색으로 불태우는 처절한 폭염
에 츠바키의 오른쪽 눈이 한껏 뜨였다.

마치 특대 지뢰가 터진 것만 같은 현상. 계층 바닥이 통
째로 불꽃에 휩싸였으며, 파티가 지나온 지점에 있던 몬스
터들까지 모조리 집어삼키며 증발시켰다.

꿈틀거리는 화염은 순식간에 천장까지 도달해, 그대로
제51계층마저 뚫어버렸다.

시야 바로 앞에서 일어난 미궁의 폭쇄, 그리고 밀려드는
흉흉한 폭풍에 서포터들이 입속으로 비명을 삼켰다.

"우회한다!! 서쪽 루트!!"

격렬한 핀의 지시에 파티가 따랐다. 정규 루트를 벗어난
모험자들은 미로 형태의 넓은 통로를 전력으로 달려나갔다.

이내 다시 울려 퍼지는 대폭발.

"애벌레들을 끌어들여도 상관없다!! 리베리아, 방호마법
을 서둘러!!"

"——【메아리쳐라── 마음의 소리를 전하라. 숲의 옷
이여】!"

발이 꼬일 정도의 진동과 터무니없는 열량이 파티를 엄습했다.

몇 발이나 되는 대폭발이 이어졌으며, 열풍과 무수한 불꽃이 아이즈 일행에게 밀려드는 가운데 핀의 명령이 잇따라 날아들었다. 대답조차 아껴가며 리베리아가 영창을 개시했다.

"적의 수는?!"

"6, 아니, 7 이상!!"

지면을 내려다보며 티오네가 외쳤다. 이윽고 선명하게 울려 퍼지는 용의 포효. 이어서 계층을, 아니, 근처의 층역 전체를 뒤흔드는 폭발의 연쇄.

지면에서 일어나는 폭격은 제52계층에 커다란 구멍을 뚫었으며, 암반은 우르르 소리를 내며 밑으로 쏟아져내렸다. 모험자들의 시야에도 이제는 뚜렷하게 보였다. 지면을 뚫고 머리 위의 천장을 향해 날아가는 홍련의 **대화구**가.

"그런 것이었군⋯⋯!!"

츠바키는 얼굴에 지었던 웃음을 요란하게 일그러뜨리고 모든 것을 깨달은 표정을 지었다.

한편 주위와 함께 계속 달려나가던 레피야의 얼굴에서는 모든 색이 사라지고 있었다.

'저, 정말⋯⋯?!'

정보는 들었다. 각오는 충분히 했다.

그러나 이 현상을 직접 보고 나면 동요를 감출 수 없다.

대폭격에 휩쓸려 파티의 대열이 흐트러지기 시작한 후열 위치에서 조그만 가슴속의 심장이 무시무시한 속도로 경종을 울려댔다. 제1급 모험자들조차 일사불란하게 도망치기 바쁜 무서운 용의 포효, 그리고 여전히 이어지는 노도 같은 '포격'에 비명이 목을 타고 밀려 올라와 공황을 일으킬 것만 같은 상황에서── 레피야의 푸른 눈은 그것을 보고 말았다.

"라울, 피해라!!"

"네?"

그녀와 함께 제일 먼저 알아차린 것은 제일 후열에서 파티를 지키던 가레스였다. 통로 옆의 구멍에서 밀려든 **굵은 실 다발**에 라울은 미처 반응하지 못했다. 레피야가 눈앞의 광경을 향해 창졸간에 손을 뻗었다.

"라울 씨!!"

바로 뒤에 있던 레피야는 청년을 백팩째 떠밀었다.

비틀비틀 앞으로 밀려나간 라울과 달리 레피야는 옆에서 사출된 굵은 실에 팔을 붙들렸다.

포박당해 대열에서 홱 끌려나갔다.

"레피야!!"

티오네의 고함이 울려 퍼지는 가운데 레피야를 옆구멍으로 끌어들인 것은 '데포르미스 스파이더'의 굵은 실이었다.

얼굴을 조바심으로 일그러뜨린 소녀를 낚아올린 거대 거미 몬스터는 그녀를 잡아먹고자 턱을 쩍 벌리고── 타올랐다. 부풀어오른 지면이 몇 발이나 되는 폭염을 토하며 거대 거미를 소멸시킨 것이다.

"_____"

실에 낚여 허공으로 올라갔던 레피야는.

작열의 열파에 온몸을 휩쓸리면서, 계층에 뚫린 큰 구멍을 향해, 그대로 낙하했다.

이제는 활활 불타는 거미줄이 그녀를 마치 나락의 바닥으로 끌어들이는 것처럼, 한순간의 부유감이 찾아온 후 머리부터 떨어져내렸다.

그리고 레피야는 보았다.

깊고, 깊다. 너무나도 깊었다.

방출된 대화구에 의해 **몇 층이나 되는 계층을 꿰뚫으며** 형성된 장대한 수직굴.

구멍 밑바닥으로 떨어져가는 자신을 올려다보는 것은 무수한 이빨 틈새에서 연기를 뿜는, 몇 마리나 되는 거대한 홍룡(紅龍).

푸른 눈이 떨렸다. 전율했다. 하염없는 공포에 몸이 얼어붙었다.

역시, 역시, 역시.

잇따라 파티를 엄습했던 대폭발의 정체는—— **까마득한 하부 계층에서 날아들었던 포격.**

레피야 일행은 수백M 너머의 지하에서 **저격당하고 있었다.**

'정말, 로──'

흉악한 포효가 전조였던 용의 화포.

저격. 두꺼운 암반을 수없이 파괴할 수 있는 막대한 플레어.

심부에 서식하는 한층 강대한 몬스터의 공격이 모험자들을 위협한다.

계층 도달 능력 기준을 무시하는 폭거.

생각지도 못했던 '계층무시'.

『오오오…….』

용의 안광에 온몸이 꿰뚫린 레피야의 뇌리에 이제까지 들었던 선배들의 말이 되살아났다.

──50계층까지 익힌 상식은 거기서부터는 더 이상 통하지 않아.

──던전 52계층부터는 **지옥**이지 말임다.

되살아나는 리베리아와 라울의 말을 레피야는 이해할 수밖에 없었다.

기존 계층이라면 특급 이상사태에 필적할 만한 현상. 믿을 수 없는 사태.

규모가 다르다.

척도가 다르다.

위협이 달라도 너무나 다르다.

이게 던전?

말도 안 돼!

완전 엉망진창이야!!

정말로—— 지옥!!

『오오!!』

터져나온 용의 포효에 레피야의 얼굴이 절망으로 균열을 일으켰다.

거대한 용을 향해 낙하하는 악몽과도 같은 광경.

몇 발의 플레어가 지나가 만들어진 장대하고도 광대한 수직굴이 뒤흔들렸다.

——과거, 미궁도시의 정점에 군림했던 【제우스 파밀리아】.

아직까지도 미답파계층의 최고기록을 자랑하는 그들이 명명한 이 층역의 이름은—— '용의 웅덩이'.

웅덩이의 최하층, 포격지점 제58계층에 자리잡은 것은 포룡(砲龍) '발강 드래곤'.

두 다리로 서면 전장(全長) 10M의 거구를 자랑하는 거대한 홍룡이었다.

바람을 가르고 앞머리가 밀려 올라가는 가운데, 강대한 괴물이 기다리는 수직굴 밑바닥으로.

다른 계층의 몬스터들까지 한꺼번에 말려들어 떨어져가는 가운데, 온몸이 공포에 굴하려 했다.

'이런 꿈을 꾼 적이 있어——'

뜬금없이 높은 곳에서 떨어지는 무서운 꿈.

지금은 지면에 격돌하는 것보다도 무서운 것이 기다리고 있다.

원시적인 공포에 붙들려 손가락 하나도 움직일 수 없는 소녀에게는 신경도 쓰지 않고 발강 드래곤 한 마리가 주둥이를 벌렸다.

구강이 포신처럼 시뻘겋게 달아올랐다. 거대한 불덩어리가 장전되어 불꽃으로 물든 용의 입이 바로 위를 조준한다.

낙하하는 몬스터들과 함께 거대한 화구가 레피야를 소멸시키려 한다.

""레피야!!""

"?!"

그때였다.

이름을 부르는 고함소리가 한계까지 늘어난 레피야의 체감시간을 때려부쉈다.

머리 위를 올려다보니 그곳에는 뻥 뚫린 큰 구멍으로 뛰어든 제1급 모험자들이 있었다.

"발목 잡아당기지 말랬지, 이 굼벵이가!!"

티오나, 티오네, 그리고 베이트.

수직굴의 벽면을 박차며 아래쪽으로 질주한다.

자신을 도와주러 온 제1급 모험자들의 모습에 레피야의 눈이 물기를 띠며 떨렸다.

"──【베르 블레스】!!"

이어서 제52계층에서 날아든 것은 영롱한 울림을 띤 마법명.

낙하하는 레피야, 티오나 일행의 온몸을 에워싸는 따뜻한 녹색 빛의 옷. 적의 모든 공격으로부터 몸을 지켜주는 리베리아의 방호마법이었다.

도시 최강 마도사의 은총을 얻은 세 명의 제1급 모험자는 벽을 달려 눈 깜짝할 사이에 레피야를 따라잡았다.

『―――――――――――――――――아아아!!』

그러나 거의 동시에 대홍룡의 포격이 터져나왔다.

직경 5M이 넘는 화구가 솟아올라 레피야 일행의 온몸을 홍련의 색으로 비추는 가운데―― 은색 대검을 걸머진 티오나가 혼자 뛰어나갔다.

"이 자식이이이이이이이이이이이이!!"

몸으로 들이받듯 돌진해 두 손에 쥔 뒤랑달 대검을 화구에 내리지른다.

대폭발.

그리고 상쇄.

레피야 일행의 시야 너머에서 화구가 검에 먹혀 터져나갔다.

"티오――?!"

소녀의 비명이 다 끝나기도 전에 작열한 폭광 속에서 아마조네스 소녀가 나타났다.

"앗 뜨거――!!"

요란한 불똥과 함께 사지 멀쩡하게 나타난 티오나에게

레피야는 눈을 크게 떴다. 몸에서 연기를 풍기는 비상식적인 광전사는 여전히 쌩쌩했다.

화염 대부분을 차단한 방어마법 【베르 블레스】의 효과도 있어 몸은 무사했다. 뒤랑달 대검은 상처 하나 입지 않아 흐려지지 않은 은색 빛을 뿜어냈다.

"티오네, 베이트! 와이번이 날아와!"

제58계층에 자리 잡은 여러 마리의 발강 드래곤에 이어 제56계층 부근에서도 움직임을 감지한 티오나가 외쳤다.

개미집과도 같이 수직굴에 이어진 수평굴에서 수많은 용이 날개를 펼치고 날아들었다.

꼬리를 합치면 3M이 넘는 체구를 자랑하는 '일 와이번'.

포룡과 마찬가지로 '용의 웅덩이'라는 이름의 유래를 제공한 자청색 비룡. 대홍룡의 화구가 뚫은 수직굴을 통해 모험자들에게 날아드는 비행 몬스터였다.

제56계층, 제57계층의 수직굴에서 속속 출현하는 용들에게 대검을 든 티오나와 함께 베이트가 튀어나갔다.

"티오네, 이 굼벵이 지키고 있어!!"

여전히 강하하고 있다는 사실조차 잊어버릴 정도로 기민하게 베이트는 암반을 박차고 화살이 되어, 똑바로 날아드는 와이번 한 마리에게 발검한 쌍검을 꽂았다.

두 눈에 박히는 두 자루의 은검.

『카아아아아아아아아아아아!!』

절규하는 몬스터를 그대로 걷어차, 다른 와이번과 충돌

시켜 한데 얽어 추락시켰다. 그리고 그 발차기의 반동으로 벽면에 발을 디딘 베이트는 와이번의 무리가 토해낸 화염탄—— 일제사격을 회피하며 다시 짓쳐들었다.

티오나도 질세라 와이번에게 달라붙어 날개를 베어 떨어뜨렸다. 폭음과 함께 방출된 포룡 발강 드래곤의 거대한 화염구도 거구를 자랑하는 와이번들을 떨어뜨려 방패로 삼고 포격의 제2파를 버텨냈다.

"우, 우와……!!"

대폭발. 추락하는 몬스터. 귀를 찢을 것 같은 용들의 포효.

이 세상의 것이라고는 생각할 수 없는 처절한 광경에 레피야는 부들부들 떨며 완전히 겁을 먹고 말았다.

"숨 쉬어!!"

"!"

그런 레피야에게, 곁에서 떨어지던 티오네가 외쳤다.

"겁먹지 마! 우리가 지켜줄게!!"

할버드를 짊어진 아마조네스의 목소리와 그녀의 힘찬 눈빛에 레피야의 가슴이 떨렸다.

그녀와 보냈던 어젯밤이 떠올랐다. 리베리아의 녹색 빛에 휩싸인 소녀는 이 곤경을 타개하고자 하는 제1급 모험자들의 기개에 촉발되어, 목을 꼴깍 울리고, 다음 순간에는 몸에서 공포를 밀어냈다.

티오네에게 고개를 끄덕인 다음 손 안의 지팡이를 꽉 쥐었다.

바람에 휩싸인 채, 대흉룡이 기다리는 나락 바닥을 노려보았다.

"아이즈, 가지 마!"

——한편, 파티 본대에서는.

즉시 티오네 일행을 따르고자 구멍으로 뛰어내리려 하는 아이즈를 핀이 제지했다.

"라울이나 다른 사람이 수직굴에 떨어지면 모두를 다 지킬 수 없어. 우리는 정규 루트를 통해 제58계층으로 가야 해! 너는 이쪽으로 와!"

"……큭!"

구멍 가장자리에 발을 걸쳤던 아이즈는 얼굴을 씁쓸하게 일그러뜨렸지만, 서포터를 염려하는 두령의 적확한 지시에 따랐다.

레피야 일행이 수직굴에서 중간의 계층에 착지한다 해도 복잡한 미궁 내에서는 발견될 가망이 낮다. 그에 비해 제58계층의 구조는 특대형 단일 룸. 도착만 하면 고생하지 않고 합류할 수 있다. 티오나 일행도 그 사실을 알 것이다.

그리고 애벌레 몬스터에게 절대적인 힘을 발휘하는 아이즈가 있으면 그만큼 부대 진행이 빨라진다. 즉시 제58계층으로 가기 위해서는 그녀는 반드시 본대에 남아 있어야 한다.

"가레스, 저들을 부탁해!"

"알겠네!"

원래의 무기인 대형 전투도끼와 서포터에게 받은 뒤랑 달 도끼까지 합계 두 자루의 무기를 장비한 가레스가 아이즈를 대신해 레피야의 뒤를 따랐다.

수직굴로 뛰어든 그를 지켜보지 않고 핀은 재빨리 부대를 재편해 다시 달려나갔다.

"저, 저 때문에 레피야가……."

"안심해라. 나중에 우리가 진저리 날 정도로 벌을 줄 테니. 지금은 더 이상 방심하지 않도록 마음을 굳게 먹어라."

라울은 자신의 실수가 초래한 사태에 벌벌 떨었지만, 리베리아의 처벌 선언에 자책할 틈도 없이 낯빛을 창백하게 물들였다. 남은 서포터 세 명에게서 안됐다는 시선이 모여들었다.

아이즈를 전열에 둔 파티는 제52계층을 달려나갔다.

"하하, 이거 정말 터무니없는 곳에 와버린 것 같군."

격전의 미궁을 미소와 함께 달려나가며 츠바키는 접근한 몬스터를 태도로 참살했다.

양분된 부대.

양분된 파티는 각각의 진로를 따라 제58계층으로 향했다.

티오나 일행은 발강 드래곤의 포격을 받으면서 와이번

무리와 전투를 펼치고 있었다.

플레어로 계층이 파괴되어 규모가 넓어진 '용의 웅덩이'. 홍련의 불길에 물든 수십 마리나 되는 몬스터와 모험자들은 격렬한 공중전을 펼쳤다.

"뜨아—!! 빠른 놈이 있어!! 아윽?!"

"쳇, '강화종'인가……?!"

강하 중인 티오나와 베이트는 벽을 박차고 달려들어【스테이터스】를 살린 막무가내 전법으로 와이번을 격퇴해나갔지만 날개가 없는 두 사람에게는 한계가 있었다.

앞발이 변한 두 날개로 고속비행하는 '일 와이번', 그중에서도 특히 속도가 빠른 개체에 티오나와 베이트는 악전고투했다. 돌격과 동시에 날아드는 발톱 혹은 이빨을 무기로 튕겨낸다 싶으면 즉시 꼬리로 치고 추가타로 화염탄을 연사한다.【베르 블레스】가 점점 깎여나가, 반격도 허공을 가르는 티오나와 베이트의 몸은 상처를 입기 시작했다.

동족을 덮쳐 수많은 '마석'을 섭취한 '강화종'. 더욱 흉포하고 정밀해진 비룡들의 왕은 핏발이 선 짐승의 눈으로 날지 못하는 사냥감들을 노려보며 몰살시키고자 하늘을 갈랐다.

진남색 비늘을 가진 주위의 비룡들도 재역습을 위해 날아들었다.

"티오네 씨, 저를!!"

"!"

베이트와 티오나가 비룡에게 포위당한 눈 아래의 광경에 레피야가 외쳤다.

공포를 떨치고 기염을 토하는 그녀를 티오네가 잡고 벽 방향으로 집어던졌다.

자세가 흐트러졌지만 어찌어찌 벽에 발을 디딘 레피야는 제1급 모험자들을 흉내 내며 아래쪽으로 달려나갔다.

"——【해방될 한 줄기 빛, 성스러운 나무로 지은 활대. 그대는 명궁일진저】."

온몸을 후려치는 풍압에도 굴하지 않고 버들잎처럼 모양 좋은 눈썹을 곤두세운 레피야는 주문을 자아냈다.

보호받기만 해서는 안 된다. 보호받기만 하는 건 싫다.

자신의 '마법'으로 모두를 구해야 한다.

심신에 '거목의 마음'을 깃들이고, 계속 이동하며 '병행영창'을 감행했다.

"【저격하라, 요정의 사수. 뚫어라, 필중의 화살】!"

영창을 알아차린 와이번들이 쏜 화염의 팔맷돌. 벽을 박차고 아슬아슬하게 화구의 비를 회피하면서도 '마력'의 고삐는 결코 놓지 않았다.

아이즈와 피르비스의 특훈을 떠올리는 레피야는 달리고 또 달리며 드높이 노래했다.

이동과 회피를 반복하며 '병행영창'을 하는 소녀에게 티오나와 티오네는 놀라고, 마찬가지로 경악했던 베이트는 입술을 틀어올리며 웃었다.

의지를!

강한 의지를!

겁먹지 마라!!

마음을 떨며, 레피야는 매직 서클의 광채와 함께 지팡이를 내밀었다.

"【아르크스 레이】!!"

뿜어져 나가는 빛의 화살. 최대 출력의 대섬광.

특대 단발마법이 바로 아래의 비룡 무리를 향해 날아들었다.

──조준은 가장 안쪽!!

레피야와 눈이 마주친 '강화종'이 핏발 선 눈을 크게 떴다.

비룡의 왕은 거대한 날개를 퍼덕여 밀려드는 빛줄기로부터 벗어나려 했다.

"──구부러져라아아아아아아아아아아아아아아!!"

그리고 마도사의 포효가 대섬광의 궤도를 바꾸었다.

직진에서 완곡으로. 자동추적 속성을 가진 【아르크스 레이】가 경악하는 용의 바로 뒤에 따라붙었다.

대형 비룡과 빛의 화살이 펼치는 치열한 고속공중전. 수직굴 안을 이리저리 오가고 진로 위에 있던 다른 비룡의 날개를 찢어발기며 거대한 섬광은 비룡의 왕에게 달라붙었다.

그리고 착탄.

『워어어어어어어어어어어어어어어억?!』

눈부신 섬광과 함께 절규를 뿜어낸 비룡의 왕이 '마석'을 잃고 잿더미로 변해 흩어졌다.

'용의 웅덩이'에 쏟아지는 막대한 재의 비. 티오나가 레피야를 향해 불쑥 주먹을 내밀고, 베이트도 잠시 웃음을 던지더니 즉시 남은 와이번들에게 달려들었다.

가슴이 뜨거워진 레피야도 즉시 다음 영창에 착수했다.

"——나도 지고만 있을 순 없지."

벽면을 달리며 투척 나이프를 던진 티오네 또한 어린 마도사의 분전에 입술을 핥았다. 나이프로 눈이 꿰뚫린 비룡들이 고통과 함께 추락하는 가운데 한 손에 든 할버드를 부웅 울렸다.

어떤 소년의 '모험'을 보고 가슴의 혈기를, 고양감을 주체할 수 없었던 아마조네스는 이 곤경 속에서도 더욱 흉흉한 웃음을 지었다.

『————————————————!!』

벽을 박차고 허공으로 몸을 날려, 탄환이 되어 고속낙하하는 모험자에게 와이번들의 입이 불을 뿜었다. 그러나 티오네는 할버드를 휘둘러 회전시켜 화염탄의 폭풍을 모조리 막아냈다.

"편리한데, 이거."

무수한 화염구를 무산시킨 뒤랑달 무기에 씨익 웃은 후, 이어서 내리질렀다.

급속히 접근했던 와이번의 두개골을 분쇄하고 뇌수를

흩뿌리면서 그대로 사체를 발판 삼아 도약했다. 장대한 리치를 자랑하는 할버드로 주위의 몬스터들을 단숨에 쓸어버린다.

"그래도 역시 위력이 부족해."

한꺼번에 마지막까지 베어버리지는 못해, 할버드의 날이 몸통에 파고든 비룡이 괴로움에 허덕거렸다.

티오네는 몸에 박힌 할버드와 함께 와이번을 홱 끌어당겨선, 한 손으로 허리에서 뽑아든 쿠쿠리 나이프를 휘둘렀다.

길쭉한 비룡의 목이 잘려나갔다.

『아아아아아아아아아아아아아아아아아아아아아!!』

제58계층에서 터져나온 대흉룡의 포효, 그리고 날아든 대화구에 티오네가 투덜거렸다.

"아~ 진짜!! 티오나 저거 전부 좀 어떻게 해봐!!"

"나 혼자 어떻게 하라고!"

눈 아래에서 여동생이 온몸을 그을려가며 몇 발이나 되는 화구를 상쇄해나가는 가운데, 티오네는 입맛을 다시며 할버드를 쳐들었다.

티오네 히류테──별명은 분노의 뱀【요르문간드】.

비유가 아니라 분노하면 할수록 힘이 강해지는 그 모습에 신들도 두려워하는 제1급 모험자.

설마하며 레피야가 쳐다보거나 말거나 밀려드는 대화구로 몸을 날린다.

"아까부터 짜증났다고ㅗㅗㅗㅗㅗㅗㅗㅗㅗㅗㅗㅗㅗㅗ

오오오오오오오!!"

뒤랑달 무기와 미친 듯이 분노한 아마조네스가 홍련의 대화구를 분쇄했다.

"——걷어차 죽여버리겠어."

할버드가 상공에서 폭염을 꽃피우는 가운데 와이번을 잇따라 격파하던 베이트는 수직굴 바닥을 노려보았다.

시야 내에서 확인할 수 있는 발강 드래곤은 네 마리, 제58계층까지의 고도는 200M도 남지 않았다.

밀려오는 '용의 웅덩이' 종점을 향해, 두 손에 들었던 쌍검을 허리로 되돌렸다.

"야, 한 방이면 돼! 저 빌어먹을 불덩어리 좀 어떻게 해봐!"

"미리 말해두지만 저거 막는 거 무지 아프다구——!!"

같은 고도에서 떨어지던 티오나에게 외치자 그녀는 대검을 고쳐 들며 야단스레 대꾸했다. 포격을 몇 번이나 상쇄했던 아마조네스의 몸과 의상은 곳곳이 불에 그을렸으며 시커먼 갈색 피부는 많은 화상을 입고 있었다.

"시끄러워, 하기나 해."

피식피식 연기를 뿜어내는 소녀에게 베이트는 남의 일처럼 명령했다.

"간다아!!"

"나중에 두고 봐——!!"

와이번을 무시하고 제58계층을 향해 쏜살같이 질주한다.

네 쌍의 눈이 접근하는 두 사람을 조준하는 가운데, 베이트는 레그 홀스터에서 '마검'을 뽑았다.

금색 장식에 노란색 검신. 파지직 전기가 번뜩이는 나이프를 오른발의 《프로스빌트》에 가져다댔다. 장화에 박힌 황옥이 전격의 힘을 먹고, 그 대신 '마검'이 산산이 부서졌다.

다음 순간, 은백색 메탈 부츠가 무시무시한 벼락을 둘렀다.

『오오오오오오오오오오오오오오오오오오오오오오오오오오오오오오오오오!!』

뿜어져 나오는 네 개의 대화구.

머리 위를 올려다본 네 마리의 발강 드래곤에게서 일제 포격이 날아들었다.

미미한 간격을 두고 밀려드는 거대한 포탄의 무리를 보고 암반을 박찬 베이트는 첫 번째를 회피했다. 허공에서 춤을 추는 그를 휩쓸려 하는 두 번째 화구에 대검을 쳐든 티오나가 돌격했다.

"하나, 둘, 셋!!"

요란한 폭음과 함께 상쇄한 그녀의 지원을 받아 베이트는 다시 벽에 발을 디뎠다.

그리고 단숨에 가속.

이어서 날아드는 화구의 틈을 비집고 들어가, 양팔의 건틀릿을 태우면서 마침내 일제포격의 벽을 돌파했다. 경악한 표정을 띠는 발강 드래곤의 눈에는 수페리오르즈가 뿜어내는 눈부신 번갯불이 비쳤다.

약진.

오른발에 깃든 번개의 힘이 질주하는 벽면에 빛의 궤적을 그리고, 그야말로 벼락과도 같이 베이트는 용들을 향해 강하했다.

다음 순간 '용의 웅덩이'를 종단해, 거대한 구멍이 뚫린 천장을 넘어 제58계층에 이르렀다.

터엉. 힘차게 벽면에 발을 찬 베이트는.

바로 아래에 있던 대홍룡 한 마리를 겨누고 벼락이 되어 《프로스빌트》를 내질렀다.

"죽어."

작열.

고개를 들고 있던 발강 드래곤의 안면에 메탈 부츠가 처박히며 엄청난 섬광이 발생했다.

'마검'의 번개와 《프로스빌트》의 공격력이 합쳐진 최대 위력. 혼신의 벼락 발차기를 받은 대홍룡은 머리를 잃으며 천천히 등부터 쓰러졌다.

10M에 이르는 용의 거구가 땅에 떨어지고 무너진 탑처럼 요란하게 계층을 진동시켰다.

그 바로 곁에 무사히 착지한 베이트는 혼란에 빠진 용들의 포효를 들으며 고개를 들었다.

"내가 돌아왔다…… 이 빌어먹을 것들아."

심층영역 제58계층.

제49계층 모이투라(대황야)와 마찬가지로 광대한 단일공간이며, 미로도 존재하지 않거니와 시야를 가로막는 것도 없다. 흑연색 벽과 천장이 직사각형을 이루는 거대한 '룸'이다.

【로키 파밀리아】의 최종 도달 계층은 제58계층.

과거 계층무시 포격을 받았던 그들은 체력과 아이템을 포함한 장비를 잃고 제58계층에서 미궁 공략을 단념했다.

우뚝 선 발강 드래곤 외에도 엄청난 숫자의 몬스터들이 들끓는 제58계층의 압도적인 광경을 앞에 두고, 웨어울프 청년은 흉포한 웃음을 짓고 있었다.

"2번 타자 도차악!"

잇따라 티오나가 58계층의 지면에 착지했다.

단 두 명의 모험자에게 대홍룡을 포함한 무수한 몬스터들이 일제히 안광을 들이대는 가운데.

지체하지 않고 새로운 그림자가 천장에서 나타났다.

"——【빗발처럼 쏟아져 야만의 무리들을 불태우라】."

"너희 피해!!"

자세를 잡고 있던 베이트와 티오나의 머리 위에서 옥구슬을 굴리는 듯한 영창과 경고가 떨어졌다. 흠칫 놀란 베이트와 티오나가 돌아보니 천장에 뚫린 거대 수직굴에서는 비룡의 공격을 막아내는 티오네, 그리고 지팡이를 지면에 들이대고 있는 레피야가 나타나고 있었다.

강하 중에 자아낸 영창이 완성된 것을 보고 베이트와 티오나는 몬스터의 공격이 시작되거나 말거나 재빨리 그 자리에서 이탈했다.

　그리고.

　"【퓨절레이드 팔라리카】!!"

　불화살의 호우가 제58계층을 뒤덮었다.

　쏟아지는 마법탄에 절규가 솟구쳤다. 발강 드래곤은 붉은 비늘에 수십 발이나 되는 불화살을 얻어맞고도 견뎌냈지만 다른 몬스터들은 그렇지 못했다. 막대한 마인드와 강력한 스킬【페어리 카논】으로 위력을 끌어올린 광역포격에 소형, 중형, 대형을 막론한 온갖 심층 몬스터들이 불타버렸다.

　수십 마리나 되는 괴물이 재로 변하고 검에 베인 와이번들도 퍼덕퍼덕 머리 위에서 떨어지는 가운데 제58계층에 시산혈해가 펼쳐졌다. 그 위로 티오네에게 안긴 레피야가 도착했다.

　"레피야, 티오네!"

　"사, 살아 있네요……."

　"'마법'을 그렇게 퍼부어놓고는 할 소리야?"

　포격 범위에서 간신히 벗어난 티오나가 그녀들에게 달려가고, 품 안에서 아연실색 중얼거린 레피야에게 티오네가 웃음을 지었다.

　기쁨을 나눈 것도 찰나, 쌍검을 장비한 베이트가 그녀들에게 말했다.

　"저 망할 용들만은 작살내버려야 해. 아이즈네한테는 안 맡겨."

날카로운 호박색 눈으로 주위를 노려보며 쇠하지 않는 전의를 드러낸다.

검은 연기와 불똥을 피우며 초토화된 제58계층.

그 자리에 존재했던 몬스터의 태반이 '마법'에 격퇴되거나 재기불능에 빠지기는 했지만, 아직도 많은 적이 계층 내의 곳곳에 흩어져 있다. 머리 위에 뚫린 여러 개의 거대한 수직굴에서는 와이번들이 잇따라 출현했으며, 무엇보다 발강 드래곤이 건재했다. 남은 수는 일곱.

'계층무시' 포격을 가하는 화력은 여전히 위협적이다. 지금도 상부 계층을 달려오고 있을 파티 본대를 저격하게 두지 않겠노라고 베이트는 다른 동료들에게 말했다.

"찬성이야. 단장님을 노리게 놔둘 수는 없지."

"레피야, 얼른 회복해둬."

"네, 넷!"

뒤랑달 할버드와 대검을 걸머진 아마조네스 자매가 으르렁거리는 일곱 마리의 발강 드래곤을 노려보는 가운데, 티오나에게 지시를 받은 레피야는 어깨에 짊어졌던 통 형태의 백팩을 황급히 뒤졌다. 숨을 헐떡이던 그녀는 【디안 케흐트 파밀리아】의 하이 매직 포션을 재빨리 마셨다.

"그, 그치만…… 이, 일곱 마리나 잡을 수 있나요?"

시야에 펼쳐진 광경을 앞에 두고 자기도 모르게 중얼거리는 레피야. 그 말에 베이트와 티오나가 대꾸했다.

"못 잡으면 뒈지는 거지. 당연한 소릴 하고 앉았어."

"뭐, 그렇게 되겠네~."

막대한 살기를 피우는 일곱 마리의 흉흉한 대홍룡, 날개를 퍼덕이며 상공을 부유하는 수십 마리나 되는 비룡, 그리고 계층 내를 활보하는 다종다양한 몬스터.

모이투라의 포모르 대군에도 필적하는 제58계층의 경치에 레피야는 압도되고 말았다. 베이트와 티오나도 여느 때와 같은 어조로 말하지만 여유가 있을 리 없었다.

명백한 사선을 앞에 두고 제1급 모험자들의 얼굴도 긴장으로 팽팽해졌다.

아직까지 몸을 감싸며 녹색 빛을 뿜는 방호마법에 대해 티오나와 베이트가 작은 목소리로 말을 나누었다.

"……리베리아의【베르 블레스】는 얼마나 더 갈까?"

"그 할망구 '마법'이니 한 시간은 가겠지만…… 앞으로 두세 번 붙으면 효과는 사라질걸."

발강 드래곤이나 와이번의 거듭되는 맹공에서 그녀들을 지켜주었던 빛의 옷은 깎여나가고 얇아졌다. 대화구가 한 발이라도 직격한다면 완전히 사라져 두 사람도 불에 타버릴 것이다.

"……발강 드래곤을 해치운 후 제57계층 연결통로로 피난하자. 거기 틀어박혀서 단장님을 기다리는 거야. 알았지?"

원래 같으면 사방팔방에서 쇄도할 무수한 적과 교전하는 것은 좋은 생각이 아니다.

계층 북쪽 끝과 남쪽 끝, 제57계층과 제59계층으로 이어지는 계단을 바라본 티오네의 지시에 레피야를 비롯한 세 사람은 고개를 끄덕였다.

『오오오오오오오오오오오오오오오오오오오——!!』

이윽고 발강 드래곤 한 마리가 포효해 제2라운드의 신호를 올렸다.

일제히 움직인 몬스터들을 앞에 두고 티오나, 티오네, 베이트, 레피야는 무기를 들고 달려나갔다.

다음 순간.

『————카아악?!』

상공에서 날아든 그림자가 발강 드래곤 한 마리의 머리를 박살냈다.

"————"

굉음을 내며 지면에 쓰러지는 용의 거구.

머리가 호쾌하게 터져나간 대홍룡의 모습에 네 사람만이 아니라 모든 몬스터들이 움직임을 멈추었다.

한순간의 정적이 지나간 후, 천장의 거대 구멍에서 떨어져 발강 드래곤의 숨통을 끊었던 그림자는.

쓰러진 용의 사체 속에서 천천히 그레이트 배틀액스를 뽑아냈다.

"살아 있나, 병아리들?"

눈가 깊이 눌러쓴 투구 속에서 시선을 보내는 드워프 노병에게 레피야를 비롯한 네 사람은 아연실색 두 눈을 크게 떴다.

"가……."

"가레스……?"

레피야가 갈라진 목소리로 중얼거리고, 티오나가 그 말을 받았다.

베이트와 티오네도 멍청히 서 있는 가운데, 제1급 모험자 가레스 랜드록의 두 손에서 두 자루의 그레이트 배틀액스가 은색 광채를 뿜어냈다.

『우, 우오오오오오오오오오오오오오오오오오오오오오!!』

동포를 순식간에 잃은 발강 드래곤이 분노의 포효를 터뜨렸다.

이를 시작으로 움직인 몬스터들은 용의 무리 한복판에 나타난 단 한 명의 드워프에게 쇄도했다.

"가레스!!"

"영감!!"

티오네와 베이트가 고함을 지르는 가운데, 가레스는 몸에 두른 망토를 펄럭이더니 —— 사라졌다.

지면을 박차 부수고, 드워프답지 않은 속도로 발강 드래곤 한 마리의 발치에 육박했다. Lv.6의 【스테이터스】를 한껏 발휘한 제1급 모험자는 눈꼬리를 치켜세우며 등 뒤로 번쩍 쳐들었던 두 도끼를 용의 발에 내리꽂았다.

『───────────?!』

아무런 저항도 못한 채 한쪽 발이 호쾌하게 날아가 대홍룡 한 마리가 쓰러졌다.

너무나도 빠른 기술과 신속한 판단에 일동은 숨을 멈추고 있었다.

와이번처럼 앞발이 거대한 날개로 변한 발강 드래곤은 사실 접근전에서 발휘할 기술이 별로 없다. 공격은 포격에 특화된지라 달라붙으면 길고 굵은 꼬리를 휘두르는 것이 고작이다. 다시 말해 대홍룡의 품에 파고드는 것이 유일한 안전지대였다. 게다가 밀착하면 오인사격을 두려워한 다른 발강 드래곤들의 화구도 막아낼 수 있다.

공격할 수단을 찾지 못해 잠시 우왕좌왕하는 대홍룡들의 허점을 놓치지 않고 가레스는 다시 땅을 박차 부수며 이동하더니.

중량이 우르가에도 필적하는 주무장 《그랜드 액스》, 그리고 뒤랑달 대형 전투도끼 《액스 롤랑》을── **버렸다.**

두 손을 비운 가레스는 발이 베여 쓰러진 발강 드래곤의 꼬리, 끝을 잡았다.

"흐으읍, 크윽, 으어어……!!"

두 팔과 온몸을 이용해, 용의 꼬리를 잡아당겨, 들어올렸다.

단단한 붉은색 비늘을 뚫고 파고든 다섯 손가락이 발강 드래곤의 거구를 질질, 질질 끌었다.

상공에서 쏟아지는 와이번들의 화염탄에도 아랑곳 않고 얼굴을 시뻘겋게 충혈시키며, 이마에 몇 줄기나 되는 혈관을 띄우며.

다음으로는, 요란하게 포효를 터뜨렸다.

"……워어어어어어어어어어어어어어어어어어어어어어어어!!"

한껏 꺾인 드워프의 상반신 움직임에 맞춰, 용의 거구가 지면에서 떠올랐다.

——설마.

마음의 목소리를 하나로 모은 일동의 예감은 적중했다.

그대로 회전을 시작하는 가레스. 꼬리를 붙들린 발강 드래곤도 마치 당연하다는 것처럼 함께 회전했다.

몸길이 10M에 이르는 거구가, 한 명의 드워프에게.

『아, 아아아아아아아아아아아아아아아아아아?!』

꼬리를 붙들린 용이 비명을 질렀다.

탁월한 '힘'【어빌리티】, 그리고 '힘'을 강화하는 드워프 특유의【스킬】을 발휘해 발강 드래곤을 해머던지기처럼 돌려댔다.

"위, 위험해!!"

"엎드렷?!"

티오네와 베이트가 절규하면서 티오나, 레피야를 붙잡고 지면에 엎드렸다.

『?!』

3회전, 4회전, 5회전, 6회전.

회전을 거듭함에 따라 속도와 파괴력이 급증해 다가오는 몬스터들을 순식간에 쓸어버렸다. 같은 발강 드래곤조차 충돌해 쓸려나갔다.

제1급 모험자 가레스 랜드록.

드워프라는 종족을 한 몸으로 드러내는 강인한 노병. 【로키 파밀리아】를 초월해 오라리오 내에서도 1, 2위를 다투는 '힘'과 '내구'의 소유자이며 타고난 전열공격수, 그리고 수비수의 역할도 겸비할 수 있는 초 전열특화형이다. 그가 내지르는 주먹은 어떤 적도 분쇄하는 파성추가 되며, 다부진 몸은 무엇보다도 단단한 방패가 된다.

앞을 가로막는 모든 적을 격쇄하며, 어떤 공격에도 굴하지 않는 그에게 오라리오의 신들이 붙여준 별명은—— 중걸(重傑), 【엘가름】.

대파한 갈레온 선을 혼자 들어올렸다는 일화를 가진, 【브레이버】 핀 디무나, 【나인 헬】 리베리아 리요스 알브와 어깨를 견주는 드워프 대전사다.

"후으어어어어어어어어어어어어어어어어어어어!!"

분쇄되는 몬스터, 메아리치는 단말마의 비명, 그리고 흉악한 회오리바람 소리.

이제는 거대한 폭풍으로 변한 가레스와 대홍룡은 주위 일대의 몬스터들을 쓸어버렸다.

"날아가거라아아아아아아아아아아아아아아아아아아아

아아아아아아!!"

마무리라는 양 드워프의 손에서 튀어나가는 용의 꼬리.

막대한 원심력을 머금은 거구는 비스듬히 상공으로 날아가 머리 위에 있던 와이번의 무리에 충돌했다.

하늘 높이 투척된 용이라는 이름의 해머는 호를 그리며 와이번들을 짓뭉개고 제58계층의 벽면에 작렬했다.

격돌한 암반이 무너지고, 마치 운석이 떨어진 것 같은 굉음이 발생했다.

"······세, 세상에."

엎드려 있다가 고개를 들며, 먼지투성이가 된 티오나가 뺨을 실룩거렸다.

혀를 빼문 채 쓰러진 다섯 마리의 발강 드래곤, 멀리 날아가 원형도 알아보기 힘든 몬스터들, 그리고 시야 저 멀리 벽면에 머리가 처박힌 대흉룡.

폭풍이 지나간 다음과도 같은 광경에 베이트도, 티오네도, 레피야도 엎드린 자세 그대로 얼굴을 실룩거렸다.

"혁, 혁······ 후우. 퍼붓듯이 드워프의 화주(火酒)를 들이켜고 싶구먼."

거사를 치른 장본인은 어깨로 숨을 쉬며 품에서 꺼낸 하이포션을 술 대신이라는 양 벌컥 들이켰다.

난폭하게 팔로 입가를 닦고, 아연실색해 지면에 엎드려 있는 네 사람을 쳐다보았다.

"뭣들 하나, 병아리들. 한동안 더 몰려올 텐데 냉큼 일어나지 못하나."

그 말대로, 아득히 떨어진 제58계층의 벽면에서 균열이
일어났다. 서서히 수복되기 시작한 천장의 구멍에서는 다시
와이번의 무리가 날아들었다. 내팽개쳤던 두 자루의 배틀액
스를 주워드는 가레스는 전투태세를 흐트러뜨리지 않았다.

"……가, 가레스 씨 혼자 있으면 어떻게든 되는 거 아니
에요……?"

"무슨 터무니없는 소릴. 그런 바보 같은 짓을 두세 번씩
할 수 있겠나."

모두와 함께 비틀비틀 일어나 합류한 레피야의 말을 일
축해버리는 가레스. 어쩌다보니 해낸 거라 단언하는 드워
프 대전사는 두 자루의 도끼를 가슴 앞에서 교차시켰다.

"핀이 올 때까지 버티는 걸세. 알겠나?"

와이번의 화염에 그을린 갑옷, 너덜너덜해진 망토, 수많
은 흉터.

터무니없는 공격 속에서 입었던 가레스의 상처를 보고
네 사람은 깨달았다.

이만한 힘을 평소에 휘두르지 않는 이유는 최전선을 자
신들에게 양보하고 항상 뒤에 있기 때문임을.

젊은 제1급 모험자들을, 그리고 라울 같은 어린 단원들
을 지키기 위해.

입을 다물고 조용히 바라보는 네 사람에게 몸을 돌린 가
레스는 이를 드러내며 웃었다.

"어허, 평소의 고집쟁이들이 다 어디로 갔나? 냉큼 설쳐서 노인을 공경하지 못할까."

농담처럼 건네는 도발적인 말에 한쪽 눈썹을 치켜세운 베이트 이하 젊은 모험자들은 저마다 반응했다.

"댁 같은 영감은 평생 노망도 안 들걸."

"나도 안 질 거야."

"난 역시 남들 위에는 못 설 것 같아. 이런 걸 보면 말이지."

"이 어린 것들이."

각자 제멋대로 떠들어대는 혈기왕성한 제1급 모험자들에게 가레스도 웃었다.

무기를 올리며 자세를 잡는 그들을 보고 레피야도 황급히 지팡이를 들었다.

"으음? 저건…… 신종인가?"

가레스의 시선 너머, 계층 북쪽 끝에 뚫린 제57계층 연결로가 끔찍한 모습의 그림자를 무수히 토해내고 있었다. 황록색과 극채색의 기분 나쁜 표피를 보고 가레스는 두 눈을 가늘게 떴다.

"오, 57계층으로 가는 길이……."

목을 꼴깍 울리는 레피야의 곁에서 가레스가 힘차게 달려나갔다.

"막혔구먼. 나 원, 끝도 없이……. 자네들, 뒤처지지 말게나!"

숨 쉴 틈도 없는 심층 심부의 위협을 두 눈으로 보며, 제

1급 모험자들은 지고만 있을 수는 없다며 드워프 대전사의
뒤를 따랐다.

☙

"대열을 변경한다! 아이즈, 전열로 올라가!"
레피야를 구출하기 위해 가레스가 수직굴로 떨어진 직후.
그들과 분단된 파티 본대, 핀 일행은 몬스터의 무리와
교전하며 제52계층을 이동하고 있었다.
"라울과 서포터들은 중견에 뭉쳐서 아이즈를 지원하고!
리베리아는 최후방을 부탁해!"
"네엣!!"
"알았다."
질주를 멈추지 않은 채 핀은 스스로 뒤랑달 장창을 휘두
르며 선두에 있는 아이즈를 지원하거나, 혹은 그녀의 검이
미처 베지 못한 몬스터를 격파했다.
중견 위치에 서서, 갑작스러운 상황 변화에 대처해 빠르
게 진형변경을 명령해 그동안 함양된 통솔력으로 파티를
견인한다. 사기 저하나 동요를 막아주는 두령의 힘찬 목소
리가 곤경 속에서도 모험자들을 이끌어주었다.
그의 지휘에 충실하게 따라야 비로소 사지를 벗어날 수
있음을 잘 아는 일행은 일사불란한 움직임으로 배치를 변
경했다.

"츠바키, 미안하지만 힘을 빌려줘."

"그래, 빌려드리지."

앞을 노려본 핀의 목소리에 츠바키는 입가를 틀어올리며 고개를 끄덕였다.

마찬가지로 중견에 자리를 잡은 그녀의 태도가 칼집에서 고속으로 튀어나가 몬스터를 양단하며 핀과 함께 전방의 아이즈를 지원했다.

전열에 아이즈, 바로 뒤에 라울을 비롯한 서포터 네 명, 그들을 지키고자 그 좌우에 핀과 츠바키. 최후방에서는 리베리아가 따라왔다.

서포터를 중심에 둔 대열은 이제까지보다도 더 빠른 속도로 제52계층의 통로를 달려나갔다.

"발을 멈추지 마라!"

여전히 이어지는 하층에서의 포격을 피하며 몬스터는 최소한도로 쓰러뜨렸다.

'계층무시' 공격 앞에 섣부른 판단은 허락되지 않는다. 나아갈 길만 열면 미처 쓰러뜨리지 못한 몬스터는 발강 드래곤의 화구에 알아서 소탕된다.

아이즈 일행의 행동은 오로지 진격 뿐. 제58계층 도달이 최우선과제였다.

오라리오의 면적을 넘는 광대한 심층의 맵 데이터를 완전히 파악한 핀이 시시각각 루트를 지시하고, 용의 포격에 휩싸이면서도 다음 계층으로 가는 최단 경로를 제시했다.

서포터 한 명에게 대형 무기가 든 짐을 집중시키고 양손을 비운 라울 일행은 단검이나 창으로 전열을 끊임없이 지원했다.

그런 파티 일동을 리베리아의 가호마법 【베르 블레스】가 감싸고 있다. 레피야 일행에게도 부여했던 전체방호 마법이 아이즈 일행의 몸을 녹색으로 빛내며 위험한 공격으로부터 몇 번이나 지켜주었다.

『워어어어어어어어어어어어어어어어어어어어어어어어!!』

그녀들의 앞길을 가로막는 것은 흉포하면서도 흉악한 몬스터들이었다.

베놈 스콜피온, 썬더 스네이크, 실버 웜…… 상부 계층의 몬스터와는 선을 달리하는 전투능력을 가진 심층의 괴물들. 계층을 건너뛰어 날아드는 대포격과 함께 강대한 몬스터의 대군이 아이즈를 비롯한 【로키 파밀리아】의 미궁공략을 오늘날까지 방해했다.

"핀, 적은 아홉!"

"여기는 돌파한다! 아이즈, 나가!!"

계산된 핀의 최단경로에 따라 아이즈가 달려나갔다.

통로 전방에서 다가오는 괴물의 포효가 몸을 두드렸지만 이를 떨쳐내듯 소녀는 외쳤다.

"【눈을 뜨라, 폭풍】!"

【에어리얼】을 발동시키고, 베어든다.

밀려오는 거대한 독침이며 벼락을 모조리 회피한 아이즈의 검이 눈 깜짝할 사이에 아홉 마리의 적을 유린했다. 한 줄기 참격이 으르렁거리는 바람이 되어 여러 마리의 몬스터를 한꺼번에 터뜨렸다. 몸을 덮은 방호마법의 녹색 빛과 함께 바람의 갑옷이 울부짖었다.

"아이즈가【랭크 업】을 해줘서 다행이야."

"눈앞에서 무모한 짓을 봐야 하는 몸으로서는 복잡한 심정이지만."

몬스터의 벽을 꿰뚫고, 그 후로도 앞을 가로막는 장애를 노도와 같이 섬멸해나가는【검희】의 모습에 핀이 중얼거리고, 계층 터주 단신격파를 직접 보았던 리베리아는 탄식하듯 대답했다.

Lv.6의 능력, 그리고 한층 드높아진【에어리얼】의 출력이 합쳐진 아이즈의 돌파력은 예전과 차원이 달랐다. 지난번 공략에서는 쉽게 뚫지 못했던 거대 전갈 베놈 스콜피온이나 벼락을 쏘는 썬더 스네이크를 마치 가레스처럼 순식간에 물리쳐나갔다. 바람의 힘을 두르고 단신으로 전열 공격수 역할을 맡아버린 아이즈는 몬스터의 사체를 쌓아나가며 길을 열었다.

"이, 이거, 저희는 필요 없는 거 아닌가요……?"

"라울, 매직 포션 준비."

"네, 넵!!"

라울 이하 서포터들은 눈앞의 광경에 전율했지만 핀은

그들이 방관하도록 놔두지 않았다.

심층영역에서는 상부 계층과는 비교도 안 될 정도로 소모가 심하다. 아이즈의 능력이 아무리 뛰어나다 해도 전투를 계속하면 눈 깜짝할 사이에 힘이 다하고 만다. 선봉에서 싸우는 소녀의 상태를 면밀히 확인하는 핀의 보급 지시에 따라 라울은 황급히 아이템을 뒤졌다.

"나르비, 아리시아, 크루스. '마검' 준비."

"""네!"""

"아이즈가 보급하기 위해 물러난 순간 쏴."

휴먼, 엘프, 수인. 라울을 제외한 세 명의 서포터가 허리에 찬 '마검'을 장비했다. 장창으로 몬스터를 물리치며 뒤로 빠진 핀의 말대로 땀을 흘리는 아이즈가 중견 위치까지 물러난 직후 그녀들은 '마검'을 휘둘렀다.

영창 없는 즉석 마법사격이 전방의 통로, 나아가서는 몬스터들까지도 박살냈다.

달리면서 라울에게 매직 포션을 받아든 아이즈가 보급을 마치고 전선으로 복귀하기까지 얼마 안 되는 시간 동안 포화의 빛이 몬스터의 진격을 가로막았다.

"아래에서 오던 포격이 그쳤군…… 가레스가 잘해주고 있나?"

아이즈를 선두에 두고 파티가 파죽지세로 나아가는 가운데, 흔들리던 충격이 끊어진 계층에서 츠바키가 중얼거렸다. 대화구 저격이 사라진 데에는 핀도 고개를 끄덕였다.

"그렇겠지. 이 틈에 서두르자."

아마도 제58계층까지 떨어진 가레스와 다른 일행이 발강 드래곤을 소탕했거나, 혹은 주의를 끌어 포격을 저지하고 있으리라.

그 대신 발강 드래곤의 화구에 형성된 수직굴을 따라 하부 계층에서 와이번이 밀려나왔다. 날개를 가진 비행 몬스터가 '용의 웅덩이'를 경유해 여러 계층을 자유로이 오가고 있었다.

통로나 룸에서 머리 위를 노리고 날아드는 적에게 악전고투하면서도 아이즈의 바람과 핀이 지시하는 연계공격으로 용을 격퇴해나가던 파티는—— 마침내 아래로 이어지는 계단을 발견했다.

"53계층……!"

눈 깜짝할 사이에 긴 계단을 뛰어내려가 다음 계층에 도달했다.

무시무시한 진행속도에, 라울은 감정의 고양 때문인지 두려움 때문인지 모를 한숨을 토해냈다. 그런 라울의 옆에서 주위를 빈틈없이 둘러보던 핀이 푸른 눈을 가늘게 떴다.

"신종 몬스터가 나오질 않는걸……."

아이즈가 이만큼 【에어리얼】을 구사했음에도 '마력'에 이끌린 애벌레 몬스터가 모습을 보이질 않았다.

잠시 조우가 끊어진 계층을—— 혹은 기분 나쁜 정적을 띤 미로를 파티와 함께 달려나가며 핀은 엄지를 낼름 핥았다.

"자, 뭐가 나오려나."

손가락이 근질거리는 감촉에 이상사태의 전조를 느끼고 웃음을 짓는다.

그리고 핀의 예상이 적중한 것처럼, 금세 아이즈 일행의 진로에 애벌레 몬스터의 무리가 우르르 나타났다.

"시, 신종이지 말임다?!"

라울이 소리를 지르자 리베리아가 시선 너머의 광경에 눈을 무섭게 떴다.

"아니, 잠깐. 저건⋯⋯."

폭이 넓은 통로를 가득 메운 애벌레, 그중에서도 특히 거구를 가진 대형 위에 보라색 후드가 출렁거리고 있었다. 온몸을 천으로 뒤덮고 기분 나쁜 문양의 가면을 뒤집어쓴 그 존재에 아이즈의 기억이 환기되었다.

"24계층에서 본⋯⋯!"

괴인 레비스와의 전투 중 '보옥 태아'를 회수해 어딘가로 가져갔던, 아마도 그녀의 공모자.

"인간, 인가⋯⋯?"

팔다리에는 부츠와 은색 메탈 글러브를 착용했다. 엄연한 인간형이다. 떨어지지도 않고 몬스터의 위에 서 있는 기분 나쁜 존재에게 츠바키도 오른쪽 눈을 의심스럽게 치켜세웠다.

발을 멈추지 않고 달려오는 아이즈 일행에게 후디드 로브의 인물은 오른팔을 내밀었다.

그 움직임에 맞춰 애벌레의 무리는 나란히 대열을 짓고 서더니 아래, 가운데, 위, 마치 계단처럼 머리의 위치를 조정했다.

『죽여.라.』

다음 순간 입을 힘차게 열고는 요란하게 부식액을 방출했다.

"윽?!"

"진로변경! 수평굴로 뛰어들어라!!"

해일로 착각할 만한 대량의 부식액이 일행에게 밀려온 직후 핀의 명령이 아슬아슬하게 파티를 통로 옆쪽으로 이탈시켰다.

마지막으로 피난한 리베리아의 등 뒤에서, 마치 혈관에 폐수를 흘려넣는 것 같은 광경이 펼쳐졌다. 괴물의 체액으로 가득 찬 통로에는 눈 깜짝할 사이에 벽과 천장이 녹고 부식되는 소리가 요란하게 울려 퍼졌으며, 코를 찌르는 악취와 요란한 연기가 뿜어져 나왔다.

"부, 부식액 일제사격……?!"

얼굴을 실룩거린 라울이 신음소리를 냈다.

통솔이 된 몬스터들이 일사불란하게 뿜어낸 집중포화. 아이즈의 바람이라 해도 보통 출력으로는 모두 막아내지 못할 것이다.

통로를 휩쓸고 미궁과 함께 녹여버리는 방어가 불가능한 공격에 서포터들의 낯빛이 창백해졌다.

"일어나라! 또 온다!"

부식된 통로 저편, 포격지점에서 밀려드는 수많은 발소리에 일행은 황급히 일어났다. 핀의 목소리에 등을 떠밀린 파티는 아이즈를 선두로 수평굴 건너편을 향해 달려나갔다.

"신종을 군대처럼 조종하다니…… 저 로브 입은 놈도 그 여자와 동류라는 소리일까?"

"……!"

장창을 들고 질주하는 핀의 목소리에 아이즈가 한쪽 눈썹을 꿈틀거렸다.

그 여자—— 레비스와 동류. 다시 말해 괴인.

그녀와 마찬가지로 극채색 몬스터를 부리는 상대에게 소녀가 마음이 흐트러진 가운데 핀의 말이 이어졌다.

"하지만 거 참 신출귀몰한걸."

"결국 뭔가, 저놈들은?"

츠바키의 물음에 리베리아가 단적으로 대답했다.

"쉽게 말해 테이머지."

"그럴 수가. 저만한 숫자의 괴물들을 제어할 수 있단 말인가?!"

심층의 몬스터 대군을 조종하는 말도 안 되는 상대에게 라울을 비롯한 서포터들도 숨을 멈추고 경악을 금치 못했다. 하지만 그때 진행방향에서 다시 애벌레의 무리가 출현했다.

"매복?!"

서포터들의 비명을 뒤엎는 부식액 일제포격. 조금 전의 광경을 되풀이하는 것 같은 공격에 아이즈 일행은 다시 옆 길로 뛰어들지 않을 수 없었다.

"또, 또 나타났지 말임다!!"

"3시 방향에서도 와요!!"

곳곳에서 밀려드는 애벌레 몬스터에 라울과 서포터들이 절규와 함께 잇따라 보고했다. 포격음과 부취(腐臭), 그리고 용해된 다른 몬스터들의 비명이 울려 퍼지는 가운데 핀의 지시에 따라 아이즈 일행은 제53계층 내를 이리저리 도망쳤다.

『놓치지. 마라. 비르가.』

비르가라 불린 애벌레 몬스터의 집단과 함께 아이즈 일행의 뒤를 쫓는 후디드 로브 차림의 인물은 수많은 식인꽃까지 이끌고 집요하게 추적했다.

"유도되고 있다……!"

"설마 몬스터에게 전술공격을 당하게 될 줄이야."

몬스터들의 배치와 자신들의 도주경로가 하나하나 교차되는 상황에 리베리아가 낯을 찡그리고, 핀도 그녀의 목소리에 고개를 끄덕였다.

후디드 로브 차림의 인물에게 통솔된 애벌레 몬스터는 분명 진로를 한정지으며 파티를 한 방향으로 몰아넣고 있었다.

포위망이 좁혀드는 감각. 모두 괴인인 적의 지휘에 따른 것인지, 모험자들은 도망칠 곳이 없는 막다른 곳에 몰렸다는 오한을 식은땀과 함께 맛보았다.

'……하지만 무언가를 찾고 있는데? 아이즈인가?'

초조함이 파티를 휩쓰는 가운데 핀은 혼자 후방을 노려보았다.

약진하는 대형 애벌레 몬스터의 위에서 지휘하는 수수께끼의 후디드 로브 차림 인물. 가면에 가려지기는 했지만 핀은 시점의 움직임과 시선의 기척을 적확하게 감지하고 있었다. 지금도 선두에서 달리기 때문에 자신들에게 가려져 보이지 않을 금발금안의 소녀를 노려보며, 생각한다.

목적은 레비스 일당이 노렸던 대로 아이즈의 생포일까?

혹은 적대세력으로 간주한【로키 파밀리아】의 섬멸일까.

"핀, 막다른 곳에 몰리겠다!!"

"……."

적의 의도대로 도주할 곳이 제한된 상황에 리베리아가 목소리를 높였다.

머릿속에 제53계층의 광대한 맵을 펼친 핀은 자신들의 현재 위치, 그리고 부근의 위치정보를 파악한 순간 고개를 들었다.

"왼쪽으로 꺾어, 아이즈!"

아이즈가 수많은 통로 중 하나로 접어들자 그 너머는 장대한 통로, 외길이었다.

파티가 통로의 중간까지 이동한 직후 핀은 고함을 질렀다.

"맞서 싸운다! 반전!!"

생각지도 못한 지시에 라울을 비롯한 젊은 서포터들은 간담이 철렁 내려앉았지만── 그래도 두령의 말을 믿었다.

이를 악물고 도망치던 발을 멈추고 돌아섰다. 전열의 아이즈와 후열의 리베리아가 자리를 바꾸고 재빨리 포지션을 변경한 직후, 이제까지 도망쳐 왔던 길에서 후디드 로브 차림의 인물이 이끄는 몬스터의 본대가 나타났다.

아이즈가 끔찍한 몬스터의 무리 앞으로 나가【에어리얼】의 출력을 높였다.

"──방패 셋 전개!!"

즉시 내려진 단장의 호령에 단원들도 이제는 조건반사처럼 따랐다.

라울을 제외한 서포터 세 사람이 백팩에 달아놓았던 대형 방패를 떼어내 적의 정면에 세 개를 빈틈없이 늘어놓았다.

"아이즈!!"

지체하지 않고 이어진 핀의 목소리에 뒤를 바라본 아이즈는 눈을 크게 떴다가, 다음에는 모든 것을 이해했다.

무릎을 콱 굽힌 후 후방 공중제비.

던전의 지면을 분쇄하며 뒤로 뛰어── 벽이 아닌 방패 위에 착지하고.

서포터들이 세운 방패의 벽을 부츠로 밟으며《데스퍼러트》를 들었다.

요동치는 기류의 막대한 흐름, 떨리는 은빛 검.

한순간 후에 발생할 충격에 서포터들은 얼굴을 긴장으로 물들이고 허리를 콱 낮추었으며, 라울은 어깨로 밀어붙여 동료들의 몸을 전신으로 지탱했다.

다음 순간 아이즈는 그 기술의 이름을 입술에 실었다.

"릴 라파가."

방패를 박차며, 바람의 쇠뇌가 뿜어져나갔다.

『?!』

일행을 쫓아온 후디드 로브 차림의 인물이 어깨를 흠칫 떨었다.

지지점이 된 대형 방패를 후방으로 튕겨내며 뿜어져 날아오는 바람의 나선화살. 도망칠 곳이 없는 외길로 유인당했음을 깨달은 괴인은 밀려드는 아이즈의 필살기에 고함을 질렀다.

『비르가—?!』

지체하지 않고 방출되는 애벌레 몬스터의 일제포화.

부식액의 거대한 기류와 바람의 나선화살이 격돌하고, 눈 깜짝할 사이에 바람의 섬광이 이를 분쇄했다.

『——!』

포격을 억지로 밀어붙이며 육박하는 아이즈의 기세에 후디드 로브의 인물은 긴급회피를 시도했다.

통로 천장 구석으로 도약한 가면 밑에서 몬스터의 대군이 바람의 나선화살에 휩싸였다. 일렬로 배치되었던 몬스터가 한꺼번에 꿰뚫려 일소되었다. 이어서 보라색 후디드 로브 밑까지 흉악한 폭풍이 밀려들었다.

펄럭펄럭 충격파에 얻어맞아 가면 안에서 신음소리가 새어 나왔다.

말도 안 돼.

"덕분에 애 좀 먹었어."

『?!』

천장에 떠 있던 후디드 로브 차림의 인물에게 날아든 것은, 장창이었다.

아이즈가 통로 깊은 곳까지 꿰뚫고 나아가며 미궁을 폭쇄하는 동안 릴 라파가의 뒤를 따라온 핀은 적이 동요에서 회복될 틈을 주지 않고 공격을 감행했다.

날아드는 뒤랑달 장창을 후디드 로브 차림의 인물은 메탈 글러브를 휘둘러 간신히 튕겨냈다.

"너희 사이에도 힘의 격차가 존재하는 모양이지?"

『……?!』

벽을 박차고 착지한 상대와 핀은 근접전을 벌였다.

창을 연타로 찔러대자 메탈 글러브는 필사적으로 방어를 거듭했다. 핀의 압도적인 창술 앞에 적은 반격도 제대로 하지 못했다.

눈앞의 괴인은 레비스보다 약하다.

붉은 머리 여자와 제18계층에서 교전한 경험이 있는 핀은 순식간에 간파했다.

시야 아래쪽에서 날아드는, 더더욱 가속하는 파룸의 연

격에 후디드 로브 차림의 인물은 견디지 못하고 고함을 질렀다.

『비올라스!!』

창의 추가공격을 꿰뚫듯이 지면에서 무수한 황록색 촉수가 솟아 나왔다.

핀이 뒤로 피하는 동안 외길에 뚫린 수평굴에서는 여러 마리의 식인꽃이 밀려들었다.

미궁 내에 구멍을 뚫은 헤아릴 수도 없는 촉수가 천장, 벽, 지면에서 튀어나와 사방팔방에서 황록색 비를 퍼부었다. 그리고 창을 회오리바람처럼 휘둘러 모든 공격을 튕겨낸 핀에게 후디드 로브 차림의 인물은 역습을 가하고자 달려들었다.

주위 사람들이 접근할 수도 없는 고속 공방. 아득히 통로 멀리에서는 아이즈가 다시 쇄도하는 애벌레 몬스터들을 가로막는 난전의 소리가 들려오는 가운데, 외길에서 수평굴로 전장을 옮긴 핀과 괴인 사이에서는 은창과 은권의 격렬한 응수가 이루어졌다.

후디드 로브 차림의 인물은 식인꽃의 지원을 받아 촉수의 집중공격을 발동시키고 자신도 적극 공세에 가담하고자 했다── 그때.

『끄윽?!』

답례라는 양 날아든 지원사격── 한 줄기 화살이 후디드 로브의 어깻죽지에 박혔다.

"마, 맞았지 말임다…….."

핀의 아득히 후방에서 활을 들고 있던 라울이 아연실색 중얼거렸다.

괴인은 즉시 어깨에서 화살을 뽑고 꽉 움켜쥐어 으스러뜨렸다.

"안 통하지 말임다?!"

"아냐. 잘했다, 라울."

처량한 비명을 지르는 남성 단원에게 웃음을 지으며 핀은 식인꽃의 촉수를 한꺼번에 절단했다.

다음 순간 장창이 뚫어놓은 한 줄기 길을 붉은 하카마가 질주했다.

"이건—— 베어도 되는 것이렷다?"

『——』

한데 묶은 흑발을 나부끼며 츠바키가 괴인의 정면으로 육박했다. 화살 때문에 자세가 흐트러졌던 후디드 로브의 인물에게 도망칠 틈도 주지 않고, 오른쪽 눈을 가늘게 뜨며 태도를 발도했다.

칼집에서 뽑어져 나간 신속의 발도베기가 적에게 명중했다.

『끅—— 으아아아아아아아아아아아아아아아아아아아아?!』

메탈 글러브와 함께 적의 오른팔이 절단되었다.

허공으로 떠오르는 자신의 팔에 절규하는 괴인. 창졸간에 측면으로 쓰러져 어떻게든 직격은 회피한 상대에게 츠바키가 추가타를 시도했다.

『──머, 먹어랏!!』

그러나 적의 고함이 식인꽃 한 마리를 불러들였다.

츠바키의 태도가 닿기 전에 추악한 꽃의 입이 후디드 로브의 인물을 통째로 삼켰다.

"아니?!"

거대한 몸의 일부가 태도에 베여나가 비명을 지르며, 식인꽃은 입에 삼킨 괴인과 함께 도주를 시도했다. 허공에 떠올랐던 오른팔을 촉수로 회수하고 수평굴 안으로.

경악한 츠바키가 쫓아가려 했지만, 이미 영창을 이어나가던 하이엘프가 그 전에 주문을 완성시켰다.

"──【윈 핌불베트르】!!"

세 줄기의 눈보라가 뿜어져 나갔다.

안쪽의 막다른 곳까지 수평굴을 통째로 얼려버리는 빙결마법.

등을 돌리고 도주하던 식인꽃을 순식간에 얼려 푸른색 얼음의 세계에 가둬놓은 것이다.

얼음조각상이 되어 움직임을 멈춘 몬스터에게 이번에야말로 놓치지 않겠다며 츠바키는 의기양양하게 달려갔다.

그리고 식인꽃 얼음조각상을 박살내, 통째로 삼켜졌던 괴인에게 칼을 겨누었던 츠바키는 한순간 움직임을 멈추더니 눈을 크게 떴다.

"……음?!"

"왜 그러나, 츠바키?"

남은 몬스터는 후방의 핀과 라울에게 맡기고 달려온 리베리아 또한 그것을 보고 놀랐다.

"로브만……?"

"설마 도망쳤나?"

부서진 식인꽃의 입에 남은 것은 빈 껍질과도 같은 후디드 로브, 그리고 얼어붙어 부서진 가면뿐이었다. 절단되었던 오른팔도, 보라색 천조각과 메탈 글러브만 있을 뿐 정작 중요한 알맹이는 존재하지 않았다.

"내 눈보라에 시야가 차단된 순간 마법으로 도망친 건가?"

"믿을 수 없네……. 도망치는 솜씨 하나는 일품이로고."

아연실색한 리베리아의 곁에서 츠바키가 씁쓸한 표정으로 신음했다. 고개를 든 그녀들의 시선 건너편은 수평굴에서 파생된 가느다란 통로가 교차하는 미로로 이어져 있었다.

"리베리아, 츠바키."

"핀, 미안하다…… 놓친 모양이야."

라울을 비롯한 서포터, 그리고 몬스터를 섬멸한 아이즈를 이끌고 온 핀에게 리베리아와 츠바키가 물었다.

"어떻게 하실 텐가? 추격할까?"

핀은 얼어붙은 식인꽃의 거대한 몸 주위에 흩어진 보라색 로브와 금속 글러브를 한순간 관찰한 후 고개를 가로저었다.

"지금은 가레스와 합류하는 것이 먼저야. 58계층으로 가자."

"알았네."

동료의 안부를 걱정하는 핀의 판단에 이의를 제기하는 사람은 없었다.

거의 다 잡았다가 놓쳐버린 괴인의 존재가 마음에 걸리기는 했지만 일행은 하부 계층으로 다시 진행했다.

"아이즈, 다시 전열을 맡아줘."

"응."

핀의 목소리에 아이즈가 고개를 끄덕였다.

달려나가는 모험자들의 등 뒤를 눈과 서리에 뒤덮인 후드드 로브가 바라보고 있었다.

제58계층의 전투는 치열하기 그지없었다.

지금도 제57계층으로 이어지는 연결통로에서 넘쳐나오는 거대 애벌레에 퇴로를 차단당한 모험자들은 살아남기 위해 몬스터들과 교전했다.

이 심층에서도 특이한 존재인 애벌레 몬스터는 세는 것조차 어리석게 여겨질 만한 대군을 이루고 가레스 일행을, 그리고 다른 몬스터들을 공격했다. '마력'과 '마석'에 반응해 덤벼드는 선천적인 습성이 전장을 혼란으로 이끌었다.

부식액에 녹아 고통스러워하는 상대를 그 커다란 입으

로 '마석'째 집어삼키는 애벌레 몬스터, 녹는 것도 아랑곳않고 이빨이며 발톱을 박는 흉포한 몬스터들, 머리 위에서 잇따라 화염을 뿜어내는 와이번의 무리.

깨진 종을 두드리는 듯한 포효와 몬스터의 울음소리, 용의 숨결이 제58계층 속에서 한데 얽혔다.

"이쪽 계층은 늘 이 모양이야?!"

"내가 알아?!"

괴물 간의 극심한 골육상쟁이 곳곳에서 일어나는 가운데, 티오나와 베이트가 주위의 몬스터들을 물리치고 벽면에서 막 태어난 발강 드래곤에게 달려들었다. 적도 아군도 함께 날려버리는 화구를 저지하고자 '마검'을 장전한 은색 부츠의 얼음 발차기와 뒤랑달 무기의 대참격이 연계를 이루어 대홍룡의 숨통을 끊었다. 애벌레 몬스터가 개입해 전장이 조금 움직이기 편해진 것이 그나마 다행이었다.

즉시 날아든 부식액을 두 사람이 회피하는 가운데 최악의 삼파전이 이어졌다.

"밤낮으로 전쟁이라도 벌이는 겐가, 이 몬스터들은."

애벌레의 습성 탓에 레피야가 티오네에게 보호를 받으며 함부로 영창을 하지 못하는 동안, 가레스는 망토를 펄럭이며 몇 사람 몫의 활약을 보였다.

포탄과도 같은 기세로 돌격해 무기를 휘두르고, 두 자루의 배틀액스로 온갖 적을 구축해나갔다.

접근에 반응한 애벌레 몬스터의 무리가 부식액을 방출

했지만.

"그건 이미 봤네."

순식간에 회피하며 지면을 향해 《그랜드 액스》를 휘두르
자 헤집어지고 갈라진 암반의 산탄이 원거리 공격이 되어
애벌레에게 작렬해, 온몸에 구멍이 뚫린 몬스터들은 체액
을 울컥울컥 뿌리며 터져나갔다.

남은 애벌레 몬스터에게 드워프 대전사는 뒤랑달 도끼
를 쳐들었다.

"으랏차아!!"

『꺼억!!』

가공할 수직 일격이 저항할 틈도 주지 않고 대형 몬스터
의 몸통을 양단했다.

'헌데 이 기분 나쁜 몬스터 놈들은⋯⋯.'

약 여덟 시간에 이르는 격전 속에서도 쇠하지 않는 활약
을 보이는 가레스는 투구 밑에서 의아한 표정을 짓고 있었
다. 드워프의 눈빛은 애벌레 몬스터들의 움직임을 관찰하
고 있었다.

'북쪽의 57계층에서부터 몬스터들을 잡아먹으면서, 룸
중앙으로 이동해⋯⋯ 남하하고 있구먼.'

아직까지 제57계층의 연결통로에서 끊일 줄 모르는 신
종 몬스터의 진격에 가레스는 등 뒤를 흘끔 보았다.

그쪽에 있던 것은 계층 남쪽 끝, 다음 계층으로 이어지
는 입구였다.

'이것들이 모두 59계층⋯⋯ 혹은 그보다도 더 아래 계층으로 가고 있는 건가?'

심층영역에 출현해 날뛰는 애벌레 몬스터가 목표로 하는 에어리어, 혹은 돌아가려는 장소.

어둠이 가득 찬 미답파영역으로 가는 입구에 눈을 가늘게 떴던 가레스는 의식을 전투로 되돌렸다.

"발강 드래곤⋯⋯! 또 오는 거야?!"

계층 내에서 대홍룡이 다시 태어나, 땀을 뻘뻘 흘리던 티오네가 혀를 내둘렀다.

혀를 차는 베이트, "짜식이~"라고 투덜거리며 손목을 돌리는 티오나, 숨이 턱까지 찬 레피야. 장시간의 전투에 젊은 모험자들은 배어나오는 피로를 감추지 못했다.

지면을 부수고 계층 중앙에 나타난 발강 드래곤에게 지칠 줄 모르는 터프함을 발휘하는 가레스까지 달려가려던—— 그 순간.

"【윈 핌불베트르】!"

거대한 눈보라 마법이, 계층 북쪽에서 날아들었다.

대홍룡만이 아니라 주위 일대의 몬스터가 모조리 얼음조각상으로 변하는 가운데, 눈을 크게 뜬 네 사람의 눈에 금색 사선이 비쳤다.

"흡!!"

화살처럼 허공을 질주한 금발금안의 검사—— 아이즈가 발강 드래곤의 얼음조각상을 분쇄했다.

그녀가 휘두른 《데스퍼러트》가 얼어붙은 용의 머리를 절단하자, 얼음덩어리는 그대로 지면에 낙하해 굉음을 내며 산산이 부서졌다.

"아이즈 씨!!"

"리베리아!"

동료의 모습에 레피야와 티오네가 환호성을 질렀다.

계층 중앙에 착지한 아이즈의 뒤에서 리베리아와 핀, 츠바키. 라울을 포함한 네 명의 서포터들도 무사한 모습으로 달려왔다.

"단장님~~~!!"

"기쁨은 나중에 나누고! 남은 몬스터들을 소탕한다!!"

여전히 기운이 넘치는 티오네를 반쯤 무시하며 핀은 단원들에게 지시했다.

파벌 두령의 힘찬 목소리에 기력을 되찾은 네 사람도 협조해 남은 적의 처리에 나섰다.

서포터들의 지원이 빛을 발하는 가운데 애벌레 몬스터도, 와이번도 주검이 되거나 혹은 잿더미가 돼서 지면에 높이 쌓였다.

"아이즈 씨, 무사하셨어요?!"

"응, 괜찮아…… 그쪽은?"

"가레스 덕에 어떻게든 됐어!"

잇따라 출현하던 몬스터들도 긴 출산 인터벌에 들어갔는지, 주위에서는 무언가가 움직이는 기척이 없었다. 발강 드래곤이 뚫어놓은 천장의 구멍도 이젠 완전히 복구되어 제58계층에 겨우 정적이 돌아왔다.

합류한 아이즈와 레피야, 티오나는 손을 맞잡고 기뻐했다.

핀과 리베리아가 가레스에게 노고를 치하하는 말을 건네고, 껄껄 웃는 츠바키가 쓴웃음을 짓는 티오네와 언짢은 표정을 짓는 베이트의 몸을 철썩철썩 두드려댔다. 눈물을 짓는 라울 외의 서포터들은 백팩을 내려 재빨리 보급 아이템을 나눠주었다.

"오오, 이게 그 말도 안 되는 포격을 날려대던 용의 이빨인가?! 이쪽에는 비늘도?! 이거 꼭 좀 가지고 갔으면 좋겠군!!"

"미안해, 츠바키. 나중에 해줘."

몬스터들의 사체 속에 있던 '포룡의 송곳니'와 '포룡의 홍린', 그 외의 수많은 드롭 아이템에 기뻐 날뛰는 마스터 스미스에게 핀이 냉정하게 대답했다. 사실은 너무 크기 때문에 돌아오는 길이 아니고서는 옮길 수 없고 탐색에 방해가 된다는 지극히 당연한 이유 때문이었다.

일행은 계층 남쪽 끝으로 이동해 핀의 지시에 따라 휴식을 취했다.

"파티가 양분되었는데도 58계층까지 공략하다니…… 운이 좋았던 건지 나빴던 건지."

리베리아의 말에 베이트가 코웃음을 쳤다.

"헹, 처음 보는 데만 아니면 어떻게든 되는 거라고."

허세로도 들리는 그 발언에 티오나가 이죽거렸다.

"아까까진 헥헥거렸던 주제에~."

"그건 네 얘기겠지?!"

그들의 모습에 레피야나 어린 모험자들도 웃음을 터뜨리고, 파티에는 누그러진 분위기가 흘렀다.

포션과 마인드 포션을 천천히 마시는 단원들, 루루네에게 받았던 휴대 식량을 모두에게 나눠주는 아이즈, 대장장이 도구들을 꺼내 흐트러짐 없는 동작으로 모험자들의 무기에 응급 정비를 하는 츠바키.

지면에 앉아 미답파영역을 눈앞에 둔 일동의 사이에서 찰나의 휴식 풍경이 펼쳐졌다.

"……."

"단장님, 무슨 일 있나요?"

문득 핀의 분위기만이 다른 것을 알아차린 티오네가 말을 걸었다. 장창을 들고 서서, 휴식하는 파티에게 등을 돌린 파룸의 정면에 펼쳐진 것은 계층 남쪽에 뚫린 어두운 굴이었다.

거리를 두고 제59계층의 연결통로와 대치한 핀은 어둠 속을 가만히 바라보았다.

"【제우스 파밀리아】가 남긴 기록에 따르면, 59계층 이후는 '빙하의 영역'……."

"아, 네. 곳곳에 빙하호수의 수류가 흘러 나아가기 어렵고, 극한의 냉기가 몸의 움직임을 둔하게 한다지요……."

"사, 살라만더 울은 다 준비해뒀습다. 다른 파벌에게 부탁해 양도받은 것도 있지만요, 서포터 몫도 포함해서 인원수만큼 맞춰왔지 말임다."

핀과 티오네의 대화에 황급히 일어난 라울이 백팩에서 색깔이 선명한 붉은색 옷을 꺼냈다. 방한의 가호가 있는, 화염정령 살라만더의 방어구였다.

단원들의 반응은 신경 쓰지 않고 핀은 호수 같은 푸른 눈을 연결통로에 고정한 채 말했다.

"제1급 모험자의 움직임을 얼어붙게 만들 정도로 무시무시한 한기……라면, 그 계층을 눈앞에 둔 우리에게 왜 냉기가 전해지지 않지?"

그의 분석에 티오네와 라울은 흠칫 어깨를 떨었다.

파티가 대기하고 있는 곳은 계층 남쪽 끝, 제59계층으로 직통하는 연결통로 앞이다. 그럼에도 어째서인지 눈앞의 구멍에서는 냉기라고는 조금도 전해지지 않는다고, 핀은 그렇게 말한 것이다.

그들의 대화를 들은 파티원들이 한 사람, 또 한 사람 무기를 들며 일어났다.

"뭔가 있다는 거야?"

구멍을 노려보는 베이트에게 투구를 고쳐 쓴 가레스가 중얼거렸다.

"모르겠네만…… 【제우스 파밀리아】의 과장이라고는 생각하기 힘들구먼."

무시할 수 없는 상황에 모두가 모험자의 얼굴을 띠었다.

"……."

파티가 긴장을 띠기 시작하는 가운데 아이즈는.

약 20일 전, 제24계층에서 들었던 말을 떠올리고 있었다.

——'아리아', 59계층으로 가라.

——딱 재미있어졌어. 네가 알고 싶은 것을 알 수 있을걸.

인간이 아닌 붉은 머리 여자는 아이즈에게 그렇게 말했다.

이 너머에 펼쳐진 제59계층에, 무언가가 있다고.

아이즈가 알고 싶은 것이 존재한다고.

깊은 땅속 밑바닥으로 이어지는 구멍을 앞에 두고 아이즈는 남 몰래 칼자루를 꼭 쥐었다.

그녀의 허리받이에 사슬로 묶인 수정이 마치 기동한 것처럼 엷은 빛을 뿜어냈다.

"다, 단장님, 어떻게 할 검까……?"

"……살라만더 울은 됐어. 모두 3분 후에 출발한다."

오른손 엄지를 핥은 핀은 날카로운 눈빛을 연결통로에 보내며 지시를 내렸다.

즉시 준비를 마치고 휴식을 끝내는 파티. 무기를 장비하고 대열을 짠 일행은 눈앞의 큰 구멍으로 발을 들였다.

어둠에 휩싸인 연결통로 안에서 라울을 비롯한 서포터들이 휴대용 마석등 빛을 밝혔다.

티오나와 레피야는 살짝 땀을 내비쳤다.

"춥기는, 커녕……."

"푹푹 찌네요……."

정보에 없던 눅눅한 공기에 모두가 입을 다물고 불안한 예감에 사로잡혔다. 눈 아래로 이어지는 계단을 나아가면서 주위의 소리 하나에도 민감해졌다.

뚜벅, 뚜벅.

계단을 내려가는 모험자들의 발소리가 이어졌다.

어둠의 밑바닥으로, 밑바닥으로,.

바닥을 나아간 곳에 있는 빛을 향해.

"핀, 이건……."

"그래. 지금부터 우리가 보게 될 건……."

등 뒤에서 날아든 리베리아의 목소리에 핀이 끄덕였다.

"그 누구도, 신들조차도 목격한 적이 없는── '미지'다."

그리고 빛 너머로 도달했다.

연결통로 계단을 다 내려간 아이즈 일행은 미답파영역 제59계층으로 진출했다.

"＿＿＿＿＿"

눈앞에 펼쳐진 광경에는 모두가 할 말을 잃었다.

그곳에 빙하 따위는 존재하지 않았다.

우뚝 솟은 얼음산이나 맑은 물의 흐름 따위 없었다.

아이즈 일행의 눈에 비친 것은 기분 나쁜 식물과 초목이 우거진, 완전히 변모한 제59계층의 경치였다.

"……밀림?"

쿠쿠리 나이프를 장비한 티오네가 고개를 돌리며 아연

실색 중얼거렸다.

바로 위의 제58계층을 넘어서는 광대한 규모의 '룸'에는 온통 녹색으로 물든 식물이며 넝쿨이 자라나 있었다. 연결통로 바로 앞의 공간에 밀집한 높은 수림. 지면에는 푸른 초원과 독살스러운 극채색 꽃. 폐쇄공간인 계층 저 멀리 보이는 사방 벽도 녹색이었으며 크기가 다른 무수한 꽃봉오리가 늘어져 있었다.

"이건 혹시, 24계층에서 본……?"

지팡이를 가슴에 안고 레피야는 목을 꼴깍 올리며 중얼거렸다.

거대 꽃에 기생되어 변모했던 제24계층의 팬트리, 즉 '플랜트'와도 흡사한 광경에 베이트도 눈을 가늘게 떴다.

아이즈 또한 입을 꾹 다물고 주위를 둘러보고 있으려니, 당황한 서포터들 중에서 라울이 고개를 들었다.

"소리가……."

연결통로에서 정면, 계층 중앙 부근에 울려 퍼지는 기괴한 음향.

무언가를 씹고, 무언가가 무너지고, 무언가가 이따금 떠는 듯 가늘게 울려 퍼지는 목소리.

시야를 가득 메운 밀림 안에서 이어지는 수수께끼의 메아리에, 발을 멈췄던 파티의 시선은 한 명의 파룸에게 집중되었다.

장창을 고쳐 든 핀은 금세 명령했다.

"전진."

두령의 목소리에 일동이 움직였다.

대로처럼 탁 트인 밀림의 외길을, 베이트와 티오나를 선두에 두고 나아갔다.

모두가 밀림 좌우로 시선을 돌렸다. 무엇이 나와도 대응할 수 있도록, 당황하지 않도록.

머리 위를 올려다보면 수십 M 너머의 천장에는 인광이 빛난다. 일부분은 녹색 식물에 뒤덮이지 않은 머리 위의 광경만이, 이 변모한 계층이 자신들이 아는 던전이라는 사실을 아이즈 일행에게 일깨워주었다.

점점 커지는 음향에 이끌리듯 직진을 계속하기를 몇 분.

밀림이 사라지고 시야가 단숨에 탁 트이자 모험자들의 눈에 그것이 들어왔다.

"……뭐야, 저게."

대쌍인을 쥔 티오나의 입에서 그런 목소리가 새어 나왔다.

수림이 자취를 감추고 회색 대지가 펼쳐진 넓은 공간.

황야와 구분이 가지 않는 계층 중심부에 있던 것은 어마어마한 양의 애벌레 몬스터와 식인꽃 몬스터.

속이 메슥거릴 정도의 괴물 무리에 에워싸인 것은 거대식물의 하반신을 가진, 여체형 몬스터였다.

"'보옥'의 여체형이로군."

"기생한 대상은…… '타이탄 알룸'인가?"

뺨에 주름을 지은 가레스의 옆에서 리베리아가 어떤 몬스터의 이름을 거론했다.

심층영역에 서식하는 거대 식물 몬스터. 동포가 됐든 모험자가 됐든 닥치는 대로 잡아먹는 '시체의 왕꽃'이었다.

타이탄 알름의 여체형을 향해, 애벌레 몬스터는 입에서 혀 같은 기관을 뻗어 끄트머리에 있는 '극채색 마석'을 내밀고 있었다. 식인꽃도 거대한 턱을 벌려 입안에 있는 '마석'을 노출시키고 있었다.

자신에게 바쳐진 '마석'을 여체형은 탐욕스럽게 빨아들이고 있었다.

거대 식물의 위쪽에 존재하는 상반신은 제50계층에서 조우했던 애벌레의 여체형과 흡사했다. 무수한 촉수로 극채색의 공물을 모조리 탐식했으며, '마석'을 흡수당한 애벌레와 식인꽃은 하나하나 재로 변해 스러져갔다.

"설마, 저렇게 많은 몬스터를 먹어치웠다는 겐가?"

눈을 크게 뜬 츠바키의 오른쪽 눈에는 여체형의 주위에 쌓인 소금기둥처럼 방대한 양의 회색 가루가 비치고 있었다.

동시에, 다른 사람들도 깨닫고 말았다.

지금도 그들이 딛고 있는 이 회색의 대지는, 어마어마한 숫자의 몬스터가 재로 변한 **사체 그 자체**임을.

"위험하다……!"

단원들이 전율하는 가운데 핀이 얼굴을 일그러뜨렸다.

"'강화종'인가……?!"

베이트 또한 얼굴의 문신을 일그러뜨리며 신음했다.

"＿＿＿＿＿＿"

그리고 아이즈는,

고동 소리를 듣고 있었다.

고막이 터져나갈 것 같은 심장의 비명을.

시선 너머의 존재가 환기시킨 피의 술렁임을.

다음 순간.

대응하고자 앞으로 나가려 했던 핀 일행의 시선 너머에서, 변화가 일어났다.

『――아.』

상반신을 일으킨 여체형, 추악하고 괴이한 머리에서 새어 나온 어렴풋한 목소리.

주위의 몬스터들을 먹어, 마침 그 절반 정도가 사라졌을 무렵.

여체형의 상반신이 준동하듯 움직였다.

『――아아.』

추한 상반신이 꿈틀거리고, 단숨에 살이 불거졌다.

핀 일행이 놀라는 동안 황홀한 숨을 몰아쉬는 여체형의 상반신에서―― 번데기에서 우화하듯 아름다운 곡선의 몸을 가진 '여자'의 몸이 태어났다.

『――아아아아아아아아아아아아아아아아아아아아아아아아아아아아아!!』

환희의 외침이 터졌다.

고막을 파괴할 것처럼 무시무시한 고주파에 모험자들은 두 귀를 막았다.

부풀어오른 살의 껍질을 찢고 나타난 '여자'는 몸을 젖혀 하늘을 우러렀다.

등에 흐르는 긴 머리카락은 광택을 띤 아름다운 것인데도.

탄력 있는 두 팔, 가슴이나 허리와 같은 매끄러운 상반신을 뒤덮은 것은 극채색의 옷.

지하세계의 천장을 우러러보며 기쁨에 몸을 떠는 그 옆얼굴은 여신에도 뒤지지 않는 미모를 자랑한다.

녹색 머리카락에 녹색 피부, 녹색 상반신.

동공도 홍채도 존재하지 않는 그 눈만이 탁한 금색이었다.

변모한 것은 인간형의 상반신에만 그치지 않았으며, 이형의 하반신 또한 조성을 바꾸더니 거대한 꽃잎과 무수한 촉수를 드러냈다.

괴물의 하반신에, 여신으로 착각할 것 같은 상반신을 가진 거대 생물이 제59계층 중심에서 산성을 터뜨렸다.

"뭐, 뭐야, 저건……!!"

아직까지도 이어지는 거대한 성량에 귀를 손으로 막으며 티오네가 신음했다.

환희의 노래를 자아내는 정체불명의 존재에 모두가 전율의 시선을 보내는 가운데.

"……이럴 리가."

단 한 사람, 아이즈는.

귀를 막는 것도 잊고 아연실색 서 있었다.

피의 술렁임이 정점에 달해, 머리 안쪽에서 귀울림이 발생하고 입술이 떨렸다.

이럴 리가, 저건, 설마, 그럴 수가, 정말로——

수많은 말이 터지는 가운데, 온몸에 흐르는 피의 흐름이 공명을 일으킨 것처럼 두쿵 떨렸다.

그리고 상대도 그것은 마찬가지였는지.

하늘에 고함을 지르던 '그녀'는 휘릭 고개를 돌리더니, 아이즈를 바라보며 환성을 질렀다.

『아리아—— 아리아!!』

자신을 보며 기쁘게 '아리아'를 연호하는 이형의 존재.

그 금색 두 눈과 시선을 마주한 아이즈는 확신했다.

그 자리에 굳어버린 채, 떨리는 입술을 벌렸다.

"'정령'……?!"

"——우라노스?!"

아이즈의 허리춤에 매달린 '눈'을 통해 수정에 비친 영상에 펠즈는 돌아보며 절규했다.

길드 본부 지하, 지하신전.

흑의인물의 외침에, 그곳에서 비치던 광경에, 신좌에 앉은 우라노스는 푸른 눈을 가늘게 떴다.

"역시 그랬군."

중얼거린 후, 믿고 싶지는 않았다며 우라노스는 말을 이었다.

"고대 시절, 우리의 뜻을 받아들여 영웅에게 힘을 빌려준 수많은 '정령'들…… 이곳 오라리오 땅에서 그들과 함께 스러져간 자들 중 하나인가."

수정 속에서 웃고 있는 '그녀'를 바라보며 미간에 주름을 짓는다.

──신들이 강림하기 이전, '고대'까지 정령은 신의 뜻을 받는 안테나의 역할을 맡고 있었다.

하계에서 몬스터를 배제하기 위해 일부 신들이 풀어놓은, 인류의 인도자이자 무기.

현대의 '팔나'와 거의 같은 역할을 했던 것이다.

인류, 나아가서는 영웅들 중 많은 이들이 정령의 가호를 받아 그녀들의 목소리를 듣고 몬스터를 물리쳤다.

그런 중에서도 모든 원흉인 던전, 옛 오라리오에는 많은 정령을 풀어놓고 있었다.

그렇게 만들어진 미궁신성담── '던전 오라토리아'.

지금도 전해지는 역사적 사실의 정체는, 정령을 통해 신들의 인도를 받았던 영웅들의 투쟁사였던 것이다.

힘 있는 '고대 정령'에 관한 이야기에 펠즈는 숨을 멈추며 수정을 다시 보았다.

다시 말해 저곳에 비친 존재는——

"던전에 내려가, 추측컨대, **몬스터에게 잡아먹혔고**, 여전히 자아를 유지했던 존재."

"천 년 이상이나 살아 있었단 말인가?!"

"그렇지. 그리고 몬스터에게 먹힘으로서 존재방식이 **반전되었다……**."

약육강식. 몬스터의 섭리.

괴물에게 먹힌 '정령'은 이제는 먹고, 빼앗고, 빠져드는 원시적인 욕구에 지배당한 괴물로 전락했다.

"우리의 아이들과 몬스터의 융합…… 이것도 하계의 가능성인가."

중얼거리는 우라노스는 무언가에 견디듯 눈을 감았다.

이윽고 눈을 뜬 노신은 눈에 힘을 주며 수정의 '그녀'를 바라보았다.

"저것은 이미 '더럽혀진 정령'이다."

"'정령'……?! 저렇게 징그러운 게?!"

아이즈의 말을 듣고 시선 너머의 존재를 보며 티오나가 외쳤다.

동요하는 모험자들의 시선을 받은 '그녀'는 사위스럽고, 독살스럽고, 아름다웠다.

거대한 몬스터의 하반신에, 자신의 존재 의의조차 잊은 것처럼 극채색의 옷을 두른 '정령'의 상반신.

끔찍할 정도의 신성함과 혐오감을 수반하는 미추(美醜)의 존재.

압도적인 기피감을 흩뿌리는 '더럽혀진 정령'의 위용에 일동은 당황했다.

"……신종 몬스터들은 여체형을 저 형태까지 승화시키는 **촉수**에 불과했던 거로군."

높이 10M에 이르는 이형의 존재에 핀은 눈을 가늘게 떴다.

다른 몬스터들을 우선적으로 노리는 애벌레나 식인꽃의 생태를 돌이켜보고 추측했다. 어쩌면 '마력' 그 자체도 시선 너머의 존재에게는 중요한 영양원인지도 모른다.

온 계층 내의 몬스터를 먹고, '마석'을 긁어모아, 본체에게 가져간다. 그야말로 촉수다.

핀의 시선 너머에서 '그녀'는 연신 웃으며 한 소녀를 향해 이름을 불러댔다.

『아리아, 아리아!!』

마치 어린아이처럼 '아리아'를 연호하며 더듬더듬 말을 잇는다.

『보고. 싶었어. 보고. 싶었어!』

"……흑?!"

『너도. 하나가. 되자!!』

아이즈에게 건넨 단어의 나열에 흠칫 그녀를 돌아보는

티오나와 모험자들.

리베리아를 비롯한 수뇌진은 무언가를 점점 눈치채고 있는지 긴박한 표정을 지었다.

『——널. 먹을게.』

그리고 정령이었던 존재는 초승달 형태의 웃음을 지었다.

다음 순간, '마석'을 헌상하지 않고 남아 있던 애벌레와 식인꽃들이 홱 몸을 돌렸다.

'그녀'의 시커먼 의지에 따르듯 모험자들에게—— 아이즈에게 조준을 맞췄다.

그와 거의 동시에, 계층 출입구인 연결통로가 굉음을 내며 녹색 벽으로 막혔다.

"모두 전투준비!!"

누구보다도 먼저 터져나온 핀의 호령.

닫혀버린 퇴로에 동요하도록 내버려두지 않는 날카로운 두령의 목소리에, 혼란에 빠질 뻔했던 일행의 몸은 재빨리 반응해 무기를 들었다.

『아하.』

그녀의 웃음과 함께, 전투가 시작되었다.

『오오오오오오오오오오오오오오오오오오오오오오오오오오오오오!!』

깨진 종을 두드리는 듯한 포효를 터뜨리는, 50마리를 가뿐히 넘어서는 애벌레와 식인꽃이 아이즈 일행에게 돌진했다.

밀려드는 황록색과 극채색 덩어리에 모험자들은 뒤랑달 무기를 뽑아들었다.

"핀, 나도 전열로 나가겠네!"

"어차피 하는 일은 달라질 거 없으니 죄다 날려버리겠어!"

앞으로 튀어나간 가레스와 베이트가 애벌레의 부식액을 피하며 도끼와 쌍검으로 그들의 몸을 분쇄하고는 돌진했다.

몬스터들이 지르는 단말마의 비명이 울려 퍼지는 가운데, 괴로울 정도로 뛰어대는 가슴을 움켜쥐고 멈춰 섰던 아이즈는 억지로 눈꼬리를 틀어올리며 온몸에서 동요를 떨치고 자신도 전선에 가담했다.

애검 《데스퍼러트》를 들고 적의 무리에 참격의 소용돌이를 퍼부었다.

"레피야, 여체형을 노려. 영창을 시작해! 서포터들은 '마검'으로 전열을 엄호하고!"

"아, 알겠습니다!"

"네엣!!"

계층 터주를 상대할 때와 동등한 정밀도로 지시를 날리는 핀을 따라 서포터 진영이 행동을 개시했다.

지팡이를 든 레피야가 영창을 개시하고, 장검형 '마검'을 꺼낸 라울 일행이 무영창 마법을 펼쳤다.

원호사격도 더해져, 폭발 속을 달려나간 아이즈 일행은 애벌레 몬스터를 밀어냈다.

"멀거니 서서 구경만 하는 것도 좀, 말이지."

하카마를 펄럭이는 츠바키 또한 태도를 들고 식인꽃의 무리를 베어나갔다.

『후후.』

몬스터들이 쓰러지는 동안, 변모한 여체형이 움직였다.

타이탄 알름의 하반신에서 돋아난 여러 개의 촉수를 쳐들더니 무시무시한 속도로 후려쳤다.

밀려드는 거대한 촉수의 무리를 향해 달려나간 티오나와 티오네가 이를 받아쳤다.

""무거워!!""

속도와 위력을 겸비한 적의 공격에 일그러지는 자매의 얼굴.

계층 터주 우다이오스의 말뚝보다도 더 강력한 충격이 대검과 할버드를, 두 사람의 손을 흔들고 마비시켰다. 뿌리쳐냈지만 적의 촉수에는 상처 하나 없었다.

100M 이상 떨어진 지점에서 날아드는 촉수의 비는 모두 아이즈를 노린 것이었다. 동료 소녀를 향해 집요하게 펼쳐지는 채찍 공격에 티오나와 티오네는 만만하게 보지 말라며 요격을 거듭했다.

"리베리아, 영창은 기다려줘."

"핀?"

전황을 지켜보며 행동에 나서려던 리베리아에게 핀이 제지를 촉구했다. 돌아서지 않고 그녀에게 등만을 보이는 파룸은 오른쪽 엄지를 실룩거리며 씁쓸함에 물든 목소리로 말했다.

"엄지가 계속 시큰거려……. 무언가가, 올 거야."

섣부른 예측은 금물이라던 핀이 통솔자로서 썼던 가면이 균열을 일으키며 당장이라도 떨어지려 했다.

현재의 전황에 누구보다도 위기감을 품은, 그런 그의 직감을.

여체형은—— 미소로 긍정했다.

『불이여.오라——』

다음 순간, 노래가 흘러나왔다.

"영창?!"

아이즈 일행 전원의 경악이 겹쳐졌다.

거대한 하반신 밑에 전개되는 광대한 매직 서클.

사위스러운 문양과 솟구치는 붉은 마력광이 여체형의 온몸을 에워쌌다.

"몬스터가?! 이게 말이 돼?!"

기원이 '정령'이라고는 하지만 이미 몬스터에 속한 모습을 가진 여체형의 영창 행위에 티오네가 견디지 못하고 고함을 질렀다. 흉포한 파괴충동과 본능에만 몸을 맡기는 몬스터가 주문을 외우는 일은 절대 있을 수 없다. '마법'에 수반되는 이성과 지혜는 인류의 영역이며, 결코 괴물들이 발을 들일 수는 없는 것이다.

그러나 광역으로 전개되는 붉은 매직 서클.

그리고 치솟는 '마력'의 출력.

눈을 크게 뜬 핀은 체면 가리지 않고 외쳤다.

"리베리아, 결계를 쳐!!"

단원들이 들은 적도 없을 만큼 여유를 잃은 목소리로 명령을 내린다. 그 목소리가 떨어지기 무섭게 리베리아도 조바심을 내는 표정으로 영창을 개시했다.

"포격! 적의 영창을 막아라!!"

잇따라 내려진 지시에 서포터 진영, 그리고 원래부터 마법을 준비하고 있던 레피야도 포효를 터뜨렸다.

"이, 일제사격억!!"

"【퓨절레이드 팔라리카】!!"

'마검'의 동시사격과 수백 발에 이르는 불화살이 여체형에게 쇄도했다.

제59계층을 빛으로 에워싼 일제포화를 상대로, 적은 하반신에 달린 열 장의 거대한 꽃잎을 정면에 펼쳤다. 웃음과 함께 영창을 이어나가는 '그녀' 앞에서 노도의 포격은 섬광과 충격을 흩뿌리며 격렬한 폭발음을 낳았다.

계층 중심부의 대지가 눈먼 탄환에 터져나가는 가운데 레피야와 서포터들의 시선 너머에서, 상처 하나 없는 꽃잎── 멀쩡한 여체형이 유유히 존재하고 있었다.

"하핫, 그게 안 통한다고……?!"

상처 하나 입지 않은 적의 모습에 츠바키가 웃으려다,

실패했다.

레피야의 절대화력으로도 관통할 수 없다는 사실이 이쪽의 공격은 모두 소용이 없다는 현실을 행간으로 들이대고 있었다. 레피야와 라울 일행이 아연실색하는 가운데 츠바키는 여체형의 온몸을 지키는 꽃잎의 장갑을 노려보며 "대체 뭘로 만든 거냐……!"라고 중얼거렸다.

『울어라. 울어라. 울어라. 불꽃의. 소용돌이여. 홍련의. 벽이여. 업화의. 포효여. 돌풍의. 힘을. 빌려. 세계를. 닫을지니. 불타는. 하늘. 불타는. 대지. 불타는. 바다. 불타는. 샘. 불타는. 산. 불타는. 목숨. 모든. 것을. 초토로. 바꾸어. 분노와. 탄식의. 포효를. 우리가. 사랑한. 그. 영웅이. 목숨. 바친. 대가를──』

『춤을 추어라 대기의 정령이여, 빛의 주여. 숲의 수호자와 맹약을 맺어 대지의 노래로서 우리를 감쌀지어다, 우리를 에울지어다』

여체형과 리베리아의 동시영창.

흉흉한 노랫소리와 함께 영롱한 주문이 이어지는 가운데── 적의 영창 규모에 마도사인 리베리아와 레피야의 눈동자가 흔들렸다.

'초장문영창'.

믿을 수 없을 정도로 장대한 영창의 양. 그럼에도 불구하고 상대가 자아내는 영창의 속도는 무서울 정도로 빨라 도시 최강의 마도사 리베리아를 웃돌았다. 인간의 영역을 넘어선 포격마법에 인간의 것이 아닌 '마력'의 거대한 덩어리가 압도적인 속도로 장전되려 했다.

'정령'의 미모가 미소를 짓고, 하이엘프의 미모가 초조함에 일그러졌다.

"상대에게 다가가지도 못하고……!!"

완성되어가는 마법이 모든 이를 전율케 하는 가운데, 여체형을 직접 베고자 하는 아이즈나 티오나에게 무수한 촉수가 쏟아졌다. 잇따라 날아드는 촉수의 공격이 몬스터까지도 함께 휩쓸며 모험자들의 접근을 한시도 허용하지 않았다. 오히려 촉수나 몬스터에게서 리베리아를 지키는 것이 고작이었다.

『대행자의.이름으로.명하노니.선택받은.나의.이름은.살라만더.불꽃의.화신.불꽃의.왕——』

촉수를 뿌리치는 티오나와 티오네.

몬스터에 맞서 싸우는 가레스, 베이트, 츠바키.

헛수고일 뿐이라는 것을 알면서도 여전히 화살과 마법을 쏘아대는 라울 일행과 레피야.

그리고 채찍의 비에 집요하게 공격당하는 아이즈.

영창과 병행해 조종하는 무수한 촉수, 철벽의 장갑.

공격, 방어, 마법을 동시에 전개하는 오버스펙 괴물을 앞에 두고, 전황을 부감하던 핀은 이를 악물었다.

"——모두 리베리아의 결계까지 물러나!!"

추세를 간파하고 후퇴를 명하는 핀.

최전선에 있던 아이즈 일행이 레피야와 서포터의 엄호

를 받아 핀이 있는 곳까지 도착한 순간, 때를 맞춘 것처럼 리베리아의 영창이 완성되었다.

"【위대한 삼림의 빛 장벽이 되어 우리를 수호하사——나의 이름은 알브】!"

리베리아의 마법 중에서도 최강의 방어마법이 펼쳐졌다.

"【비아 실헤임】!!"

리베리아의 발밑에 전개되었던 비취색 매직 서클이 광휘를 뿜어내고 그대로 돔 형태의 녹색 영역으로 변모했다. 술자를 포함한 열세 명의 모험자를 완전히 에워쌌다.

물리, 마법공격을 모두 차단하는 '결계마법'의 전개——그와 거의 동시에.

영창을 완성한 여체형은 '마법'을 발동시켰다.

『【파이어스톰】.』

세계가 붉게 물들었다.

"＿＿＿＿＿＿＿＿＿＿＿＿＿＿＿＿＿"

화염의 정령을 방불케 하는 극대의 화염폭풍.

전방에서 휘몰아치는 것은 해일로 착각할 만한 불바람이었다. 시뻘건 열파가 급류가 되어 리베리아의 시야에 밀려들었다.

몬스터도 포함해, 동료들을 에워싼 돔 형태의 결계마법과 함께 계층 전체가 휩싸였다.

"~~~~~~~~~~~~~~~~~~~~~~~~~~~~~~~~~~~
~~~~~~~~~~?!"

결계와 불꽃폭풍이 충돌하는 소리, 그리고 지팡이를 두
손으로 든 리베리아의 고통 어린 비명.

스러져가는 몬스터들의 비명이 결계 밖에서 밀려들고,
비취색 두 눈이 한껏 크게 뜨였다.

작열하는 세계와 격리된 모험자들도 그 장벽 밖의 광경
에 전율하는 가운데.

쩌적, 쩌적.

이제까지 상처 하나 입은 적이 없었던 최강 마도사의 결
계마법에 균열이 발생했다.

"결계가……?!"

정면, 좌우, 머리 위, 전방위에 걸쳐 금이 가는 빛의 벽
에 라울과 레피야의 낯빛이 창백해졌다.

전방에서 밀려드는 불꽃의 폭류에—— 초열을 뒤집어쓰
고 있는 리베리아가 외쳤다.

"——가레스! 모두를 지켜!!"

그 순간 가레스는 서포터들에게서 거대 방패 두 개를 억
지로 빼앗아선 아이즈 일행의 눈앞, 리베리아의 뒤로 뛰어
나갔다.

다음 순간 리베리아의 결계마법 【비아 실헤임】은 찢어지
는 소리를 내며 깨져나갔다.

"리베리아——!!"

처음은 리베리아였다.

그녀가 홍련의 탁류에 휩쓸리고, 아이즈의 비명이 불꽃의 포효에 묻혔다.

1초도 지나지 않아 거대 방패를 든 가레스에게 폭풍이 충돌했다.

"으——아아아아아아아아아아아아아아아아아아아아아아아아아아아아아아!!"

리베리아가 불꽃의 소용돌이 속으로 사라진 가운데 가레스의 절규가 솟아났다.

뒤에서 티오나에게 밀려 쓰러져 땅에 엎드린 아이즈, 그녀들과 마찬가지로 드워프 대전사의 뒤에 숨은 핀과 모험자들.

그러나 그런 그들을 비웃듯, 불꽃의 맹위는 방패를 녹이고 가레스의 투구와 갑옷마저도 융해시켰다.

"영감?!"

베이트가 외친 순간, 두 장의 방패가 증발했다.

아직까지 밀려드는 겁화의 파도를 가레스는 두 팔을 벌리며 온몸으로 받아냈다.

"크어어어어어어어어어어어어어어어어어어어어어어어어어어어어어어어!!"

가레스의 포효가 열풍과 부딪치고, 다음 순간—— 대폭발.

시야를 새빨갛게 물들인 폭광과 함께 아이즈 일행은 봇물 터진 기세로 후방을 향해 날아가버렸다.

피부와 방어구가 타들어가고, 그래도 무기만은 놓치지 않은 제1급 모험자들은 붉은 바람에 휩쓸렸다. 모든 것이 불타는 소리에 비명조차 제대로 지를 수 없었다. 핀에게 보호를 받은 레피야나 라울을 비롯한 서포터들은 그와 함께 지면을 몇 번이나 굴렀다. 불꽃의 행군이 온갖 것들을 일소했다.

"큭……?!"

불의 바람이 가라앉자, 그곳에는 켜켜이 쌓인 시체와도 같은 몰골로 지면에 쓰러진 모험자들이 있었다.

불타버린 지면에는 재 말고는 아무것도 남지 않았다. 몬스터도, '마석'도, 등 뒤에 펼쳐졌던 밀림조차도 모든 것이 자취를 감추고 초토로 전락했다. 공간의 중심지에 있는 여체형을 경계 삼아 계층은 다른 세계가 되어버렸다.

직격을 면해 여파만을 뒤집어썼음에도 온통 상처를 입은 갑옷과 몸. 신음소리를 흘리면서 떨리는 손으로 지면에서 고개를 드니── 【로키 파밀리아】의 모험자들은 하나같이 말을 잃었다.

마보석이 깨진 은백색 지팡이와 함께 쓰러진 리베리아. 높은 마력내성을 가졌어야 할 성포(聖布)가 너덜너덜해졌다.

온몸이 그을려 드러누운 채 쓰러진 가레스. 몸으로 아이즈 일행을 마지막까지 지켰던 그의 방어구는 모조리 불타 사라진 상태였다.

침묵한 채, 하이엘프 마도사와 드워프 대전사는 꿈쩍도

하지 않았다.

그 광경을 보고 레피야나 라울을 비롯한 서포터들은 물론 티오나, 티오네, 베이트조차 절망의 표정을 지었다.

핀을 제외한 수뇌진의 재기불능.

【로키 파밀리아】최대 전력 중 두 명이 쓰러졌다.

이제까지 있을 리 없었던 긴급사태.

"리베리아, 가레스……."

아이즈 또한 입술에서 갈라진 목소리를 흘렸다.

파벌의 절대신뢰와 안도감을 짊어졌던 기둥을 두 개나 잃고 사기는 더할 나위 없이 떨어졌다.

그만큼 눈앞의 광경은 젊은 모험자들의 마음을 꺾기에 충분한 위력을 담고 있었다.

검게 그을린 팔을 붙든 핀도, 푸른 눈을 가늘게 떴다.

『땅이여. 울부짖으라——』

여기에 결정타를 가하듯.

"＿＿＿＿＿＿＿"

여체형은 웃으면서 영창을 시작했다.

——너무 빨라.

전개되는 까만색 매직 서클. 조금 전과는 다른 칠흑의 마력광.

마법집행 직후의 경직을 개의치 않고 재영창에 들어간 괴물에 아이즈 일행은 얼어붙었다.

『【오너라. 오너라. 오너라. 대지의. 껍질이여. 흑철의. 섬광이

여.별의.철퇴여.개벽의.맹약으로.역전하라.하늘을.태워
라.땅을.부수어라.다리를.놓아라.천지.하나가.되어.쏟아
지는.천공의.도끼.파괴의.재앙——】』

영창의 양이 떨어진 장문영창. 그러나 그것은 금세 포격
이 시작된다는 것과 동의어였다.

『【대행자의.이름으로.명하노니.선택받은.나의.이름은.노
움.대지의.화신.대지의.왕——】』

충격도 채 가시지 않은 상태에서 제1급 모험자들의 본능
이 미친 듯이 날뛰어, 아이즈 일행이 땅을 박찬 순간 새까
만 마력광을 띤 정령 괴물은 노래했다.

『【미티어.스윔】.』

매직 서클의 광채가 머리 위로 치솟고, 계층 천장이 어
둠과 빛에 휩싸였다.

방대한 '마력'이 모여들더니 다음으로는 새까만 빛을 발
하는 운석의 무리가 모습을 나타냈다.

"서포터들을 지켜!!"

달려나간 핀이 밀려드는 빛을 받으며 서포터 한 사람의
팔을 잡았다.

그와 동시에 거대한 운석의 비가 제59계층에 쏟아졌다.

"으아아아아아아아아아아아아아아아아아아아아아아!!"

폭쇄하는 암반과 파괴의 소용돌이에 라울의 비명이 메
아리쳤다.

그를 감싸며 폭풍에 얻어맞아 날아간 베이트, 레피야를

끌어안고 새까만 별빛에 휩싸인 아이즈, 남은 두 서포터에게 달려든 티오나와 티오네, 그녀들을 감싸기 위해 자신을 방패로 삼은 츠바키. 광채를 뿜어내는 칠흑의 유성우는 무시무시한 효과 범위를 자랑하며 던전을 뒤흔들었다.

건틀릿이 튕겨 날아가는 것도 아랑곳 않고 소녀를 가슴에 끌어안은 가운데 충격파에 흔들리는 아이즈의 눈이 본 것은, 가차 없는 포격에 그대로 노출된 하이엘프와 드워프.

목소리를 이루지 못하는 고함을 지르며 아이즈는 레피야와 함께 날아가버렸다.

계층 전역이 요란한 빛의 연쇄에 지배당했다.

"……, ……아."

"빌어, 먹을……?!"

초토 위에 형성된 대파괴의 흔적 속에서 반쯤 숨이 붙은 라울이 신음하고 베이트가 지면에 손가락을 박았다.

원형의 크레이터가 곳곳에 생겨났다. 모험자들은 파헤쳐진 구멍 부근에 쓰러진 채 온몸에서 연기와 검은 빛의 입자를 피웠다. 거구의 여체형이 방긋 웃으며 내려다보는 가운데 한 사람, 또 한 사람 몸을 뒤틀면서 떨리는 몸을 어떻게든 일으켰다.

제1급 모험자들의 움직임 속도와 창졸간의 방어행동이 광범위로 확산된 유성폭격 틈을 비집고 목숨을 붙들어매주었다.

"살아 있냐……?"

숯으로 변해 오른팔이 짓이겨진 츠바키가 힘없이 미소를 지으며 묻자, 서포터들 위에서 몸을 일으킨 티오네는 짤막하게 대답했다.

"죽을 것 같아……."

눈물을 흘리는 여성 단원들이 부서지지 않고 남았던 포션을 뿌려주어, 쓰러졌던 티오나도 슬쩍 눈을 떴다.

"아, 아이즈 씨……?!"

"허억, 허억, 헉……!"

반사적으로 바람의 갑옷을 전개했던 아이즈 또한 허덕이기만 할 뿐 눈물을 짓는 레피야에게 아무 대답도 못했다. 유성에 한 발 직격당하자 기류의 방어는 순식간에 깨져나갔으며 소녀들의 금색과 선황색 머리카락을 더럽혔다.

눈 아래의 광경에 탁한 금색 눈을 가늘게 뜬 여체형 몬스터는 나긋나긋한 두 팔을 벌리더니 괴물의 하반신에 존재하는 두 개의 꽃봉오리를 활짝 피웠다.

개화한 거대 극채색 꽃에, 계층 내에 떠돌던 칠흑의 빛 입자, 그리고 불똥처럼 붉은 입자가 빨려 들어갔다.

"……'마력', 을."

"흡수하고 있어……?"

시선 너머의 광경에 티오네와 티오나가 아연실색하는 한편, 여체형은 소비했던 '마력'을 재충전하고 있었다. 극대 포격으로 대폭 깎여나갔을 마법의 원천이 회수되는 그 현상에 아이즈 일행은 얼굴을 찡그렸다. 리베리아의 부서져나간【비아 실혜임】── 비취색 마소(魔素)까지도 잔혹할 정도로 탐식했다.

재충전이 끝나면 다시 어마어마한 광범위 섬멸마법이 집행될 것이다.

정령이었던 존재에게 아름다운 빛의 입자들이 빨려 들어가는 그 환상적인 광경도 이제 그들의 눈에는 허공으로 올라간 사신의 낫으로밖에 보이지 않았다.

『라아아────────…….』

여체형은 다시금 가느다란 턱을 위로 들더니 한 줄기 선율을 입에 담았다.

어린아이처럼 천진난만하게 자아내는 높은 음성은 이윽고 등 뒤에서 이어지는 무수한 그림자를 초래했다.

"몬스터……."

레피야의 눈에 절망을 가져다주는 황록색과 극채색의 표피.

여체형의 아득히 후방에 존재하는 하부 계층으로 이어지는 거대한 굴── 제60계층에서 불러들이듯, 여체형은 대량의 애벌레와 식인꽃 몬스터를 소환했다.

극채색 옷을 두른 '정령'과 그녀가 이끄는 괴물의 군세에 모험자들의 몸에서 힘이 사라지려 했다.

"……다, 끝났나?"

짓이겨진 팔을 붙들고 츠바키는 오른쪽 눈에 체념의 빛을 띠었다.

땅에 무릎을 꿇은 베이트, 티오나, 티오네도 마찬가지였다. 포기하겠다는 말은 오기로라도 할 수 없었지만 투쟁심은 풍전등화였다. 레피야는 젖어드는 눈으로 입술을 깨물었고, 라울을 비롯한 서포터들은 지면에서 시선을 들지 못했다.

《데스퍼러트》를 놓지 않고 있던 아이즈는 여전히 서지 못한 채, 그래도 필사적으로 눈꼬리를 틀어올리며 준동하는 괴물들을 노려보았다.

모험자들의 무기가 재투성이 대지 위에 널브러져 있었다.

검이, 창이, 도끼가, 지팡이가, 방패가.

한 소녀에게 꿈의 기억을 일깨워주는 황량한 풍경.

아직까지 부서지지 않고 원형이 남았지만, 그러나 사용자들의 의지와 동조한 것처럼 둔중한 광택밖에 뿜어내지 못한다. 기분 나쁜 소리를 내며 괴물들이 여왕의 곁으로 몰려드는 가운데, 흡수되어가는 별의 바다와 같은 빛의 입자를 그저 올려다보고만 있었다.

검을 분연히 들려고도 하지 못한 채, 침묵하고만 있었다.

"……."

그런 가운데, 핀은.

더러워진 얼굴을 오른팔로 난폭하게 닦고 일어났다.

황금색 머리카락을 찰랑거리는 파룸이 천천히 앞으로 걸어나갔다.

얼굴을 드는 라울 일행을, 망연자실한 레피야를, 돌아보는 베이트와 티오나와 티오네를, 오른쪽 눈을 돌리는 츠바키를, 그리고 아연실색한 아이즈를 지나쳐 앞으로 나아간다.

땅에 굴러다니던 장창을 주워들어, 아득한 전방, 사위스러운 정령과 몬스터들을 정면으로 바라본다.

멈춰 서서, 모두에게 등을 돌린 채.

손에 든 창을 지면에 꽂았다.

"저 몬스터를, 잡겠어."

그리고 말했다.

푸른 눈을 치켜세우고, 미소 짓는 '정령'을 노려보며.

숨을 들이키는 동료들.

눈을 크게 뜨는 모험자들을, 그는 옆얼굴을 돌리며 보았다.

"너희에게 '용기'를 묻겠다. 너희의 눈에는 뭐가 보이지?"

일행의 눈에 비친 것은 끔찍한 정령 괴물.

수많은 몬스터를 거느린, 인간의 상식을 초월한 존재.

"공포일까, 절망일까, 파괴일까? 내 눈에는 쓰러뜨려야 할 적, 그리고 승산밖에 보이지 않아."

흠칫. 일동의 어깨가 떨렸다.

경악 어린 시선을 그 조그만 등으로 받아내며, 그는 말을 이었다.

"퇴로 따위 원래부터 필요 없었어. 이 창으로 길을 열 테니까."

의연한 목소리로 단언하고, 의지에 가득 찬 눈빛으로 일
행을 바라본다.

"피아나의 이름으로 맹세컨대, 너희에게 승리를 약속하
지—— 따라와."

모두의 가슴이, 눈이, 팔다리가 떨렸다.

시선 너머에 서 있는 그 모습에, 젊은 서포터들이 주먹
을 쥐고, 레피야의 마음이 흔들렸다.

그 어떤 곳에서도, 그 어떤 때에도 만군을 고무시키고
고양감을 주는 것이 '영웅'의 조건이라고 한다면.

【브레이버】핀 디무나는 누구보다도 '영웅'이었다.

"아니면 벨 크라넬의 흉내는 너희에게 짐이 무거울까?"

무엇보다도, 그는 **남을 선동하는 데 천재**였다.

"＿＿＿＿＿＿＿＿＿＿＿＿＿＿＿＿＿＿＿"

베이트를 비롯한 모두의 뇌리에 떠오르는 결전의 풍경.

미노타우로스와 목숨을 깎아 싸웠던 한 소년. 전심전력
을 걸었던 '모험자'.

격전의 여운이, 열기가, 그들의 내장을 이글이글 지졌다.

무엇보다도 뜨겁고, 무엇보다도 새하얗고, 무엇보다도
존엄한.

영웅담의 한 페이지.

크게 뜨인 아이즈의 눈에도 그 등이 되살아났다..

위대한 아버지와 겹쳐진 소년의 등이 되살아났다.

"——피라미한테 지고 있을 수 있겠냐!!"

"……어디 해보자 이거죠."

"우리도 '모험'을 해야지."

베이트가 분노한 얼굴로 부르짖고, 티오네가 앞머리를 쓸어 넘기고, 티오나가 웃음을 짓고 일어났다.

아이즈도 눈꼬리에 힘을 주고 은색 검과 함께 일어났다.

손에 들린 쌍검이, 할버드가, 대검이, 전의를 되찾은 것처럼 날카로운 광택을 뿜어냈다.

속속 기염을 토하며 일어나는 제1급 모험자들에게 경악하는 하급 구성원들. 선배들의 얼굴에서는 비관이 사라지고 타오르는 기백만이 넘쳐났다.

'벨 크라넬……'

그 이름을 들은 레피야의 마음에도 불이 켜졌다.

달리고 또 달리던 그 뒷모습을 떠올리자, 핀이 던진 불씨가 가슴속에 번져났다. 선배들의 뒤를 따르고자 두 손을 부르쥐고 마찬가지로 일어났다.

아연실색할 뿐이었던 서포터들도 이를 악물고 지면을 박찼다.

한계를 돌파한 기력이 파티를, 모험자들을 지배했다.

"라울 팀도 후방에 남아서 지원해!! 나와 모두가 여체형에게 돌격하겠다! 레피야, 너도 와!"

"네!!"

분기한 모험자들에게 핀이 고함을 질렀다. 여전히 마력을 흡수하는 여체형을 노려보면서 주위에 흩어진 무기를 긁어모으도록 서포터들에게 지시했다.

레피야와 제1급 모험자들에게 재빨리 무장이 지급되고, 처음이자 마지막 돌격 준비가 갖춰졌다.

동료들의 분주한 움직임을 등 너머로 느끼며, 두 번째 무기로 뒤랑달 장창을 받아든 핀은 땅에 쓰러져 있는 엘프와 드워프에게 다가갔다.

"리베리아, 가레스. 여기서 끝이야?"

곁에 멈춰 선 그는 주검처럼 쓰러진 전우들에게 눈을 돌리지 않았다.

그의 눈은 적만을, 전방만을 노려보고 있다.

"그러면 거기서 자고 있으라고. 난 앞으로 갈 테니."

자신의 야망과 의지만을 전하고, 핀은 걷기 시작했다.

두 사람을 남기고 그는 앞으로 나아갔다.

"가자!!"

장비를 완료한 아이즈와 동료들을 돌아보며 핀은 호령을 터뜨렸다.

고함으로 호응한 모험자들을 이끌고, 포효를 터뜨리는 몬스터들에게 돌진한다.

그리고── 꿈틀.

달려나가는 그들의 발소리를 들은 드워프의 왼손이 떨렸다.

뿌드득, 굵은 손바닥이 지면을 헤집고 불끈 주먹을 쥐었다.

"저 시건방진 파룸 애송이가……!"

몸을 일으키고, 가레스는 진심으로 얄밉다는 듯 웃음을 지었다.

그와 마찬가지로 손을 미동한 엘프에게 얼굴을 든다.

"이봐, 아니꼬운 엘프!! 거기서 자고 있을 때인가!!"

"……닥치시지, 야만스러운 드워프."

쓰러진 지팡이를 끌어당기며 대담하게 웃는 리베리아.

마치 처음 만났을 때로 돌아간 것처럼 밉살맞은 소리를 나누고, 붉은 피를 흘리며—— 두 사람은 모두 재기했다.

"가레스 씨, 리베리아 씨……!"

어디까지고 불굴이며, 한없이 강한 유대로 묶인 파벌 두령들을 보는 라울의 눈에서 눈물이 굴러 떨어질 것 같았다.

"도끼 이리 내놔!!"

드워프의 격렬한 목소리에 서포터가 대형 배틀액스 《그랜드 액스》를 집어던지듯 건넸다.

만신창이가 된 몸에도 아랑곳 않고 가레스는 포탄이 되어 핀을 비롯한 동료들의 뒤를 쫓아갔다.

"너희는 나를 지켜라!!"

『예!!』

그리고 상처 입은 몸으로 지팡이를 들고 리베리아는 비취색 매직 서클을 전개했다.

선명한 광휘. 시작되는 최대의 포격 준비.

온갖 행동을 버리고 영창에만 전념하는 도시 최강의 마도사에게 라울 일행도 목소리를 모아 따랐다.

"……좋은 걸 보았어. 소인도 돕도록 하겠네."

분투하는 【로키 파밀리아】의 모습에 츠바키는 오른쪽 눈을 가늘게 떴다.

짓이겨진 오른팔을 축 늘어뜨린 채, 왼손으로 태도를 들고 전열에 참가했다.

모험자들의 최종결전이 막을 열었다.

온 계층에서 빛의 소용돌이가 사위스러운 그릇으로 빨려 들어갔다.

피아간의 거리 200M. '마력'을 계속 먹어대는 '더럽혀진 정령'을 전방에 두고 핀 일행은 빛나는 무기를 든 채 일직선으로 달려나갔다.

한줄기 바람이 된 그들에게, 진격해 온 괴물의 대군이 더는 못 간다고 깨진 종을 두드리는 듯한 포효를 지르며 육박했다.

"아이즈, 힘을 비축해!! 전력을 다한 일격으로 네가 결판을 내는 거야!! 다른 사람들은 아이즈를 보호해!"

일격.

일격에 모든 것을 건다.

무수한 공격수단, 요새와도 같은 철벽을 자랑하는 강대한 적을 앞에 두고, 핀은 자신들이 확보할 수 있는 기회는 한순간뿐이라고 판단했다.

　소녀는 힘을 아끼게 해, 자신들을 희생해서라도 상대와의 지근거리까지 보내주려는 계획.

　모든 이들의 힘으로 활로를 열고 아이즈를 '더럽혀진 정령'에게 보낸다.

　핀의 명령에 고개를 끄덕인 아이즈는 목소리를 높였다.

　"【눈을 뜨라, 폭풍】!!"

　기류의 갑옷 【에어리얼】이 소녀의 몸을 에워쌌다.

　바람의 인챈트를 얻은 아이즈를 중심으로 티오나 일행이 대열을 변경해, 핀을 선두에 둔 화살촉과도 같은 진형을 취했다.

　괴물의 심장을 꿰뚫을 모험자들의 은빛 화살이었다.

　"레피야, '병행영창'을 시작해! '마법'의 선택은 네게 맡길게!!"

　"네!"

　아이즈가 바람의 힘을 모으기 시작하는 가운데, 레피야에게 지시를 내린 핀은.

　자신도 또한 영창을 시작했다.

　"【마창(魔槍)이여, 피를 바치고 나의 이마를 꿰뚫어라】."

　멈추지 않고 초단문영창을 마친 핀의 왼손에 선혈의 빛으로 물든 마력광이 모여들었다.

눈을 감고 붉은 손가락──── 날카로운 창의 날을 자신의 이마에 댄 직후 마력광이 체내로 침투했다.

"【헬 피네가스】."

다음 순간, 크게 뜨인 핀의 아름다운 푸른 눈이 처절한 붉은색으로 물들었다.

"────우워어어어어어어어어어어어어어어어어어어어어어어어어어어어억!"

항상 냉정하고 침착하던 파룸 두령이 흉전사와도 같은 처절한 포효를 터뜨렸다.

헬 피네가스, 흉맹의 마창. 핀이 가진 전의고양 '마법'.

전투의욕──── 불타오르는 호승심을 이끌어내 술자의 모든 능력을 대폭으로 높인다.

단, 힘의 대가로 정상적인 판단력을 잃게 된다.

────핀이 지휘를 버렸다.

피에 굶주린 전사의 얼굴로 변한 두령의 모습을 보고 아이즈 일행은 깨달았다.

여체형 몬스터에게 가는 길을 열기 위해, 스테이터스 상승을 우선시한 것이다.

동시에, 이제부터는 각자의 판단에 따라 적을 쳐야만 한다.

티오나와 베이트, 레피야가 저마다 무기 자루를 움켜쥐는 가운데, 눈동자의 색을 붉은색으로 바꾼 핀은 티오네에게 맡겨두었던 뒤랑달 창을 다시 받았다.

좌우 양손, 조그만 몸에는 어울리지 않는 두 자루의 장창을 들고, 밀려드는 몬스터들과 충돌했다.

아이즈 일행에게서 혼자 앞장서서, 포효를 질렀다.

"———————————————————————————아아아!!"

학살이 시작되었다.

부식액을 토해내려 하던 선두의 애벌레가 잔상을 일으킨 뒤랑달 창에 상반신이 송두리째 터져나갔다. 부채꼴 팔을 비롯한 무수한 살점이 허공에 치솟고, 나아가 좌우 후방에 이어졌던 몬스터들까지도 그 창의 일격에 터져나갔다.

포효하는 파룸은 순식간에 발생한 광경에는 아랑곳하지도 않고 그대로 두 자루의 장창을 휘둘러댔다.

『오오오오오오오오오오오오오오오오오오오오오오오오오오오오오오오오?!』

여러 마리의 애벌레를 포착해서는 휩쓸어버리는 은색 창대. 이리저리 튀는 부식액을 뒤집어쓰고 솟아나는 깨진 종을 두드리는 듯한 비명. 이어지는 참격이 또 다른 괴물의 가슴, '마석'을 분쇄해 대량의 재가 허공에 치솟았다.

핀의 앞에 선 몬스터는 모두 사라졌다. 부식액이 됐든 식인꽃의 촉수가 됐든 맹수처럼 땅을 기는 조그만 몸에는 스치지도 않았으며 오히려 창의 섬광에 목숨을 잃었다.

"핀이 저러는 거 오랜만에 봤어……!"

눈앞에 펼쳐진 광경에 티오나의 눈동자가 흔들렸다. 목격한 경험은 한두 번이 아니었다지만 평소의 핀과는 판이하게 다른 살육의 화신 같은 모습에 두려움을 품었다. 바람을 두른 【검희】조차 새파랗게 질릴 만한 전투능력으로 눈 깜짝할 사이에 사체의 산을 쌓아나갔다.

창잡이의 포효가 끊기질 않았다. 그 붉은 눈이 오로지 괴물의 피를 원했다.

티오나와 티오네, 베이트도 질세라 잇따라 접촉하는 적 몬스터들을 격파해나가는 가운데, 핀은 그야말로 화살촉처럼 혼자서 괴물의 대군을 가르고 헤집었다.

『아핫.』

마력을 재충전하던 여체형이 엄청난 기세로 진격하는 핀 일행을 조준하고 굵은 촉수를 내쏘았다.

쇄도하는 무수한 촉수를 베이트가 튕겨내 아이즈를 지키는 가운데 핀의 창에 베여나간 세 개의 촉수가 호쾌한 소리를 내며 크게 젖혀지고 부들부들 진동했다. 여체형이 놀란 표정을 지었다.

【브레이버】가 든 것은 금색과 은색의 창.

오른손에는 원래의 무기인 주무장 《포르티아 스피어》. 황금색 날을 가진, '용기'라는 이름을 딴 제1등급 무장.

왼손에 든 은색 날의 뒤랑달 《스피어 롤랑》과 함께 휘둘러, 핀은 회오리바람이 되었다.

『──하지만. 이젠. 끝.』

자신의 촉수가 몇 번이나 튕겨나가는 데에 놀라던 여체형은 갑자기, 무구한 조소를 띠었다.

방대한 마력을 흡수한 극채색 꽃이 닫혔다. 거대한 두 개의 꽃봉오리를 하반신에 갈무리한 '더럽혀진 정령'은 극채색 옷을 흔들며 두 팔을 벌렸다.

『불이여.오라──』

끔찍하고도 가벼운 노랫소리를 내며 영창이 개시되었다.

"포격이 온다!!"

"야, 이거 어떡해?!"

매직 서클이 전개되어 붉은 빛을 뿜어내자 티오네와 베이트가 외쳤다.

목표와의 거리는 이제 100M도 안 된다. 그러나 아직도 무수한 몬스터의 벽은 건재했으며 여체형의 곁까지 도달할 수가 없었다.

하반신 뒤에 수납되어 있던 열 장의 거대 방패── 꽃잎의 장갑을 펼친 여체형은 수비를 다졌다. 철벽의 방어를 펼치며 조금 전과 같은 초장문영창을 읊어나가는 상대를 보며 아이즈와 베이트의 얼굴이 일그러졌다.

『대행자의.이름으로.명하노니.선택받은.나의.이름은.살라만더.불꽃의.화신.불꽃의.왕──』

속공 영창과 함께 부풀어오르는 마력광에 아이즈 일행만이 아니라 라울을 비롯한 다른 모험자들도 숨을 멈추는 가운데.

금색 창을 부르쥔 핀은.

이를 드러내고 뿌드득 악다물면서, 자신의 몸을 발리스타로 바꾸어 **혼신의 투척**을 감행했다.

"아아!!"

터져나가는 황금의 광채, 용자의 투척.

붉은 눈의 핀이 감행한 전력의 **투창**. 거세게 날아간 《포르티아 스피어》가 대기에 바람구멍을 뚫고 한줄기 섬광이 되어 여체형에게 약진했다.

사이에 존재하던 피아간의 거리를 무시하고 순식간에 적을 포착한다.

『끄윽?!』

장창이 마법을 발동하려던 여체형의 안면을 꿰뚫었다.

면이 아니라 점에 불과한 쾌속의 창이 꽃잎의 갑옷 틈새를 가르고 영창을 하던 입안에 빨려 들어갔다.

명중하고, 관통해, 연수(延髓) 부분에서 황금색 날이 튀어나왔다. 창에 입이 박힌 여체형은 경악과 함께 충격으로 상반신을 젖히고——— 이그니스 파투스를 일으켰다.

『?!』

생각도 못 했던 공격에 발동 직전이었던 '마법'의 제어가 흐트러졌다. 막대한 '마력'의 고삐를 놓쳐버린 여체형은 폭

© Kiyotaka Haimura

주를 멈추지 못한 채 격렬한 자폭을 일으키고 말았다. 체내에서 그 거구를 뒤집어버릴 만한 대폭발이 일어나고, 조금 전까지 전개되었던 붉은 매직 서클은 안개처럼 흩어졌다.

아이즈 일행이 눈을 크게 뜨고 라울은 환호성을 질렀다.

"지금이야!!"

지휘를 버린 핀 대신 티오네가 외치고, 아이즈 일행은 때를 놓치지 않겠다는 양 질주했다.

베이트의 쌍검, 티오나의 대검이 주위의 애벌레와 식인 꽃들을 도륙해 마침내 몬스터의 대군을 빠져나갔다.

괴물의 육체 파편을 흩뿌리며 여체형에게로 이어지는 외길이 뚫렸다.

"【부디—— 힘을 빌려주기를】——【엘프 링】."

몬스터의 장애물을 꿰뚫은 것과 동시에 레피야가 '병행 영창'을 마쳤다.

그녀가 이어낸 마법은 '소환마법'. 여전히 달려나가며 조그만 선황색 매직 서클을 발치에 펼쳐놓고 대기상태를 유지시켰다. 노도 같은 기세로 변화하는 전황에 임기응변으로 대응하고자 레피야는 마른침을 삼키며 동포들의 '마법'에 힘을 바라고 발동의 순간에 대비했다.

폭염에 휩싸인 여체형의 시선 너머에서 파티가 한층 속도를 더해 돌격을 감행했다.

『…….』

온몸을 그을린 여체형의 상반신이 피어나는 연기 속에

서 일렁거렸다.

입안을 관통한 용자의 창을 촉수로 움켜쥐고, 힘차게 잡아 뽑아, 자루를 우드득 부러뜨렸다.

황금의 칼날이 메마른 소리를 내며 지면에 떨어지는 가운데 '마력'을 연소시켜 자기수복── 구강의 바람구멍을 눈 몇 번 깜빡할 동안 막아버린 여체형은 미소를 지었다.

치료에 사용한 '마력'의 잔재를 흩뿌리며, 탁한 금색 눈으로 핀 일행을 쏘아본다.

『【거침없이.나아가라.천둥의.창.대행자인.나의.이름은.토니트루스.번개의.화신.번개의.왕──】』

그리고 자신의 눈앞에 황금색 매직 서클을 펼쳤다.

"단문영창?!"

순식간에 마련된 포대에 티오나가 경악했다.

집행속도가 뛰어난 단문영창형 마법. 게다가 오버스펙의 '정령' 괴물이 사용하는 마법의 위력은 어지간한 마도사의 것과는 비교가 되지 않는다.

상위 마도사의 대포격에 필적하는 그 포구에는【헬 피네가스】를 발동 중인 핀조차 두 눈을 크게 떴다.

허공에 떠오른 거대한 매직 서클에서 넘쳐나는, 찬란히 빛나는 무수한 번갯불.

그 빛에 얼굴을 비추며 시간이 멈춰버린 아이즈 일행 앞에서 여체형은 마법명을 외쳤다.

『【썬더 레이】』

벼락의 창.

힘 있는 '고대의 정령'에게 허용된 포격마법이 굉음과 함께 아이즈 일행을 집어삼키려 했다.

"──【방패가 되어라 파사의 성배】!!"

그러나 그렇게는 안 된다고.

목이 찢어져라 고함을 지르며 레피야는 아이즈 일행의 선두로 튀어나갔다.

선황색에서 변화한 백색 매직 서클. 소중한 자들을 구하는 수호의 힘.

적의 영창속도를 아득히 넘어서는 초단문영창으로 레피야는 친구의 '마법'을 발동시켰다.

"【디오 그레일】!!"

그리고 나타난 순백색 원형장벽.

한순간의 틈도 없이 성스러운 흰 방패와 천둥이 충돌했다.

"～～～～～～～～～～～～～～～～～～～～～～～～～～～～～～～～～～～～～～?!"

두 손으로 내밀고 있던 지팡이와 함께 레피야의 몸이 푹 주저앉았다.

벼락을 받아내는 거대한 원형장벽에──리베리아의 방어마법이 그러했듯──찢어지는 음향과 함께 균열이 발생했다.

견딜 수가 없다. 【비아 실헤임】을 분쇄했던 초장문형 마법보다 훨씬 출력이 떨어진다고는 하지만 터무니없는 위력. 레피야의 목에서 고통 어린 고함이 흩어지고, 시시각각 방패에 균열이 퍼져나갔다.

자신들을 쉽사리 집어삼킬 만한 벼락의 포격에 아이즈 일행의 시야가 새하얗게 물들고, 위대한 정령의 마법 앞에 왜소한 엘프의 마법이 꺾이려 했다.

요란한 스파크가 일어나며 장벽이 비명을 지르고, 레피야의 무릎이 꺾이려 했다.

그때.

"레피야아아!!"

"버텨어어어어어어어어어어어어————!!"

두 그림자가 레피야를 추월해 원형 장벽에 몸을 들이받았다.

티오네와 티오나였다. 뒤랑달 할버드와 대검을 교차시켜 자신들의 온몸과 함께 흰색 방패를 밀어붙였다.

벼락을 막아내고자 장벽마법을 지탱했다.

"티오나, 티오네!!"

아이즈의 외침과 함께 레피야도 눈을 크게 떴다.

눈 깜짝할 사이에 피부가 타들어가는 것도 아랑곳 않고 자신의 몸을 방패로 삼은 용감한 제1급 모험자들.

그녀들의 목소리와 모습에, 주저앉으려 했던 무릎이 레피야의 마음에 고함을 질렀다.

이대로 괜찮겠느냐고.

"——나, 도."

등 뒤에 아이즈가, 베이트가, 핀이 있다.

바로 눈앞에 무시무시한 벼락의 거창이, 이를 막아내는 티오나와 티오네가 있다.

다음 순간, 온몸을 불태우며 레피야는 군청색 두 눈을 크게 떴다.

"——나도 할 수 있어어어어어어어어어어어어어 어어어어어어어어어!!"

상쇄.

『?!』

소녀의 포효와 함께 순백색 장벽이 빛을 뿜어내며 벼락의 포격을 밀어내고 산산이 흩어버렸다.

정령과 엘프의 마법이 한데 소멸하며 충격파와 빛의 파열이 발생했다. 장벽에 달라붙었던 티오나와 티오네는 당연히 튕겨나갔고, 마법을 구사했던 레피야도 무시무시한 기세로 뒤를 향해 날아가버렸다.

자신들의 곁을 굴러가 땅바닥에 쓰러져버린 소녀들을, 돌아보지 않고, 모험자들은 나아갔다.

"간다!!"

베이트의 외침과 함께 장창을 든 핀, 바람을 머금은 아이즈가 질주했다.

적의 포격으로부터 자신들을 지켜낸 동료에게 눈동자가

흔들릴 뻔했지만, 【검희】는 애검을 부르쥐고 우뚝 선 '더럽혀진 정령'을 노려보았다.

자기 자신을 포함해, 남은 사람은 셋.

여체형과의 거리는 50M도 남지 않았다.

"——【종말의 전조여, 흰 눈이여】."

영롱한 선율이 흘러나왔다.

아이즈 일행에게서 멀리 떨어진 후방, 여체형에게서 200M 이상 거리를 둔 위치에 피어난 거대한 매직 서클. 아름다운 꽃을 방불케 하는 비취색 진의 중앙에 서 있는 것은 은백색 지팡이 《마그나 알브스》를 든 리베리아였다.

모든 상념을 떨쳐버리고 하이엘프는 두 눈을 감은 채 영창에만 집중했다.

온 마인드를 쥐어짜내는 진정한 최대포격—— 도시 최강 마도사의 **진심이 발휘된** 마법.

자신들의 바로 뒤에서 솟아난 '마력'의 파동에 두려움을 느끼면서도 라울을 비롯한 서포터들은 이쪽으로 달려오는 몬스터들을 노려보았다.

"'마검' 준비!!"

여체형을 향해 진격하는 아이즈 일행에게 돌아가지 않은 채 리베리아의 방대한 '마력'에 이끌리는 수많은 적. 지면에서 회색 연기를 피우며 밀려오는 애벌레와 식인꽃의 무리에 라울은 다른 세 명의 단원들에게 말했다.

"목표는 애벌레! 절대 놓치면 안 됨다!! 뒤에 있는 식인 꽃은── 때려눕혀서라도 막겠슴다!!"

두령의 지휘를 방불케 하는 목소리로 라울은 지시를 내렸다.

부식액을 가진 애벌레만을 원거리에서 섬멸하고 나머지 식인꽃들은 오기로라도 막겠다는 그의 호령에, 남녀 셋으로 이루어진 Lv.4 모험자들은 일제히 고개를 끄덕였다.

위력과 내구도가 뛰어난 장검형【마검】을 거머쥐고, 사정거리를 가늠한 순간 내리쳤다.

"【황혼 앞에 바람을 일으켜라】."

불, 불, 벼락, 얼음의 포격이 애벌레의 무리에 한 치의 오차도 없이 꽂혔다.

리베리아의 영창을 들으며 그들은 포격을 잇따라 퍼부었다. 치명상을 입고 터져나간 애벌레들이 차례차례 격파되는 가운데 라울의 '마검'이 제일 먼저 사용한계를 맞아 터져나갔다. 그는 곁의 백팩을 걷어차 열어 화살을 장비했다.

자신을 다재무능이라 믿어 의심치 않는 그의 활 실력은 애벌레의 가슴 한복판, '마석'에 꽂혀 몇 마리나 되는 몬스터를 재로 바꿔놓았다.

"──라울?! 뒤에서도 몬스터가 와!!"

"?!"

애벌레가 상당히 줄어든 무리와 접촉하기까지 앞으로 얼마 남지 않았을 때, 단원의 비명이 울려 퍼졌다.

라울이 돌아보니 영창을 이어나가는 리베리아의 아득한 후방에서 애벌레와 식인꽃의 무리가 밀려들었다.

녹색 벽에 가로막혔어야 할 제58계층으로 가는 연결통로가, 밀림까지도 소멸시켰던 여체형의 화염폭풍에 일시적으로 불타 상부 계층에서 몬스터들을 침입시켰던 것이다.

앞뒤 협공. 게다가 남은 '마검'은 앞으로 한 자루. 목을 꼴깍 울린 라울이 무어라 지시를 내려야 좋을지 망설이는 가운데── 짓이겨진 오른팔을 치료하던 스미스가 새빨간 하카마를 펄럭이며 일어났다.

"저건 내가 어떻게든 해보겠네."

"네?!"

"가레스가 놓고 갔던 무기를 줘 보게."

치료를 위해 배틀클로스와 방어구를 벗고 사라시 한 장 차림만이 된 츠바키가 라울의 곁에 놓여 있던 뒤랑달 도끼, 그리고 티오나의 우르가까지도 장비했다.

갈색 피부를 아낌없이 드러낸 하프드워프는 허리의 태도를 바닥에 버리고 달려나갔다.

"무, 무리임다, 츠바키 씨!!"

오른손에 그레이트 배틀액스, 왼손에 우르가를 들고 리베리아의 후방으로 달려가는 츠바키에게 라울은 비명을 질렀다.

아무리 힘이 있는 하프드워프라고는 해도 하필이면 티오나의 우르가와 가레스의 그레이트 배틀액스라니──

수많은 무기 중에서도 가장 무게가 많이 나가는 제1급 모험자의 특수주문품을 다룰 수 있겠는가.

청년의 절규에도 아랑곳 않고 몬스터의 무리에 육박한 츠바키는 사출된 부식액을 회피하며—— 배틀액스를 휘둘러 애벌레 세 마리를 한꺼번에 해체했다.

"멍청하기는."

뒤랑달 무기로 부식액을 받아내거나 혹은 흐트러짐 없는 동작으로 베어버리며, 무겁기 짝이 없는 무기를 잇따라 황록색의 거죽에 꽂아넣는다. 관성을 이용한 왼손만으로 우르가를 회전시킨 그녀는 날아드는 촉수와 함께 식인꽃들을 갈라버렸다.

"소인이 그간 얼마나 많은 무기를 만들었다고 생각하나?"

눈을 크게 뜬 라울 일행에게 코웃음을 치며 츠바키는 두 자루의 무기를 동시에 몬스터들에게 꽂았다.

"온갖 무기를 **시험해보기 위해** 한껏 휘둘러왔네."

지고의 무구를 만들어내기 위해, 무기에 관한 모든 사항을 겪어온 스미스의 집념을 눈앞에서 보고 라울을 비롯한 서포터들은 얼굴을 실룩거렸다.

황급히 그들이 몸을 돌려 방어전을 재개하는 가운데, 츠바키는 입가를 틀어올리며 Lv.5까지 추구했던 '기술'을 마음껏 발휘했다.

"【닫혀버린 빛, 얼어붙은 대지】."

몬스터의 대군을 받아내는 라울 일행, 고군분투하는 츠바키에 에워싸여 눈을 감은 리베리아는 영창을 이어나갔다.

빙결주문을 읊던 그녀는 노랫소리를 더욱 가속시켰다.

"【휘몰아쳐라, 세 차례의 엄동── 나의 이름은 알브】!"

그리고, **영창을 이었다.**

"【──머잖아 불을 뿜을지니】."

비취색 매직 서클의 문양이 모습을 바꾸고 광채를 더했다.

리베리아의 영창은 전방위 섬멸마법── 극염의 주문으로 바뀌었다.

"【밀려드는 전화(戰火), 면할 길 없는 파멸. 개전의 뿔피리는 드높이 울려 퍼지고 폭거의 쟁란이 사방을 에워싸노라】."

'영창연결'.

하이엘프 왕녀 리베리아 리요스 알브에게만 허용된 마법특성. 그녀가 【스테이터스】에 발현시켰던 세 개의 '마법'에 모두 포함된 영창속성이다.

【스테이터스】에도 레벨이라는 계위가 있듯, 그녀의 '마법'에는 3단계의 계위가 존재한다.

초단문에서 단문으로, 단문에서 장문으로, 장문에서 초장문 영창으로.

각각의 계위에 정해진 영창을 이어서 출력을 높이고, 마법의 효과를 변화시키며, 위력을 증폭시킨다.

공격, 방어, 회복. 세 종류의 마법에 3단계의 계위── 도합 아홉 종류의 '마법'을 '영창연결'로 구사하는 그녀가 신들에게 찬가와 함께 선사받은 별명은—— 【나인 헬】.

수많은 동포들에게서 외경의 대상이 되는, 도시 최강 마도사의 칭호였다.

"【이르라, 홍련의 불꽃, 무자비한 맹화. 그대는 업화의 화신일진저】."

빙결마법 【원 핌불베트르】에서 '영창연결'로 방대한 마인드와 함께 더욱 긴 영창문이 이어졌다.

그 주문은 공격마법 제2계위. 최장이자 최대의 사정거리를 자랑하며, 효과범위 전역에 미치는 종언의 업화로 아군이외의 모든 것들을 송두리째 불태운다. 눈보라에서 홍련의 불꽃으로 승화시켜 장문형이 되면서 파괴력이 배가된 대섬멸마법이었다.

"【모든 것을 일소하여 위대한 전란에 막을 내릴지니】."

리베리아의 모든 마인드가 담긴 '마법'이 포효를 올렸다.

그녀를 지키는 라울 일행과 츠바키의 등 뒤에서, 손에 들린 은백색 스태프—— 균열이 간 마보석도 눈부신 섬광을 뿜으며 막대한 '마력'을 해방했다.

파동을 띤 매직 서클의 마력광에 의해 장발이 흩날리는 가운데, 리베리아는 감았던 비취색 눈을 천천히 떴다.

"【불태워라, 수르트의 검—— 나의 이름은 알브】!!"

그리고 영창의 완성.

아득한 전방에서 장벽마법의 광채가 벼락을 상쇄하는 가운데, 발밑의 매직 서클이 모든 전역으로 전개되었다.

모험자들, 몬스터의 대군, 그리고 '더럽혀진 정령'. 모든 자들의 발치에 비취색 광채가 펼쳐졌다.

지금도 동료들을 위협하는 추악한 괴물들을 마법진 내에서 느끼고, 조준하며, 리베리아는 드높이 마법명을 외쳤다.

"【레아 레바테인】!!"

거대한 화염이 태어났다.

대지에서, 매직 서클에서 사출된 무수한 불줄기.

라울 일행과 츠바키의 눈앞에서 싸우던 몬스터가, 주위에 존재하던 괴물의 대군이, 쓰러진 레피야와 아마조네스 자매를 잡아먹으려 하던 식인꽃이 맹렬한 화염의 소용돌이에 휩쓸려 문자 그대로 형체도 없이 소실되었다.

홍염에 이은 홍염. 계층 천장까지 닿는 전방위 섬멸마법은 '더럽혀진 정령'의 화염폭풍에 뒤지지 않는 위력으로 계층을 다시 한 번 새빨갛게 변모시켰다.

『━━━━━━━━━』

매직 서클의 중심지에서 방사형으로 솟아난 극염의 기둥에 여체형은 반응했다.

밀려드는 종언의 화염에, 전력으로 방어에 집중해, 열 장의 꽃잎 장갑으로 온몸을 감쌌다.

타이탄 알름의 하반신을 반쯤 떼어내고 아래쪽에서 오는 화염공격에 대비했다.

그리고── 폭멸.

『~~~~~~~~~~~~~~~~~~~~~~~~~~~
~~~~?!』

방출되기를 열 차례, 합계 열 줄기의 업화가 여체형의
거구를 뒤흔들었다.

무시무시한 열량과 현저한 위력이 깃든 리베리아의 섬
멸마법이 꽃잎의 표면을 불태우고, 헤집고, 그을리고, 불
태웠다.

레피야나 '마검'의 일제포화로도 상처 하나 낼 수 없었던
철벽의 장갑이 격렬한 연소음을 내며 타들어갔다.

"리베리아……!"

왕족 하이엘프의 '마력'이 깃든 불꽃과 열기에 에워싸여
아이즈의 온몸이 구석구석까지 달아올랐다.

그녀의 엄호를 받아 눈꼬리를 치켜세운 베이트, 핀과 함
께 질주의 속도를 높였다.

『……!』

방패를 잃은 여체형의 얼굴에서 처음으로 웃음이 사라
졌다.

남은 거리 30M. 이제 눈 몇 번 깜빡할 시간이면 접촉한
다. 홍염의 세계 속을 그저 내달려 자신에게 다가오는 아
이즈 일행을 지켜보는 여체형은 딱딱한 표정으로 입을 다
물었다.

다음으로는 긴 녹발을 출렁이며 목을 진동시켰다.

『──아아아아아!!』

그리고 '그녀'의 찢어지는 호소에 호응하듯.

지면에서──마치 **하부 계층에서** 터져나오듯──요란한 녹색 창이 튀어나왔다.

"!!"

여체형을 중심으로 반경 10M, 촉수의 다발로 이루어진 원형의 벽이 생겨났다.

정령 괴물을 에워싼 높은 방벽에 경악하는 가운데, 즉시 베이트와 핀이 가속해 벽을 뚫고자 쌍검과 은창을 내질렀다.

""으윽?!""

뚫을 수 없었다.

칼날이 박혔지만 파괴도 관통도 불가능했다. 돌진의 기세까지 실어 베이트와 핀이 날린 혼신의 찌르기를 견뎌낸 녹색 벽에 아이즈도 전율했다.

──돌격의 기세가 멈춰버리고 말았다.

여체형에게 영창의 틈을 주고 만다. 전황이 뒤집어진다.

기회가 달아나려 하는 그 순간, 아이즈와 베이트와 핀의 시간이 멈추려 하던 그 직후.

후방에서 고속회전하는 거대 칼날이 아이즈 일행 사이를 통과해 녹색 벽에 꽂혔다.

'──도끼!'

균열과 함께 깊이 방벽에 파고든 그레이트 배틀액스에 놀랄 틈도 없이.

드워프 대전사가 아이즈 일행을 따라잡아 벽으로 돌진했다.

"뭔가. 입만 살았나, 핀?"

사납게 입가를 틀어올린 가레스가 파고들었던 《그랜드 액스》를 뽑아들고 다시 한 번 파쇄의 일격을 꽂았다. 베이트와 핀은 부수지 못했던 방벽에 두 번째 균열이 발생했다.

'마법'의 힘에 이성이 옅어졌던 핀은, 그런 전우의 목소리에 붉은 눈을 한 채 쓴웃음으로 대답했다.

"……와줄 거라 믿었어. 내가 이런 말까지 해야 돼?"

"허튼 소리!!"

가레스도 웃으면서 다시 도끼를 내질렀다.

땅을 뒤흔드는 듯한 굉음. 한층 균열이 일어나는 녹색 벽. 어마어마한 파괴력에 부서져나가는 도끼날.

아이즈와 베이트가 눈을 크게 뜨는 가운데, 도끼를 내팽개친 가레스는 바위 같은 주먹을 부르쥐었다.

"거추장스럽다!!"

거대한 주먹의 타격에 녹색 벽이 터져나갔다.

"비켜라!!"

다시 한 방. 방벽에 구멍이 뚫린다.

『!』

그 순간 여체형이 움직였다.

그녀가 내쏜 촉수가 지면을 꿰뚫으며 가레스의 발밑에서 무수한 창이 솟아올랐다.

"_____"

가레스의 온몸을 꿰뚫는 촉수의 창날.

구멍투성이가 된 온몸에서 피가 솟는다.

피투성이가 되어 토혈한 드워프는, 하지만, 사납게 웃었다.

"간지럽다아아아아아아아아아아아아아아아아아아아아아아아아아아아아아아아아!!"

대음성.

치솟는 핏줄기 따위 아랑곳 않고, 녹색 벽에 뚫린 구멍에 두 손을 꽂더니 좌우로 뜯어발긴다.

"베이트, 아이즈!!"

핀의 고함소리에 떠밀려 아이즈와 베이트는 가레스가 열어놓은 방벽 틈으로 뛰어들었다.

전우의 손을 빌려 앞으로 나아간 핀과 함께 마지막 장벽을 돌파했다.

『으윽!!』

간격 10M의 품속에 침입을 허용한 여체형이 모든 촉수를 반격에 쏟아부었다.

미친 듯이 날뛰는 무수한 채찍. 심상찮은 바람의 힘을 두른 아이즈에게 쇄도하는 촉수를 베이트와 핀이 가로막았다.

"알짱거리지 마!!"

레그 홀스터에서 발검한 두 자루의 '마검'을 《프로스빌트》에 꽂는다. 눈 깜짝할 사이에 폭염을 띤 두 다리, 그리고 재장비한 쌍검을 들고 베이트는 난무하는 촉수를 모조리 베어버렸다.

"다 타버려어어어어어어어어어어어어어어어어어어!!"

불꽃의 궤적을 그리는 족도, 은색 섬광을 새기는 쌍검.

네 개의 참격을 동시에 펼치는 고속의 검무가 촉수를 불태우고 노도의 기세로 절단했다.

창을 휘두르는 핀과 함께 여체형의 반격에 철저항전했다.

""으으으으으으으으으으으으으으으으으으으으으으으으으으으으으!!""

핀과 베이트의 포효가 겹쳐졌다.

방어구가 튕겨져 날아가며 온몸에 열상을 입은 두 사람의 쌍검과 창이, 다음 순간, 한 줄기 길을 열었다.

""얼른 가!!""

질주한다.

동료들이 열어준 활로를 뚫고, 아이즈는 여체형과 대치했다.

일대일.

이제는 폭풍으로 변한 【에어리얼】을 두른 채, 초대형급의 거구를 가진 괴물에게 돌진한다.

고개를 한껏 든 아이즈의 금색 눈동자와, 내려다보는 여체형의 탁한 금색 눈동자가 시선을 얽었다.

'──나는 '아리아'가 아니야.'

처음, 환희에 떨며 했던 '그녀'의 말을 부정한다.

'——나는 너를 몰라.'

피의 술렁임이 미미한 사실을 가르쳐주었을 뿐, '그녀'에 대해서는 아무것도 모른다.

'——하지만 너는 있어서는 안 돼.'

하지만 그것만은 알 수 있다고.

사위스럽고 독살스러우며 존재가 반전된 '정령'을 앞에 두고, 금색 두 눈을 곤두세웠다.

몸에 흐르는 피가 분명히 아이즈에게 속삭였다.

'그녀'를 재워주렴, 이라고.

자신의 검을 소리 높여 휘두른 아이즈는, 여체형에게 돌격했다.

"……아."

열과 불똥, 붉은색으로 가득 찬 세상 속에서.

드러누운 채 쓰러졌던 레피야는 떨리는 팔을 움직였다.

아픔에 시달리면서도, 힘을 잃었으면서도, 시야가 뿌옇게 흐려졌어도.

너덜너덜해진 오른팔을 하늘로 뻗는다.

"【해방, 될…… 한줄기 빛…… 성스러운 나무로, 지은, 활대】."

노래를, 전하자.

힘이 다 빠져나간 자신에게 마지막으로 남은 노래를.

아득한 저 멀리에서, 무서운 적과 싸우는 그녀에게도 들리도록, 노래를.

"【저격, 하라…… 요정의, 사수】."

설령 돌아봐주지 않더라도.

그녀의 귀에 들려주고, 그녀를 치유하고, 그녀를 지켜주고, 그녀를 위협하는 적을 일소하고 말리라.

"【그대는…… 명궁일진저】."

숲을 춤추는 요정처럼. 사랑하는 이를 구해냈던 정령처럼.

자신에게만 허락된 노래를, 어디까지고.

"【뚫어라…… 필중의 화살】."

이 노래를, 전하자.

"……【아르크스 레이】."

"——아아아아아아아아아아아아아아아아아아아아아아아아아아아아아!!"

아이즈는 뛰었다.

마침내 사라진 피아간의 간격에서, 상대의 거구를 향해 땅을 박찼다.

타이탄 알름 위에 존재하는 본체, '정령'의 상반신을 향해 애검을 쳐들었다.

폭풍을 부여한 자신의 온몸을 통째로, 두 손에 부르쥔 《데스퍼러트》를 아연실색하는 '그녀'에게 꽂으려던—— 그 직전.

'그녀'는 웃었다.

"———"

입술을 한껏 벌리고—— 입속에 떠오른 조그만 매직 서클을 보여준다.

난무하는 무수한 채찍의 바람 가르는 소리를 방패로 삼아 이어나갔던 극소의 영창, 마력광을 눈치채지 못하도록 체내에 전개시켰던 푸른색 매직 서클.

침묵과 경악의 기색은 포격을 위한 의태였다.

지근거리로 유인되었다—— 그 사실을 깨달은 아이즈의 얼굴이 얼어붙었다.

이미 늦었다는 양 여체형은 '마법'을 행사했다.

『【아이시클 에지】.』

거대한 얼음 기둥.

다음 순간이면 접촉해버릴 공격에 회피할 수단은 없었다.

푸른색 얼음 칼날이 눈앞에서 방출되었다.

앞으로 내민 오른손에서 뿜어져 나간 빛의 화살.

머리 위로 발사되어, 직각으로 구부러지는 한줄기 빛에 레피야는 목을 울렸다.

"가줘……."

그녀의 곁으로, 아이즈의 곁으로 날아가는 '마법'에 눈을 질끈 감고 외친다.

"가줘!"

레피야의 외침에 호응하듯 화살이 가속했다.

"닿아줘!!"

그리고 레피야의 노래는 아이즈에게 도달했다.

방출된 얼음의 칼날에 작렬했다.

"!!"

아이즈, 여체형이 모두 경악했다.

두 사람의 눈앞에서 뿜어져 나왔던 얼음기둥이, 저 멀리서 날아든 빛의 화살을 받아 각도가 엇나갔다.

금색 머리카락을 흐트러뜨리며 옆으로 지나가는 적의 포격. 노래를 포기하지 않았던 소녀가 전해준 마지막 지원 사격.

모든 것을 이해한 아이즈는 눈꼬리에 힘을 주고, 눈을 크게 뜬 여체형을 향해 바람의 검을 내리질렀다.

"흐으읍!!"

『흐으읍!!』

바람의 거대한 소용돌이가 부여된 은색 검을 여체형은 경이적인 반응속도로 두 팔을 들어 받아냈다.

미친 듯이 포효하는 바람의 목소리.

검신을 두 손으로 붙든 여체형의 팔이, 몸에 두른 극채색 옷이 눈 깜짝할 사이에 갈기갈기 찢겨나갔다. 기류를 부여받은 은색 검 또한 칼날을 떨며 자신의 몸이 끊어질 기세로 빛을 뿜어냈다.

녹색 상반신에서 붉은 체액이 솟구쳤다.

© Kiyotaka Haimura

『──안 돼!!』

바람의 폭위에 전신이 갈라져나가는 여체형은 얼굴을 일그러뜨리고, 견디지 못한 채 아래쪽에서 촉수 한 줄기를 사출했다.

혼신의 힘이 담긴 채찍이 번뜩여 바람의 갑옷이 파괴되면서 아이즈는 튕겨 날아갔다.

"아이즈!!"

어깨를 서로 기대며 일어나던 티오나와 티오네의 시선 너머에서, 선혈을 흩뿌리며 상공으로 날아가는 금발금안의 소녀.

힘없이 서 있던 리베리아가.

피폐해진 라울 일행이.

무기로 몸을 지탱하던 츠바키가.

땅에 쓰러져 있던 레피야가.

무릎을 꿇은 가레스가.

채찍에 날아갔던 베이트와 핀이.

계층 천장을 춤추는 소녀의 모습을 따라갔다.

"──"

머리 위에서 피를 흘리는 아이즈의 안광은 조금도 쇠하지 않았다.

눈을 검처럼 날카롭게 뜬 채, 튕겨져나간 기세를 이용해 계층 천장에── **착벽**.

위아래가 뒤집힌 자세로 오른손의 《데스퍼러트》를 등 뒤로 끌어당긴다.

　"【울부짖으라, 폭풍】——"

　최대출력.

　몸속에서 긁어모은 모든 마인드가 【에어리얼】에 장전되었다.

　폭풍을 넘어선 바람의 대기류가 포효를 올렸다.

　『!』

　자신의 머리 위에서 발사단계에 들어간 아이즈의 '필살'에 피투성이 여체형은 고속으로 영창을 이어나갔다.

　『섬광이여. 내달려라. 어둠을. 갈라라. 대행자인. 나의. 이름은. 룩스. 빛의. 화신. 빛의. 왕——』

　단문영창이 희고 거대한 매직 서클을 여체형의 머리 위에 소환해 한 명의 검사와 정면으로 대치했다.

　이를 우러러보는 '정령'과 시선을 교차시키며, 아이즈는, 칼끝을 아래로 겨누었다.

　드디어 펼쳐지려 하는 일격의 순간.

　모두가 그녀의 모습을 우러러보았다.

　"아이즈……."

　리베리아가 중얼거렸다.

　"해치우게."

　가레스가 눈을 가늘게 떴다.

　""날려버려—!!""

　티오나와 티오네가 외쳤다.

"작살을 내."

베이트가 말했다.

"부탁한다."

핀이 웃었다.

"——아이즈 씨이이이이이이이이이이이이이이이이이이이이이이이이이이!!"

레피야가 소녀의 이름을 부르짖었다.

그리고.

"릴 라파가."

태풍이 뿜어져나갔다.

『【라이트 버스트】!!』

동시에 발동한 '정령'의 마법.

대지로 내리꽂히는 바람의 나선화살과 하늘을 향해 펼쳐진 섬광의 포격이 충돌했다.

맞버팀은 한순간.

흰 섬광을 소멸시키며 태풍이 돌진했다.

『_____

_____!』

여체형의 머리와 가슴을 꿰뚫고 관통하는 불괴의 검.

정령의 상반신에서 괴물의 하반신에 걸쳐 바람의 일섬이 내달리고, 거구를 꿰뚫었다.

몸을 가르고 나아가는 은색 칼끝, 살점을 헤집으며 그저 나아가는 바람의 나선, 솟구치는 소녀의 기합성.

다음 순간, 거구를 완전히 꿰뚫은 것과 동시에 대지에 격돌하여—— 폭쇄.

가슴의 '마석'이 꿰뚫려 한순간에 재가 된 여체형을, 굉연히 울려 퍼지는 폭풍의 포효가 날려버렸다.

무시무시한 충격파가 되어 계층 전체를 뒤흔들었다.

대량의 재를 피워올린 폭풍이 미친 듯이 날뛰었다.

"~~~~~~~~~~~~~~~~~~~~~?!"

모험자들이 얼굴을 팔로 가리며 폭풍의 격류를 버텨냈다.

무시무시한 풍압이 밀려들어 시야를 섬광처럼 무색의 충격으로 짓이겼다.

대지에 박혀 있던 무기들이 지릉지릉 칼날을 울려 검의 포효와 공명했다.

태풍이 하염없이 고함을 질러댔다.

그리고.

던전을 뒤흔드는 충격에 견디기를 한동안.

몸을 낮추고 있던 일행이 고개를 들자…… 거대한 크레이터의 중심에서 그림자가 움직였다.

땅에 은색 검을 박고 있었던 소녀가 천천히 일어났다.

인광을 받아 빛나는 금색 장발과 이쪽을 돌아보는 금색 두 눈에—— 거대한 함성이 일어났다.

"아이즈으————!!"

어디에 그런 힘이 남아 있었는지 티오나가 상처투성이 몸으로 달려왔다.

이내 티오네도 그 뒤를 따르고, 활짝 웃는 그녀들에게 아이즈는 살짝 미소를 지었다. 기세 좋게 육탄돌격을 한 아마조네스 소녀는 언니와 함께 소녀의 몸을 끌어안았다.

"……무사해, 가레스?"

"……어느 파룸 꼬맹이의 말에 따르면 몸뚱이 하나만은 튼튼하다지 않던가, 나는."

털썩 주저앉은 피투성이 가레스에게 다가간 핀은 치켜 올라간 드워프의 입가에 웃음으로 대답했다. 그런 두 사람의 대화에 곁에서 발을 멈춘 베이트도 눈을 감고 웃었다.

아득한 후방에서는 남녀 서포터들이 서로를 얼싸안고 우는 가운데, 라울은 혼자 팔뚝으로 눈가를 문지르며 흐느꼈다.

"……무사한가, 레피야?"

"……리베리아 님…… 아이즈 씨는요?"

무릎을 꿇은 리베리아에게 부축을 받아 일어난 레피야는 하이엘프의 품속에서 흐려진 눈을 들었다.

소녀의 몸을 부드럽게 안으며 리베리아는 시선을 아이즈 일행에게 돌렸다.

"무사하다. 네 마법이…… 그 아이를 구했어."

티오나와 티오네에게 안겨 휘청거리는 아이즈를 레피야가 바라보았다.

금방 돌아본 금발금안의 소녀는 레피야를 쳐다보고, 입술을 움직였다.

　고마워, 라고.

　"아아……."

　얼굴에 활짝 웃음을 짓는 아이즈에게 레피야는 시야가 뿌옇게 흐려지는 것을 느꼈다.

　아름다운 군청색 눈에서 한 줄기 눈물을 흘렸다.

　소녀의 얼굴에 진심에서 우러나온 웃음이 떠올랐다.

　"거 참, 굉장한 것을 보았군."

　기쁨을 나누는 【로키 파밀리아】를 혼자 멀리서 지켜보던 츠바키는 왼쪽 눈의 안대를 한 차례 쓰다듬었다.

　잠시 후 그녀는 어린아이처럼 한바탕 웃었다.

　제59계층에 승리의 쾌재와도 같은 환성이 울려 퍼졌다.

　'모험'을 넘어선 모험자들은 목소리를, 수많은 무기는 광택을 뿜어냈다.

　계층 중심부, 지면에서 뽑혀나온 한 자루의 검도.

　소녀의 손바닥 안에서 은색 광채를 번뜩였다.

에필로그
밝혀진 시나리오

Гэта казка іншага свету

развянчалі сцэнары

제59계층의 전투 후, 핀의 명령을 받아 【로키 파밀리아】
는 즉시 철수에 들어갔다.

겨우 남은 아이템으로 모두가 어찌어찌 치료를 마치
고──움직일 수 있을 정도로 몸을 회복시키고──베이
스캠프가 기다리는 제50계층으로 향했다.

아직까지 이어지는 제58계층의 출산 막간을 놓쳐서는
안 된다고, '용의 웅덩이' 층역을 주파했다.

"──그러면 그 여체형 몬스터조차 **첨병**이었다는 뜻인
가?"

전력질주로 도달한 제51계층에서 핀과 나란히 달리던
리베리아가 말했다.

조우하는 몬스터들은 경이로운 회복력을 보이며 날뛰는
티오나 일행에게 맡겨둔 채 핀은 고개를 끄덕였다.

"응, 틀림없어. 아이즈와 레피야는 그 '보옥'이 몬스터에
게 기생하면서 여체형으로 변모하는 걸 봤다잖아?"

"분명 그렇게 듣긴 했네만……."

리베리아와는 반대쪽, 중상을 입었음에도 그런 태도는
전혀 드러내지 않은 채 달리던 가레스가 자신도 모르게 신
음소리를 냈다.

만신창이가 된 몸에 채찍질을 해 파티가 강행군을 계속
하는 가운데, 제59계층에서 판명된 정보를 토대로 들려준
핀의 고찰에 리베리아 일행은 동요를 감출 수 없었다.

"그러면, 다시 말해……."

"그래——"

"——여체형의 **본체**는 따로 있다."

길드 지하 신전, 기도실.

아이즈가 가진 수정, 매직 아이템을 통해 자초지종을 전해들은 우라노스와 펠즈는 횃불의 불빛에 에워싸인 채 말을 나누었다.

"아마도 분신인 '보옥 태아'를 낳는 근원…… '더럽혀진 정령' 본체가 제60계층 이하에 잠복하고 있을 것이다."

우라노스는 나직한 목소리로 추측했다.

리베리아의 포격 직후, 방패를 잃은 여체형이 질렀던 절규. 그것은 아마도 구조신호.

마치 **하부 계층에서** 솟아나오듯 몬스터를 지키는 방벽이 전개되었다.

지형, 환경, 생태계가 송두리째 변모되었던 제59계층의 상황까지 고려한다면 적의 본체는 던전의 더욱 깊은 곳에서 도사리고 있으리라고, 우라노스는 그렇게 말했다.

노신의 말을 잠자코 듣던 펠즈는 상상 이상으로 어처구니없는 사태라며 탄식하듯 흑의를 출렁거렸다.

"괴인들도 그 '더럽혀진 정령'의 산물이란 말이야……? 과거에는 인류를 구하기 위해 사역했던 정령들이, 이제는 오라리오를 위협하는 모든 일의 원흉이라."

참으로 얄궂은 일이라며 펠즈는 힘없이 중얼거렸다.

"몇 년 전부터 이변의 조짐은 분명 있었다고는 하지만, 이제까지 존재를 지각할 수도 없었다니…… 최근의 활발한 움직임은 역시 아이즈 발렌슈타인 때문일까?"

"아마도."

펠즈의 말에 고개를 끄덕인 후, 우라노스는 푸른 두 눈을 가늘게 떴다.

"물론 '더럽혀진 정령' 본체와는 언젠가 결판을 내야만 하겠지. 그러나 지금은——"

"——지금 당장 문제는 그게 아니야."

미궁을 달려나가며 핀이 말했다.

"아이즈네가 목격했던 24계층의 사건…… 팬트리에 기생해 몸을 살찌웠던 '보옥 태아'는, 식인꽃을 비롯한 몬스터들이 모아온 '마석'을 먹고 여체형—— 아니, '데미 스피리트(정령의 분신)'로 진화하려던 거야."

"설마……."

다음에 이어질 말을 알아차린 가레스에게 핀이 고개를 끄덕였다.

"그래. 운반하기 쉬운 '보옥'을, 마법까지 구사할 수 있는 충분한 성숙체로 지상에서 우화시키는 것…… 적의 노림수는 '정령'의 **지상소환**이었어."

도시 최강 파벌인 핀 일행조차 간신히 승리했던 '데미 스피리트'.

그런 존재가 느닷없이 지상에 나타난다면—— 그것도 하나가 아니라 이미 **여러 개의 보옥**이 지상으로 실려 나갔다고 한다면.

그 여체형이 몇 마리나 모습을 나타내, 도시를 유린하게 된다.

핀이 들려준 내용에 리베리아도, 가레스도 얼굴을 딱딱하게 바꾸었다.

"오라리오를 멸망시킨다는 게…… 영 헛소리만은 아니었던 모양이군."

이블스의 잔당, 그리고 괴인들의 도시 붕괴 시나리오를 읽어낸 핀은 씁쓸한 웃음을 지으며 엄지를 핥았다. 리베리아와 가레스 또한 사태의 심각성을 이해했다.

"서둘러 로키에게 알리자. 준비가 되는 대로 지상으로 귀환하겠어."

"그래."

"알겠네."

이의는 없었으며, 모험자들은 계층을 탈출했다.

⊡

"그래서 마 어쩌다 일케 됐는데……?"

참으로 귀찮다는 얼굴로, 로키는 자신과 같은 원탁에 앉은 신들의 얼굴을 쳐다보았다.

어떤 고급 주점. 방음성이 높은 한 실내에서 로키와 같은 테이블에 둘러앉은 것은 두 명의 남신이었다.

눈을 감은 디오니소스, 그리고 여리여리한 인상의 웃음을 띤 헤르메스다.

"우리는 이미 같은 사건의 피해자잖아, 로키? 그야말로 운명공동체, 될 수 있는 대로 정보는 공유해줬으면 하거든."

"이 비리비리한 게 어데서 신소리고."

싱글싱글 웃는 헤르메스에게 로키는 수상쩍다는 시선을 감추려 하지도 않고 말했다.

이 자리에는 신들 외에도 각 주신을 호위하는 역할로 피르비스, 아스피, 그리고 로키의 단원이 대동하고 있었다.

그녀들은 원탁에서 떨어진 벽 쪽에 서서 눈을 감은 채 있거나 혹은 대화를 조용히 지켜보았다.

"디오니소스~ 이기 머 어케 된 거가?"

"미안해, 로키. 하지만 믿어주었으면 해. 나도 원해서 이렇게 된 건 아니야."

호출을 받아 나온 로키의 떨떠름한 목소리에, 눈을 감은 디오니소스도 힘없이 대답했다. 잠시 탄식하던 그는, 일단 이야기를 진행하자고 말을 꺼냈다.

로키는 부득불 고개를 끄덕이면서 정보교환을 시작했다.

아이즈 일행이 '원정'을 떠난 지 아직 사흘도 지나지 않은 사이에 일련의 사건에 대해 이야기를 나누고 있었다.

"이블스의 잔당은 도시에 잠복하고 있다 해도, 괴인이라는 놈들의 침상은 아마도 던전…… 이건 찾을 도리가 없지. 이거 참, 알면 알수록 위험한 사태라는 건 이해하겠어. 역시 끼어들지 말 걸 그랬나?"

"이제 와서 장난치지 마, 헤르메스. 하지만…… '에뉘오'란 참으로 잘 지은 이름인걸. 오라리오의 신들에 대한 선전 포고로도 받아들일 수 있고."

"길드에 대한 선전 포고라 카는 것도 있을기다. 마, 이젠 우리 애들이 가져올 정보나 기다려야겠제."

헤르메스, 디오니소스, 로키의 목소리가 번갈아 울려 퍼지는 가운데 권속들은 잠자코 그들의 이야기를 듣고 있었다.

이윽고 확인을 포함해 새로운 정보를 다 교환한 후, 마지막으로 세 신들은 본론이라는 양 이야기를 다음 단계로 진행했다.

그들이 지금 가장 주목하고 있는 사실에 대해.

"24계층에서 이블스의 잔당이 옮기려고 했던 까만 식인 꽃 우리 말인데……."

"역시 바벨의 구멍을 통해 지상으로 운반되지는 않았다고 생각하는 게 타당하겠어……."

"만약 길드가 범인이라 캐도, 그 커다란 몬스터를 옮기는 걸 완벽하게 은폐하는 건 불가능하다 아이가."

헤르메스가 중얼거리고, 디오니소스가 밝히고, 로키가 동조했다.

신들은 각자 시선을 나누었다.

"다시 말해."

"기래, 맞데이."

디오니소스에게 고개를 끄덕이며 로키는 다음 말을 이었다.

"있는기라. '바벨' 말고도, 적어도 하나⋯⋯."

그 붉은 두 눈을 슬쩍 뜨고, 핵심에 접근해.

"던전의 **출입구**가."

유일무이한 미궁의 '구멍' 외에도 출입구가 존재한다는 사실을 시사했다.

마치 정답이라고 선언하듯, 로키의 머릿속에서는 신의 직감이 근질거리고 있었다.

TIONE HIRYUTE

티오네 히류테

소속	로키 파밀리아		
종족	아마조네스	직업	모험자
도달계층	59계층		
무기	쿠쿠리 나이프, 할버드		
소지금	14,050,000발리스		

Status Lv.5

힘	A824	내구	B769
기교	B781	민첩	B785
마력	G207	권타	G
잠수	G	내성	H
치유력	I		

마법	리스트 이오룸	·속박마법. ·일정 확률로 효과 대상을 리스트레인트 (강제 정지). 성공확률은 마력치 의존.
스킬	버서크	·대미지를 입은 만큼 공격력이 상승한다. ·분노의 정도에 따라 효과상승.
스킬	백 드래프트	·빈사상태에선 '힘'에 매우 높은 보정치.

장비 조르아스

·한 쌍의 쿠쿠리 나이프.

·【고브뉴 파밀리아】제. 58,000,000발리스.

·제1등급 무장. 투척무기로도 사용이 가능. 범용성이 높다.

·무기 소재는 드롭 아이템 '비룡의 이빨'. 소재만 있으면 제작이 비교적 쉬워 티오네는 예비를 다수 소지하고 있다.

장비 피르카

·투척무기. 심층 몬스터에도 통하는 예리함을 지녔다.

·어떤 아마조네스 부족에 전해지는 투척 나이프를 티오네가 【고브뉴 파밀리아】에 의뢰해 제작한 무기.

후기

외전 제1부 완결입니다.

본편 이상으로 우여곡절이 있었습니다만 작가 자신이 읽고 싶고 쓰고 싶었던 것을 해보았던, 그런 외전 제4권 되겠습니다.

산책할 때나 음악을 들을 때, 갑자기 만화나 영화 같은 한 장면이 머리에 내려오는 순간이 있습니다.

그것은 있을 수 없을 정도로 강한 미노타우로스와 싸우는 주인공의 모습이기도 하고, 강대한 적 앞에 무릎 꿇으려 하는 부하들을 고무시키는 두령의 뒷모습, 혹은 동료가 열어준 길을 돌진해 천공에서 필살의 일격을 감행하는 헤로인의 모습이기도 합니다.

그런 머리에 떠오른 강렬한 한 장면, 아마도 작가가 보고 싶고 읽고 싶다고 생각하는 장면을 토대로 이야기를 구상해나가는 버릇이 있습니다. 등장인물이나 세계관이나 그 외의 온갖 설정은 부차적이고, 이 한 장면에 도달하기 위해서는 어떻게 하면 좋을지를 역산해나가며 만들어나가는, 흔히 말하는 스토리의 토대가 아닌 착지점부터 시작하는 창작입니다.

그 폐해로——라기보다는 어디까지나 작가의 역부족입니다만——스토리의 초반부는 영 흥이 나질 않는다는, 상업 작품에서는 좀 그렇지 않나 싶은 사태를 몇 번이나 경험했습니다. 이 창작 방법에 대해서는 최근 생각하는 바가 많아졌습니다만, 그래도 목표지점에 도달해 스토리의 등장인물들이 포효를 터뜨릴 때마다, 캐릭터들이 작가가 원하던 것 이상의 한순간을 보여줄 때마다 여기까지 달려오길 잘했다는 생각이 들기도 합니다.

시리즈물로 이어나가면서 이와 같은 막무가내가 통할 수 있는 것도 독자 여러분의 응원 덕이라고 생각합니다. 언제나 함께해주셔서 정말 감사합니다. 여러분께 재미있다는 말을 들을 만한 작품을 만들기 위해 앞으로도 최선을 다하겠습니다.

그러면 감사의 인사를.

GA 편집부의 코다키 님, 타카하시 님, 이번 권도 많은 일러스트로 장식해주신 하이무라 키요타카 선생님, 관계자 여러분, 한 권의 책을 만들어주셔서 정말 감사합니다. 독자 여러분들도 포함해 앞으로도 부디 잘 부탁드립니다.

본편 7권 후기에서도 똑같은 말을 썼지만 본편 5, 6, 7권 그리고 외전 4권까지 노도의 전개가 이어진 기분이니 다음 권에서는 조금 숨통을 틔우는 이야기를 해볼까 멍하니 생각하고 있습니다. 어쨌거나 제2부부터 이어지는 이야기를 다시 접해주신다면 고맙겠습니다.

그러면 실례합니다.

오모리 후지노

역자후기

던전에서 모험을 추구하는 것이 잘못일 리가 있나요.

안녕하세요, 역자입니다.

스포일러가 단문 장문 가리지 않고 터져나오는 역자후기이므로, 스포일러라는 이름의 마법에 내성이 없으신 분들은 본문을 먼저 읽어주시기 바랍니다.

그런고로 소드 오라토리아 4권입니다. 본편과 외전을 통틀어 가장 던전던전했던 것 같습니다. 이번 4권은 외전 중 가장 페이지수가 많았는데, 그 대부분의 내용을 【로키 파밀리아】의 심층 원정을 처음부터 끝까지(라기보다는 처음하고 끝을?) 따라가며 묘사하고 있으니까요.

그중에서도 전반부는 본편의 주인공 벨과 얽히는 이야기, 후반부는 원정 본방이라고 할 수 있겠네요. 다만 후반부도 고레벨 모험자들이 전반부의 벨에게 영향을 받는 바람에 다들 혈기가 끓어넘쳐서, 이번 4권은 외전이면서도 벨의 이야기라 해도 과언이 아닐 것 같습니다. 이렇게 벨에게 자극을 받았다는 묘사는 본편 4권 앞부분에서도 잠깐 묘사된 바 있습니다만, 그때는 등장하지 않았던 레피야마저 그중 하나였다는 것이 재미있네요. 아니, 오히려 사랑…… 흠흠, 동경하던 아이즈를 빼앗겼다는 생각에 경쟁의식을 활활 불태운 만큼 선배들보다도 더 큰 자극을 받지 않았나 싶습니다. 이번에 실릴 토라노아나 쇼트 스토리 리플릿에서도 그 일말을 확인하실 수 있으리라 생각합니다. 레피야는 얀데레 소질이 있네요. (먼산)

하지만 토끼에게 자극을 받았네 어쩌네 해도, 역시 제1급 모험자들의 모험은 굉장했습니다. 본편도 권을 거듭할수록 벨이 성장하면서 액션이 점점 파워풀해지는 느낌이 있는데, 과연 Lv.2~3과 Lv.5~6은 스케일부터 다르네요. Lv.7인 오탈과【로키 파밀리아】간부진들의 대결도 무시무시했지만, 정령, 말하자면 마법의 원조와 벌인 클라이맥스 전투는 본편의 전개를 다 알면서도 '이거 누구 하나 죽겠구나' 생각했을 정도였습니다. 하지만 광역섬멸기를 연속으로 펑펑 얻어맞으면서도 일어나서 달려가다니. 미노타우로스와 벨이 싸우는 모습을 보며 제1급 모험자들이 자극을 받았다지만, 정작 벨이 이런 광경을 봤다면 과연 어떻게 생각했을까요. 그러고 보면 벨은 아직 상급 모험자들이 목숨을 걸고 '모험'을 하는 모습을 목격하지 못했으니. 그런 장면도 한번 읽고 싶습니다. 처음에는 좌절하고 의욕을 잃더라도, 나중에는 분명 그 분한 마음을 발판 삼아 일어나겠죠.

이어지는 외전 5권은 숨통을 틔우는 이야기라고 작가님은 말씀하셨습니다만, 본편과의 전개로 보자면【로키 파밀리아)가 원정에서 돌아오다 제18계층에서 벨 일행과 만나는 이야기가 기다리고 있겠군요. 그 전후로 무언가 추가 에피소드가 있는 걸까요. 개인적으로는 이번에 나온 츠바키가 마음에 들었는데(넵, 늘 말씀드리지만 저는 생산계 캐릭터에 약합니다), 드롭 아이템에 대한 그녀의 집착에 막 공감이 가서——이 역자는 RPG를 하면 아무리 쓸모없는 잡템이라도 무조건 쓸어 담는 타입인지라——그런 이야기도 좀 나와주면 좋겠다고 생각해봅니다.

　그럼 이제는 이 책과 함께 발행된다는 본편 8권을 작업하러 가봐야겠네요. 소재본을 받았을 때는 제 눈을 의심했을 정도로 두꺼워져서(7권보다도!), 추석 때문에 모든 출판사가 '서둘러 주셔야 해요'를 외쳐대는 8, 9월 러시를 앞두고 과연 어떻게 해야 좋을지 벌써부터 눈앞이 캄캄합니닷핫핫핫핫. ……뭐, 어떻게든 되겠죠. 라기보다 해야겠죠.

　그럼 저는 다음 작품에서 뵙겠습니다.

2015년 8월
김완

**던전에서 만남을 추구하면 안 되는 걸까 외전
소드 오라토리아 4**

2015년 8월 25일 1판 1쇄 발행
2017년 5월 15일 1판 4쇄 발행

저　　　자 오모리 후지노
일 러 스 트 하이무라 키요타카
캐릭터 원안 야스다 스즈히토
옮 긴 이 김완
발 행 인 유재옥
본 부 장 조병권
담당편집자 정영길
편　　　집 권오범 김다솜 김민지 박찬솔 조찬희
라이츠담당 오유진
디 지 털 홍승범
발 행 처 ㈜소미미디어
등　　　록 제2015-000008호
주　　　소 서울시 마포구 토정로 222, 403호(신수동, 한국출판콘텐츠센터)
판　　　매 ㈜소미미디어
마 케 팅 박지혜
전　　　화 편집부 (070)4164-3962, 3963 기획실 (02)567-3388
　　　　　　　판매 및 마케팅 (070)4165-6888, Fax (02)322-7665

ISBN 979-11-5710-184-9 04830
ISBN 979-11-5710-021-7 (세트)